KIM Yu-kyeong

Le Camp de l'humiliation

Roman traduit du coréen
par Lim Yeong-hee et Stéphanie Follebouckt

Éditions Picquier

Ouvrage publié sous la direction de
LIM YEONG-HEE

Titre original : *Yinganmodokso*

Mas de Vert
B.P. 20150
13631 Arles cedex

www.editions-picquier.com

Conception graphique : Picquier & Protière

En couverture : © Ana Maria Serrano / EyeEm / GettyImages

Mise en page : M.-C. Raguin, www.adlitteram-corrections.fr

ISBN : 978-2-8097-1544-6
ISSN : 1251-6007

UNE NUIT LUGUBRE

1

Menaçant de s'abattre à tout moment sur la terre, le ciel sombre descend au plus bas. Tel un énorme serpent rampant, la route défoncée s'étire dans l'obscurité au milieu des rizières et des champs. La camionnette a quitté Pyongyang à l'aube et cela fait toute une journée qu'elle roule. A l'arrière du véhicule au sol recouvert de vieilles planches, Wonho et sa famille sont entassés, pareils à des bagages. Ils ont été jetés là comme des bêtes qu'on mène à l'abattoir par trois bowiwon[1] qui les encadrent et les surveillent. Au moment des repas, ceux-ci s'arrêtent dans la cour d'un Bowibu local et vont manger à la cantine à tour de rôle tandis que Wonho et sa famille assouvissent à peine leur faim avec une boulette de farine de maïs chacun, qu'on leur jette comme à des chiens. Ils n'ont pas le droit de bouger sauf

1. Bowiwon : membre du Bowibu, organisme nord-coréen qui correspond aux services de renseignement.

pour aller aux toilettes et même dans ce cas un bowiwon les accompagne.

Le jour, ils ont moins peur, ils peuvent voir des villages et des passants dans les rues. Mais dès que l'obscurité avale tout, la panique les envahit ; ils ont l'impression d'être abandonnés hors du monde. Les lumières de petits hameaux apparaissent de temps en temps et tournoient comme des lucioles avant de disparaître. Ces vagues lueurs leur semblent alors la dernière trace de vie humaine qu'ils voient.

La camionnette cahote encore longtemps sur la route avant de s'engager dans une vallée. Le cours d'eau luisant qui longe le chemin ondule comme s'il était vivant. Son odeur fraîche, portée par le vent froid de la forêt, s'engouffre dans le véhicule. L'atmosphère est morne, il n'y a pas âme qui vive. Seul le bruit du moteur de la camionnette, une Sungri-58 qui râle à perdre haleine, brise le silence profond. Le vieux véhicule, dont le Parti s'enorgueillit en vantant le résultat de sa politique Jaryok Kaengsaeng – mise en place pour assurer l'autonomie économique du pays –, s'enfonce de plus en plus dans la vallée, ses phares déchirant les ténèbres. Wonho et les siens n'ont aucune idée de l'endroit où on les emmène ni de la raison pour laquelle on les traite ainsi, en prisonniers. Tout est arrivé si brusquement et de façon tellement inattendue qu'ils sont dans l'incompréhension totale. A peine un jour plus tôt, Wonho jouissait du bonheur d'un jeune marié dans son logement de Pyongyang. Il avait été affecté à un grand quotidien en tant que journaliste aussitôt après la fin de ses études universitaires et il ne couvait qu'espoir et enthousiasme pour son avenir. Il a beau se creuser les méninges, il ne se souvient absolument pas d'avoir dit quelque chose contre le régime ou le Parti et encore moins d'avoir commis un crime méritant d'être traité ainsi par le Bowibu. Au contraire, son seul désir est de travailler le mieux possible et d'être toujours plus fidèle au régime afin d'adhérer au Parti et de progresser.

2

La veille au soir, en rentrant de son travail, Wonho a découvert tout son appartement sens dessus dessous, on aurait dit un échiquier aux pions éparpillés. Dans un coin de la chambre, sa femme recroquevillée pleurait en tremblant de peur. Dès son arrivée, deux hommes, qui étaient assis sur le canapé sans même avoir pris la peine de se déchausser, se sont approchés de lui par les côtés comme pour l'encercler, ont verrouillé la porte et lui ont ordonné de faire ses valises en prenant le minimum. Wonho a voulu savoir pourquoi mais il n'a reçu que des gifles pour réponse. Une fois les valises bouclées, les deux hommes ont fait asseoir Wonho et sa femme côte à côte et ont tendu une feuille à cette dernière.

— Ri Su-ryeon, si tu divorces de Han Wonho en posant là ton empreinte digitale, tu es libre et tu peux sortir tout de suite de cette maison.

Les yeux écarquillés et larmoyants, Su-ryeon s'est tournée vers son mari.

— Inutile de le regarder, Ri Su-ryeon, c'est ta dernière chance. Bien sûr, le choix t'appartient.

Le menton de sa femme tremblait fort. Son visage a rougi jusqu'aux oreilles et au cou avant de devenir aussi pâle que la cire. Fermant doucement les yeux, elle s'est laissée tomber sur l'épaule de Wonho. De grosses larmes débordaient sur ses joues frémissantes. Dans la confusion du moment, Wonho l'a prise dans ses bras, ne sachant quoi faire d'autre.

— Ça veut donc dire que tu refuses de divorcer ?

Su-ryeon, se collant davantage à son mari, a hoché lentement la tête.

— En voilà une vraie épouse dévouée ! Remarque, s'ils y vont ensemble, dans la vallée, ils se sentiront moins seuls.

Sur ce, l'homme qui venait de parler a froissé la feuille avant de la mettre dans sa poche et s'est épousseté les mains, l'air d'avoir fini ce qu'il avait à faire.

Jusque-là, Wonho pensait qu'on allait seulement les déporter dans une province. Mais lorsqu'on les a brutalement jetés, lui, sa femme et leurs bagages, dans la camionnette débarquée chez lui le lendemain à l'aube, pour les conduire au Bowibu du quartier, il a eu la chair de poule et une soudaine envie d'uriner.

Le bâtiment gris du Bowibu paraissait lugubre. Sur le faîte du haut mur extérieur en béton se dressaient des éclats de verre aussi pointus que des piquants de hérisson, par-dessus lesquels on avait encore installé un réseau de barbelés électrifiés. L'entrée principale était défendue par une barrière où deux gardes armés de fusils se tenaient au garde-à-vous. Quand le véhicule s'est arrêté dans la cour, un bowiwon qui les attendait a pris place sur le siège passager, un porte-documents volumineux sous le bras ; les deux hommes qui surveillaient Wonho et sa femme depuis le début n'ont pas bougé. Peu après, une femme, dont deux autres bowiwons tenaient les bras, a émergé du bâtiment et s'est avancée à pas trébuchants vers le véhicule. C'était la mère de Wonho, soi-disant partie en déplacement professionnel quinze jours plus tôt. Wonho a compris qu'en réalité elle n'était pas en voyage pour son travail mais était restée enfermée là. Dès qu'elle a jeté un regard à son fils et sa belle-fille à l'arrière du véhicule, le visage de la vieille femme a pâli de frayeur et elle s'est mise à claquer des dents. L'un des policiers qui l'accompagnaient l'a hissée à l'arrière de la camionnette avant d'y grimper à son tour. C'est alors que Wonho s'est rendu compte qu'il ne s'agissait pas là d'une simple expulsion de Pyongyang mais d'une situation bien plus grave. Où donc les emmenait-on ?

3

Wonho se dit que sa mère sait peut-être quelque chose mais il leur est interdit de s'adresser la parole. Il saisit sa main dans le noir et la tire discrètement. Il voudrait au moins lui demander où ils vont. Elle semble avoir compris l'intention de son fils et secoue la tête presque imperceptiblement pour lui signifier qu'il ne faut pas parler.

Les sanglots retenus de sa femme recroquevillée à côté de lui résonnent vaguement tel l'écho dans les montagnes. Il regrette de ne pas lui avoir demandé d'accepter le divorce avant de quitter Pyongyang. A ce moment-là, il était complètement sonné et la proposition du bowiwon était tellement inattendue qu'il n'a pas eu le temps d'y réfléchir. C'est maintenant que le remords le ronge : il aurait dû laisser sa femme à Pyongyang. Mais cela ne l'empêche pas d'appuyer son corps contre elle. Il sent son tremblement s'apaiser un peu.

Le véhicule roule à présent entre deux falaises abruptes presque collées l'une à l'autre. Les versants menaçants des montagnes s'approchent et s'éloignent sans cesse. Abasourdi, Wonho regarde la vallée étroite qui s'ouvre devant eux, il a l'impression de s'engouffrer dans une gueule noire. Si je saute d'ici, pourrai-je me reposer paisiblement dans les bras de cet abîme ? Ou bien trouver une issue pour m'enfuir comme si la porte du paradis s'ouvrait soudain ? Pile à cet instant, le bowiwon à ses côtés aboie comme s'il avait lu dans ses pensées :

— Fils de pute, où tu regardes comme ça ? Allez, tourne la tête !

Lorsque le véhicule atteint le sommet de la montagne, une brume épaisse s'élève subitement dans l'obscurité. Du coup, il devient même impossible de voir à deux pas, à l'image de leur avenir, insondable. Wonho se sent étouffer, il a l'impression que le brouillard se colle à son corps et l'étrangle. La camionnette est obligée de ralentir, les policiers ne le quittent pas de leur regard féroce. La tension est à couper au couteau. C'est seulement après une longue descente qu'ils distinguent vaguement le paysage environnant. Les montagnes étagées sommeillent, leurs cimes se perdent dans le ciel sombre. Vu l'abondance des arbres jusqu'au bord du chemin, il n'y a pas d'habitations dans les parages, il ne fait aucun doute qu'ils se trouvent au fin fond des montagnes. Le véhicule dévale encore une pente, l'arrière agité de soubresauts, puis s'engage dans une nouvelle vallée entourée de hauts versants qui font l'effet de paravents. L'unique route, étroite et sinueuse, s'étire à l'infini.

4

Soudain ils arrivent dans un endroit éclairé comme en plein jour. Stupéfait, Wonho regarde autour de lui. A cent mètres devant eux, suspendus en l'air, deux projecteurs à la lumière aussi menaçante que celle des yeux d'un tigre illuminent les alentours. On distingue une démarcation faite de sable blanc, avec un réseau de fers barbelés installés par-dessus, qui coupe la vallée en deux. De l'autre côté se dressent deux tours de guet hautes de sept à huit mètres et munies de mitrailleuses ; sur chacune d'elles un soldat surveille les lieux en faisant les cent pas. Au centre de la clôture en barbelés se trouve un portail constitué grossièrement de morceaux de bois attachés par des fils de fer. Enfin, portail est un grand mot, il serait plus juste de dire qu'il s'agit d'une partie du mur de barbelés. Deux sentinelles se tiennent de part et d'autre.

La camionnette s'arrête devant cet accès haut d'au moins trois mètres. L'homme au volant passe la tête par la vitre et dit quelque chose à une sentinelle, le portail s'ouvre et le véhicule pénètre à l'intérieur. Su-ryeon, qui a commencé à hoqueter dès leur arrivée sous les projecteurs, éclate carrément en sanglots une fois les barbelés franchis. Le véhicule roule encore environ deux cents mètres et passe un second poste de garde semblable au premier. Il s'immobilise peu après devant un bâtiment à deux étages noyé dans l'obscurité. Le bowiwon sur le siège passager descend avec son porte-documents et entre dans le bâtiment. L'un des policiers saute par-dessus le panneau arrière de la camionnette et ordonne d'un ton cinglant à Wonho et sa famille de se dépêcher de descendre. Su-ryeon sursaute d'épouvante et se ratatine encore davantage.

— Qu'est-ce que vous attendez ? Grouillez-vous !

Et l'autre homme à la mine patibulaire qui n'a pas bronché pendant tout le trajet les fixe d'un regard furibond. Wonho, premier à mettre pied à terre, aide sa mère à descendre, assisté par sa femme. Puis il tend les mains vers Su-ryeon pour la soulever mais l'effrayant bowiwon la pousse violemment. Elle dégringole par terre avec un cri d'effroi.

— Merde, est-ce qu'on doit vraiment s'occuper jusqu'au bout de ces crapules réactionnaires ? Allez, vite, espèce d'ordure, laisse ta femme là et magne-toi de monter dans la camionnette pour prendre vos affaires !

Wonho, renonçant à aider sa femme à se relever, obéit en réprimant la colère qui lui monte à la gorge.

— Salaud, si tu traînes comme ça, tu n'auras jamais fini de tout décharger.

Sans cesser ses récriminations, l'homme se met à jeter brutalement leurs bagages comme s'il s'agissait de cailloux. Le bruit de la vaisselle qui se brise déchire l'air nocturne. Le véhicule, débarrassé de sa charge en un rien de temps, redémarre bruyamment et reprend le même chemin, aussitôt après que tous les bowiwon, y compris celui sorti du bâtiment, sont remontés à bord. Lorsque la camionnette – unique trace les reliant au monde extérieur – disparaît dans le noir, sa femme et sa mère s'effondrent en éclatant en sanglots. Wonho lui aussi s'écroule à côté d'elles. Il se retient de pleurer à grand-peine et s'efforce d'observer le lieu où ils se trouvent.

L'immeuble à deux étages derrière eux ne semble pas être une prison comme il l'a craint pendant tout le trajet ; il ne voit rien de menaçant dans la zone bien éclairée qu'ils viennent de traverser. Il se rappelle alors le camp d'Auschwitz qu'il a vu un jour dans un film soviétique : le réseau de barbelés menaçants qui entoure le camp, les baraquements miteux installés par-ci par-là sur une colline dénudée au milieu de la poussière, les Juifs pareils à des squelettes dans leurs pyjamas gris aux motifs rayés tout usés et trop grands pour eux, comme de sinistres ombres de la mort pénétrant en file dans un grand édifice de béton, poussés par les fusils des soldats allemands dans leurs uniformes impeccables…

Mais ce qu'il a sous les yeux n'a rien à voir avec cela. L'odeur des herbes fraîches monte du sol humide tandis que les feuilles des arbres sous la lumière des projecteurs scintillent avec autant de splendeur qu'un décor de théâtre. Le bois touffu respire bruyamment, avec énergie ; le gargouillement d'eau de la vallée forme une harmonie parfaite avec les chants des oiseaux nocturnes qui vivifient le lieu ; tout ça semble très paisible. Se trouvent-ils seulement au fin fond des montagnes loin de la ville et non dans l'horrible enfer qu'il a imaginé ? L'espoir se met à germer dans le cœur de Wonho.

UNE INVITÉE INATTENDUE

1

Au moment où la camionnette s'arrête devant le bâtiment, Min-kyu est encore à l'intérieur. Il l'attendait car, lors de la réunion du matin, le directeur du camp l'a informé de l'arrivée d'une nouvelle famille de prisonniers politiques venant de Pyongyang et lui a ordonné de l'affecter au groupe n° 1, sous sa responsabilité.

Au rez-de-chaussée du bâtiment se trouvent une cantine et quatre pièces servant à la fois de bureaux et de salles d'entrevue entre bowiwon et détenus. Le premier étage comprend la salle de réunion, les archives et le bureau du directeur du camp.

Il était prévu qu'on amène cette famille de Pyongyang en début de soirée mais la camionnette n'est arrivée qu'à une heure très tardive. Min-kyu, assis sur un fauteuil dans la salle du rez-de-chaussée où il reçoit d'habitude les détenus, somnole en dodelinant de la tête, puis se réveille en sursaut aux coups de klaxon du véhicule. Même s'il est parfaitement conscient que le très mauvais état de la route peut expliquer leur retard, il grommelle en ouvrant la porte. Le bowiwon descendu du camion entre dans la pièce et lui tend l'épais porte-documents. Son visage est marqué par la fatigue.

Min-kyu entend le bruit de la vaisselle fracassée, l'agitation du déchargement des bagages puis les pitoyables sanglots des femmes au milieu des hurlements des policiers.

— Putain, ce qu'elles m'agacent, ces gonzesses, se plaint le bowiwon de Pyongyang, visiblement très irrité.

Min-kyu le comprend tout à fait. Il a roulé toute la nuit dans un véhicule minable sur de difficiles routes de montagne, c'est normal qu'il soit sur les nerfs. Min-kyu hoche la tête sans cesser de bâiller.

— En effet, à quoi bon pleurer comme ça ? Ça ne changera pas leur destin pour autant.

Il signe la feuille qui certifie la passation des détenus et la rend au bowiwon, qui se hâte de faire demi-tour. Si c'était la journée, il aurait pu le retenir pour bavarder un peu car cela fait longtemps qu'il n'a pas vu un bowiwon de Pyongyang. Mais il est tard. D'ailleurs l'autre ne doit avoir aucune envie de rester une seconde de plus dans cette vallée lugubre, Min-kyu le devine bien et lui serre la main avec regret.

— Qui m'ont-ils amené cette fois ? murmure-t-il en reprenant place dans son fauteuil avant d'ouvrir le dossier.

Il le survole tout en bâillant, puis une lueur s'allume tout à coup dans ses yeux. Le visage souriant de la femme sur la photo d'une fiche lui est très familier. Il l'examine de près et se lève d'un bond comme s'il venait de s'asseoir sur un clou. Son cœur bat à coups redoublés et ses poils se hérissent. Il n'en croit pas ses yeux. Mais il a beau regarder la fiche encore et encore, aucun doute, c'est elle, cette Ri Su-ryeon qui jouait du gayakeum[1]. C'est pas vrai, comment une chose pareille peut-elle arriver ? Il n'en revient pas, il a l'impression d'avoir reçu un coup de marteau sur la nuque. Qu'a-t-il pu lui arriver pour qu'elle tombe aussi bas ? Ce sont des retrouvailles totalement imprévues au bout de quatre ans, aussi surprenantes qu'un coup de tonnerre dans un ciel clair. Il pensait parfois à elle, en se disant qu'elle était peut-être mariée et mère de famille et qu'elle vivait heureuse à Pyongyang. Il n'a jamais imaginé la revoir dans cette vallée sinistre.

D'après sa fiche, elle est là à cause de son beau-père : celui-ci, envoyé dans le Sud comme espion, a été arrêté là-bas et s'est converti au capitalisme ; voilà pourquoi les membres de sa famille ont été exilés dans ce camp, victimes de « punition collective ». Vu l'année où son beau-père a quitté le pays, Su-ryeon ne doit même pas connaître son

1. Instrument de musique traditionnelle à douze cordes.

visage. Elle n'avait qu'à divorcer pour éviter de venir ici, et Min-kyu a du mal à comprendre pourquoi elle ne l'a pas fait.

Il range les documents dans un casier et reste immobile, ne sachant quoi faire. Le camion klaxonne pour signaler son départ mais il a du mal à se décider à sortir. Il n'a pas le courage de se tenir face à elle. Puis il entend les gardes crier pour arrêter le bœuf traînant la charrette et, sans autre option, il ouvre enfin la porte.

Deux jeunes sentinelles ont amené une charrette à bœufs. A chaque arrivée de nouveaux prisonniers, les gardes transportent leurs bagages jusqu'au logement qui leur est attribué, ce qui est aussi un moyen de les surveiller jusque-là. Dans la cour, des affaires sont éparpillées en désordre et deux femmes enlacées sanglotent, affalées sur le sol. Ce doit être Su-ryeon et sa belle-mère. Min-kyu détourne la tête en toussotant.

— Qu'est-ce que tu attends ? Dépêche-toi de charger les bagages, ordonne-t-il sèchement.

La phrase est sortie toute seule. Ce ton brutal lui est devenu machinal au bout de quelques années de vie en tant que bowiwon dans le camp. Maintenant qu'il a crié, il se sent irrité pour de bon. Dire que Su-ryeon est là dans ce camp de prisonniers politiques !

— Hé, connard, tu es sourd ou quoi ? hurle l'un des jeunes gardes en imitant le ton de Min-kyu. Allez, grouille-toi !

L'homme, qui doit être le mari de Su-ryeon, se hâte d'obéir. Les deux femmes, toujours en pleurs, se lèvent en s'entraidant et empoignent également leurs bagages. Par réflexe, Min-kyu ramasse lui aussi un paquet mais, se ressaisissant aussitôt, il fait mine de le pousser à coups de pied. Puis, le regard ailleurs, il fait les cent pas en attendant que tous les bagages soient chargés sur la charrette.

Qu'est-ce que je vais faire ? Seule cette phrase résonne dans sa tête vide. Il jette un regard furtif à la plus jeune, aux cheveux longs, en espérant de tout cœur qu'elle ne soit pas Su-ryeon et que le dossier soit erroné. La jeune femme transporte un paquet, la tête baissée, elle chancelle sur ses jambes flageolantes ; des larmes coulent sur ses joues au teint de porcelaine, Min-kyu les voit à travers ses longs cheveux ébouriffés ; à force de pleurer, ses paupières sont bouffies mais le visage révélé dans la faible lueur de la lune est bien celui de Su-ryeon. Min-kyu pousse un soupir en ployant les épaules. Heureusement, elle ne sait pas qui il est. Plusieurs années durant, il l'a adorée dans son coin, à son insu. Les présentations officielles entre eux n'ont jamais eu lieu. Finalement, c'est plutôt une bonne chose, voilà ce qu'il se dit.

2

Après avoir ordonné aux gardes d'emmener Su-ryeon et sa famille dans la salle de la propagande au sein du bâtiment du comité administratif, Min-kyu gagne son bureau et se laisse tomber sur le canapé. Su-ryeon et les siens vont passer la nuit là-bas, et le lendemain matin ils iront dans la maison qui leur a été attribuée dans le secteur du groupe de travail n° 1. Enfin, on ne peut pas vraiment appeler ça une « maison », il s'agit plutôt d'un taudis à deux doigts de s'écrouler. Impossible d'y dormir sans un minimum de travaux. Les gens qui l'habitaient sont tous morts le même jour, quelques mois plus tôt, intoxiqués par des champignons vénéneux qu'ils avaient consommés. Min-kyu n'y a jamais mis les pieds mais il l'imagine en très mauvais état, inhabité qu'il est depuis plusieurs mois. S'il avait su que les nouveaux arrivants étaient Su-ryeon et sa famille, il aurait demandé qu'on restaure un peu la maison, il le regrette.

Toute la nuit il se tourne et se retourne, et c'est seulement à l'aube qu'il finit par s'endormir, pour être arraché au sommeil par le tintamarre agressif de la cloche qui réveille les habitants du camp. Les jours ayant raccourci, il fait encore sombre. Mais les détenus se lèvent à cette heure-là et travaillent jusqu'à la tombée de la nuit. La journée dans le camp commence et s'achève par le son de la cloche. En fait c'est elle qui annonce tout : l'heure du lever, le début du travail, l'heure du déjeuner, la fin du travail, l'heure du coucher, le rassemblement d'urgence en cas d'alerte…

Le tintamarre métallique de la cloche suspendue sous l'avant-toit du bâtiment administratif donne ses ordres sévères sans jamais se tromper d'une seconde. Cet objet grossier en métal rouillé est une sorte de fouet invisible qui harcèle les habitants du camp. Ses sons sont si perçants et assourdissants qu'ils semblent pouvoir renverser leurs cabanes ; on dirait qu'un artisan de génie a fabriqué cette cloche exprès pour pourrir l'ambiance du camp. Tous détestent ce vacarme, les détenus mais aussi les bowiwon, car ces derniers sont également obligés de se lever à l'aube. Min-kyu y est habitué, mais ce matin il le trouve particulièrement insupportable.

Il sort de son lit à contrecœur, s'habille et se dirige vers la cantine pour prendre son petit-déjeuner. Au rez-de-chaussée de la bâtisse à deux étages près de l'entrée du camp, il y a un restaurant réservé aux bowiwon et aux gardes mais ils doivent respecter l'heure du petit-déjeuner, qui est la même que celle des détenus. Au début de sa vie dans le camp, Min-kyu avait du mal à manger à cette heure si matinale, il s'en est accommodé avec le temps et son estomac réclame sa pitance pile à ce moment-là. Mais ce matin, les grains de riz grincent dans sa bouche, il a du mal à les avaler. Finalement il renonce à manger et quitte la cantine.

Dehors, l'obscurité règne encore. Perché sur son vélo, il pédale en direction du bâtiment du comité administratif. Celui-ci se trouve dans le secteur du groupe n° 1 dont il est responsable. C'est aussi lui qui dirige le comité. Il distingue à peine son chemin dans l'éclairage faible du vélo. Cette route de montagne est tellement étroite qu'une voiture pourrait tout juste y passer. Le côté gauche est abondamment recouvert d'herbes jaunies entremêlées, derrière lesquelles s'élève un mur de grands arbres sombres. A droite, il y a le torrent dont l'autre rive est bordée d'une vaste forêt de peupliers touffus.

Arrivé au comité administratif, Min-kyu ordonne à la comptable d'apporter leur repas aux trois nouveaux arrivants. Celle-ci arbore un air interrogateur. En général, les bowiwon ne se soucient pas que les nouveaux arrivants mangent ou pas. Aussi arrive-t-il souvent qu'ils ne reçoivent pas de nourriture le premier jour. Min-kyu attend que la comptable soit entrée dans la salle de la propagande avec le plateau des petits-déjeuners, avant de gagner son bureau à côté du local du comité administratif. Dans chaque secteur un bureau à part est réservé au bowiwon qui le dirige.

A la deuxième sonnerie de la cloche, signalant l'heure du travail, Min-kyu sort de son bureau et se dirige vers la salle de la propagande où l'attend la famille de Su-ryeon. Il tient à les accompagner jusqu'à leur logement. D'habitude ce n'est pas le rôle du bowiwon, il n'a qu'à ordonner à un chef d'équipe de s'en charger, mais pour une fois il a envie de s'y rendre en personne. Le premier jour dans le camp, la plupart des détenus sont complètement déboussolés. Min-kyu se rend parfaitement compte de ce que Su-ryeon ressent actuellement, pour autant le bowiwon qu'il est ne peut lui adresser le moindre mot de réconfort.

Eclairée par la lumière bleue de l'aube, la cour devant la salle de la propagande est déjà envahie par plusieurs dizaines d'hommes qui rôdent tels des revenants. Ce sont les membres de l'équipe des célibataires. Aucune armée au monde ne peut égaler les habitants du camp en rapidité ; il leur faut à peine quelques minutes après le son de la cloche pour se rassembler. Le chef de l'équipe des célibataires, le dos tourné à la salle de la propagande, hurle à tue-tête :

— A partir d'aujourd'hui, vous allez faire du bois de chauffage pour passer l'hiver. Dans notre équipe, chacun doit fournir sa part. Ne pensez même pas à descendre de la montagne avant d'avoir terminé. Vous allez abattre le boulot quitte à y passer la nuit, compris ?

Quand un chef d'équipe se montre aussi déterminé, Min-kyu se met en retrait et le laisse faire, c'est la meilleure façon de gérer les prisonniers politiques. Telle est la tactique qu'il a apprise au fil du temps dans cette vallée. Quelques pas derrière la foule, il regarde fixement le chef d'équipe s'égosiller. Des types pareils font plus que le maximum pour conserver leur place, songe-t-il.

Rangés en plusieurs files, le regard morne rivé au sol, les détenus sont en piteux état : des lianes enroulées autour des hanches et des chevilles maintiennent leurs guenilles rapiécées et leurs chaussures ; leurs visages émaciés sont noircis, luisants et inexpressifs à part les yeux, enfoncés dans les orbites et rendus troubles par l'angoisse ; leurs corps sous les haillons sont si squelettiques qu'ils seraient emportés comme des fétus de paille par un coup de vent ; ils ont tous la même apparence misérable, si bien qu'il est difficile de les distinguer les uns des autres.

Le froid vent matinal du début de l'hiver est chargé d'une puanteur aigre et désagréable, qui n'est rien d'autre que l'odeur des habitants du camp. Une fois entré là, personne ne peut échapper à ce sort pitoyable. Su-ryeon aussi va devenir comme eux. Cette idée lui coupe le souffle, et lui donne même envie de vomir.

Tout à coup, il aperçoit son visage ; par la porte entrouverte de la salle de la propagande, elle et son mari observent ce qui se passe dehors. Même de loin, il peut voir que les traits de la jeune femme sont crispés par la peur. Ils ont dû être réveillés par le son de la cloche. Ils semblent choqués de découvrir l'état lamentable des habitants du camp.

Bientôt, les hommes loqueteux de l'équipe des célibataires se dirigent en file indienne vers un versant de la montagne, poursuivis par des ordres perçants. Sur la place qu'ils ont quittée, des brindilles tourbillonnent dans le vent. Bientôt se révèlent les cabanes crasseuses et délabrées éparpillées aux alentours. Elles ont été construites à intervalles de plusieurs mètres pour empêcher tout échange entre les prisonniers et chacune est encerclée par une haie de branchages. Ces haies sont comme des sentinelles qui montent la garde afin d'interdire aux habitants de franchir leur frontière. Les taudis aux murs d'argile noircie sont tous orientés vers le torrent et ont la montagne pour arrière-plan. Leurs toits de planches sont tellement rafistolés avec des écorces de bouleau et des pierres plates pour combler les endroits pourris que leur forme d'origine est difficile à reconnaître. Les murs penchés semblent à deux doigts de s'effondrer, on dirait des vestiges de l'âge de pierre.

En revanche, le paysage de la vallée autour des habitations est magnifique. Dans cet endroit isolé et inaccessible, les montagnes conservent leurs forêts à l'état vierge. Les frênes, les sapins, les bouleaux, les pins poussent serrés et hauts. Le mouvement ondulant des arbres, venu des profondeurs de la forêt telle une vague déchaînée, déborde d'énergie et s'accompagne d'une musique majestueuse. Çà et là des feuilles expriment leurs dernières passions en se teintant de rouge et de jaune, on dirait de grands bouquets de fleurs qui ornent les montagnes, traversés par des nuées d'oiseaux affairés. Dans la vallée, un cours d'eau limpide coule en murmurant entre de gros rochers lisses. Le paysage offert par la nature est beau au point de faire oublier qu'on est dans un camp.

Une fois tous les détenus partis travailler, le calme retombe sur les habitations. On a l'impression de se retrouver dans un village d'autrefois désert et abandonné. Il n'y a pas d'enfants, ni même un chiot ou un poussin qui traîne dehors. Non, il ne s'agit pas là d'un village normal.

Min-kyu hâte le pas vers la salle de la propagande où sont encore confinés Su-ryeon et sa famille. Avant d'y entrer, il inspire profondément puis ouvre la porte en affichant délibérément un air bourru. Il remarque sur le sol ce qu'on leur a apporté en guise de petit-déjeuner. Nettement insuffisant pour trois personnes. Le plateau en aluminium cabossé ne contient qu'un bol de grains de maïs concassés cuits et quelques feuilles de chou saumurées. C'est le type de petit-déjeuner destiné à l'équipe des travailleurs célibataires. Le bol a été à peine entamé. Sans doute le choc du premier jour dans le camp était-il si grand – sans parler de la mauvaise qualité de la nourriture – qu'ils n'ont pas pu manger. On observe habituellement ce comportement chez les nouveaux arrivants. Mais bientôt même cette alimentation infecte leur manquera.

Comme tous les nouveaux, ils ne s'inclinent pas à quatre-vingt-dix degrés en voyant Min-kyu le bowiwon. Pas tout à fait sortis de leur hébétude, ils se lèvent maladroitement, l'air égaré, et se contentent de baisser légèrement la tête. Min-kyu décide de ne leur faire aucune remarque et leur ordonne de le suivre.

3

Le logement attribué à la famille de Su-ryeon se trouve le plus en arrière, vers la montagne. A l'observer de près, le gond supérieur de la porte est endommagé. La feuille plastique de la fenêtre grande comme la paume de la main est déchirée et s'agite au vent. Dès le premier coup d'œil, Min-kyu constate que la cabane, très décrépite, est en passe de s'effondrer, et il esquisse une moue de contrariété. Il songe d'abord à faire demi-tour en les laissant comme ça, puis se ravise, ouvre la porte et inspecte brièvement l'intérieur. L'homme qui a traîné la charrette écarquille les yeux d'étonnement, c'est la première fois qu'il voit un bowiwon s'intéresser à un logement destiné aux prisonniers politiques.

— Je ne vous laisse qu'aujourd'hui pour réparer votre maison, déclare Min-kyu d'un ton sec. A partir de demain, vous devez sortir travailler.

C'est une petite baraque d'environ quatorze mètres carrés, au toit bas, composée d'une chambre et d'une cuisine. Tout est fait en terre battue. Le sol de la chambre est recouvert d'une vieille natte tissée avec des écorces de tilleul, aux coins très abîmés. L'odeur âcre de la poussière et des moisissures pique les narines. Même quand on ne bouge pas, de la poussière tombe des murs et du plafond ; les planches du plafond sont pourries et semblent prêtes à tomber à tout moment. Dans la cuisine, il n'y a que deux foyers grossièrement faits avec de l'argile pour pouvoir y poser deux marmites. Rien d'autre. Vu la quantité de choses à réparer, une journée est loin d'être suffisante, Min-kyu s'en rend bien compte.

— Camarade bowiwon, appelle Wonho.

— Quoi ? crie Min-kyu en sursautant.

C'est une appellation interdite aux prisonniers politiques. Wonho semble ignorer qu'à l'instant où il a mis les pieds dans ce camp, il a été privé de tous ses droits en tant que citoyen et en tant qu'être humain. Pauvre imbécile ! vocifère intérieurement Min-kyu avant de lui lancer un regard virulent ; c'est en grande partie de sa faute si Su-ryeon est là.

— Tu te prends pour qui pour oser m'appeler camarade ? hurle-t-il brutalement. Tu ne sais pas encore où tu te trouves ici ? Tu dois appeler Seonsaengnim[1] tous les bowiwon et tous les

1. Appellation honorifique adressée à un professeur, un maître et à tous ceux qui ont des métiers d'autorité.

gardes, et quand tu les croises tu dois aussitôt t'incliner à quatre-vingt-dix degrés devant eux, compris ?

S'il lui parle aussi durement, c'est parce qu'il veut que cet abruti ne commette plus jamais une telle erreur face aux autres bowiwon et gardes. Dans le camp, la moindre erreur coûte très cher. Ce type n'a visiblement pas l'habitude de cette salutation respectueuse, il fait juste mine de baisser un peu la tête, et même ça, il le fait maladroitement. Il ne parvient pas non plus à l'appeler tout de suite Seonsaengnim. C'est Su-ryeon qui s'avance devant lui pour le protéger. Elle s'incline profondément comme elle le faisait sur scène devant le public à la fin de son concert. Son geste est courtois et élégant.

— Excusez-le, s'il vous plaît, implore-t-elle.

Min-kyu, surpris, recule d'un pas. Les longs cheveux brillants de la jeune femme coulent de sa tête baissée en une cascade abondante. Le regard de Min-kyu est attiré par la sensualité de la nuque frêle au teint clair que révèle sa chevelure noire. Il émet un petit toussotement et s'adresse à son mari :

— Pourquoi tu m'as appelé ?

— Euh… je voulais savoir où nous sommes ici…

— Espèce d'idiot ! hurle Min-kyu brusquement. Déchargez tous vos bagages et venez me rejoindre dans la salle d'entrevue que vous voyez là-bas à dix heures.

Et tourne sèchement les talons. Le mari de Su-ryeon a un beau visage, pareil à celui d'une fille, et un regard intelligent, laissant deviner quelqu'un qui n'a fait qu'étudier et qui a peu d'expérience du monde. Avec son physique et son niveau d'études, il devait prendre de grands airs avant de venir là, c'est évident. Un type comme lui n'a ni le cran ni la volonté d'un homme digne de ce nom, il ne se préoccupe que de son minable amour-propre et perd les pédales à la moindre occasion. Dès la première impression, il lui déplaît.

A dix heures pile, Su-ryeon et sa famille arrivent dans la salle d'entrevue, la pièce adjacente au bureau de Min-kyu. Celui-ci peut enfin regarder de près le visage de la jeune femme. Elle n'a changé en rien, elle est exactement comme il y a quelques années. Certes, son visage submergé par la tristesse est un peu bouffi, mais ses traits harmonieux et son teint de porcelaine la rendent toujours belle. Ses yeux fascinants, qui formaient des croissants quand elle souriait sur scène, sont dissimulés à moitié par ses longs cils humides. Min-kyu la fixe, ébahi d'admiration, mais il se ressaisit rapidement et se racle la gorge avant de les sermonner :

— Vous avez dû le deviner, ici c'est comme un haut-fourneau de la révolution, où on fortifie l'idéologie et le corps. Vous devez absolument accomplir toutes les tâches qui vous sont données et obéir sans condition à tous les Seonsaengnim, et vous devez surtout abandonner toute idée de vous enfuir. De toute façon c'est impossible, et si vous êtes attrapés, vous serez fusillés immédiatement. Mais…

Il s'interrompt avant de reprendre d'un ton radouci :

— L'éducation révolutionnaire délivrée ici est moins sévère que dans d'autres camps. Tout dépend de vous, gardez bien ça en tête. Je vous laisse une journée de plus, tâchez de finir tous les travaux. Ensuite le chef de chaque équipe vous donnera ses consignes.

Min-kyu se dépêche de terminer sa phrase pour les laisser repartir, car il ressent tellement de pitié pour Su-ryeon qu'il a du mal à rester en sa présence. S'il écoutait son cœur, il saisirait les mains de la jeune femme et lui demanderait ce qui lui est arrivé pour atterrir dans un endroit pareil. Heureusement qu'elle ne le reconnaît pas. Etant donné son statut, il est obligé de tutoyer d'emblée tout le monde et d'être brutal voire même insultant devant elle. Qu'est-ce que je vais faire maintenant ?

Cette phrase qu'il a ruminée plusieurs dizaines de fois broie à nouveau son cœur désespéré avant de se transformer en un long soupir. L'image de la jeune femme le saluant le hante. Il est horrifié à la pensée du calvaire qui l'attend.

— Si elle m'avait épousé, elle aurait au moins évité ce malheur, murmure-t-il tout à coup, à sa grande surprise.

Il ricane à cette idée absurde, n'empêche qu'il est troublé par un vague sentiment de regret.

LE SECRET

SOUS LES FEUILLES MORTES

1

— Il paraît qu'une nouvelle famille de prisonniers politiques de Pyongyang vient d'arriver ? demande le capitaine Jo à Min-kyu en sortant de la salle après la réunion matinale.

Min-kyu se retourne et Jo, s'approchant davantage, continue d'un ton moqueur en faisant la moue :

— La majorité des gens de ce camp viennent de Pyongyang. Quelle ironie vraiment que cette ville produise autant de réactionnaires alors qu'on n'y a réuni que des élites !

— Tu sais, les intellectuels ont souvent une personnalité ambiguë.

Min-kyu, peu désireux de bavarder avec Jo, répond ainsi brièvement avant de se remettre à marcher. Mais le capitaine le retient brusquement par le bras.

— Ce soir, tu viens chez moi, ma femme a préparé un repas spécial.

— Merci. Chaque fois c'est toi qui m'invites, ça me gêne.

— Qu'est-ce que tu racontes, on est amis. Tu n'en as pas marre d'être veuf ? Si on demandait à ma femme de te trouver une épouse ? Tu sais, elle est plutôt douée dans ce domaine.

Jo tente perpétuellement de créer des occasions qui obligent Min-kyu à se sentir redevable, il ne fait rien au hasard, tout est calculé chez lui, ça saute aux yeux. Le regard complaisant, il se rapproche encore de Min-kyu en minaudant, comme le ferait une courtisane. Ce dernier le repousse légèrement et laisse échapper un petit rire en faisant semblant de céder.

— Ha ha… Remarque, quand je te vois, je me dis que c'est quand même agréable d'avoir une épouse à la maison.

— Tu sais, le mâle a toujours eu besoin d'une femelle pour pouvoir s'afficher fièrement devant les autres, commente le doucereux Jo avec désinvolture. Aujourd'hui c'est l'anniversaire de la mort de ta femme, si je me souviens bien, non ?

Min-kyu frissonne. Son esprit est tellement préoccupé par le problème de Su-ryeon qu'il en a oublié cette date.

— Oh, mais comment fais-tu pour te souvenir de ce genre de détail ?

— C'est normal puisque nous sommes amis. Ça fait à peine deux ans que ta femme est décédée, je te signale.

— Tu ne l'as même pas connue, alors n'en fais pas trop.

— Ne le prends pas mal, je t'ai dit ça de bon cœur.

C'est seulement après avoir arraché à Min-kyu la promesse de venir chez lui ce soir qu'il le lâche enfin. Min-kyu, contrarié par l'impression d'avoir été forcé, fixe le dos de Jo qui s'éloigne l'air triomphant. Sa fausseté et sa complaisance le dégoûtent autant que s'il s'agissait d'une bestiole répugnante. Il est parfaitement conscient que c'est un type dangereux à qui il ne doit jamais ouvrir son cœur. Malgré tout, il est contraint d'entretenir avec lui des relations amicales, ne serait-ce qu'en apparence, en prenant de temps en temps un verre avec lui. Certes, Jo n'agit jamais sans arrière-pensées, mais il faut bien admettre que cela lui procure tout de même un peu de réconfort au sein de la vie si morne du camp.

2

Heureusement que Jo lui a rappelé l'anniversaire de la mort de sa femme qu'il avait failli oublier. De toute façon, c'est la famille de sa femme, vivant à Pyongyang, qui va s'occuper de l'offrande, mais il doit au moins leur passer un coup de fil pour proposer d'assister à la cérémonie, par simple politesse puisqu'il sait que, tout comme l'année précédente, ils vont lui dire froidement que c'est inutile. A cette idée, il éprouve à nouveau de l'amertume contre sa belle-famille, ce qui lui donne envie de boire.

Son beau-père est professeur à l'Université Bowi. Il appréciait particulièrement Min-kyu et s'est bien occupé de lui durant ses quatre années d'études. Le vœu le plus cher des étudiants sortant de cette faculté est d'être affecté au Bowibu de Pyongyang. Ce sont surtout ceux venus des provinces qui veulent absolument profiter de cette occasion de rester dans la capitale. Mais la concurrence est très rude et c'est quasiment impossible sans être pistonné par quelqu'un d'assez puissant. Min-kyu aussi mourait d'envie d'être nommé à Pyongyang. A la fin de ses études, il était très préoccupé par son affectation ; c'est alors que son professeur lui a proposé un marché : « Le meilleur moyen pour que tu sois affecté facilement à Pyongyang, c'est de te marier avec une femme de Pyongyang. Allez, je te propose d'épouser ma fille, et je t'aiderai à être nommé au Bowibu central. » Le professeur lui a avoué que sa fille avait une santé fragile et lui a demandé d'en tenir compte. Au premier rendez-vous arrangé, en effet, Min-kyu a tout de suite remarqué que la jeune femme avait le teint pâle et maladif mais il ignorait alors qu'elle souffrait d'une pathologie grave. En fait, elle n'était pas juste un peu fragile comme son père l'avait prétendu. C'est seulement après le mariage qu'il a su que son beau-père avait précipité les choses pour que sa fille déjà très malade puisse au moins se marier avant qu'il soit trop tard. Pour cela, il a profité du point faible de Min-kyu. Son beau-père a tenté de se justifier : il espérait que la santé de sa fille s'améliorerait en se mariant. Finalement, sa femme a rendu l'âme au bout de trois ans de mariage à cause de cette maladie, sans même lui laisser d'enfant.

A la mort de son épouse, le sort de Min-kyu est devenu celui d'une marionnette aux ficelles rompues. Lorsqu'il a été nommé dans ce camp, peu de temps après son mariage, son beau-père, se montrant désolé de n'avoir pu empêcher son transfert, lui a demandé de laisser sa femme à Pyongyang en promettant qu'il ferait tout pour le faire revenir rapidement auprès d'eux. En la confiant à sa famille, Min-kyu croyait dur comme fer à la parole de son beau-père, aussi a-t-il supporté sans se plaindre plusieurs années de vie dans un logement commun. Mais après le décès de sa femme, son beau-père, comme s'il avait oublié sa promesse, n'a plus jamais reparlé de son retour à la capitale. Il se contentait de dire que son expérience dans un camp pourrait être une grande aide pour sa promotion à venir. A force de rester enfermé dans cette vallée, ses relations avec ses beaux-parents se sont refroidies et Min-kyu n'espère plus grand-chose d'eux désormais.

Faute d'autre solution, il a fait venir sa mère de son village natal et a emménagé avec elle dans une maison. Lui ne pouvait continuer de résider dans un logement collectif, et sa mère vivait seule depuis le décès de son mari. Inquiète pour son fils devenu veuf, elle a volontiers accepté de venir vivre dans cette vallée. Aujourd'hui installée dans le village des bowiwon, de l'autre côté du réseau des barbelés, elle prend soin de lui. Néanmoins, cela fait plusieurs jours que Min-kyu dort dans son bureau et n'est pas rentré à la maison. A cause de l'arrivée de Su-ryeon dans le camp, il a la tête perpétuellement embrouillée et n'a pas vu le temps passer. Sa mère a beau ne pas l'exprimer ouvertement, elle souhaite secrètement que son fils rentre dormir chez eux.

Ce soir il est invité chez Jo, il va profiter de l'occasion pour aller voir sa mère. De toute façon, Jo ne manquera pas de l'inviter, elle aussi. Il lui recommande toujours d'emmener sa mère, telle est sa façon de faire. Il a l'esprit vif et rusé ; il estime sûrement qu'il vaut mieux gagner les faveurs de la mère de Min-kyu pour amener celui-ci à servir ses intérêts. D'ailleurs, sa manœuvre s'avère efficace puisque la mère de Min-kyu se répand en louanges sur Jo et le considère comme quelqu'un de bien, doux et gentil.

Min-kyu sait pourquoi Jo fait tant d'efforts pour l'amadouer : il a peur que Min-kyu ne révèle la grave faute qu'il a commise. Il existe un lourd secret que seuls eux deux partagent. Min-kyu n'a pas la moindre intention d'utiliser ce qu'il sait sur Jo pour en tirer avantage. Pourtant Jo est inquiet et continue à faire tout ce cinéma. C'est le comportement typique de celui qui est incapable de faire ou d'inspirer confiance. Peut-être cherche-t-il à tout prix à trouver une faille chez Min-kyu. Aussi ce dernier se montre-t-il très prudent avec lui tout en faisant mine d'accepter ses invitations. Il essaye de prendre le bon côté de ses flatteries mais elles le font frissonner comme s'il était face à un serpent. Si Jo était un tant soit peu sincère, Min-kyu aurait vraiment pu devenir son ami rien que par le fait de partager son secret.

3

Jo a commis une erreur irréparable le jour du premier anniversaire de la mort de la femme de Min-kyu, un an auparavant. Min-kyu était de très mauvaise humeur ce soir-là car le doute qui l'avait hanté jusque-là s'était avéré fondé : il avait téléphoné à son beau-père pour lui dire qu'il allait monter à Pyongyang afin d'assister à l'offrande pour sa femme, mais ce dernier lui avait dit que ce n'était pas la peine de se donner autant de mal, qu'ils allaient se débrouiller pour l'offrande, et il lui avait gentiment conseillé de se concentrer sur son travail sans se soucier de ces problèmes familiaux. En apparence, il semblait se soucier du bien-être de Min-kyu, mais en réalité c'était une froide rebuffade, et Min-kyu l'avait clairement ressenti ainsi. Il en avait été vraiment sidéré. On dit que pour les beaux-parents, un gendre sans leur fille est comme une cheminée éteinte, il ne pensait quand même pas être rejeté aussi rapidement.

Ce soir-là, très perturbé, il est allé voir Jo avec une bouteille d'alcool après la sonnerie de la cloche signalant l'heure du coucher. Le groupe de travail n° 2, sous les ordres du capitaine Jo, se trouve dans la partie de la vallée derrière le secteur de Min-kyu, suivi des groupes 3, 4, 5, de plus en plus proches de la montagne. Deux kilomètres seulement séparent la zone de Min-kyu et celle de Jo.

A l'époque, Jo aussi habitait dans un logement collectif. Cela faisait presque deux ans qu'il avait été affecté dans le camp mais il n'y avait toujours pas fait venir sa famille, sous prétexte que le lieu n'était pas adapté à l'éducation d'enfants. Rusé comme un vieux renard, il était en train de manigancer quelque chose pour sortir de là, avec l'aide d'un haut responsable à l'extérieur. C'est pourquoi il dormait toujours dans la pièce adjacente à son bureau. Du même âge, Jo et Min-kyu se trouvaient dans une situation semblable, aussi leur arrivait-il souvent de prendre un verre ensemble. Jo aimait boire. Les bowiwon, peu nombreux au sein du camp, semblent tous souffrir de la même solitude. Pourtant ils entretiennent d'étranges relations, fraternisant ensemble à cause de leurs malheurs communs tout en se méfiant les uns des autres.

Jo n'était pas dans son bureau. La structure des bâtiments réservés aux bowiwon est à peu près partout identique : un bureau et une pièce adjacente servant comme chambre à coucher. Le bureau étant verrouillé, Min-kyu a frappé à la fenêtre de la chambre mais il n'a décelé aucun signe de présence. Ce soir-là, il avait vraiment besoin de boire avec un ami, il ne voulait donc pas rentrer bredouille. Il s'est dirigé en hésitant vers le bâtiment du secteur 2.

Mais là aussi, il n'y avait pas de lumière, ni dans le local du groupe de travail ni dans la salle de la propagande. Alors qu'il s'apprêtait à s'en aller, un bruit lui a tout à coup fait dresser l'oreille, cela venait d'une remise accolée au bâtiment. Tantôt on aurait dit un gémissement, tantôt le frottement de deux corps. Min-kyu s'est approché, a remarqué que les fenêtres avaient été occultées mais qu'une faible lumière filtrait par une fente dans le cadre de l'une d'elles. Curieux, il y a risqué un œil. A l'intérieur, des outils agricoles et des sacs en paille de riz étaient entassés et le sol au milieu de la pièce avait été recouvert d'une couverture, sur laquelle un homme et une femme aux corps nus et enlacés étaient en train de faire l'amour en haletant. Rouge d'embarras, Min-kyu a reculé d'un pas. Il n'a pas pu distinguer qui était la femme mais l'homme au visage cramoisi d'excitation était bien Jo. Avec qui était-il ? Il était interdit de commettre un tel acte avec une détenue, qui plus est dans la remise adjacente au bâtiment du groupe de travail à une heure si tardive.

Mais les seules femmes au sein du camp étaient des détenues. Jo avait un rapport sexuel avec l'une d'elles, oui, ça ne pouvait être que ça. Min-kyu en avait froid dans le dos. Si jamais une relation entre un bowiwon et une prisonnière politique était révélée, l'officier se retrouvait directement derrière les barreaux, avec exécution immédiate pour sa partenaire. Min-kyu ayant assisté à la scène, même si c'était sans le vouloir, ne pouvait plus faire comme si de rien n'était. Il réfléchissait à un moyen de dissuader Jo de continuer à se livrer à ce jeu dangereux quand il a soudain entendu des claques violentes et les cris de douleur de la femme. Pourquoi la frappait-il alors qu'ils étaient en pleins ébats un instant auparavant ? s'est interrogé Min-kyu dans le noir avant de s'approcher à nouveau de la fenêtre.

Sur la couverture se trouvaient dispersés des vêtements comme pour témoigner de l'acte sexuel qui venait d'avoir lieu. Jo était en train de se rhabiller en hâte mais la femme, encore nue, restait couchée à plat ventre, immobile. Une fois complètement rhabillé, Jo a agrippé d'une main les cheveux de la femme et lui a donné plusieurs gifles d'affilée. En la regardant bien, Min-kyu l'a reconnue, c'était Ok-byeol, la comptable du groupe de travail n° 2. Elle était étudiante dans une fac qui formait des enseignants, et elle s'était retrouvée ici avec son père accusé d'appartenir à une secte religieuse. Peu après, ce dernier était décédé, victime d'un AVC, la laissant orpheline. Jo avait proposé au directeur du camp de lui confier le poste de comptable de son groupe car elle était douée en calcul, Min-kyu s'en souvenait à présent.

— Espèce de folle, tu as décidé de ruiner ma carrière ou quoi ? C'est toi qui dois gérer ce genre de truc ! Tu me sautes dessus, complètement dingue de moi, et maintenant tu me mets dans de sales draps ?

Jo avait l'air fou furieux et en le voyant dans cet état, Ok-byeol blêmit, le corps tremblant de frayeur.

— Seonsaengnim, je vous ai dit que j'étais dans une période d'ovulation mais vous n'avez rien voulu savoir. Pourquoi m'accusez-vous… ?

Jo, suffoquant de colère, a poussé violemment la tête de la jeune femme, puis il a repris d'un ton radouci en faisant rouler ses yeux injectés de sang :

— Ne t'inquiète pas, je vais arranger tout ça…

— Ah… Je savais que vous réagiriez comme ça. Mais comment allez-vous faire ?

— Ne me pose pas de questions. Tu n'as qu'à faire ce que je te dis et tout se passera bien.

Il a agrippé fortement les seins de la femme et elle lui a aussitôt lancé un regard exagérément séducteur, comme si elle avait complètement oublié qu'il venait de la frapper. On aurait dit un frêle animal qui change de couleur pour se protéger.

— Regardez-moi cette salope, tu n'en as jamais assez, on dirait. Alors, tu en as encore envie, c'est ça ? Très bien.

Il l'a fait tomber par terre et l'a chevauchée, en approchant lentement ses deux mains du cou de la jeune femme. L'instant suivant, Ok-byeol avait les yeux exorbités et elle s'est mise à se débattre de toutes ses forces. C'est à ce moment-là que Min-kyu a compris l'intention de Jo. Lorsqu'il a fait irruption dans la pièce en donnant un violent coup de pied à la porte, la femme, les yeux révulsés, était déjà agitée par les derniers spasmes. Les fluides coulant d'entre ses cuisses dégageaient une puanteur infecte. Tout s'était passé en un clin d'œil.

Jo, hébété, restait assis les yeux vagues face à Min-kyu. Il lui a fallu un bon bout de temps pour se ressaisir et il s'est mis à le supplier d'une voix plaintive :

— Capitaine Chae, épargne-moi, je t'en prie, la vie de cette minable prisonnière politique ne vaut rien, n'est-ce pas ? De toute façon, elle devait mourir tôt ou tard, elle est partie un peu plus tôt, c'est tout.

— Pourquoi as-tu fait ça ? a demandé Min-kyu, encore bouleversé, d'une voix tremblante.

— Comme tu le sais, je vis séparé de ma famille. Je crois que tu es bien placé pour imaginer ce que ressent un homme dans ma situation. C'est pour ça que j'ai pris du bon temps avec cette garce, mais manque de pot, cette traînée s'est retrouvée enceinte et quand un bowiwon met enceinte une prisonnière politique, tu sais très bien le sort qui l'attend, c'est évident. J'implore ton silence, s'il te plaît ! Si tu acceptes, je te considérerai comme mon sauveur jusqu'à la fin de mes jours et je te serai fidèle comme un chien à son maître.

Le visage désespéré de Jo était luisant de sueur et de larmes. Min-kyu a frissonné d'horreur en voyant le corps nu et blafard de la femme aux yeux révulsés. C'était un meurtre. Mais en y réfléchissant à nouveau, il s'est dit qu'on pouvait considérer cela comme une forme d'exécution puisqu'il s'agissait d'une prisonnière politique ; et puis ce n'était pas bien de causer la ruine d'un collègue. De toute façon, elle était morte et, comme l'avait dit Jo, ce n'était qu'une minable prisonnière politique. Min-kyu s'est efforcé de raisonner ainsi pour reprendre son sang-froid. Il s'est rendu compte avec soulagement qu'il n'éprouvait aucune pitié envers cette pauvre jeune femme. Un bowiwon ne doit pas ressentir la moindre compassion à l'égard des prisonniers politiques. Sa réaction était donc tout à fait normale pour un officier, il le constatait. Finalement il a hoché la tête avec fermeté.

— C’est vrai ? Ça veut dire que tu me sauves la mise ?

— Comme tu l’as dit toi-même, un bowiwon ne doit pas gâcher sa vie à cause d’une « minable prisonnière politique ».

— Merci, je te remercie infiniment, a dit Jo en larmes, pendu aux jambes de Min-kyu.

— Maintenant, que comptes-tu faire pour arranger les choses ? a demandé Min-kyu en fronçant les sourcils, lui qui était involontairement devenu complice.

— Je vais faire passer ça pour un suicide et dire qu’elle s’est pendue à ce poteau-là. Pour le reste je me débrouille, je vais gérer tout ça proprement, ne t’inquiète pas.

Jo, le visage désormais apaisé, a lancé un regard méchant au cadavre de la femme tandis que Min-kyu hochait la tête en silence avant de quitter la remise.

Quelle qu’en soit la cause, la mort d’un prisonnier politique n’a rien de surprenant dans le camp. Même pour un cas de suicide, nul ne tient à enquêter, il suffit que le bowiwon fasse un rapport à son supérieur ; il n’était donc pas difficile pour Jo de traiter cette affaire comme il le voulait. Le lendemain matin, Ok-byeol, considérée comme s’étant pendue, a été enterrée dans un coin de la vallée sous des feuilles humides, sans tombe ni aucune marque particulière. Depuis cette affaire, Jo se comporte comme un vrai chien fidèle avec

Min-kyu, il pourrait aller jusqu'à lui lécher les pieds s'il le fallait. Quand ce dernier, gêné par son comportement trop obséquieux, tente de s'éloigner, Jo, en larmes, le supplie de ne pas l'abandonner. Contrairement à ce que redoute Jo, Min-kyu n'a aucune intention de lui tourner le dos. Il est convaincu que perdre un bowiwon à cause d'une prisonnière politique, d'une ennemie de classe, n'est ni juste ni dans l'intérêt de la révolution. Il considère ce qu'a fait Jo comme une erreur sans importance. A ses yeux, les prisonniers politiques ne valent rien, ils ne sont que des sales bêtes qui méritent la mort. Il les méprise et pense que les persécuter est un acte tout à fait légitime.

Mais voilà, Su-ryeon est devenue une prisonnière politique. Il est contraint de la traiter non comme un être humain mais comme une bête et une ennemie de classe. Et il s'en sent incapable.

LE PREMIER BAPTÊME

1

Les trois membres de la famille de Wonho sont répartis dans différentes équipes de travail : Wonho et Su-ryeon sont chacun affectés à un groupe de travail agricole tandis que la mère rejoint l'équipe des activités auxiliaires, composée uniquement de personnes âgées. Puisque les récoltes sont terminées, les hommes doivent couper du bois de chauffage pour l'hiver et les femmes labourent les champs et font sécher les grains de maïs.

Dans le groupe de Wonho, on forme des tandems dont chaque membre a pour tâche journalière de descendre quatre troncs de plus de dix mètres jusqu'au pied de la montagne. En principe, ils déjeunent tous ensemble une fois que tout le monde est parvenu à transporter ses deux troncs de la matinée. C'est le chef d'équipe qui dirige et surveille le travail sur le terrain. Lui aussi est un prisonnier politique, n'empêche qu'il prend de grands airs devant les autres et que son œil est aussi féroce que celui d'un vautour. Sans raison, il décoche un regard furieux à Wonho qui vient d'arriver et donne un coup de fouet en l'air pour montrer son pouvoir. Les autres détenus sont dociles devant lui et ont clairement une attitude servile à son égard. Wonho trouve infâme et ridicule ce type qui fait le bravache alors qu'il n'est lui aussi qu'un prisonnier.

Wonho est né, a grandi, a étudié à Pyongyang, et c'est encore dans cette ville qu'il a travaillé en tant que journaliste. Il n'a donc jamais fait l'expérience de couper du bois dans la montagne. Mais au lieu d'avoir peur de cette besogne, il se sent un peu rassuré car il avait imaginé bien pire durant le trajet jusqu'au camp. Il avait entendu des rumeurs affreuses selon lesquelles les prisonniers politiques extrayaient du minerai de cobalt très nocif dans les profondeurs de mines ou devaient creuser des tunnels secrets où ils finissaient par disparaître sans laisser de trace, ou encore devenaient des cobayes pour des tests d'efficacité d'armes chimiques. Labourer la terre ou couper du bois ? Il s'estime chanceux et se sent capable de supporter la vie dans ce camp.

Son coéquipier est un homme dont l'âge est difficile à deviner. Au premier coup d'œil, on lui donnerait une quarantaine d'années, mais vu son dos courbé et ses cheveux grisâtres, il doit avoir plus de cinquante ans. Son menton carré, signe d'un caractère fort, est mangé par une barbe dure ; ses joues creuses sont sillonnées de rides profondes. Il a beau avoir l'air fatigué, il ne semble pas pour autant facile à aborder. Son vêtement luisant de crasse est rapiécé avec quantité de tissus multicolores ; il a enroulé plusieurs fois autour de ses hanches une corde faite avec du sarment de maranta et il porte une petite musette sur son épaule. Il s'agit là de l'accoutrement banal des détenus.

Wonho, en tant que nouveau venu dans le camp, n'a pas de tenue de travail, aussi a-t-il revêtu le blouson qu'il portait quand il travaillait comme reporter à Pyongyang. Cette veste marron foncé en tissu de bonne qualité et propre est impeccable, elle scintille dans les rayons du soleil. Wonho se sent gêné par le grand contraste entre sa tenue et celle de son coéquipier. La hache fournie par l'administration du camp semble totalement incongrue dans sa main lisse. Troublé, Wonho jette régulièrement des coups d'œil furtifs à son partenaire pour guetter son humeur mais celui-ci, l'air indifférent à tout, se contente de marcher sans piper mot. Les poignées des deux binettes luisantes d'usure qui dépassent de la musette qu'il porte sur l'épaule s'entrechoquent au rythme de ses pas.

A première vue, il y a plein de bois à couper en bas de la montagne mais son partenaire persiste à grimper vers le sommet. Wonho aimerait bien qu'ils s'arrêtent quelque part et se mettent au travail, mais l'homme, sans un regard autour d'eux, continue à avancer comme s'il allait chercher un trésor qu'il avait caché là-haut. Wonho, qui ignore ce qu'il faut comme bois ou comment le couper, n'a pas d'autre choix que de le suivre.

C'est la première personne avec qui Wonho se retrouve en tête-à-tête depuis son arrivée dans le camp. Il a donc beaucoup de questions à lui poser, lui qui a sûrement déjà vécu pas mal de temps dans cette vallée. Il meurt d'envie de lui adresser la parole mais il se retient car l'homme est tellement bourru et taciturne qu'il est difficile à cerner. En plus, le bavardage pendant le travail leur est interdit sous peine de coups de fouet.

2

Les deux hommes s'essoufflent au point de suffoquer. Wonho dégage des bouffées de vapeur tandis que l'autre est couvert de sueur ; il marche plus vite que Wonho mais il semble tellement exténué que la simple pression d'un doigt sur son dos pourrait le faire s'effondrer. Wonho, attentif à ses halètements, fait tout pour le rattraper. Ils cheminent ainsi sans parler pendant une heure avant d'atteindre enfin la crête de la montagne.

C'est alors que Wonho comprend pourquoi son partenaire s'est donné tant de mal pour grimper jusque-là. Le sommet est une étendue plate couverte d'arbres, parmi lesquels de nombreux troncs morts et desséchés. Même lui qui n'a aucune expérience se rend compte rapidement qu'un tronc sec est non seulement plus facile à transporter mais aussi idéal pour servir de bois de chauffage.

Son coéquipier observe attentivement les alentours, s'installe à côté d'un arbre mort qui paraît solide et fouille dans sa poche. Il cherche sans doute de quoi fumer. En effet, il sort des miettes d'herbes sèches et ramasse une feuille morte sur le sol avant de la rouler pour en faire une cigarette. Wonho se souvient alors des paquets de cigarettes offerts par son journal à Pyongyang. Lui ne fume pas mais il les avait mis dans son bagage en pensant que ça lui serait utile un jour. Il regrette de ne pas en avoir pris avec lui car il aurait pu s'en servir pour aborder l'homme plus facilement.

Wonho s'installe à quelques pas de son coéquipier et se repose un peu. L'odeur de la forêt se répand abondamment grâce au souffle frais de l'automne. Des piverts qui picorent des insectes font beaucoup de tapage au milieu des chants d'oiseaux environnants. Pour se préparer contre le froid, les arbres se débarrassent dans un bruissement de leurs feuilles devenues aussi inutiles que des pellicules. Celles qui sont tombées récemment gardent encore leurs jolies couleurs et leur parfum de jeunesse. Bientôt, givrées et sous la neige, elles les perdront. A la pensée que lui aussi ne va pas tarder à connaître le sort de ces feuilles et à prendre l'apparence misérable de son coéquipier, Wonho a le cœur serré. Soudain toute force quitte son corps et il a envie de s'allonger sur le sol humide. La tentation de dormir profondément alourdit ses paupières. Alors il se lève d'un bond pour chasser le sommeil qui l'envahit.

Il distingue vaguement le camp en contrebas. Vus du sommet, les cinq secteurs plus ou moins grands s'étirent l'un à côté de l'autre le long de la vallée. Les masures des prisonniers installées dans chacun d'eux ressemblent à des ordures qu'on aurait jetées négligemment dans une nature splendide. La partie de la vallée où habitent les détenus du groupe n° 1, auquel appartient la famille de Wonho, est la plus étendue. Au milieu des misérables cahutes ratatinées comme des amas de vieux champignons se dressent, l'air menaçant, le bâtiment du comité administratif et celui du bureau du bowiwon. Derrière le hameau des détenus est tapi un immeuble de plain-pied très allongé. Dans la cour, il voit des enfants aller et venir.

— Oh, il y a aussi une école ! s'exclame-t-il, ému.

Il se sent un peu revenu dans le monde des humains. Oui, sa mère avait raison, ici aussi la vie continue. Allons, essaye de garder ton sang-froid et d'affronter la situation, se persuade-t-il en serrant fort les poings.

Son partenaire, qui a fini de fumer, toussote pour appeler Wonho et désigne du doigt un arbre mort non loin de là. C'est une injonction à le couper. Wonho hésite un moment, il ne sait pas comment s'y prendre et finit par demander prudemment :

— Est-ce qu'il suffit que je donne des coups de hache sur le bas du tronc ?

L'expression vague de l'homme vire aussitôt à la férocité. D'un air menaçant, il s'avance vers Wonho en dégageant une odeur infecte de cigarette et de sueur mêlées. Il s'approche encore plus lorsque Wonho recule et il gueule méchamment :

— Toi, le joli cœur, tu vas assumer ta part, ne t'imagine pas que je le ferai à ta place, compris ?

L'usage veut qu'on ne réponde pas à un sourire par un crachat, aussi la violence de sa réaction est-elle complètement inattendue. Face à cette hostilité aveugle, Wonho reste perplexe. Il s'agit sûrement pour l'homme de faire valoir son ancienneté dans le camp, et à la pensée que ce genre d'attitude a cours même dans ce contexte, l'ancien journaliste ne peut que rire amèrement. Sans broncher, il s'approche de l'arbre désigné par son coéquipier et observe du coin de l'œil ce que celui-ci est en train de faire.

L'homme ouvre d'abord sa musette et en sort une hache et une scie. Il crache un coup sur ses paumes puis met un genou à terre et courbe un peu le dos. Il pose sa scie perpendiculairement au bas du tronc et le jauge un moment avant de se mettre à scier lentement. L'outil va et vient à un rythme régulier en faisant voler quantité de sciure blanche. Les lames de ses deux outils sont affûtées et brillantes, sans doute les a-t-il aiguisées juste avant de venir. La lame de la hache que Wonho tient à la main est émoussée et ébréchée. Il ne sait pas comment l'aiguiser ni comment faire pour obtenir une scie. Il voudrait bien poser la question à son partenaire mais il n'ose plus s'adresser à lieu.

Ne sachant que faire d'autre, Wonho imite sa position. Il pose un genou sur le sol et rassemble ses forces pour donner un coup de hache sur le bas du tronc. L'outil rebondit bruyamment en éraillant à peine l'écorce sèche ; Wonho, projeté en arrière, s'exaspère, il donne plusieurs coups d'affilée en serrant les dents mais il ne fait que rogner de petits morceaux de bois et ça l'a déjà fatigué.

Il observe de nouveau l'homme du coin de l'œil. Celui-ci retire doucement sa scie qui était enfoncée jusqu'à la moitié du tronc et se met à scier l'autre côté un peu au-dessus. Peu après, l'arbre commence à pencher vers le côté le plus entamé. Alors il ôte rapidement sa scie et essaie de pousser le tronc à l'aide de son épaule pour orienter sa chute. Le grand tronc s'incline avant de s'effondrer dans un grand fracas. En un rien de temps, il abat ainsi deux arbres. Il est non seulement doué pour scier, mais il a aussi la capacité extraordinaire de les faire tomber sans qu'ils restent accrochés aux autres arbres, pourtant très denses.

Admiratif, Wonho regarde l'homme ébrancher ses troncs avec dextérité à l'aide de la scie. Plus que de l'envie, ce qu'il éprouve, c'est du respect.

— Vous êtes vraiment formidable ! s'exclame-t-il sans réfléchir.

L'autre lui jette un regard en coin et creuse un sillon sur la circonférence du tronc, toujours sans un mot. Il prend dans sa musette une corde en sarment de maranta et l'enroule solidement dans le cercle creusé. Wonho se contente de le regarder, comme ensorcelé, lui a à peine éraillé le tronc de son arbre. En le voyant ainsi, l'homme fait claquer sa langue avec pitié. Wonho se réjouit de cette réaction qu'il interprète comme si l'autre lui avait adressé la parole. Une fois son labeur achevé, l'homme soulève soigneusement sa scie, on dirait qu'il porte un bébé, et la lui tend brusquement.

— Hé, si tu travailles comme ça, tu n'obtiendras même pas quelques gouttes de bouillon de riz. Coupe l'arbre comme je viens de le faire et sois prudent !

Wonho se saisit aussitôt de la scie. Il est tellement ému que des larmes lui montent aux yeux. Il se met à scier comme il l'a vu faire. Certes il n'a pas autant d'aisance que son coéquipier mais avec un outil aussi efficace, il arrive à couper l'arbre assez facilement. Au moment où il veut le faire tomber, l'homme s'approche et lui donne un coup de main pour orienter le tronc. Il l'aide ainsi pour les deux arbres. Contrairement à la première impression qu'il a donnée, il ne doit pas être un mauvais bougre. Wonho le remercie en faisant plusieurs courbettes, ébranche les troncs et creuse un sillon sur chacun d'eux. Cette dernière tâche n'est guère facile avec sa hache émoussée. Il aimerait bien que l'homme lui prête également sa hache, mais ce dernier se contente de fumer en l'ignorant. Wonho s'investit à fond, trempé de sueur, et n'achève le travail qu'au prix d'un âpre effort. Son coéquipier lui apprend alors comment attacher les deux troncs d'arbres à l'aide de la corde.

3

Ils se hâtent de redescendre la montagne en traînant leurs troncs derrière eux. Wonho ne sait pas travailler en ménageant ses forces comme le fait habilement l'homme, et il se sent déjà exténué, les jambes flageolantes.

— Je passe devant et toi tu me suis en gardant une certaine distance, parce que si jamais des pierres s'éboulent, celui qui est devant est en danger.

— Oui, entendu ! répond Wonho avec entrain.

Le fait que son partenaire lui adresse la parole lui redonne de la vigueur. La corde attachant les deux troncs posée sur son épaule, Wonho se déplace prudemment. Les troncs ne sont pas très lourds et il les traîne sans trop de difficulté en descendant la pente. Mais peu après, il commence à peiner. Il n'y a aucun chemin tracé et il faut donc s'en frayer un en se faufilant entre les arbres et les buissons. Wonho, dépourvu d'expérience, se heurte souvent à des rochers ou des ronces ; il doit déployer toute son énergie pour s'en dégager. En plus, la corde qui attache son fardeau se relâche régulièrement et à chaque fois il lui faut la resserrer, ce qui prend deux fois plus de temps. Il ne perçoit plus aucun signe de la présence de son partenaire, qui est sans doute déjà en bas. Affolé, il perd son sang-froid et ses troncs finissent par s'enfoncer dans un tas d'arbres en train de pourrir au sol. Il a beau essayer de les dégager, ils ne bougent pas d'un pouce, écrasés sous le poids des autres. Tout seul, il lui est impossible de résoudre le problème, il finit donc par renoncer. Muni seulement de sa hache, il descend la montagne sans son butin. Il se dit qu'il expliquera ce qui s'est passé et rattrapera son retard l'après-midi.

En bas de la montagne, les autres font déjà la queue avec leurs troncs posés devant eux. D'un air moqueur, ils regardent Wonho qui descend bredouille. Celui-ci s'avance vers le chef d'équipe et tente d'expliquer poliment la situation, mais avant même d'avoir pu prononcer un mot, il voit brusquement passer un éclair devant ses yeux et il s'effondre sur place. C'est seulement après un bon moment qu'il aperçoit le fouet brandi par l'homme.

— Espèce d'ordure, tu te crois où pour oser être si paresseux ? Faut que je te fasse vomir toute ta bile pour que tu te ressaisisses enfin ?

Aussitôt une série de coups de fouet s'abattent sur Wonho. La lanière de cuir soulève l'air dans un sifflement avant de se coller à son corps. Le supplicié hurle de douleur et se tord dans tous les sens pour les éviter mais en vain. C'est la première fois de sa vie qu'il subit une telle violence. Au début, il a tellement mal qu'il ne pense à rien, puis, tout son corps en feu, il sent la colère remonter en lui. Pourquoi ce maudit individu qui n'est qu'un détenu comme lui le persécute-t-il ainsi ? Il se lève au prix d'un effort surhumain et fixe le type d'un regard hostile.

— Vous ne m'avez même pas laissé vous donner d'explication et vous commencez par me frapper, c'est injuste, non ?

— Regardez-moi ce petit con, je vois que tu n'as pas tout à fait repris tes esprits. Comment ça, c'est injuste ? C'est moi qui décide de ce qui est juste ou non. Bon, je sens que ça va pas aller comme ça. Hé, vous autres, venez le déshabiller !

Aussitôt dit, aussitôt fait. Plusieurs détenus se précipitent sur Wonho. Celui-ci fait tout ce qu'il peut pour se défendre, sans succès. On lui enlève son pantalon et jusqu'à son slip et il s'effondre nu comme un ver. Des gloussements moqueurs fusent autour de lui.

— Debout et tes deux mains en l'air ! Vite !

Le fouet que le chef d'équipe brandit haut, prêt à s'abattre, oscille de façon menaçante devant les yeux de Wonho, lequel n'a qu'une idée en tête : échapper à cette situation humiliante. Dissimulant son entrecuisse de ses deux mains, il hurle en larmes :

— Pardonnez-moi, s'il vous plaît, je vous en supplie, au moins pour cette fois.

— Ici le mot « pardon » n'existe pas ! Quand on commet une erreur, il faut la payer !

L'instant suivant, le fouet s'abat sur son corps nu. Le type va continuer à le frapper tant qu'il ne lèvera pas les mains en l'air. Finalement, ne pouvant en supporter davantage, Wonho lui obéit, exposant sa nudité aux yeux de tous. Il a les joues et le dos en feu et sa tête est vide. Il ne voit et n'entend plus rien. Les rires des ombres qui l'entourent et la voix du chef d'équipe qui l'engueule ne sont plus que des bourdonnements d'abeilles. Le chef d'équipe enlève sa veste et son pantalon rapiécés et puants, les jette à Wonho avant d'enfiler les vêtements de ce dernier. Avec un sourire de satisfaction, il caresse sa nouvelle tenue.

— Sache que tu as sauvé ta peau aujourd'hui grâce à ces vêtements. Allez, assieds-toi maintenant.

Wonho s'affale sur place et ne pense même pas à se rhabiller. On jette une boule de farine de maïs grosse comme un poing sur les vêtements crasseux à ses côtés.

— Allez, dépêche-toi de bouffer ça et essaie de te rattraper cet après-midi !

Des larmes intarissables jaillissent alors de ses yeux. Elles ne sont pas des larmes d'indignation ou de chagrin, elles coulent machinalement, vu qu'il ne ressent plus rien et que sa tête est comme une page blanche. Il a l'impression que son corps, vidé de tout son sang, n'est plus que peau et, pris de vertige, il se sent flotter dans l'air ; ses membres bougent automatiquement pour ramasser les haillons avant de les enfiler. Aussitôt, on ne le distingue plus des autres détenus. Il s'en trouve moins gêné même s'il se dit qu'il est tombé au plus bas. Son regard doit certainement être dilaté de peur, inutile de se regarder dans un miroir. Il éprouve une faim insoutenable et engloutit le morceau de farine de maïs sans en laisser la moindre miette, peu importe qu'il soit un peu moisi. Son corps obéit à la réalité avant même qu'il ait eu le temps d'en prendre conscience.

4

Wonho gravit à nouveau la montagne d'un pas chancelant. Tout son esprit est préoccupé par une seule chose : il lui faut couper deux autres troncs d'arbres avant le soir. A sa propre surprise, il ne ressent aucune humiliation ou indignation à cause de ce qu'il vient de subir. Sur son chemin, il retrouve, au milieu des vieux arbres morts, les deux rondins qu'il a abandonnés dans la matinée et il se laisse tomber devant eux avant d'éclater en sanglots. Seul, il n'arrivera même pas à les remuer, il lui faut bien se rendre à l'évidence. En proie à une terrible sensation d'impuissance, il pleure comme un enfant, aussi pitoyablement qu'un faible animal face à la mort.

Son coéquipier qui le précède le regarde, l'air de le trouver misérable. Il fait claquer sa langue, s'approche de lui sans broncher et entreprend de dégager les deux troncs. Wonho, tout en sanglotant, vient l'aider. Il est prêt à obéir inconditionnellement à cet homme bourru et taciturne, et le remercie par des courbettes. Une fois les arbres libérés, l'homme se remet à grimper sans se retourner.

Wonho repose sur ses épaules les cordes attachant les rondins et serre les dents, plus déterminé que jamais. Il doit vite les descendre avant de remonter la pente. Hors de question de discuter, il l'a bien compris maintenant. Hélas, on n'acquiert pas tact et savoir-faire en un claquement de doigts. Traînant les deux troncs d'arbres, Wonho court vers le bas à perdre haleine et sans se ménager, mais il finit par tomber. Les rondins ont dégringolé la pente abrupte plus vite que lui et viennent de lui percuter violemment les jambes avant de s'immobiliser. Ecrasé sous leur poids, il hurle de douleur comme une bête prise au piège. Un moment plus tard, le chef d'équipe s'avance vers lui, haletant de colère. Il écarte les deux rondins, regarde les jambes ensanglantées de Wonho et braille en agitant son fouet :

— Espèce d'imbécile ! Dépêche-toi de déchirer un morceau de vêtement pour arrêter l'hémorragie, lève-toi et essaie de marcher !

Wonho obéit, il déchire un morceau de son linge de corps avec lequel il enveloppe la plaie, et se relève avec effort. Puis il esquisse quelques pas en boitillant. Heureusement, il ne semble pas y avoir de fracture.

— Salopard, n'en fais pas tout un plat ! Allez, bouge ton cul ! Tu descends tout de suite ces deux troncs puis encore deux autres, quitte à y passer la nuit, compris ? Un bourgeois comme toi, faut le mater dès le départ !

Le chef d'équipe rebrousse chemin en agitant son fouet comme si tout cela l'amusait. Wonho, sentant ses dernières forces abandonner ses jambes, se laisse glisser à terre. Il dénoue le tissu et examine sa blessure plus attentivement. Du sang coule encore de la plaie ouverte jusqu'à l'os. Horrifié, il s'apprête à rattacher l'étoffe quand il entend la voix de son partenaire :

— Mets ça sur la blessure, ça aidera à stopper l'hémorragie.

L'homme lui tend un peu de résine de pin recueillie dans une feuille d'arbre. Wonho, ému par son humanité, en a les paupières qui le picotent et il le regarde d'un air éperdu. Alors l'autre lui jette brutalement la résine en disant :

— Si tu pleures aussi facilement qu'une fille, tu ne survivras pas ici.

Ses yeux inexpressifs, à moitié clos, sont traversés par une lueur de pitié, celle qu'il éprouverait pour un enfant fragile. Il reprend aussitôt son ascension vers le sommet, et en voyant son dos s'éloigner, Wonho est brusquement gagné par la panique ; il se dit qu'il ne faut pas le laisser repartir. Affolé, il hurle à tue-tête vers l'homme qui le distance de plus en plus :

— S'il vous plaît ! S'il vous plaît !

L'autre s'arrête net et se retourne, puis il recommence à marcher.

— S'il vous plaît, un moment, juste un moment, s'il vous plaît !

L'homme qui continuait de s'éloigner malgré ses appels désespérés rebrousse chemin tout à coup, difficile de savoir ce qui lui est passé par la tête. Il redescend jusqu'à Wonho et lui lance un regard contrarié.

— Tu es fou ou quoi, pourquoi tu cries comme ça ?

— Eh bien, est-ce que vous seriez intéressé par des cigarettes de la marque Haedanghwa ?

— Qu'est-ce que tu racontes ?

— J'ai chez moi plusieurs cartouches de ces cigarettes et comme je vous ai vu fumer, je me suis dit que peut-être vous en voudriez…

A l'instant même une étincelle jaillit dans les yeux de l'homme. Il fixe Wonho d'un regard suspicieux mais chargé d'une grande curiosité.

— Tu en as vraiment ?

— Oui, on m'en a offert quand je travaillais à Pyongyang, moi je ne fume pas mais…

— Après le travail, tu peux m'emmener chez toi et m'en donner ? coupe l'homme en s'approchant davantage.

Enfin rassuré, Wonho pousse un soupir de soulagement.

— Bien sûr, mais en échange, s'il vous plaît, aidez-moi aujourd'hui.

— Si jamais tu mens, tu auras affaire à moi ! menace l'autre pour s'assurer de son honnêteté.

— Je ne sais pas mentir.

— Remarque, à voir ta tronche je te crois. Alors, comment tu veux que je t'aide ?

— Ces deux arbres-ci, je les ai presque descendus, donc ça va, mais pour les deux autres, laissez-moi venir avec vous parce que je n'ai pas d'outils efficaces.

— Bon, je vois que tu essaies de te débrouiller quand même, très bien.

Il accepte volontiers et l'aide à se redresser. Contrairement à son attitude froide du début, il se retourne plusieurs fois et tend la main pour aider son partenaire blessé à le suivre. Wonho, enhardi, lui demande si dans ce camp on torture et on emprisonne les détenus.

— Avec tout ce que tu as subi tout à l'heure, tu me poses encore cette question ? s'énerve l'homme. Ce sont justement ça les tortures d'ici et elles font partie de la vie quotidienne. Et puis quand on est enfermé derrière des barbelés, on est déjà en prison, non ? Qu'est-ce qu'il te faut de plus ?

— Le chef d'équipe n'est qu'un prisonnier politique comme nous, alors pourquoi nous traite-t-il aussi cruellement ? réplique Wonho d'une voix chargée de colère.

— C'est une stratégie de survie. Ces types se comportent avec leurs camarades aussi férocement que des loups pour plaire aux bowiwon. C'est le seul moyen pour eux de garder ce poste de chef d'équipe qui leur procure une vie un peu moins dure et plus de nourriture à manger.

— Il s'agit donc d'une hiérarchie absurde entre esclaves, comme c'est triste !

— Un intellectuel comme toi qui ne sait rien faire d'autre que bien parler va en baver ici. Allez, ferme ta gueule et dépêche-toi de travailler !

L'homme parle brutalement mais il a l'air gentil. C'est lui qui fait presque tout le boulot pour abattre leurs quatre arbres. Quand ils les descendent, il place Wonho devant et l'aide en cas de besoin. Ce dernier se dit que la deuxième cartouche de cigarettes pourra aussi lui être utile.

Le soir, Wonho regagne son taudis et, tard dans la nuit, il reçoit la visite de son coéquipier venu chercher ses cigarettes. Alors il lui demande discrètement s'il peut obtenir une scie en échange d'une autre cartouche de cigarettes. L'homme réfléchit un moment et lui propose la solution suivante :

— Demain matin, tu demandes au chef d'équipe de te donner une scie, même très abîmée. Vu qu'il t'a pris tous tes vêtements, il peut au moins te faire cette faveur. Et moi, je suis capable de bien aiguiser une scie, même en très mauvais état.

Le lendemain matin, Wonho prend son courage à deux mains et fait sa requête au chef d'équipe comme son coéquipier le lui a conseillé. Ce dernier avait raison, en effet. Le chef d'équipe lui donne une vieille scie aux dents tout abîmées en se vantant exagérément comme s'il lui faisait un cadeau inestimable. Son coéquipier ramène chez lui la scie et la hache de Wonho et les lui rend deux jours plus tard. C'est vraiment incroyable : les lames sont étincelantes, comme neuves.

— Ce sont les outils qui travaillent, pas l'homme.

Wonho se dit qu'il serait très utile à l'avenir de se rapprocher de cet homme. Mais quelques jours plus tard, on lui attribue un nouveau partenaire. Wonho ne tarde pas à comprendre que, dans le camp, on change souvent les équipes. C'est pour empêcher les détenus de nouer des liens d'amitié.

L'HIVER DANS LE CAMP

1

L'hiver dans le camp est particulièrement pénible et cruel. Le chemin laborieusement frayé dans la montagne la veille en faisant descendre les arbres est complètement enseveli sous la neige pendant la nuit. La forêt touffue est enfouie dans une couche neigeuse dont on ignore la profondeur, on ne voit que les extrémités des branches. Le volume des arbres a diminué de moitié maintenant que leurs branches sont gelées et dénudées. Le vent aussi coupant qu'une lame de couteau souffle avec fureur et les secoue frénétiquement, alors qu'ils sont déjà complètement dépouillés. Les habitants du camp, contraints d'aller couper du bois de chauffage tous les jours dans la montagne, ont tellement horreur de cette brutalité de l'hiver que des grossièretés s'échappent toutes seules de leurs bouches. Cette saison sur le plateau est surtout pesante pour les hommes. Les femmes restent en bas à débiter les troncs qu'ils descendent mais eux sont obligés de gravir la montagne tous les jours sans exception au cœur de ce froid mordant.

Même dans les pires conditions météo, ils sont poussés vers la montagne. On dirait que l'objectif n'est pas de les faire travailler mais souffrir. Les détenus qui se rassemblent chaque matin, harcelés par le tintamarre de la cloche, ressemblent à un troupeau de bêtes traînées vers l'abattoir. Ils ont revêtu tous les haillons qu'ils possèdent, peu importe que ça pue, mais le froid reste insupportable et ils rentrent au maximum la tête dans les épaules tout en trépignant. Ils n'ont ni vêtements ni chaussures adaptés à la saison et doivent lutter contre la neige toute la journée, le ventre creux. Au moindre faux pas, ils tombent dans un trou de neige pareil à un puits et il leur faut alors user de toute leur énergie pour en sortir. Après plusieurs chutes de ce genre, une fois au sommet de la montagne, ils s'effondrent avant même de pouvoir donner un coup de hache sur un arbre. Tous les jours, il y en a qui meurent gelés, recroquevillés dans la neige, succombant aux engelures ou pétrifiés par le froid. C'est leur faute s'ils ne s'adaptent pas et périssent ainsi. D'ailleurs, ils n'ont le droit de mourir qu'en travaillant, tel est leur destin.

Chaque nuit, quand Wonho se couche, il aspire à ne pas se réveiller le lendemain matin. En gravissant la montagne, il éprouve parfois la dangereuse pulsion de se laisser tomber au creux de la neige et de dormir. Le pire, c'est que revenu chez lui après les corvées de la journée, il doit encore aller couper du bois pour chauffer son foyer, du coup il a peu de temps pour dormir.

Les habitants du camp accumulent du bois de chauffage par tous les moyens, chaque fois qu'ils ont un moment, avant l'arrivée de l'hiver. Sans quoi ils sont obligés d'aller en chercher la nuit en rentrant du boulot, dans un froid coupant. Si une famille imprévoyante ne s'y astreint pas, tous ses membres peuvent se retrouver à l'état de cadavres gelés, c'est déjà arrivé. Wonho et les siens, qui affrontent l'hiver sans aucune réserve de chauffage, doivent grimper sur la montagne même en pleine nuit, c'est une question de survie, sinon ils risquent de mourir de froid à tout moment.

Une fois avalé leur bol de bouillie de maïs en guise de dîner, ils sont si exténués qu'ils ont du mal à se relever, mais il leur faut aller chercher du bois, ne serait-ce qu'une ou deux branches humides. Au début, seuls Wonho et Su-ryeon s'en occupaient mais plus tard, la mère les a rejoints. Ils ont eu beau essayer de l'en dissuader, ils ne sont pas parvenus à la faire renoncer. La nuit, la tempête de neige devient plus violente et il fait aussi très noir, ce qui rend l'ascension de la montagne vraiment ardue. Sa mère et sa femme, chacune un fagot de bois sur le dos, s'écroulent à plusieurs reprises dans la neige. Malgré tout, aucune des deux n'abandonne son butin. Tous trois très résolus, ils avancent coûte que coûte.

C'est déjà rude de couper des branches et de les traîner jusqu'à la maison, mais c'est tout aussi difficile de faire du feu. Comme ils n'ont pas la force de se hisser jusqu'en haut de la montagne, ils ne trouvent que des arbres humides, et comme ils les brûlent sans prendre le temps de les faire sécher, cela ne produit que de la fumée. Malgré tous leurs efforts, la chambre ne se réchauffe pas. Le visage glacé, ils sont obligés de remonter la couverture jusqu'à leur tête pour dormir. Cette petite cabane est tellement rudimentaire que le givre pénètre à travers les murs de terre et fait son nid blanc partout dans la pièce.

Souvent, ils n'arrivent pas à faire un feu suffisant pour préparer de la bouillie et ils boivent l'eau telle quelle avec les grains de maïs crus avant d'aller travailler. Ces jours-là, ils souffrent immanquablement de diarrhée. Leurs corps étant déjà sous-alimentés, s'ils évacuent le peu qu'ils ont mangé, ils sont certains d'éprouver des vertiges et des troubles de la vision. On sent la mort approcher mais on survit malgré tout. La vie humaine est plus coriace qu'on ne le pense. Cependant il faut bien admettre que celle des détenus dans le camp, qui n'ont pas d'autre choix que de subsister au jour le jour, est aussi fragile qu'une brindille de paille et aussi courte qu'un rayon de soleil d'hiver dans la vallée.

2

Su-ryeon craint de regretter d'avoir suivi son mari dans cette vallée. Lorsque les bowiwon lui ont conseillé d'apposer son empreinte digitale sur le dossier du divorce, il faut avouer qu'elle a hésité, ne serait-ce qu'un court instant. Elle éprouvait surtout de la peine à l'idée de ne plus pouvoir monter sur scène, sa plus grande passion, et elle rechignait aussi à quitter Pyongyang. Elle était tellement fière d'avoir été sélectionnée par l'Orchestre symphonique national de Pyongyang, ce que souhaitaient tous les camarades de sa fac de musique. Mais elle ne pouvait se séparer de son mari. Elle l'aime encore plus qu'elle ne le croyait, et c'est en entrant dans ce camp qu'elle s'en est rendu compte. Elle s'étonne elle-même d'avoir décidé si rapidement de le suivre.

Su-ryeon et Wonho ne se sont pas mariés suite à une rencontre spontanée. C'est la mère de Wonho, violoncelliste dans le théâtre où elle jouait, qui a servi d'entremetteuse. En y réfléchissant plus tard, Su-ryeon s'est dit qu'elle avait déjà une idée derrière la tête quand elle lui parlait de son fils. Pour une raison qu'elle ignore, sa belle-mère a tout fait pour l'avoir comme bru. La jeune femme lui en a été reconnaissante, non seulement à cause de la considération qu'elle lui accordait, mais aussi et surtout parce que le fils était plutôt pas mal comme prétendant : il avait étudié dans une prestigieuse université et été nommé comme reporter dans le meilleur journal de Pyongyang. Peu de mères ont la chance de pouvoir se vanter d'avoir un tel rejeton. En plus, il était beau comme une statue au corps svelte ; ses gestes élégants et pleins de vitalité renforçaient son image d'homme sûr de lui ; son nez droit sous son beau front lui donnait l'air intelligent et fier ; ses yeux légèrement enfoncés, humides et profonds, semblaient prêts à vous captiver. Dès le premier rendez-vous, elle avait eu le coup de foudre. A chaque nouvelle rencontre, elle était de plus en plus charmée. Wonho était aussi très éloquent, il avait donc tout pour la séduire. Qui plus est, il se montrait toujours poli mais un peu distant, ce qui le rendait encore plus attirant.

Durant la première année de son mariage, elle s'est dévouée corps et âme à son mari et sa belle-mère. Plus besoin désormais de dormir dans un des lits superposés du logement collectif des célibataires fourni par le théâtre. Chaque nuit, allongée aux côtés de son mari dans leur chambre conjugale au sein d'un appartement confortable, elle éprouvait un bonheur indescriptible. Sa famille vivait près de la frontière septentrionale, elle n'avait aucun lien familial à Pyongyang. Sa belle-famille était par conséquent pour elle un nid des plus précieux. Elle était aussi proche de sa belle-mère, qu'elle connaissait depuis qu'elle travaillait au théâtre, que de sa propre mère. On dit que la vie d'une bru sous le toit de la belle-famille est plus âpre qu'un piment fort, mais dans son cas, c'était exactement l'inverse, chaque jour était pour elle une lune de miel. Plus elle se sentait heureuse, plus elle avait envie de prendre soin de son mari.

Elle imaginait mal sa vie sans son époux et sa belle-mère. Elle était convaincue que son existence suivait une seule et unique orbite tel un satellite autour de la Terre. C'était précisément pour cette raison qu'elle n'avait pu divorcer de son mari et l'avait suivi dans le camp. Elle craignait davantage la séparation avec lui que la souffrance à venir.

Mais dès le début, le quotidien du camp a mis à l'épreuve son amour si dévoué pour lui. Cela fait à peine quelques jours qu'elle est là mais elle se sent déjà exténuée. Il lui est très difficile de se soutenir elle-même, alors comment prendre soin de son époux et de sa belle-mère comme elle le faisait à Pyongyang ? Ce qui l'accable encore plus, c'est de voir son mari qui s'enlise. Elle ne trouve plus chez lui aucune trace de l'élégance qu'elle appréciait. Il est devenu complètement méconnaissable, comme le personnage du roman de Mark Twain, *Le Prince et le Pauvre*. Mais dans le roman en question, le prince ne change que d'apparence en revêtant les haillons du pauvre, il garde son allure distinguée, tandis que toute lumière semble s'être éteinte chez son mari dès l'instant où il a porté des haillons. Son visage autrefois débordant d'assurance n'affiche désormais que tristesse et désespoir. Parfois elle perçoit en lui une résignation qui la fait frissonner. Sa bouche, qui formulait toujours des paroles intelligentes, n'est plus capable du moindre mot pour la réconforter. Elle ne sent plus en lui aucune force sur laquelle elle pourrait s'appuyer.

Plus son mari se montre abattu, plus Su-ryeon serre ses petits poings. Elle se retient avec peine de pleurer devant lui et sa belle-mère, et la nuit, ses larmes trempent silencieusement son oreiller. Elle ne veut pas qu'ils croient qu'elle pleure parce qu'elle regrette de les avoir suivis dans cette vallée. Elle s'efforce de supporter seule la dure réalité et la peur auxquelles elle est confrontée. Sa détermination de s'en sortir par elle-même se transforme peu à peu en un sentiment protecteur à l'égard de son époux et de sa belle-mère.

3

On annonce une journée de repos pour le Nouvel An. Dans le camp, il n'y a que trois jours de congé par an : au Nouvel An et pour les anniversaires de Kim Il-sung et Kim Jong-il. On distribue un kilo de riz à chaque famille pour le

Nouvel An, ce qui est inattendu. C'est la première fois depuis son arrivée dans le camp que la famille de Wonho voit ce riz blanc. Emerveillés par ce qu'ils considéraient comme une banalité quand ils étaient dehors, tous trois, assis en cercle, le palpent et le contemplent. La mère le partage en deux et en réserve une moitié pour plus tard. Elle fait cuire l'autre moitié, en met une partie dans un bol et verse un peu d'eau sur le reste pour le rendre moelleux. Elle le transvase dans un récipient puis elle le pétrit à l'aide d'une spatule, de sorte qu'au bout d'un moment, la pâte ressemble à un gâteau de riz. Elle place les photos des grands-pères et des grands-mères de Wonho sur une petite table et pose devant elles le bol de riz et le gâteau.

— On fait aussi une offrande au père, intervient Wonho en sortant la photo de ce dernier.

La mère fixe son fils un instant avant de pousser un faible soupir. Elle prend la photo de la main de son fils, hésite longtemps, puis elle jette un regard méfiant dehors avant de chuchoter :

— Ton père est encore en vie.

— Il est en vie ? crie presque Wonho, haussant le ton malgré lui, stupéfait. Dans ce cas, c'était quoi cette lettre annonçant sa mort au combat ?

— Je suis sûre qu'il est en vie, répond-elle en posant son index sur sa bouche.

— Où est-il ? Où se trouve-t-il actuellement ?

— Je ne sais rien d'autre.

Sur ce, elle se tait. Dire que son père qu'il a cru mort au combat est en vie, Wonho n'en revient pas ! Leur déportation dans ce camp a-t-elle un rapport avec lui ? Il a beau continuer à interroger sa mère à ce sujet, elle ne lui répond plus.

Peu avant d'être chassée de Pyongyang, la famille de Wonho a reçu une lettre officielle leur expliquant que le père était décédé au cours d'une opération secrète. Maintenant qu'il y réfléchit, il trouve cela étrange. L'Etat s'est contenté de leur adresser une lettre sans décerner la moindre décoration alors que son père était mort au service de la patrie. A l'époque, trop chagriné de l'avoir perdu, il n'a pas eu la présence d'esprit d'y penser. En fin de compte, le Parti a dû leur annoncer une fausse nouvelle. Son père opérait comme agent secret en Corée du Sud. S'il est encore vivant, cela signifie qu'il se trouve actuellement dans le Sud. Voilà la conclusion à laquelle Wonho parvient en cogitant, allongé sur sa couche.

Aussitôt, il se lève d'un bond. Si jamais c'est vrai, il s'agit d'un coup fatal pour sa famille, qui est devenue celle d'un traître à la révolution. Pendant tout ce temps, il a demandé maintes fois à sa mère pourquoi ils avaient atterri là, mais elle secouait seulement la tête. Elle se contentait de s'excuser en disant que c'était de sa faute à elle. Elle, une musicienne qui ne savait que jouer du violoncelle au théâtre, quelle grave erreur politique avait-elle bien pu commettre ? Wonho ne le comprenait pas. Mais d'un autre côté, il voulait croire aux paroles de sa mère car elles lui donnaient le vague espoir de sortir un jour de ce camp : après tout, même si sa mère avait commis une faute, ils étaient la famille d'un héros mort au combat. Mais s'ils sont là à cause de son père, le problème est différent.

Dès sa plus tendre enfance, Wonho n'a jamais beaucoup vu son père. Quand il en était presque au point d'oublier son visage, celui-ci revenait à la maison et passait quelques jours avec eux avant de repartir. Wonho s'en plaignait souvent auprès de sa mère ; il voulait vivre avec son père comme les autres enfants. Alors, chaque fois, sa mère lui disait fièrement que son père accomplissait une mission importante au service du pays. C'est seulement une fois son fils entré à l'université qu'elle lui a expliqué que son père travaillait comme espion au sein d'un commando qui opérait en Corée du Sud. Elle avait gardé le secret pendant longtemps, comme le Parti l'avait exigé, et le lui avait révélé prudemment lorsqu'il a enfin eu l'âge de connaître la vérité. Après cela, Wonho s'était senti fier de son père et avait essayé de le comprendre, lui dont l'absence l'avait tant fait souffrir, ce père dévoué à son pays au détriment de sa propre famille.

Si c'est vraiment à cause de lui qu'ils sont tombés dans cet enfer, est-il au moins au courant aujourd'hui ? Wonho lui en veut. Il a juré fidélité au Parti et il n'a rien fait de mal, mais voilà à présent sa vie gâchée à cause de son père, c'est tellement injuste. Quand il vivait encore à Pyongyang, il pensait que les gens déportés dans des camps de prisonniers politiques avaient sûrement commis un crime méritant cette sévère punition. Autrement dit, il avait une confiance totale dans le régime. Or il lui est arrivé la même chose tout en étant innocent et sans en connaître la raison. Dès l'instant où il a franchi les réseaux de barbelés, l'air lugubre de la vallée s'est diffusé dans son corps tel un venin et l'a obligé à accepter son destin de prisonnier politique.

LA VOISINE

1

Un soir, après un repas rapide, Wonho et sa famille se hâtent de sortir pour aller chercher du bois quand ils tombent nez à nez avec une femme qui fait les cent pas devant l'entrée de leur cabane. C'est la voisine, dont le visage leur est familier même s'ils n'ont jamais échangé un mot avec elle. Elle s'incline poliment devant eux comme elle le ferait face à un bowiwon, puis elle s'avance à pas timides tout en jetant des coups d'œil méfiants autour d'elle. Wonho et sa famille, inquiets à leur tour, observent les environs avec circonspection. Les règles du camp interdisent aux détenus toute conversation et toute forme de réunion. Ils n'ont pas non plus le droit de se rendre les uns chez les autres après leur journée de travail. Dans les faits, les habitants du camp n'ont pas besoin de rappel à l'ordre car ils n'ont ni le temps ni l'énergie pour ces relations. Lorsqu'ils se croisent entre voisins, ils font comme s'ils ne se voyaient pas.

— Que voulez-vous ? demande Wonho en faisant un pas vers elle comme pour la repousser.

— Euh… Je me demandais si je pouvais vous échanger un mortier contre un vêtement. Je me suis dit que puisque vous venez d'arriver ici, vous avez peut-être des vêtements en trop. Les habits de mon enfant sont tellement usés que je voudrais lui en coudre des nouveaux, mais il y a si longtemps que nous sommes là que je n'ai pas le tissu nécessaire… En contrepartie, je vous propose un mortier.

La femme marmonne cela tout en guettant leur réaction. Elle veut leur donner un mortier ? Su-ryeon, qui regrette justement de ne pas en avoir un, accepte volontiers sa proposition.

— Je vous donnerai un de mes vêtements, cela suffira à en fabriquer pour votre enfant.

— Je vous remercie du fond du cœur. Je reviens très vite avec le mortier.

La voisine fait demi-tour, murmure quelque chose en joignant les mains, puis, avec sa main droite, elle touche son front, le côté gauche et le côté droit de sa poitrine. Ses gestes étranges mettent Wonho mal à l'aise. Elle réapparaît rapidement, le mortier serré dans les bras. Tandis que Wonho s'empare de l'ustensile, Su-ryeon tend un paquet à la femme.

— J'y ai mis un vêtement de plus.

— Je n'oublierai jamais votre générosité. Le bonheur vous sourira, j'en suis certaine.

Elle reçoit le paquet de vêtements et murmure à nouveau avant de répéter les mêmes signes que précédemment. Wonho la trouve un peu bizarre mais elle semble très gentille. Sa mère et sa femme regagnent la chambre et caressent plusieurs fois le mortier d'un air ravi. Ne pas avoir cet ustensile rendait leur tâche difficile jusque-là, il est normal qu'elles se réjouissent.

Dans le camp, on distribue des portions d'épis de maïs une fois par mois. Cela revient à un ou deux épis par personne et par repas, et il leur faut survivre avec ça. En général, les habitants du camp écrasent grossièrement les épis dans un mortier pour en faire de la bouillie. La famille de Wonho non seulement ne possédait pas cet instrument mais ne connaissait pas non plus cette façon de préparer ces aliments. Sans alternative, ils ont ramassé une pierre plate et une autre, semblable à un pilon, dans le torrent, et les ont utilisées pour broyer le maïs. En somme, ils sont retournés à l'âge de pierre. Comme la pierre se cassait souvent, du sable se mêlait à la bouillie déjà râpeuse et grinçait entre les dents. Cette nourriture à base de grains et d'épis de maïs, assaisonnée approximativement avec du sel, sent la moisissure. Il n'y a rien pour l'accompagner. Tout ce qu'ils reçoivent, à part les épis de maïs, ce sont quelques kilos de gros sel jaune constitué pour moitié de terre et de poussière.

— Mère, nous pourrions faire comme la voisine et échanger quelques pièces de vaisselle contre un peu de siraeki, non ?

— Bonne idée, pourquoi n'y ai-je pas pensé plus tôt ? répond la mère, enchantée par la proposition de sa bru. Il est vrai qu'on ne peut pas en acheter mais c'est possible de faire du troc, n'est-ce pas ?

Elle s'empare aussitôt de plusieurs récipients avant de ressortir. Elle revient après un long moment avec un sac presque rempli de feuilles de chou séchées.

— Ils préfèrent les vêtements à la vaisselle. S'ils n'ont pas de bols pour manger la bouillie de maïs, ils n'ont qu'à piocher directement dans la marmite, mais sans vêtements, ils ne peuvent supporter le froid. J'ai dû passer par plusieurs cabanes pour enfin parvenir à un échange. Ça m'a fait prendre conscience que nous devons nous aussi bien économiser nos vêtements.

Sur ce, elle verse des siraeki tout jaunis dans une grande bassine en affichant l'air heureux de celle qui a trouvé un trésor. Le visage de Su-ryeon s'illumine à son tour. Pour eux qui n'avaient rien à manger à part des épis de maïs et du gros sel, c'est une récolte inouïe. La bonne humeur plane enfin dans la maison, chose qui n'était pas arrivée depuis longtemps.

— On est dans un camp, d'accord, mais ils devraient au moins nous donner des choux ou des radis pour subsister, non ? se plaint Wonho. J'en vois plein dans les champs, pourquoi ne pas nous les distribuer ?

— S'ils le faisaient, pourrait-on encore appeler ça un camp de prisonniers ? dit la mère en poussant un soupir. Il paraît que tous les légumes produits dans les camps sont destinés aux bowiwon ou à l'extérieur. Les détenus, eux, vont chaque automne pendant la nuit ramasser les feuilles de chou jetées. Même ça, il ne faut pas traîner pour en avoir ne serait-ce qu'un peu. On ne t'a pas dit qu'au printemps et en été, les gens d'ici essayaient par tous les moyens de ramasser des herbes comestibles pour les faire sécher ?

— Comme nous sommes arrivés ici à la fin de l'automne, nous n'avons pas pu le faire, c'est pour ça que nos conditions de vie sont plus pénibles que celles des autres, murmure Su-ryeon avec regret.

— Il faut tout faire pour tenir jusqu'au printemps, reprend la mère. Quand les bourgeons recommenceront à pousser, on pourra enfin respirer.

Elles rincent légèrement des siraeki avant de les laisser gonfler dans de l'eau. La mère dit que pour en manger le plus longtemps possible, le mieux c'est de les mettre en saumure. Elle qui n'était habituée qu'à jouer du violoncelle sur une scène somptueuse à Pyongyang s'adapte avec beaucoup de sagesse à la situation, et Wonho en éprouve de l'admiration. Les bruits du clapotement de l'eau provenant du lavage des légumes et de l'entrechoc de la vaisselle brisent le lourd silence qui règne dans la cabane.

Wonho jette l'eau sale de rinçage et se dirige vers le torrent, muni d'un seau. Il va puiser de l'eau pour préparer le petit-déjeuner du lendemain. La nuit est noire comme l'encre mais il trouve à peu près son chemin. Il commence à se familiariser avec la configuration des lieux et le quotidien du camp. Il se dit que la capacité d'adaptation humaine est vraiment redoutable. Et que la bouche humaine s'adapte encore plus rapidement que tout le reste.

A Pyongyang, il ne mangeait que du riz blanc cuit à point et faisait des caprices si on y avait mis trop d'eau. Sa mère avait donc plusieurs fois recommandé à Su-ryeon de bien doser la quantité d'eau. Elle traitait son fils avec le même dévouement et respect qu'elle montrait pour son mari ou son père, et ce depuis que Wonho avait atteint l'âge de la majorité. Elle ne manquait pas un seul jour de lui servir des poissons en saumure, son plat préféré. Aujourd'hui il doit s'estimer heureux rien que de pouvoir manger des siraeki.

Pendant les quinze premiers jours, ils ont pu agrémenter la bouillie avec des aliments qu'ils avaient apportés de Pyongyang. Il leur restait même un peu de pâte de soja fermentée dans une petite jarre, ce qui donnait un repas à peu près satisfaisant. A présent tout est épuisé et ils doivent consommer cette bouillie de maïs mêlée de sable et uniquement assaisonnée de sel. Au début, Wonho n'a pas pu y toucher et il a sauté plusieurs repas, mais au bout de deux jours, il l'a dévorée en quelques bouchées et aujourd'hui il regrette même de ne pas en avoir davantage. A l'idée qu'il va peut-être vivre enfermé dans ce camp pour toujours, il tremble d'horreur.

2

Le lendemain soir en rentrant du travail, Wonho tombe de nouveau sur la voisine devant l'entrée de chez lui. Cette fois, elle porte un sac rempli d'il ne sait quoi.

— Je vous apporte un peu de siraeki que j'ai ramassé l'automne dernier. Ce n'est pas beaucoup mais j'espère que ça vous rendra service. Par contre, rendez-moi le sac, ici il est très précieux.

— Je vous remercie mais nous n'avons rien à vous offrir en échange, dit Wonho avec embarras.

— Je ne veux rien en retour, répond la femme en esquissant un sourire timide. Vous m'avez donné un vêtement supplémentaire la dernière fois et je tiens sincèrement à vous en remercier.

Elle s'incline plusieurs fois profondément avant de tourner les talons, puis elle murmure encore quelque chose, ses deux mains jointes, et esquisse exactement les mêmes gestes que la dernière fois.

— Madame, attendez, l'appelle Wonho. Ce que vous venez de faire, vous l'avez fait aussi la dernière fois, comme ça, comme ça…

Wonho imite la femme, puis se raidit tout à coup. Il vient de dessiner une croix. Il baisse rapidement sa main comme si elle avait touché du feu et demande en retenant son souffle :

— Qu'est-ce que ça veut dire ?

— Ce n'est rien, j'ai juste prié pour votre bien.

— Vous me prenez pour un idiot ? Vous croyez que j'ignore le sens de ce geste ? Est-ce que par hasard vous croyez en Dieu ?

A la surprise de Wonho, la femme ne s'étonne pas ni ne se hâte de nier. Elle garde un moment le silence, les yeux fermés, et hoche doucement la tête d'un air résigné. Wonho, stupéfait, recule d'un pas. Le regard clair de la femme braqué sur lui est effrayé mais brille dans la pénombre.

— Vous voulez me dénoncer ? demande-t-elle à voix basse.

Elle a l'attitude désinvolte de celle qui est constamment prête à affronter ce genre de situation.

— Arrêtons de nous fréquenter. Faisons comme si je n'avais pas vu les signes que vous avez faits et que j'ignorais complètement de quoi il s'agit, et ne revenez plus jamais chez moi.

Wonho lui tourne le dos avec fermeté et rentre dans la maison, mais ses jambes tremblent et sa conscience le taraude, comme s'il était complice d'un crime. Si leur voisine est dans ce camp, cela peut avoir un rapport avec sa foi. Malgré tout elle continue dans cette voie, c'est incroyable ! Elle a l'air d'une femme frêle et gentille, où cache-t-elle donc un tel aplomb ?

— Mère, vous savez, la femme d'à côté, ne la fréquentez plus. Et toi aussi, chérie.

— Pourquoi ? Elle paraît gentille.

— C'est une femme très bizarre. Elle peut nous causer du tort.

— Entendu, répond sa mère en hochant la tête. De toute façon, nous n'avons pas le temps de bavarder avec les voisins, nous avons déjà assez à faire à nous maintenir en vie. Tout de même, je lui suis reconnaissante de nous avoir apporté des siraeki.

Sa femme aussi hoche la tête en signe d'acquiescement. Wonho pousse un soupir de soulagement. Il est décidé à prétendre ne pas connaître la voisine et à se méfier d'elle à l'avenir. A la moindre erreur, ils risquent d'être pris pour des complices.

CHAE MIN-KYU

1

Min-kyu, qui s'ennuyait dans le camp, se sent exalté depuis l'arrivée de Su-ryeon. S'il écoutait son cœur, il la laisserait repasser tout de suite les barbelés. Hélas, c'est hors de son pouvoir. Les bowiwon n'ont le droit de gérer les prisonniers politiques qu'à l'intérieur du camp. Tout ce qu'il peut faire pour elle, c'est l'aider à s'adapter à la vie dans cette vallée. Même pour ça, il faut être très prudent. C'est suicidaire pour un bowiwon d'éprouver ne serait-ce que de la compassion à l'égard d'un détenu.

Jusque-là, Min-kyu n'a jamais ressenti la moindre pitié pour les détenus. Ils sont des ennemis de classe, pires que des bêtes, voilà la solide opinion qu'il s'est forgée d'eux. Mais il n'arrive pas à considérer Su-ryeon comme une ennemie de classe, encore moins comme un animal. Elle est innocente, elle est ici uniquement à cause de son beau-père, et il trouve ça tellement injuste qu'il s'en indigne autant que si lui-même était victime de cette injustice. Il la voit comme une princesse naufragée qui n'a pas d'autre choix que de vivre sur une île déserte au milieu des animaux sauvages. Cela lui semble donc tout à fait normal de l'aider.

Pour commencer, il projette de lui attribuer un poste de comptable. Chaque groupe de travail a le sien mais les comptes du groupe sous la responsabilité de Min-kyu sont gérés par le comptable du comité administratif. C'est une fonction idéale pour une femme dans le camp ; le travail n'est pas pénible et en plus il comporte beaucoup d'avantages. En général, on attribue cette place à un détenu ayant une chance de sortir du camp. Min-kyu n'est pas libre de nommer qui il veut à ce poste, d'autant moins qu'il concerne le comité administratif. Car la tâche de ce comptable n'est pas simple, il contrôle toute la fortune du camp, équivalant pratiquement à celle d'une grande exploitation agricole. Il doit être à la fois perspicace, malin et efficace pour que la direction du camp puisse faire main basse clandestinement sur une part de la production récoltée sur place avant de la transmettre au Bowibu extérieur auquel le camp est assujetti. C'est le comptable qui doit tenir les comptes en gérant tout ça sans laisser la moindre trace. Un bowiwon peut décider librement de remplacer le comptable de son groupe mais lorsqu'il s'agit de celui du comité administratif, il faut obtenir l'autorisation du directeur du camp.

Actuellement, le poste est occupé par une femme d'expérience, proche de la soixantaine. Avant d'entrer dans le camp, elle travaillait déjà dans ce domaine. Elle a l'œil et accomplit parfaitement son boulot, ce qui fait qu'elle occupe cette place depuis presque dix ans. Min-kyu doit trouver un prétexte convaincant pour l'évincer au profit de Su-ryeon et il lui faut agir avec beaucoup de naturel pour ne pas attirer les soupçons de son supérieur. Ce n'est pas une mince affaire, Su-ryeon n'ayant aucune expérience en la matière ; il ne peut donc exécuter son plan tout de suite.

Tout n'est pas perdu pour autant, il y a même un côté positif : la comptable actuelle est malade. Elle s'absente parfois toute une journée pour raison de santé.

Alors Min-kyu commence à la réprimander pour n'avoir pas travaillé correctement, et dans le même temps il commence à insinuer le doute sur ses qualités auprès du directeur lors des réunions. Il prépare ainsi le terrain en vue de la remplacer dans un avenir proche. Pourvu que Su-ryeon parvienne à supporter la vie dans cet enfer jusque-là !

2

Pendant l'hiver, la tâche des femmes de l'équipe agricole à laquelle est affectée Su-ryeon consiste à scier en petits morceaux les troncs rapportés par les hommes. Elles font ça jusqu'au retour du printemps. Le travail attribué à chacune d'elles est tellement considérable que même un homme costaud aurait du mal à l'accomplir. Comment Su-ryeon, qui n'a sûrement jamais touché une scie, va-t-elle assumer cette corvée trop lourde pour elle ? Min-kyu est très inquiet à son sujet. Il aimerait alléger sa charge de travail, mais il est hors de question de la modifier sans un motif valable.

Chaque hiver, le camp produit une grande quantité de bois de chauffage. Les bûches de taille régulière et de bonne qualité sont l'un des avantages qui font le plus saliver les Bowibu de la province et du district. Une grande partie de la production agricole sert à amadouer les Bowibu. Celui de la province relâche sa surveillance sur la vie privée des bowiwon du camp en échange de dessous-de-table. Ceux-ci s'approprient à leur tour clandestinement toutes sortes de produits du camp, jusqu'à satiété.

Min-kyu, célibataire vivant avec sa mère depuis la mort de sa femme, ne s'intéresse pas vraiment à ce genre de trafic. Aussi, les autres bowiwon semblent se méfier de lui, voire même le jalousent secrètement. Min-kyu se dit qu'il lui faut entretenir de bons rapports avec ses camarades à l'avenir, ne serait-ce que pour aider Su-ryeon.

Une fois tous les deux jours, il va rôder autour du lieu où elle travaille. Avant, il confiait entièrement au chef d'équipe la surveillance des prisonniers politiques ; il ne sortait inspecter les chantiers que de temps en temps, et à contrecœur. En fait, c'était inutile qu'il le fasse car les chefs de chaque équipe accomplissent merveilleusement bien leur boulot, au-delà de ses attentes. Ces types font n'importe quoi pour garder une place qui leur offre le mince privilège de se libérer d'un labeur si accablant que la mort lui est préférable. Plus ils forcent leurs camarades à produire davantage et les rendent dociles, plus ils sécurisent leur poste. Ils flattent les bowiwon et se soumettent à eux comme des chiens fidèles tandis qu'ils brutalisent et persécutent leurs congénères.

Avant l'arrivée de Su-ryeon, ce genre de comportement cruel ne posait aucun problème à Min-kyu ; au contraire, il l'appréciait car les chefs d'équipe le débarrassaient de toutes les tâches ennuyeuses et encombrantes. Mais à présent, leur fourberie et leur dévouement l'inquiètent car Su-ryeon est sous leur joug.

Le débitage du bois s'effectue dans un grand terrain vague derrière le bâtiment du comité administratif. Il est donc bien visible depuis le bureau de Min-kyu. Tous les jours, ce dernier observe rêveusement par sa fenêtre Su-ryeon en train de travailler. Les autres femmes, habituées au maniement de la scie, ne manquent pas de savoir-faire et ménagent ainsi leurs forces, tandis qu'elle use toute son énergie rien que pour débiter un seul tronc. Elle chancelle déjà après avoir coupé la première rondelle et termine difficilement une bûche pendant que les autres viennent à bout de deux. Le chef d'équipe lui tourne autour en lui criant dessus. Min-kyu a envie de se précipiter dehors et de le frapper, et il se retient avec peine.

A la tombée de la nuit, toutes les femmes rentrent chez elles sauf Su-ryeon. Restée seule, elle continue de scier. Min-kyu se sent incapable d'aller se coucher tant qu'elle n'a pas terminé sa corvée ; installé devant la fenêtre de son bureau, lumière éteinte, il l'observe. Il a tellement pitié d'elle, occupée à manier la scie à la lueur de la lune, qu'il a du mal à la regarder. Une fois sa tâche achevée, elle se laisse tomber sur un morceau de bois et demeure immobile pendant un long moment. Min-kyu fait les cent pas dans son bureau pour réprimer la tentation de se ruer dehors, de l'aider à se relever et de la prendre dans ses bras.

C'est une véritable torture pour lui de la voir souffrir et maigrir de jour en jour, mais il s'efforce néanmoins de veiller sur elle à chaque instant. Il frissonne dès qu'il aperçoit ses joues pâles et gelées et ses lèvres serrées sous le bonnet qu'elle a enfoncé sur sa tête. Sa doudoune blanche, seulement bonne pour la vie à Pyongyang, est vite tachée de résine de pin et de poussière. Peut-être la jeune femme ne va-t-elle pas passer l'hiver… A cette pensée, il a brusquement peur. Il doit se dépêcher de la changer d'affectation. Le temps est compté, il a le couteau sous la gorge.

3

Quelques jours auparavant, Min-kyu a fait un rapport signalant que la comptable n'arrivait plus à faire son travail correctement, et le directeur le convoque aujourd'hui pour lui ordonner de lui choisir un successeur. Apparemment le directeur s'est renseigné de son côté. Min-kyu pousse un soupir de soulagement. Il a enfin le pouvoir de recommander un nouveau comptable. S'il propose Su-ryeon, le directeur n'a aucune raison de s'y opposer. De toute façon, le poste est sous le contrôle de Min-kyu et c'est lui qui en est responsable. Su-ryeon n'a plus que quelques jours de calvaire à subir. Il sort de la salle de réunion d'un pas léger quand Jo s'avance dans sa direction et lui chuchote :

— Sache que j'ai aussi joué un petit rôle dans l'éviction de la comptable actuelle.

Il lui adresse un clin d'œil et un sourire qui en dit long. Min-kyu tressaille d'effroi et lui lance un regard acéré.

— Qu'est-ce que tu racontes ?

— Hier, je me suis plaint auprès du directeur que les autres comptables avaient deux fois plus de travail à cause d'elle. Je l'ai supplié de virer cette vieille mule et de la faire remplacer. Pour être franc, le camarade directeur m'écoute assez bien, tu sais.

— Je ne comprends pas de quoi tu parles, s'écrie Min-kyu malgré lui. Est-ce que je t'ai dit que j'avais envie de remplacer la comptable ?

Il a froid dans le dos à l'idée que cet homme retors ait deviné son secret. Ce dernier prend un air perplexe, occupé à réévaluer sa stratégie, et aussitôt il se justifie avec une mine complaisante :

— Ne me méprends pas, je n'ai jamais dit que tu voulais remplacer la comptable. C'est juste que j'ai proposé ça parce qu'elle nous cause des problèmes.

Sur ce, il arbore un sourire enjôleur et s'éloigne rapidement. Min-kyu est écœuré, comme s'il avait avalé de l'eau sale. Il déteste ce type constamment à la recherche de combines, il le hait tant qu'il a envie de le tabasser. Il se dit qu'il doit faire encore plus preuve de prudence en recommandant Su-ryeon.

Quelques jours plus tard, la vieille comptable vient voir Min-kyu et lui dit qu'elle ne peut plus continuer son travail à cause d'un affaiblissement de ses yeux et de son cerveau. Elle semble avoir compris ce qui se trame. Elle lui demande de la transférer au poste de chef de l'équipe de travail des détenus âgés. La nomination à ce genre de poste fait en effet partie des prérogatives de Min-kyu.

4

En six mois seulement, Min-kyu a réussi à chasser l'ancienne comptable. Il l'a virée du poste de façon presque diffamante mais il n'en éprouve aucun remords. Inutile de se sentir désolé pour celle qui n'est après tout qu'une détenue. S'il a mûrement réfléchi et tergiversé longtemps au sujet de cette affaire, c'est uniquement pour ne pas attirer les soupçons de son supérieur et de ses collègues. Le jour où il nomme enfin Su-ryeon au poste de comptable, Min-kyu s'esclaffe dans son bureau pendant un long moment.

La première tâche à accomplir par la comptable chaque jour est de nettoyer le bureau du bowiwon. Dans le cas de la précédente, Min-kyu, qui tenait à ne pas la laisser seule dans son bureau, assistait à tout le ménage et la surveillait, en réclamant qu'elle le fasse mieux. Mais à présent, quand Su-ryeon fait le ménage dans son bureau, il en sort et fait les cent pas un peu plus loin, non seulement parce qu'il lui fait pleinement confiance mais surtout parce qu'il n'ose pas trop s'approcher d'elle. Il a peur qu'elle le reconnaisse s'ils se retrouvent face à face. En plus, il éprouve de la peine à la vue de son visage abîmé.

Cela fait juste six mois qu'elle est entrée dans le camp mais elle est déjà devenue méconnaissable. Son visage au teint lumineux s'est tacheté à cause du soleil et la perte de poids a rendu son corps chétif et ratatiné. Ses longs cheveux abondants et brillants sont tout ternis à présent. C'est pendant les six premiers mois que les détenus souffrent le plus, car ils se retrouvent brusquement dans de mauvaises conditions de vie et ils ne sont pas habitués à un labeur aussi implacable.

Min-kyu, à présent qu'il a placé Su-ryeon avec succès au poste de comptable, est moins sous pression et peut réfléchir tranquillement à d'autres moyens de l'aider. Le plus vital dans le camp est d'éviter l'inanition, car la sous-alimentation entraîne le risque d'attraper certaines maladies potentiellement mortelles. Su-ryeon semble être en début de malnutrition. Il se dit qu'il faut lui procurer des aliments complémentaires, vu l'insuffisance notoire de ce qu'on distribue aux détenus. L'aider ainsi est extrêmement dangereux, cela pourrait même lui coûter la vie, pourtant il ne peut y renoncer.

LA LOI DE L'INSTINCT

1

Le corps des habitants du camp, glacé durant l'hiver, commence à se réchauffer à l'arrivée du printemps. Affaiblis à l'extrême, beaucoup d'entre eux s'effondrent sans résistance tels des blocs de glace sous le soleil printanier. C'est surtout à cette saison, et presque un jour sur deux, que ces vies de rien du tout quittent le monde l'une après l'autre à cause des maladies et de la malnutrition.

On est à la mi-avril, en pleine floraison des fleurs d'osier. En rentrant du boulot, Wonho remarque les visages blêmes de peur de sa mère et de sa femme. Elles sont arrivées un peu avant lui et sont allées chez le voisin de devant, interloquées par les braillements d'effroi de son fils Seong-ha. Elles ont trouvé le père mort. S'étant blessé une jambe en coupant du bois, il hurlait chaque nuit à cause de la douleur infligée par son ostéomyélite. Toute la famille de Wonho était très contrariée parce que cela les empêchait de dormir correctement. Mais ce désagrément n'a duré qu'un mois, et voilà que maintenant tout est fini.

Wonho se rend chez le voisin. En effet, dans un coin de la chambre emplie par l'odeur nauséabonde du pus, gît le corps tout raide du père de Seong-ha, jambes pliées. Vu sa position, il a dû lutter de toutes ses forces contre la douleur jusqu'à ses derniers instants. Le jeune garçon de quinze ans pleure, assis les jambes ballantes sur le plan de travail près de la marmite, sans doute horrifié par le cadavre de son père.

Bientôt, plusieurs hommes tirant une charrette arrivent d'un pas traînant. Mais une fois sur place, ils se précipitent dans la chambre et ils se mettent brutalement à délester le corps de ses lambeaux de vêtements tachés de sang et de pus.

— Qu'est-ce que vous faites ? s'indigne Wonho en avançant d'un pas.

Un des hommes, qui paraît plus âgé, lui jette un regard rapide et répond d'un ton ironique :

— Pfft, tu comprends pas pourquoi on fait ça ? Tu dois être un nouveau dans ce cas.

Un autre qui a entre-temps délesté le corps de son pantalon se retourne vers Wonho et ricane :

— Si toi aussi tu veux quelque chose, tu n'as qu'à prendre le caleçon.

Les hommes déposent la dépouille presque nue sur une natte de paille avant de la rouler grossièrement puis de la jeter dans la charrette comme s'il s'agissait d'un bagage. Alors qu'ils s'apprêtent à repartir, Seong-ha, resté debout près de la cuisine, accourt et agrippe la charrette en hurlant : « Père, Père ! » Il se disputait avec son père du matin au soir tellement il en avait assez de lui torcher le derrière, mais à présent qu'il est mort, il est inconsolable.

La charrette s'éloigne en grinçant dans la pénombre. Le corps va être enterré dans un coin sombre de la vallée, sans la moindre marque, tandis que Seong-ha va devoir intégrer l'équipe des hommes célibataires et accomplir les tâches réservées aux jeunes de son âge. Ce n'est pas la première fois que Wonho se trouve en présence de la mort, il a assisté à de nombreux décès en à peine six mois. Mais là il a du mal à s'arrêter de pleurer.

Le printemps est une saison cruelle, c'est vrai, pourtant les habitants du camp l'attendent impatiemment. Ils ont un flair incomparable pour en déceler les premiers signes. Ils se hâtent de le faire sortir de sa cachette alors que les nouvelles pousses restent encore recroquevillées dans les branches d'arbres. Au moindre temps libre, ils parcourent la vallée à la recherche de jeunes plantes en début d'efflorescence et les coupent impitoyablement pour s'en nourrir.

Wonho et les siens, après cet horrible premier hiver dans le camp, cueillent toutes les plantes comestibles sur lesquelles ils mettent la main et les font sécher au soleil. A l'arrivée du printemps, leur peau pèle mais ils s'en moquent, profondément émus d'avoir survécu à cet hiver atroce. Ils ont préservé leur vie de justesse mais ils sont tous trois sous-alimentés. En six mois à peine, leurs corps se sont réduits presque de moitié. Le beau visage au teint clair de Wonho ressemble aujourd'hui à celui d'un Noir et ses pommettes devenues saillantes le rendent totalement méconnaissable. Le cou de Su-ryeon, déjà long et fin, est devenu aussi frêle qu'une tige de roseau et sa taille est aussi mince que celle d'une guêpe ; elle se briserait au moindre choc, telle une poupée en porcelaine. Quant à la mère, ses cheveux sont devenus tout blancs.

La faim constante transforme les humains en bêtes vulnérables qui ne pensent qu'à se nourrir. Depuis quelque temps, Wonho nettoie avec ses doigts son bol de bouillie et en suce jusqu'à la moindre trace, il ne se soucie plus du tout des apparences. Il boit bruyamment deux bols de sungnung d'affilée, cette eau qu'ils font chauffer dans la marmite avec le fond de bouillie. Il lui prend souvent l'envie de frapper violemment son corps chétif et infâme qui lui réclame sans cesse à manger. Aucun argument rationnel ne tient face à ce besoin franc et tenace. Une seule phrase traverse avec fureur son cerveau redevenu rudimentaire : « J'ai faim et j'ai envie de manger. » La volonté de sa raison dépérit, pareille à des herbes sous le froid de l'hiver. Wonho, mû par des besoins physiques instinctifs, s'épuise de plus en plus.

2

Une fois dans le camp, on pense et on se comporte exactement comme les autres détenus, on a aussi la même apparence, et tout ça sans que personne ne l'oblige. La famille de Wonho ne fait pas exception. Eux aussi vivent en obéissant à leur instinct sans beaucoup réfléchir. Quand ils croisent un bowiwon, ils s'inclinent machinalement à quatre-vingt-dix degrés, et face à une plante comestible, leurs mains agissent plus vite que leur cerveau. Chez les habitants du camp, les cinq sens sont plus forts que la raison. Le sens qui réagit en premier c'est l'odorat. Rien qu'à sentir une vague odeur de bouillie de maïs venue de loin, leurs narines palpitent et l'idée de manger envahit leur cerveau ; leur regard vague ne s'allume que pour la nourriture.

Comme tous les détenus mangent des rats, la famille de Wonho s'y met également. Après avoir avalé leur bol de bouillie en guise de dîner puis avoir uriné, leurs estomacs sont vides et, en pleine nuit, ils souffrent d'une faim intenable. Alors qu'ils se tournent et se retournent sans parvenir à dormir, les rats qui gambadent bruyamment au-dessus du plafond les dérangent. Une nuit, Wonho leur profère des injures puis tout à coup lui vient à l'esprit l'idée de les manger. Ni sa mère ni sa femme ne sont étonnées par sa proposition.

Wonho demande à Su-ryeon de lui apporter le couteau de cuisine tout en pointant de ses doigts un endroit du plafond, et elle obéit aussitôt.

Wonho, le couteau à la main, examine le plafond et avance à pas feutrés vers un coin où la surface s'affaisse un peu. Il doit y avoir un rat allongé là, il en est certain. Le papier peint, collé il ne sait quand, est tellement jauni et usé qu'au moindre contact il se déchirera. Il y pose doucement la main et sent la chaleur de l'animal. Il approche la pointe tranchante du couteau et donne un coup violent. Au même instant, la bestiole s'agite frénétiquement dans tous les sens en poussant un cri de douleur. Elle hurle longuement avant de finir par s'écrouler dans un coin du plafond. Wonho met un récipient en dessous et déchire le papier peint à coups de couteau. Sans surprise, le rongeur en tombe. De quoi s'est-il nourri ? Il est aussi gros qu'un chiot nouveau-né. Wonho n'éprouve aucune horreur à la vue de son ventre ensanglanté. Au contraire, ça lui aiguise l'appétit. Sa mère et Su-ryeon, alors qu'elles auraient crié d'épouvante si cela s'était passé hors du camp, ne se montrent pas non plus effrayées et elles contemplent l'animal, rouges d'excitation.

Dans la cuisine, Wonho allume le feu tandis que sa femme remplit la marmite d'eau. Le rat est une bestiole dégoûtante, mais c'est tout de même de la viande. Une ambiance chaleureuse règne tout à coup dans la cabane. Ils enlèvent les intestins de l'animal, le font griller en entier sur le feu, ôtent les poils et le lavent soigneusement avant de le plonger dans la marmite. Puis ils le font bouillir longtemps jusqu'à ne plus reconnaître sa forme. Le bouillon laiteux est perlé de ronds de graisse. Ils n'avaient jamais imaginé que la soupe de rat était aussi savoureuse. Tous les trois la vident jusqu'à la dernière goutte sans prendre le temps d'échanger un mot.

— Nous sommes vraiment affamés, à ce que je vois, dit la mère avec un sourire amer.

— Il faut que je fabrique immédiatement un piège à rats, dit Wonho. Pourquoi n'y ai-je pas pensé plus tôt ?

— Oui, nous devons compléter notre maigre subsistance au moins avec ça. Aïgo, ma bru qui était si jolie, te voilà aujourd'hui le visage si abîmé.

Sur ce, la mère pousse un soupir mais Su-ryeon réplique en secouant la tête :

— Non, Mère, je m'inquiète plutôt pour vous. En à peine quelques mois, vous êtes déjà méconnaissable…

Wonho tend la main sous la table et serre fort celle de Su-ryeon. Celle-ci le laisse faire tandis que son visage reprend un peu de couleur. Elle se réjouit des compliments et des gestes affectueux de son mari, elle y est toujours très sensible, Wonho le sait. Pourquoi était-il auparavant si avare pour exprimer ses sentiments et sa gratitude envers elle ? Tout en fixant son visage si émacié qu'il la reconnaît à peine, Wonho regrette sincèrement son attitude.

La première fois qu'il l'a vue lors du rendez-vous arrangé, elle a rougi de timidité mais lui a quand même adressé un joli sourire. A la fin de chaque phrase, elle a l'habitude d'esquisser un sourire aussi ravissant que des fleurs de magnolia, et dans ces moments-là ses yeux prennent la forme de croissants de lune. La mère de Wonho disait souvent en plaisantant que Su-ryeon avait été créée avec des rires. Sa femme rit facilement en effet, et ses éclats de rire sont aussi discrets que les doux sons du gayakeum.

Cela fait déjà un certain temps qu'il n'a pas vu Su-ryeon rire ou même sourire. Pas depuis leur arrivée dans le camp. Son magnifique visage au teint éclatant est devenu bouffi et terne, et l'angoisse a rendu ses yeux crispés et injectés de sang. C'est la même chose pour sa mère. Son visage s'est creusé de rides profondes, elle a l'air d'une vieille campagnarde, bien différente de celle qu'il connaissait. Désormais sa femme et sa mère ne font plus attention aux vêtements qu'elles portent, que ceux-ci soient crasseux ou rapiécés de toutes parts. Elles s'y sont habituées et n'en éprouvent plus la moindre répugnance.

La dure vie du camp efface peu à peu tout souvenir du monde extérieur et les pousse à s'adapter à cet univers inconnu. Les jours sont tellement fatigants qu'ils oublient que le temps continue de couler ; ils ont l'impression qu'il s'est immobilisé complètement ; à force de travailler d'arrache-pied, le soir succède au matin et les saisons changent sans qu'ils s'en rendent compte. Le temps dans le camp avale les individus et recrache un nouveau modèle de créatures à l'air stupide, dotées uniquement d'un instinct animal, mieux adaptées à cet environnement. A l'idée qu'il est peut-être condamné à vivre ainsi pour toujours, Wonho tremble d'effroi.

On dit que ceux qui ont été isolés dans cette vallée sont des criminels politiques dangereux mais rien chez les gens d'ici ne laisse penser qu'ils le sont. Ils ne se soucient aucunement d'idéologie. Ils ne font que supporter péniblement chaque heure puis chaque jour, orientés vers la survie. Wonho comprend que lorsque les humains tombent au plus bas, ils oublient facilement le passé et le futur mais possèdent l'instinct incroyable de se soumettre rapidement à la réalité présente. Au début, ils se lamentent sur leur destin ou ils ont la nostalgie de leur vie d'avant, mais ça ne dure pas longtemps. Le souci de l'avenir ne tarde pas non plus à disparaître. Ils n'ont pas le temps de penser au lendemain, encore moins à un futur lointain. La réalité juste sous leur nez est cruelle et leur serre la gorge. Même en consacrant toute leur énergie à l'instant présent, ils s'en sortent difficilement. Dans un bain public, tout le monde est nu et personne n'éprouve de honte. Il en est de même dans cette vallée : les comportements et les actes les plus lâches, les plus impudents et abjects qui soient, y sont considérés comme normaux. Cet endroit pousse les gens à considérer la vie comme vide de sens et à éprouver de l'indifférence pour les autres et du mépris pour eux-mêmes.

3

Pendant que le printemps hésite à s'en aller, l'été fait irruption. Les détenus ne lui accordent même pas un regard mais la nature s'en moque et commence à revêtir sa robe estivale. La forêt engraisse, et les feuilles dodues brillent comme si elles étaient vernies. De couleur blanche, violette, rose, des touffes de fleurs sauvages dont on ignore les noms s'épanouissent par-ci par-là dans les bois sous les rayons du soleil mouchetant les arbres. De gracieux champignons blancs percent entre les feuilles mortes devenues humus pendant l'hiver, avant d'être croqués tout crus par les habitants du camp. Abeilles et papillons virevoltent en bourdonnant à la recherche de parfums tandis que oiseaux et insectes, ravis de retrouver leur saison, rivalisent en matière de chant. Grâce au souffle vigoureux des arbres, l'air dans la vallée est pur et agréable.

Les habitants du camp n'ont ni le temps ni la force d'admirer la beauté de la nature, car pour eux l'été n'est qu'une nouvelle forme de souffrance. La chaleur anéantit complètement leurs corps à la santé déjà très fragilisée. Ils ont beau arracher les mauvaises herbes dans les champs de maïs en creusant le sol avec leurs ongles et les piétiner de toutes leurs forces, rien à faire, les herbes repoussent vigoureusement dès le lendemain comme si elles se moquaient d'eux ; ils sont donc en position de faiblesse même face à ces plantes coriaces. Chaque détenu est chargé de plusieurs sillons qui lui sont attribués de manière forfaitaire. Si jamais il y laisse ne serait-ce qu'une mauvaise herbe, il a immédiatement droit à des coups de fouet.

Quand les maïs et les blés commencent à mûrir, les habitants du camp cessent leur travail de désherbage et sont mobilisés pour faucher le foin destiné au bétail pendant l'hiver. Tant qu'ils n'ont pas récolté la quantité imposée, ils ne peuvent rentrer chez eux, même à la nuit tombée. L'été est pour eux la saison d'une véritable guerre contre le végétal.

La quantité et l'âpreté du labeur dans le camp dépassent largement les limites des capacités humaines. Il ne s'agit pas là d'une simple besogne mais d'une forme de torture infligée aux détenus. C'est aussi atroce qu'une lame de couteau qui découperait leur chair en fines tranches et leur taillerait les os, et aussi terrible qu'un poison qui viderait leur cerveau pour le rendre impuissant. Quand ils travaillent dans les champs, ils ne pensent qu'à la distance qui les sépare encore de la lisière qu'ils aperçoivent vaguement au loin dans les brumes de chaleur. Pressés d'arriver au bout le plus vite possible, ils actionnent de toutes leurs forces leurs membres exténués, irrités par la sueur qui ruisselle sur eux comme la pluie, tandis que leur tête se vide peu à peu de toute pensée. Au coucher du soleil, leur cœur bat à coups redoublés à l'idée de manger ne serait-ce qu'un peu de bouillie et de pouvoir s'allonger sur leur couchette.

Depuis qu'elle travaille comme comptable, Su-ryeon est libérée de ces corvées éreintantes. Sa tâche consiste à faire la synthèse des résultats de toutes les équipes de son groupe, à gérer les biens du comité administratif, à nettoyer le bureau et laver le linge du bowiwon. Au bout de plusieurs mois, ses membres décharnés commencent à se remplumer et son visage à reprendre ses couleurs.

Son mari et sa belle-mère sont toujours forcés d'aller travailler dans les champs. Su-ryeon éprouve de la peine à leur égard mais eux considèrent ce qui lui est arrivé comme une aubaine inouïe. Ils couvent même un mince espoir car ils savent qu'on attribue en général ce poste aux détenus qui ont une chance de sortir de la vallée.

LA TENTATION

1

Min-kyu a mélangé un peu de grains moisis à une dizaine de kilos de maïs concassé. Il a l'intention de dire à Su-ryeon d'en disposer comme elle l'entend puisqu'ils sont abîmés et qu'il n'en veut plus. Il sait que sa ruse est puérile, mais il ne voit pas d'autre moyen de lui donner un supplément de nourriture.

Il se rend dans le bâtiment du comité administratif et, profitant d'un moment calme, demande à Su-ryeon de passer à son bureau le soir. Elle accepte sans réticences, désormais habituée à ce lieu qu'elle nettoie chaque matin.

La nuit commence à tomber et Min-kyu fait les cent pas dans son bureau, le cœur battant. Il déplace sans raison des objets sur la table et promène son regard partout dans cette pièce entretenue soigneusement par Su-ryeon. Il craint que son intention réelle cachée derrière le sac de maïs concassé ne soit percée à jour et se demande s'il a bien fait. Enfin, elle fait son apparition.

— Seonsaengnim, me voici comme vous l'avez demandé.

Elle se penche lentement, la tête sagement baissée. Sa façon de saluer n'a pas changé. Elle a toujours la même posture que celle qu'il a connue dans le temps. Même dans son habit de travail usé, son attitude est aussi digne et gracieuse que quand elle saluait sur scène, vêtue d'un hanbok.

— Jette ça, dit Min-kyu d'un ton délibérément contrarié.

Su-ryeon prend le sac de céréales, les yeux écarquillés, et lui lance un bref regard.

— Ils veulent que je mange ces céréales toutes moisies ? Ils osent me donner à moi, un bowiwon, des choses aussi infectes ?

Min-kyu, tout en simulant la colère, observe la réaction de Su-ryeon, laquelle affiche toujours un air perplexe. Les prisonniers n'hésiteraient pas à se battre pour ne serait-ce qu'une poignée de grains pourris dans une aire de battage, hélas, ils n'ont même pas droit à ça sous peine d'une sanction sévère. Or le bowiwon lui demande de jeter ce gros sac de maïs. Comment peut-elle ne pas s'en étonner ?

— Putain, tu les jettes ou tu les manges, fais comme tu veux ! En revanche, n'en parle à personne.

C'est alors seulement que Su-ryeon semble comprendre l'intention réelle de Min-kyu. Elle s'incline profondément et dit d'une voix tremblante :

— Entendu, à vos ordres.

Le visage rougissant jusqu'aux oreilles, elle se redresse. Min-kyu ne manque pas de voir ses yeux embués. Ses prunelles noires étincellent comme sous un coup de projecteur sur scène. Elle ne lui dit pas merci car il ne lui donne pas ce sac de céréales pour qu'elle en mange mais pour qu'elle l'en débarrasse. Elle a exactement saisi l'enjeu de la situation. Min-kyu lui est reconnaissant de sa perspicacité.

2

Après l'épisode du sac de céréales, Min-kyu se sent plus à l'aise en présence de Su-ryeon, il lui donne d'autres choses. Il l'a autorisée à venir prendre du bois de chauffage réservé au bureau du bowiwon, la nuit, à l'abri des regards. Comme le chef de l'équipe du comité administratif se débrouille pour renouveler les bûches au fur et à mesure qu'elles sont consommées, personne ne s'apercevrait de rien même si on en brûlait une charrette en une nuit.

Su-ryeon est une femme intelligente. Elle n'en emporte pas beaucoup à la fois ; chaque jour, à la nuit tombée, elle vient avec un sac à dos qu'elle remplit de bois de chauffage avant de repartir.

Min-kyu, assis à son bureau, guette les sons provenant de l'extérieur : le bruissement qu'elle fait en mettant doucement des bûches dans son sac à dos puis celui de ses pas qui s'éloignent… Qu'elle passe chercher du bois toutes les nuits, voilà son souhait.

Chaque matin, il attend qu'elle vienne faire le ménage dans son bureau ; il aime ce moment d'attente. Il perçoit le bruit familier de ses pas qui approchent et, dès qu'il entend les coups qu'elle frappe prudemment à sa porte, c'est plus fort que lui, il se lève d'un bond. Il se ressaisit avec peine et crie d'un ton bourru : « Entre ! » Alors elle pénètre dans la pièce et s'incline élégamment comme pour saluer le public avant de commencer à jouer.

— Bonjour Seonsaengnim, je viens nettoyer votre bureau.

— D'accord, fais ça avec soin, lance Min-kyu en jouant les durs avant de sortir aussitôt.

Par la porte ouverte, il aperçoit de temps en temps Su-ryeon aller et venir dans la pièce. Ses cheveux coupés court lui donnent l'air d'une jeune fille. Il ne peut s'empêcher de contempler son long cou devenu encore plus fin depuis qu'elle a maigri.

Chaque fois qu'elle se trouve face à Min-kyu, ses grands yeux se remplissent de larmes. C'est sa façon de montrer une gratitude qu'elle ne peut témoigner autrement. Elle n'exprime pas ses sentiments par des mots, mais lui transmet beaucoup de choses à travers son regard profond. Elle sait qu'il est dangereux pour le bowiwon de recevoir des remerciements de la part d'une détenue. Touché par son comportement attentionné et réfléchi, Min-kyu est d'autant plus fier et heureux de l'aider. Sa seule préoccupation est de la secourir autant que possible. Il y pense sans cesse.

3

Vers l'époque où les pommes de terre atteignent la taille de châtaignes, un sanglier aussi gros qu'un veau se laisse prendre dans un des pièges tendus aux alentours des champs. Ces animaux envahissent souvent les champs de patates, aussi a-t-on posé des pièges partout, et par chance, l'un d'eux s'est fait prendre. Une ambiance de fête règne parmi les bowiwon et les gardes qui vont se repaître de sa chair. Ce sont des détenus qui l'ont attrapé, mais eux n'en goûteront pas la moindre miette. Ils n'ont droit à aucun autre aliment que du maïs et du chou en quantité limitée et ils sont donc contraints de traquer les protéines animales dans la nature : rats, serpents, grenouilles et insectes sont leurs proies.

L'équipe du comité administratif s'occupe de préparer le sanglier. On le dépèce d'abord, puis on le partage en deux. Une moitié est envoyée aux soldats du corps de garde et l'autre moitié est répartie en fonction de la composition des familles des bowiwon. On distribue des os et des lambeaux de chair aux détenus qui travaillent au comité administratif. C'est illégal mais on ferme les yeux car ils veillent au bon fonctionnement du camp. Su-ryeon reçoit aussi sa part, qui ne fait même pas six cents grammes avec les os.

On attribue quatre kilos de viande à Min-kyu. Il voudrait bien trouver le moyen d'en offrir la moitié à Su-ryeon. De toute façon, il n'y a que sa mère à la maison, et deux kilos c'est beaucoup trop pour elle seule. Quant à lui, il peut en manger autant qu'il veut à la cantine des bowiwon. Il coupe en deux le morceau de viande et en enveloppe une partie dans un carré de tissu qu'il cache sous le bureau. C'est l'été mais il fait frais le soir dans la vallée et la viande ne va donc pas s'abîmer si elle reste là une nuit. Puis il prend son vélo pour porter le reste à sa mère.

Le lendemain matin, lorsque Su-ryeon vient faire le ménage, Min-kyu lui demande d'emporter chez elle le paquet sous le bureau lorsqu'elle quittera le travail. Maintenant il ose employer directement le mot « emporter ». En astiquant les pieds de la table, Su-ryeon pose la main sur le paquet et écarquille les yeux. Elle jette un regard vers Min-kyu, ses lèvres remuent mais ne laissent sortir aucun mot. Elle se contente de baisser doucement la tête, dans la posture qui lui est familière. Sauf que cette fois elle garde la tête ployée un long moment. Ses frêles épaules frémissent et de grosses larmes tombent à ses pieds. Min-kyu, gêné, finit par sortir de la pièce.

Le soir venu, Min-kyu attend Su-ryeon dans son bureau sans allumer la lumière, pour éviter qu'elle ne soit exposée aux regards éventuels, mieux vaut être prudent. Enfoncé dans son fauteuil, il essaie de dormir un peu mais son esprit reste bien éveillé. La pâle lueur de la lune pénètre par la fenêtre et strie le sol de la pièce sombre. Seul le bruit de sa respiration résonne dans le calme ambiant.

Il entend le bruit des pas de Su-ryeon qui approche. Les signes de sa présence sont aussi légers et imperceptibles que ceux d'un lièvre. Le cœur de Min-kyu se met brusquement à battre à tout rompre. Qu'est-ce que j'ai, merde ! Il se frappe la poitrine du poing. Les pas s'immobilisent doucement devant la porte. Min-kyu toussote pour indiquer à Su-ryeon d'entrer. Sa bouche se fend spontanément d'un sourire. Il est enchanté par ce jeu de cache-cache et ragaillardi par ses rendez-vous secrets avec elle. La porte s'ouvre et une brise humide envahit la pièce. Su-ryeon, immobile dans l'entrée, balaie l'intérieur du regard.

— Reste là, je vais te l'apporter, j'ai fait exprès de ne pas allumer la lumière, tente de se justifier Min-kyu en avançant vers elle, le paquet à la main.

— Oui, je comprends, je vous remercie infiniment, répond-elle.

Sa voix sonne basse et claire, pareille au son de la dernière corde du gayakeum. C'est la première fois qu'elle exprime sa gratitude par des mots. Min-kyu sourit jusqu'aux oreilles dans le noir et lui tend le paquet. Les doigts délicats de Su-ryeon frôlent le dos de sa main. Elle tressaille et ses mains se crispent ; Min-kyu aussi tremble comme s'il s'était électrocuté, ce qui fait tomber le paquet par terre entre eux. Comme ils se penchent en même temps pour le ramasser, leurs épaules se cognent et ils s'écartent simultanément d'un pas.

Min-kyu perçoit distinctement les pulsations de son cœur qui s'emballe. Malgré lui, ses mains saisissent les épaules de Su-ryeon avant de les attirer à lui, comme si elles étaient en programme automatique. Il sent la douceur de son corps. Cela fait longtemps qu'il n'a pas eu de contact physique avec une femme. L'odeur de Su-ryeon lui donne le vertige. Ses cheveux humidifiés par la rosée nocturne lui caressent le menton. Quand elle s'efforce de se dégager, il l'étreint encore plus, on dirait un enfant agrippant son trésor. Il sent le corps de la femme se raidir.

— Finalement, c'est ça que vous vouliez ? C'était pour m'avoir ? lance-t-elle d'une voix frêle et tremblante.

Min-kyu a l'impression de recevoir une douche glacée. Il est parcouru de frissons et la repousse brutalement. Au moment où elle tourne les talons, il ramasse le paquet sur le sol et lui crie avec violence :

— Emporte ça !

Su-ryeon hésite un moment, finit par le saisir, s'incline profondément et sort en coup de vent.

4

Su-ryeon a quitté le bureau du bowiwon comme si elle s'enfuyait. Elle ne s'arrête de courir qu'une fois sur le sentier d'où elle voit sa maison, pour reprendre son souffle. Son cœur bat aussi vite que si elle avait participé à une compétition. Ce qu'elle redoutait tant est arrivé. Au début elle était touchée d'avoir rencontré un bowiwon aussi bienveillant, c'est si rare dans un camp. Mais à mesure que ses gestes généreux se répétaient, elle a commencé à éprouver une étrange angoisse. Elle s'est efforcée de les considérer comme les marques de compassion d'un être humain pour son prochain. En fin de compte, elle n'a fait que se leurrer.

Su-ryeon regarde le paquet de viande et laisse échapper un rire amer. Elle a compris les intentions cachées du bowiwon et cela ne l'a pas empêchée d'accepter ce paquet. Elle qui n'a pas refusé ses faveurs est peut-être encore plus lâche que lui. Non, le bowiwon n'a pas l'air si sournois que ça. Et puis si jamais il l'est vraiment, elle n'aurait qu'à abandonner le poste de comptable.

Elle s'obstine dans l'autopersuasion en se dirigeant lentement vers la cabane. Son mari et sa belle-mère sont stupéfaits lorsqu'elle ouvre le carré de tissu.

— Comment as-tu eu autant de viande ?

— C'est la viande du sanglier qu'on a attrapé hier. On en a donné secrètement aux employés du comité administratif, ment Su-ryeon. Il suffit que vous ne le disiez à personne.

Son mari et sa belle-mère ne mettent pas en doute ce qu'elle dit et sont absolument ravis. Il s'agit d'un beau morceau de chair rouge avec une épaisse couche de gras, ce qui éveille chez eux une faim incontrôlable. Ils discutent un moment de la façon de préparer cette viande qui doit peser au moins deux kilos. Comme il est difficile de la conserver en cette saison chaude, ils décident de saler la graisse et de faire bouillir la chair. Si c'était à Pyongyang, jamais ils ne s'imagineraient capables de manger autant de viande à trois. Mais là Wonho se vante d'en venir à bout sans problème tout seul.

Tandis que son mari allume le feu et que sa belle-mère prépare la viande, Su-ryeon fait cuire pour cette occasion spéciale du maïs concassé que Min-kyu lui a donné. A l'idée de goûter de la vraie viande, chose qu'ils avaient presque oubliée, leurs visages sont rouges d'excitation. Depuis leur arrivée, c'est leur première viande digne de ce nom, à part les trois rats qu'ils ont mangés. Bientôt une odeur savoureuse emplit leur petite cabane, aiguisant encore leur appétit. Wonho n'arrête pas de la renifler, tout guilleret. Il ressemble alors vraiment à un enfant. Su-ryeon aussi a l'eau à la bouche. Toutes ses inquiétudes et ses idées noires s'évanouissent en voyant son mari et sa belle-mère si heureux. Pour le moment, elle n'a pas envie de penser à ce que risque de lui coûter ce mets délicieux ni au comportement qu'elle devra adopter avec le bowiwon à l'avenir.

Pour une fois, ils ont droit chacun à un bol de maïs concassé garni abondamment de viande et à un autre bol de bouillon sur lequel flottent des petits ronds de graisse. Su-ryeon prend des morceaux de viande de son bol et les offre à son mari. Il fait mine de la gronder en prétendant qu'il ne peut pas en manger autant mais il finit par vider entièrement ses deux bols. Su-ryeon et sa belle-mère font de même. A trois, ils ont englouti toute la viande en un seul repas.

— Je n'aurais jamais imaginé manger un jour du sanglier ici. On a beau dire que la vie dans les camps est terrible, il y a toujours moyen de survivre. C'est grâce à notre Su-ryeon que notre famille arrive à s'en sortir !

Et la belle-mère caresse à plusieurs reprises les épaules de Su-ryeon, qui en est très émue. Tous trois bavardent joyeusement et rient jusque tard dans la nuit. Su-ryeon n'en revient pas qu'il suffise d'un seul repas copieux pour apaiser leur estomac et les réjouir à ce point. Elle se dit que s'ils arrivent tant bien que mal à tenir ainsi, ils échapperont peut-être un jour à cette vallée. L'espoir surgit en elle. Elle finit par leur révéler que Wonho pourrait travailler dans l'usine d'alimentation à l'automne prochain. C'est ce que le bowiwon lui a promis. Elle sait ce que cela signifie pour elle d'accepter les faveurs incessantes du bowiwon, mais elle ne peut s'empêcher d'annoncer cette nouvelle, impatiente de voir les visages de son mari et sa belle-mère s'illuminer.

Elle ignore combien de temps elle a dormi quand un bruit la réveille. Il fait encore noir mais elle voit quelqu'un sortir de la chambre. Ses yeux une fois habitués à l'obscurité, elle regarde autour d'elle et ne distingue ni sa belle-mère ni son mari. Intriguée, elle se lève et sort de la cabane.

La brise nocturne, au doux parfum de forêt, rafraîchit son visage. Le chant des étourneaux rompt le silence de la nuit. Ils sont plusieurs à chanter à tour de rôle, et la mélodie de l'un d'entre eux est particulièrement aiguë et cristalline. Sa mère lui a dit un jour que lorsqu'un étourneau égrenait ces sons si gracieux, c'était qu'il déclarait son amour.

Au souvenir de ses parents, ses larmes jaillissent et elle se rappelle son enfance : sur la colline derrière chez eux, ces oiseaux chantaient inlassablement ; leur chant nuptial faisait trembler les fenêtres et pleurer l'adolescente sensible et frémissante qu'elle était. Su-ryeon se laisse entraîner par sa rêverie : que cette nuit si paisible se déroule ailleurs que dans le camp et que leur cabane se transforme en sa maison natale au lever du jour comme par enchantement !

Mais aussitôt, se rendant compte de l'absurdité de ses pensées, elle lâche un petit rire et regarde attentivement autour d'elle dans l'obscurité. Elle perçoit une présence humaine du côté du champ d'herbes touffues, devant les latrines – en réalité un trou creusé dans le sol, entouré de nattes de paille. Quelqu'un y fait les cent pas. Su-ryeon reconnaît son mari.

— Mère, vous en avez encore pour longtemps ?

— Aïgo, arrête de me presser, dit la voix de sa belle-mère derrière la palissade. On va passer une nuit blanche à force de fréquenter les latrines.

— Aïe, j'ai mal au ventre, ça fait déjà la cinquième fois, et vous, Mère ?

— Tellement de fois que je n'ai pas compté. Visiblement Su-ryeon va bien, tant mieux pour elle. Aïgo, quel dommage !

— Qu'est-ce qui est dommage ?

— Je parle de tout ce bouillon de viande qui s'en va en diarrhée, que veux-tu que ce soit d'autre ?

— Ah !

— Su-ryeon fait tant d'efforts pour assouvir notre faim…

— Je ne vous le fais pas dire. Cela fait si longtemps que je n'ai pas mangé d'aussi bonnes choses, mais voilà, tout est gâché.

Dès que sa belle-mère sort des latrines, son mari s'y précipite. Su-ryeon regagne rapidement la chambre, se recouche et remonte la couverture jusqu'à sa tête. Trop de bouillon gras sur des estomacs vides, c'est ce qui a dû provoquer la diarrhée. La part de viande qu'elle a donnée à son mari l'a-t-elle rendu malade ? Elle se sent désolée.

— Aïgo ! Quel dommage de gaspiller ce précieux bouillon de viande comme ça... marmonne de nouveau sa belle-mère en se recouchant.

Su-ryeon comprime sa bouche de la main pour empêcher son rire de fuser. Au lever du jour, elle va cueillir des chélidoines sur la colline derrière la maison. Quand les habitants du camp ont des problèmes digestifs, ils boivent une décoction de cette plante. Dans une marmite, elle met des grains de maïs pour préparer la bouillie, et dans une autre, elle dépose les herbes qu'elle a cueillies pour les faire mijoter longtemps. Sa belle-mère et son mari, exténués par leurs allers et retours aux latrines pendant la nuit, n'arrivent pas à se lever malgré la cloche du matin. Su-ryeon entre dans la chambre avec deux bols d'une décoction aussi sombre que la sauce de soja et les réveille.

— Si vous buvez ça avant de manger, la diarrhée va cesser tout de suite.

En prenant les bols tendus par Su-ryeon, ils se jettent mutuellement un regard navré.

— Je suis désolée, Su-ryeon, quel dommage qu'on ait tout gaspillé…

— Non, Mère, répond Su-ryeon en secouant la tête, elle aussi embarrassée. Vous n'aviez déjà pas beaucoup de forces, est-ce que ça va aller ?

— Oui, ça va, nous avons tout de même mangé de la viande.

— Vous avez raison, intervient Wonho en s'esclaffant. On a beau avoir la diarrhée, notre corps a bien dû assimiler un peu de gras !

Là-dessus tous les trois se regardent franchement et partent d'un grand éclat de rire.

LE DESTIN

1

Ces derniers temps, Min-kyu ressent une profonde solitude, un sentiment qu'il n'a jamais connu auparavant. Incapable de trouver le sommeil, il lui arrive parfois de vagabonder seul dans les sentiers au milieu des montagnes, là où il n'y a pas âme qui vive. Le doux chant nocturne des oiseaux le rend encore plus mélancolique, lui qui sent déjà un grand vide dans son cœur. Certains soirs, assis à son bureau, il contemple rêveusement le ciel brodé d'étoiles scintillantes. Quand il voit la pleine lune accrochée sur une branche au sommet d'un grand sapin qui semble l'observer d'un air calme, les larmes jaillissent de ses yeux.

« Tu as un travail méritoire, mon fils, j'en suis fier, et même si je meurs maintenant, je n'aurai pas de regrets. » Voilà la phrase que son père lui a dite quand il est retourné voir ses parents après avoir été affecté au Bowibu central de Pyongyang à la fin de ses études à l'Université Bowi. A ce moment-là son père n'avait pas bu, il était lucide. C'était un homme taciturne qui avait été un bowiwon à la campagne toute sa vie et, habituellement, il était très avare de compliments envers son fils. Min-kyu a été étonné d'entendre cette déclaration aussi solennelle qu'une réplique de théâtre et la satisfaction exprimée par son père lui a réjoui le cœur.

Mais aujourd'hui, il doute que la vie qu'il mène ait vraiment un sens comme son père le prétendait. Il se regarde avec pitié, il gâche la plus belle période de sa vie au fin fond de cette vallée lugubre, il trouve dérisoire l'existence dont il s'enorgueillissait jusque-là. Il se sent pitoyable, lui qui joue à l'empereur devant des prisonniers politiques démunis et impuissants. Depuis peu, son âme vibre d'une sorte de résonance vague, qui lui fait tantôt monter les larmes aux yeux, tantôt le pousse à tourner en rond dans son bureau, en proie à l'angoisse.

Cette résonance n'est rien d'autre que celle de la douce mélodie du gayakeum que Su-ryeon jouait sur la scène. Min-kyu tressaille en s'apercevant qu'il pense tout le temps à elle. Il est constamment en train de l'observer ; bien que ses vêtements soient en lambeaux et qu'elle fasse preuve de soumission envers lui, il se sent toujours sur les charbons ardents devant elle. Depuis qu'il l'a serrée dans ses bras lors de l'épisode de la viande de sanglier, il n'a plus qu'elle en tête. Au début, il en était gêné et même honteux. Mais avec le temps, ce malaise a fondu comme un morceau de glace sur un poêle chaud. Plus il s'efforce de s'éloigner d'elle, plus sa présence le hante. L'atmosphère paisible, les odeurs, les sensations de cette fameuse nuit, et jusqu'aux moindres réverbérations du souffle de la jeune femme, lui reviennent clairement et continuellement à la mémoire. Le parfum de son corps, qu'il a respiré alors qu'il l'étreignait, réveille tous ses sens. Ce souvenir lui titille le bout du nez. Son cœur est fréquemment chamboulé par une envie irrésistible de frotter ses joues contre les cheveux soyeux et abondants de la jeune femme.

Ces derniers temps, sa mère le presse de plus en plus explicitement de se remarier. Cela fait presque deux ans que sa femme est morte. Min-kyu lui réplique que c'est hors de question, qu'il n'a même pas encore accompli les trois années de deuil. Ce n'est pas forcément à cause de Su-ryeon qu'il reporte son remariage mais il ne peut pas non plus affirmer que cela n'a aucun rapport avec elle. Pour autant, il est absolument impossible qu'une prisonnière politique devienne sa femme.

Su-ryeon est en lui un désir ardent réprimé depuis longtemps. Dès qu'il pense à elle, une émotion proche du sanglot jaillit brusquement du fond de son cœur et le rend extrêmement vulnérable. C'est un sentiment étrange qu'il n'a jamais éprouvé jusque-là.

Non, je ne dois pas faire ça ! Surtout pas ! Chaque fois qu'il est devant elle, il se répète pour mieux s'en persuader : « Su-ryeon n'est qu'une prisonnière politique ! » Il se montre délibérément brutal envers elle, puis s'écarte, attrape n'importe qui au passage et lui déverse des injures. Son hypocrisie l'épuise de plus en plus.

Une nuit, il rêve que Su-ryeon et lui sont enlacés, ils roulent sur le lit. Lorsqu'il se réveille, il a le souffle coupé et, toujours en proie à l'émotion de son rêve, il a du mal à se rendormir. A partir de cette nuit, dès qu'il l'aperçoit, il ne peut s'empêcher d'imaginer la vague silhouette de son corps nu vu en rêve. Il n'en peut plus, il ne peut plus continuer à se tromper lui-même, c'est devenu une évidence.

Une fois qu'il admet la vérité, son désir prend le dessus à un train d'enfer. Su-ryeon est dans une position de faiblesse, elle ne peut pas refuser ses avances. Min-kyu veut vraiment la posséder, quitte à tirer profit de sa vulnérabilité. Peu importe si l'admiration qu'il éprouve à son égard et ses bonnes intentions initiales sont souillées par son désir charnel. Il brûle d'envie de la prendre dans ses bras, à en devenir fou.

Le jour de l'anniversaire de la jeune femme, Min-kyu rapporte de chez lui un sac de riz de deux kilos puis il la fait venir dans son bureau. Les yeux baissés, elle prend le riz calmement, sans piper mot. Les jours suivants, elle ne refuse aucune des aides qu'il lui propose. Il interprète cela comme un consentement. Peut-être a-t-elle encore plus besoin de lui que lui d'elle. Après tout, elle est un être de chair, elle aussi doit avoir du mal à résister à la tentation. Elle ne peut pas se permettre de quitter le poste de comptable, une place très privilégiée dans le camp. Le désir incontrôlable de Min-kyu le pousse purement et simplement à voir les choses comme elles l'arrangent. Plein d'assurance, il se met à rôder autour de Su-ryeon tel un fauve qui guette sa chance.

2

Su-ryeon se réveille en sentant des mains pressées sur ses seins. Dans le noir, elle voit deux yeux enflammés de désir. C'est son mari. Il la serre fort dans ses bras en exhalant un souffle chaud à son oreille.

— Chérie, je te remercie infiniment. Sans toi, je serais peut-être…

Plaquant sa main sur la bouche de son mari, Su-ryeon tourne la tête pour jeter un regard à sa belle-mère allongée à côté. Celle-ci, plongée dans le sommeil, ronfle légèrement. Wonho secoue la tête pour repousser sa main et chuchote à nouveau :

— Chérie, je suis sincère, je t'aime.

Su-ryeon pousse un léger soupir. Plus elle ressent de l'amour pour son mari, plus elle a le cœur lourd. Interprétant le soupir de sa femme à sa guise, Wonho se glisse vers un coin de la chambre et attire Su-ryeon à lui avant de l'étreindre à nouveau.

— Je suis désolé, je vais faire tout ce que je peux pour toi.

Il l'embrasse sur la bouche et elle sent les larmes qui inondent les joues de son mari ; elle les caresse de ses mains tremblantes et lui confie docilement son corps. Wonho, la tête enfouie dans la poitrine de Su-ryeon, sanglote longuement. En silence, elle le câline comme elle le ferait avec son enfant.

Wonho s'endort tandis que Su-ryeon se tourne et se retourne sans trouver le sommeil. Ces derniers temps, il s'est beaucoup reposé sur elle et elle en éprouve à la fois de la reconnaissance et de la culpabilité. Au début de leur mariage, il considérait le dévouement de Su-ryeon comme normal et ne témoignait pas vraiment de gratitude envers elle. Elle se disait alors qu'elle était très amoureuse de lui, davantage que lui ne l'était, et elle faisait preuve d'indulgence vis-à-vis du comportement distant de son époux. Mais aujourd'hui, Wonho n'est plus le mari immature qu'il était à Pyongyang. Depuis leur entrée dans le camp, il n'a jamais été aussi amoureux d'elle, ils forment un couple parfaitement harmonieux. Voilà l'amour qu'elle avait tant souhaité ; c'est aussi une force qui lui permet de supporter la vie dans cette vallée.

Plus elle ressent l'amour de son mari, plus elle est déterminée à le préserver. Elle se sent capable de surmonter n'importe quel obstacle pour sauvegarder son amour et sa famille. Or le premier sacrifice à faire pour cela est d'accepter les avances du capitaine Chae. Au début, elle croyait que les bienfaits du bowiwon étaient dictés par la compassion et elle était fière d'être un rempart protecteur pour sa famille. Elle couvait même l'espoir qu'ils pourraient un jour quitter cette vallée et goûter à nouveau au bonheur.

Mais depuis la nuit où elle a découvert les arrière-pensées du capitaine Chae, elle ne peut plus se cacher la vérité. Il n'y a aucun doute à présent, c'est grâce à l'appui du capitaine qu'elle est devenue comptable. Maintenant qu'elle y réfléchit, elle avait déjà deviné les intentions un peu malsaines de Chae à son égard, et ce bien avant qu'elle soit nommée à ce poste. C'était son intuition féminine. Même s'il lui parlait d'un ton sec et indifférent, elle ne manquait pas de percevoir que sa voix était chargée d'électricité et que le regard qu'il posait sur son cou et sa tête baissée était aussi brûlant qu'un soleil de juin.

Quels que soient les sentiments que le capitaine Chae éprouve à son égard, elle ne peut pas le repousser, et ça la désespère. La dépendance totale de son mari et sa belle-mère envers elle lui pèse beaucoup à présent. Elle revoit le visage de sa belle-mère s'éclairant de reconnaissance pour une poignée de maïs concassé qu'elle a ramenée dissimulée sous son vêtement, et celui de son mari content comme un enfant parce que son bol de bouillie de maïs est un peu plus rempli que d'habitude. Depuis qu'elle rapporte des bûches du bureau du bowiwon, ils peuvent manger de la bouillie bien cuite. Ce bois sec est très utile pour allumer le feu. C'est ainsi qu'elle a cédé à la tentation.

Elle se mord les lèvres jusqu'au sang. Si elle se rebiffe maintenant, il ne s'agira plus d'un refus mais d'une trahison, et les conséquences en seront sévères. Elle se remémore avec horreur tout ce qu'elle a vécu les premiers jours dans ce camp. Si elle n'arrive pas à garder son poste de comptable, la survie même de sa famille sera compromise, mais si elle accepte les avances du bowiwon, son mari la rejettera. Elle a beau se creuser la cervelle, elle ne trouve pas de solution qui lui permettrait de sauvegarder à la fois son amour et sa famille. Toute la nuit elle tremble de peur, elle a l'impression d'être au fond d'un gouffre où elle a été poussée par un destin fatal contre lequel elle ne peut rien.

3

— Ce soir, viens dans mon bureau.

Alors que Su-ryeon est en train de travailler dans le bureau du comité administratif, elle entend dans son dos la voix basse du capitaine Chae et elle se redresse en sursaut. Le capitaine sort aussitôt de la pièce sans prendre le temps de recevoir ses salutations. Su-ryeon regarde rapidement autour d'elle. Heureusement elle est seule dans le bureau. Son cœur bat aussi vite que lorsque le bowiwon l'a serrée dans ses bras l'autre jour. Elle pressent l'imminence de ce qui va arriver, qu'elle le veuille ou non.

Toute la journée, elle se sent mal, en proie à l'angoisse, incapable de prendre une décision ; à la nuit tombée, elle se dirige vers le bureau du capitaine Chae. Elle doit absolument obéir au bowiwon, tel est son sort en tant que prisonnière politique. Elle craint que des yeux ne l'observent, cachés dans l'obscurité, et elle marche sur la pointe des pieds, en se faisant la plus petite possible. Le bowiwon l'attend à l'intérieur, lumière éteinte, comme quand elle est allée chercher le paquet de viande quelques jours plus tôt.

Arrivée devant la porte du bureau, elle reste là à la fixer. Elle ne trouve pas le courage de frapper. Elle sait parfaitement ce qui l'attend à l'intérieur et pourtant elle est venue jusque-là. La porte face à elle semble lui ordonner de tendre le bras pour l'ouvrir en lui affirmant qu'elle n'a plus le choix de faire demi-tour.

Des larmes longtemps réprimées jaillissent brusquement, lui secouant les épaules. Surgit alors dans son esprit l'image de sa mère radieuse le jour de son mariage, elle qui était si contente de voir sa fille épouser un beau parti et vivre à Pyongyang. Il est possible que ses parents ignorent sa déportation dans ce camp.

La porte s'ouvre doucement, elle distingue la silhouette sombre du bowiwon à travers l'ouverture.

— Qu'est-ce que tu fais ? Dépêche-toi d'entrer.

En même temps que cette voix chuchotante, une main ferme l'entraîne à l'intérieur. Dès qu'elle met les pieds dans la pièce, l'homme, brûlant d'excitation, la serre fort dans ses bras. Elle se crispe en retenant son souffle. Ses larmes sèchent en un rien de temps. La respiration haletante de l'homme frappe son visage. Par réflexe, elle détourne la tête.

— Su-ryeon !

Il l'appelle par son prénom, comme si elle était son amante. On dirait la voix de quelqu'un d'autre. Il frotte ses joues contre le visage de Su-ryeon.

— Je ne fais pas ça en contrepartie, non, absolument pas…

Sa voix tremblante résonne comme une supplication. Su-ryeon, abasourdie, lève la tête pour le regarder. Les yeux du capitaine, ardents de désir, la fixent dans le noir. C'est un regard implorant. Résignée, elle ferme les yeux. Il pose prudemment ses lèvres sur les siennes. Elles sont bouillantes. Su-ryeon est surprise de voir qu'il ne se comporte pas en conquérant. Il se montre doux, voire timide. Il l'embrasse longtemps en tremblant de tout son corps. Son baiser trahit une soif profonde.

Tout en soulevant doucement le corps raidi de Su-ryeon qui ne réagit pas, Chae ouvre une porte sur le mur du fond et passe dans la pièce adjacente qui lui sert de chambre à coucher. Il la pose délicatement sur le lit et vient s'allonger à côté d'elle sans se déshabiller. Puis il l'enlace de dos, elle couchée sur le côté, et reste longtemps ainsi la tête enfouie dans sa nuque. Su-ryeon perçoit son hésitation. Elle reprend courage et se retourne un peu. Profitant de cette réaction, l'homme l'étreint à la briser avant de l'embrasser fougueusement. Une fois enflammé, il devient aussi impétueux qu'un cheval lancé à fond de train. Il se hâte de se dévêtir. L'étui de son revolver tombe bruyamment près du pied de Su-ryeon.

Dans la chambre éclairée par la vague lueur de la lune qui s'infiltre par la fenêtre, se révèle, tel un mirage, le corps blanchâtre de l'homme, maigre et musclé. Il se met à déshabiller lentement Su-ryeon. Il prend tout son temps, sans se précipiter, comme s'il célébrait une cérémonie. Nue comme un ver, la jeune femme enfouit son visage dans ses mains et se recroqueville.

— Ne t'inquiète pas, murmure-t-il.

Sa voix semble lointaine. Bientôt, son corps aussi brûlant qu'un poêle se colle au sien. Il pose la tête de la jeune femme sur son bras comme s'ils étaient un couple. Puis il redresse un peu le buste et contemple son corps d'un air admiratif avant de commencer à le caresser doucement.

— Dire que je te serre dans mes bras, j'ai l'impression de rêver, chuchote Chae.

Su-ryeon ne comprend pas ce qu'il veut dire par là. Les yeux fermés, elle attend que les choses se terminent au plus vite. Mais, contrairement à sa fougue du début, Chae ne se presse pas. Il caresse lentement et patiemment toutes les parties du corps de Su-ryeon. Sa persévérance fait enfin effet et le corps de celle-ci se met à s'échauffer contre sa volonté. Elle serre les poings pour réprimer son tremblement. L'homme, en ressentant ce changement, esquisse un sourire rayonnant. C'est pour elle le sourire d'un inconnu. Il la câline de sa bouche avec davantage d'assurance. Ses gestes ne trahissent aucunement le mépris qu'un bowiwon témoigne à un prisonnier politique. Au contraire, Su-ryeon a l'impression qu'il est implorant et ému. Son corps réagit à cette sincérité qu'elle ne comprend pas. Elle serre encore plus fort les poings et se mord les lèvres mais elle n'arrive pas à contenir sa respiration de plus en plus saccadée. Des larmes coulent le long de ses joues et elle éclate en sanglots au milieu de ses halètements.

— Ne sois pas aussi dure avec moi.

Tout en essuyant ses larmes, il la pénètre complètement. Un cri s'échappe de sa bouche. Su-ryeon, consciente qu'il ne sert à rien de résister, se laisse aller totalement. La tête vide, elle ne fait qu'obéir à son corps. Même au moment le plus intense, il ne se montre pas brutal tandis que Su-ryeon l'agrippe par réflexe.

Une forte odeur règne dans la petite chambre devenue torride. Chae reste un moment à presser Su-ryeon contre sa poitrine trempée de sueur. Lorsque celle-ci veut se libérer, il se lève en premier et lui tend une serviette. Le bruissement qu'ils font en se rhabillant brise un peu le silence pesant qui règne dans la pièce. Su-ryeon quitte la chambre comme si elle s'enfuyait. Elle entend derrière elle le long soupir de Chae.

Elle court à perdre haleine, le dos courbé, et s'arrête net devant sa maison. Son mari et sa belle-mère, sans doute déjà endormis, ne donnent aucun signe de vie, seule l'accueille la lumière vacillante de la lampe à huile. Sa main glisse de la poignée de la porte, sans force. Son cœur bat toujours à coups redoublés. Elle n'a pas le courage de se retrouver face à son mari et sa belle-mère. Elle recule d'un pas, époussette son corps de ses deux mains comme pour ôter une bestiole hideuse et s'élance dans l'obscurité. Elle se dirige vers l'arrière de la cabane, se cogne contre un petit arbre et s'affale là. Un gémissement tente de s'échapper de sa bouche, qu'elle comprime de ses mains. Les gouttes d'une pluie naissante lui tapotent doucement les épaules.

4

Depuis quelque temps, Min-kyu a l'impression d'être suivi. Qu'il soit dans son lit ou dans son bureau, cette sensation l'englue tel un épais brouillard. Il se dit que tant qu'il n'aura pas élucidé ces doutes, il lui faudra faire très attention lors de ses rencontres avec Su-ryeon.

Un soir, alors qu'il s'apprête à se coucher dans la pièce adjacente à son bureau, il perçoit une présence humaine. Il est sûr d'avoir entendu un bruit dans les cailloux au pied de sa fenêtre. Il se dirige silencieusement vers la porte et s'élance à l'arrière du bâtiment, du côté de la fenêtre de sa chambre. Il ne voit personne. Secouant la tête, intrigué, il est sur le point de faire demi-tour quand il discerne une ombre cachée dans l'obscurité derrière lui. Il fait volte-face, sort son revolver et charge des balles en avançant lentement vers l'ombre collée contre la barrière qui entoure le bâtiment. Un homme est agrippé à l'une des planches qui forment la clôture. A l'approche de Min-kyu, il lève les mains, tremblant comme une feuille, tout en jetant un regard apeuré sur le revolver. Min-kyu comprend enfin la raison de l'inquiétude qu'il éprouve depuis quelque temps. C'est cet homme qui l'a pris en filature. Celui-ci s'effondre sur place et le supplie en se frottant les mains :

— J'ai commis un crime qui mérite la mort, pardonnez-moi, Seonsaengnim.

Il pleurniche en claquant des dents.

— Ne fais pas de bruit et suis-moi, ordonne Min-kyu à voix basse.

A la lumière du bureau, Min-kyu le reconnaît, c'est le chef de l'équipe de construction. Quand il était jeune, il a travaillé au sein d'un service de reconnaissance militaire.

— Epargnez-moi, je vous en prie. Seonsaengnim Jo m'a dit que si je faisais ce qu'il disait, il me nommerait chef de l'équipe de travail agricole dans son groupe, c'est pour ça…

L'homme, les yeux remplis de larmes, avoue tout avant même qu'il lui pose de questions. Il a vite compris que sa vie reposait désormais entre les mains du capitaine Chae. C'est vraiment lamentable que Jo fasse confiance à un individu pareil et lui ait confié une tâche aussi dangereuse. Il faut dire que Jo ne vaut pas mieux que ce pauvre type. Min-kyu, assis sur son siège, regarde froidement l'homme en train de bafouiller.

— Dis-moi, qu'est-ce que le Seonsaengnim Jo t'a demandé de faire précisément et qu'as-tu fait jusqu'à présent ?

— Il m'a dit qu'il voulait savoir juste qui Seonsaengnim Chae rencontrait la nuit. J'ai commis un crime qui mérite la mort.

— Et ensuite ?

— Je vous ai surveillé pendant plusieurs jours mais comme vous ne voyez personne, j'ai voulu le lui rapporter, Seonsaengnim.

Le type prend un air soulagé, comme si le fait de ne rien avoir de particulier à rapporter était un exploit. Min-kyu se lève d'un bond et lui assène un coup de pied dans le ventre. L'homme s'écroule avec un cri de douleur et se tortille pour agripper les pieds de Min-kyu.

— Laissez-moi la vie sauve, je vous en supplie, je ne dirai jamais que vous m'avez découvert, Seonsaengnim, et je ferai n'importe quoi, tout ce que vous voudrez, je vous en prie, épargnez ma vie.

C'est un individu sournois et dangereux. Minkyu, furieux à la pensée que ces petites histoires de jalousie entre bowiwon soient connues d'une telle crapule, redouble ses coups.

— Fais gaffe à ce que tu dis à l'avenir si tu tiens vraiment à ta peau.

Il ouvre la porte de son bureau et éjecte l'homme d'un coup de pied violent. Celui-ci roule dans la cour en hurlant de douleur puis il rampe à quatre pattes avant de disparaître dans l'obscurité.

Min-kyu, le corps hérissé par la chair de poule, se caresse le torse. Il s'en est fallu de peu que Jo découvre sa relation avec Su-ryeon. Même si c'était le cas, il ne pourrait jamais le dénoncer, il brûle simplement d'envie que Min-kyu commette une erreur aussi grave que la sienne pour qu'il lui soit redevable à son tour. Quand Su-ryeon a été nommée au poste de comptable, il en a fait trop, là aussi, il est toujours sur le qui-vive à guetter la moindre occasion.

— Espèce de lâche, fulmine Min-kyu à voix basse, il rend le mal pour le bien ?

Il revoit le visage souriant de Jo qui, devant lui, fait tout pour le flatter et l'amadouer. Sa relation avec Su-ryeon est quelque chose qu'un minable comme Jo ne pourra jamais comprendre et qui n'a rien à voir avec la sordide liaison qu'il a entretenue avec sa comptable avant de commettre l'irréparable. Voilà ce dont Min-kyu veut se convaincre.

LA CHUTE

1

Depuis qu'elle couche avec Min-kyu, Su-ryeon fait tout pour éviter de s'asseoir face à son mari et sa belle-mère quand elle est à la maison. Pour cela elle cherche perpétuellement à s'occuper. Le matin, elle prépare le petit-déjeuner pour eux deux, part à son bureau et c'est seulement une fois qu'ils sont partis travailler qu'elle revient avaler un repas rapide. Le soir, elle passe tout son temps à faire la vaisselle ou laver le linge et attend qu'ils soient endormis pour entrer dans la chambre.

— Pourquoi tiens-tu à te charger toute seule des corvées ménagères ? s'inquiète sa belle-mère. Je suis là, Wonho aussi, et nous devons les partager. Si tu continues comme ça, tu vas tomber malade.

Ainsi s'écoulent des jours pénibles durant lesquels Su-ryeon se voit obligée de jouer à cache-cache et a constamment l'impression de marcher sur une mince couche de glace ; dorénavant c'est presque quotidiennement qu'elle est dans le lit de

Chae. N'ayant pas pu refuser la première fois, elle n'a plus aucun moyen de l'éviter.

Environ un mois après son premier rapport avec Chae, Su-ryeon ressent quelque chose d'anormal dans son corps. Depuis quelque temps, l'odeur de la bouillie de maïs lui cause des nausées insupportables. Elle a aussi un retard de règles. A son arrivée dans le camp, sa menstruation s'était interrompue à cause de la dureté de leurs conditions de vie mais elle était redevenue normale depuis que la jeune femme travaillait comme comptable. Elle se doute alors qu'elle est enceinte, et à cette idée, elle enfouit son visage dans ses mains et s'effondre.

Ce qu'elle redoute le plus, c'est que ce soit l'enfant de Chae. Elle calcule attentivement les jours et en conclut que la probabilité est faible. Cela fait déjà deux mois qu'elle n'a pas eu ses règles. Elle est donc enceinte d'au moins six ou sept semaines. Compte tenu de la date où elle a fait l'amour avec son mari la dernière fois, elle est sûre et certaine que c'est lui le père. Elle pousse un soupir de soulagement à cette conclusion, mais aussitôt un voile noir tombe devant ses yeux à la pensée de mettre un enfant au monde et de l'élever dans cette vallée.

Sa belle-mère devine sa grossesse à ses nausées de plus en plus fréquentes. Elle et son mari se montrent désemparés. S'ils étaient à Pyongyang, ce premier bébé aurait été un événement heureux, mais dans ce camp ils ne peuvent s'en réjouir. Tous les trois ont la mine lugubre. Ils ont pitié de ce petit être qui va naître dans cette vallée et sont horrifiés rien qu'à la pensée que l'enfant soit obligé de grandir là et de connaître cette vie.

Su-ryeon ne parvient même pas à avaler l'eau de cuisson de la bouillie de maïs mais, malgré tout, elle va travailler en serrant les dents. Sa belle-mère et son mari ne peuvent l'en empêcher, ils espèrent seulement qu'elle tienne le coup. Leur principale inquiétude concernant sa grossesse est qu'on la chasse de son poste de comptable.

— Ne vous en faites pas, je ne serai pas renvoyée, les rassure un jour Su-ryeon.

Mais elle baisse la tête aussitôt car elle a revu le visage de Chae en disant cela et elle en a des frissons. Quoi qu'il en soit, elle sait pertinemment que tant qu'il sera là, elle ne sera jamais renvoyée de ce poste.

— Tant mieux si ça se passe comme tu le dis, dit sa belle-mère d'une voix émue, tout en caressant les mains de Su-ryeon. Il faut absolument que tu gardes ce travail de comptable, c'est vital pour élever un enfant. Je te l'ai déjà dit mais je le redis encore une fois, sans toi Su-ryeon, nous ne serions déjà plus de ce monde.

Dans des moments comme celui-ci, Su-ryeon a tellement honte qu'elle voudrait rentrer sous terre. Sa belle-mère, sans doute soulagée au sujet de son poste, s'inquiète à présent de l'accouchement :

— Ici tu ne pourras avoir de repos ni avant ni après l'accouchement et on ne trouvera jamais le moindre morceau de miyeok[1], alors comment prendre soin de toi une fois que tu auras mis l'enfant au monde ? C'est moi qui suis coupable, parce que je suis la cause de notre déportation ici.

Comme d'habitude, sa belle-mère est toujours prête à s'accuser ; elle continue :

— Serrons les dents et essayons de survivre ne serait-ce que pour cet enfant qui vient. Qui sait, nous aurons peut-être la chance de sortir de cette vallée, alors il faut tenir le coup vaille que vaille.

— Vous avez raison, approuve Wonho. Nous devons tout faire pour que notre enfant ne connaisse pas la vie du camp.

Il s'efforce de mettre de la vigueur dans sa voix mais il finit par pousser un profond soupir. Su-ryeon, se sentant suffoquer, se lève, s'empare du seau à eau et se dirige vers le torrent. Autant que possible, elle veut éviter de voir le visage de son mari et de sa belle-mère et rester seule. Hélas, son mari l'a suivie sans qu'elle s'en rende compte, il lui prend le seau des mains et dit :

— A partir de maintenant, tu ne t'occupes que de ta santé et de ton travail de comptable. Ma mère et moi allons nous charger de tout le ménage à la maison.

---

1. Il s'agit d'une algue contenant beaucoup d'iode que l'on donne aux femmes qui viennent d'accoucher, pour ses effets bénéfiques sur la purification et la production de sang.

Su-ryeon enfouit brusquement la tête dans la poitrine de son mari et éclate en sanglots. Celui-ci, ignorant la vraie raison de ses larmes, lui tapote les épaules.

— Soyons courageux, chérie, lui chuchote-t-il.

2

Min-kyu est très surpris d'apprendre que Su-ryeon est enceinte. Elle lui avoue franchement sa grossesse et lui dit tout de suite qu'il n'y a aucun doute au sujet du père, il s'agit bien de son mari. Min-kyu fait totalement confiance à Su-ryeon, il est toutefois en proie à une inquiétude dont il ignore la cause. L'enfant va rendre la vie de la jeune femme deux fois plus difficile, ce qui alourdira d'autant plus sa responsabilité envers elle. Bien que rares, il y a déjà eu des naissances dans le camp, mais il n'a jamais éprouvé la peine et le regret qu'il ressent en ce moment à l'égard de cette nouvelle vie que Su-ryeon porte en elle. En fin de compte, une grande partie de son quotidien tourne autour d'elle depuis qu'elle est entrée dans le camp, il doit bien se rendre à cette évidence.

Il constate qu'elle aussi semble à présent s'appuyer sur lui. Elle a dû sentir qu'il n'avait aucune intention de la persécuter comme il le ferait avec les autres prisonnières politiques. Chaque fois qu'il lit dans son regard la confiance qu'elle lui accorde, une joie indescriptible l'envahit. Il se dit qu'il est temps maintenant de se confier à elle au sujet de leur lien passé, un lien très particulier qui les unit depuis longtemps.

Min-kyu est né et a grandi dans la même ville de province que Su-ryeon. La mère de celle-ci était prof de musique dans le secondaire. Lycéen, il voyait de temps en temps la fille de sa prof, encore à la maternelle. A l'époque où il a rejoint l'armée après le lycée, la fillette était devenue une écolière. Une fois son service militaire terminé, il est entré à l'Université Bowi ; quand un jour il est revenu voir son ancienne école, la fille de la prof de musique avait grandi et était devenue une sage lycéenne. Jusque-là il ne lui avait jamais adressé la parole et ne s'était pas vraiment intéressé à elle, il la trouvait juste jolie. Plus tard, alors qu'il était encore étudiant, il a appris par hasard qu'elle était entrée à l'Université des Arts de sa région.

Avant d'être affecté au Bowibu à la fin de ses études universitaires, Min-kyu est passé rapidement dans sa ville natale et il l'a croisée par hasard dans la rue. Elle était rentrée, elle aussi, pour les vacances scolaires. Au début Min-kyu, qui ne l'avait pas vue depuis longtemps, ne l'a pas reconnue. La jeune fille mignonne de son souvenir s'était épanouie comme un lis dans la forêt. Durant les quelques jours qu'il a passés chez ses parents, il a rôdé exprès autour de chez elle en espérant la revoir.

Su-ryeon ignore que Min-kyu a été un élève de sa mère et qu'il est le dernier fils du bowiwon de son quartier. Il est normal qu'elle ne le connaisse pas, car il a quitté la ville après ses études secondaires alors qu'elle était encore écolière.

Depuis que Min-kyu l'avait revue, il pensait tout le temps à elle. Chaque fois qu'il téléphonait à son père, il demandait discrètement de ses nouvelles en faisant semblant d'en prendre de sa prof de musique. C'est ainsi qu'il a appris qu'elle avait été sélectionnée pour faire partie de l'Orchestre symphonique national de Pyongyang à la fin de ses études. Il en a été très heureux. Enfin ils vivaient tous deux sous le même ciel de Pyongyang.

Min-kyu prenait souvent le temps d'aller aux concerts de l'Orchestre symphonique national. Au début, elle était placée dans un coin, mais au fur et à mesure qu'elle participait à des concerts, elle progressait de plus en plus vers le devant de la scène. Une fois, elle a joué dans un duo de gayakeum. Vêtue d'un hanbok au ton bleu ciel aussi pâle que les ailes d'une libellule, elle se livrait avec passion à son instrument posé sur ses genoux. Min-kyu l'a trouvée tellement gracieuse qu'il en a eu l'esprit chaviré.

Il adorait le son du gayakeum de Su-ryeon. Il avait l'impression qu'elle lui parlait du bonheur d'une voix gaie et claire. A force de l'écouter jouer, la vie lui semblait déborder d'allégresse, à l'image de sa mélodie. A la vue de son sourire radieux, il était envahi d'une joie indescriptible. Sa façon de rire était particulière et ravissante : son visage s'éclairait brusquement comme si on augmentait soudain le volume du projecteur, et ses yeux prenaient la forme de croissants. Les soirs où il assistait aux concerts de gayakeum de Su-ryeon, la mélodie cristalline de son instrument, son beau sourire singulier et sa pose élégante quand elle saluait le public l'accompagnaient systématiquement jusqu'à son lit. Allongé à côté de sa femme endormie depuis longtemps, assommée de somnifères, il souriait tout seul en sentant la lumière de Su-ryeon emplir la pièce. Quel fou je suis, pourquoi je réagis comme ça alors que je suis déjà marié ? Mais qu'y a-t-il de mal à ça ? J'aime juste l'écouter jouer. C'est vrai, je la trouve mignonne, cette jeune fille de ma terre natale, et c'est tout. Ainsi murmurait-il pour lui-même en essayant de justifier ses sentiments. Il refusait de se sentir coupable vis-à-vis de son épouse.

Il guettait le moment favorable pour aller voir Su-ryeon et serrer galamment sa main en lui disant qu'il était originaire de la même ville qu'elle et qu'il la connaissait bien même si elle ne pouvait se souvenir de lui. Hélas, peu après, il a été transféré dans ce camp de prisonniers politiques. Après ses études à l'Université Bowi, il a été affecté au service des renseignements central à Pyongyang, grâce au soutien de son beau-père, mais cet appui n'était pas assez puissant et il a fini par être rétrogradé au rang de bowiwon dans cette vallée. Bien sûr, il était perturbé de voir son statut dévalué et d'avoir à quitter Pyongyang, mais ce qu'il regrettait le plus c'était de ne plus pouvoir écouter Su-ryeon jouer du gayakeum. Tant que cette mélodie résonnait dans son cœur, il était heureux, voire même légèrement exalté.

Pendant les années passées dans le camp, il n'a pas eu l'occasion d'avoir de nouvelles de Su-ryeon. En plus d'enfermer les détenus, la vallée l'a emprisonné lui aussi. Et puis il faut dire qu'à force de s'adapter à son environnement, il n'a plus eu le temps ni l'esprit d'y penser.

Un jour, Min-kyu raconte tout cela à Su-ryeon venue nettoyer son bureau, puis il observe sa réaction. Celle-ci, les yeux écarquillés de surprise, le regarde comme s'il était un inconnu avant d'éclater soudain en sanglots, le visage enfoui dans ses mains. Ses pleurs trahissent clairement son chagrin et sa colère contre lui. Min-kyu sent la honte lui monter aux joues et son visage s'enflammer, comme sous l'effet de l'alcool. La honte d'avoir commis un acte très injuste à son égard lui donne le vertige. Mais l'instant suivant, il secoue fermement la tête en s'exclamant :

— Non !

Su-ryeon s'arrête net et lève la tête. Min-kyu détourne le regard et s'écrie d'un ton bourru :

— Arrête de pleurer !

— Je m'excuse, je suis juste…

— Ça suffit !

Intimidée par l'attitude brusquement durcie de Min-kyu, Su-ryeon corrige sa position et lui dit calmement d'un ton clair et bien articulé :

— Aidez-moi, je vous en prie. Que cet enfant qui va naître ne connaisse pas la vie du camp, je vous en supplie.

C'est la première fois qu'il l'entend prononcer des paroles chargées d'autant d'insistance.

3

Les nausées de Su-ryeon se calment peu à peu et Wonho en est soulagé. Sa mère s'efforce de prendre en charge toutes les tâches de la cuisine pour les épargner à son épouse. Les deux femmes font tout pour ne pas s'imposer de corvées mutuellement et elles se chamaillent souvent à ce sujet. Ces derniers temps, Su-ryeon se montre excessivement humble. Dès que sa belle-mère exprime sa gratitude envers elle, elle secoue précipitamment la tête et prend un air confus. Elle est tellement modeste et gentille qu'elle ne supporte pas les compliments. Wonho se sent d'autant plus reconnaissant et désolé à son égard.

Sa femme rentre toujours à la maison tard le soir. D'après elle, ceux qui travaillent au comité administratif doivent attendre que tous les détenus soient rentrés chez eux pour ranger derrière eux, et c'est seulement après qu'ils peuvent regagner leurs domiciles. Wonho s'endort souvent avant le retour de Su-ryeon. Cela le chagrine et il lui propose d'aller la chercher le soir ou de l'attendre dehors, mais elle refuse, les larmes aux yeux. Elle dit que s'il était repéré par un bowiwon ou des gardes, on pourrait le soupçonner de vouloir voler quelque chose. Wonho approuve son jugement et ne revient plus sur le sujet. De toute façon, quand il rentre chez lui après une dure journée de labeur, il n'a même plus la force de bouger un doigt.

Ce soir, comme les autres soirs, il attend sa femme et, au bout d'un moment, il sombre malgré lui dans le sommeil. Il ne sait pas combien de temps il a dormi lorsqu'il se réveille en sentant un vide à ses côtés. Su-ryeon n'est pas encore rentrée mais sa mère, épuisée, dort profondément dans un coin de la chambre. Inquiet pour sa femme qui doit encore travailler à cette heure-ci, Wonho se force à ouvrir ses paupières lourdes et se lève.

Il sort de la cabane et voit la nouvelle lune passer derrière la colline en face du hameau. Comme il n'a pas de montre, il ne peut savoir l'heure précise mais il sent que la nuit est bien avancée. Il fait les cent pas pendant un moment et, une fois que ses yeux se sont habitués à l'obscurité, il se dirige vers le bâtiment du comité administratif à la recherche de sa femme. Les cabanes sombres des détenus gisent comme mortes, enveloppées dans un voile noir.

Aucune lumière ne filtre par les fenêtres du bureau du comité. Sa femme s'y est-elle endormie, rompue par la fatigue ? Ce serait regrettable qu'en passant la nuit dans le bureau, elle attrape un rhume par ce frais temps d'automne, alors qu'elle porte désormais une autre vie dans son ventre. Wonho s'approche du bâtiment et tend l'oreille. Il ne perçoit aucun signe de vie à l'intérieur. Il tâtonne de la main et remarque que la porte est verrouillée par un grand cadenas. Il se dirige alors vers la salle de la propagande, elle aussi fermée à l'aide d'un cadenas. Où est sa femme ? Il trouve la situation bizarre. Il a beau réfléchir, il n'a aucune idée de l'endroit où Su-ryeon peut être à cette heure tardive.

C'est alors que, balayant les alentours d'un œil perplexe, son regard est attiré par une lueur provenant d'une des fenêtres du bureau du bowiwon. On dirait la flamme d'un briquet. Elle s'éteint aussitôt. Ce doit être le bowiwon en train de fumer une cigarette dans son bureau obscur. La nuit, les bowiwon rentrent chez eux de l'autre côté des barbelés, d'après ce qu'il sait. Dans un premier temps, il se dit distraitement que le bowiwon doit avoir un travail urgent à terminer, puis l'instant d'après son cœur fait un bond. Un mauvais pressentiment l'asphyxie. Mais quelle idée absurde tu as ! se reproche-t-il en se frappant la tête du poing, tandis que ses pas l'emmènent déjà vers l'endroit d'où il a aperçu la lumière.

Les poils dressés comme ceux d'un animal, Wonho s'approche du bureau aussi silencieusement qu'un serpent. Arrivé sous une fenêtre, il se colle contre le mur. Son cœur bat si bruyamment qu'il s'agrippe la poitrine. Il entend le toussotement du capitaine Chae par la fenêtre entrouverte, des froissements de tissu, puis le halètement de l'homme suivi par les faibles gémissements d'une femme… Ah, pourvu que ce ne soit pas ce que j'imagine ! Mais peu après la voix de Su-ryeon s'abat violemment sur sa nuque :

— Seonsaengnim, je dois rentrer chez moi maintenant.

Wonho secoue violemment la tête, n'en croyant pas ses oreilles. Mais aussitôt, la voix de Chae résonne clairement comme pour se moquer de lui :

— Il est encore tôt.

— Seonsaengnim, comme vous me l'avez promis, vous ne devez pas tarder à transférer mon mari à l'usine d'alimentation.

— Ne t'inquiète pas pour ça, occupe-toi de prendre soin de toi dans l'intérêt de l'enfant. Est-ce que ça va mieux, tes nausées ?

— Oui, c'est passé maintenant.

— C'est dommage qu'à cause de ta grossesse, bientôt je ne puisse plus te prendre dans mes bras. Je vais faire le nécessaire pour ton accouchement, n'aie aucun souci à ce sujet.

Brusquement, Wonho sent toutes ses forces le quitter et il s'effondre sur place. Il a le vertige et l'esprit flou. L'enfant ? Ça veut dire que c'est l'enfant de Chae ? Il se bouche les oreilles des deux mains. Ses membres tremblent aussi fort que s'il était en proie à des convulsions. Il ferme les yeux et aussitôt des images violentes défilent dans son esprit : il fait irruption dans la chambre en ouvrant la porte à toute volée, se jette sur les deux corps nus et piétine Chae tout son soûl mais… malheureusement son corps reste figé comme un roc, il ne peut pas bouger d'un pouce. Il fait un effort pour réprimer le hurlement sur le point de sortir de sa bouche. Au fond de lui, une bombe explose mais il ne doit pas laisser échapper le moindre gémissement. Qu'est-ce que tu attends ? Dépêche-toi de te ruer dans cette chambre !

Il entend des bruissements venant de la chambre ; les deux autres semblent se lever, ils doivent avoir terminé ce qu'ils avaient à faire. Wonho s'enfuit en tâchant avec peine de maintenir l'équilibre de son corps vacillant. Trébuchant, le dos courbé, il hâte le pas pour s'éloigner le plus rapidement possible. Il court vers le torrent au lieu de sa cabane. Ses pieds glissent sur les cailloux mouillés par la rosée nocturne et finalement il bute sur une pierre et s'écroule. Ses genoux et ses paumes de mains semblent écorchés mais il ne sent pas la douleur. Allongé sur le ventre, le visage enfoui dans le sol humide, il éclate en sanglots. Ses lamentations se répandent tristement dans la nuit, brisant le silence de la vallée. Un coucou, quelque part, lui répond tout aussi tristement.

4

Wonho n'a plus en tête que les halètements de Chae et les gémissements de sa femme, et ça lui donne la nausée. Le ventre arrondi de Su-ryeon lui paraît monstrueux. Il est désormais convaincu que l'enfant est de Chae. Les fois où il a fait l'amour avec sa femme se comptent sur les doigts d'une main, le contexte rendant leurs ébats difficiles. Mais ces deux-là doivent s'amuser toutes les nuits dans ce bureau tranquille.

Il comprend enfin d'où viennent tous les privilèges dont il a joui jusque-là dans cette vallée, et cette prise de conscience lui déchire le cœur. Soudain, la nausée le prend à nouveau et il enfonce un doigt dans sa bouche pour se forcer à vomir. Il crache de la bile acide et essuie vigoureusement ses larmes à l'aide de sa manche. Plus il frotte, plus des larmes tièdes débordent de ses yeux.

Pourquoi t'es-tu enfui ? Tu aurais dû te jeter sur eux et les tuer, puis te tuer toi aussi. Pourquoi t'es-tu enfui lâchement ? Pourquoi ? Pourquoi ? Wonho se frappe la tête plusieurs fois. Son cerveau a calculé spontanément et son corps lui a obéi docilement, en habitant du camp qu'il est. D'abord, il ne peut pas renoncer au bois de chauffage et aux grains de maïs que sa femme ramène à la maison. Il a trop peur du calvaire qu'il subirait s'il en était privé. Le souvenir du supplice qu'il a enduré pendant le premier hiver le glace. Ensuite, il ne peut pas sacrifier l'espoir d'entrer dans l'usine d'alimentation. Le plus effrayant, c'est le risque que court sa famille si jamais cette affaire est révélée au grand jour. Le bowiwon sera démis de ses fonctions ou transféré ailleurs, mais Su-ryeon et sa famille le payeront cher et seront sûrement emmenés dans un camp encore plus isolé et surveillé qu'on appelle la « vallée des spectres ». La vallée en question se trouve derrière plusieurs sommets. Une fois entré, on n'en sort pas vivant. Là-bas, il paraît qu'on n'autorise pas les détenus à vivre en famille, que les hommes sont forcés de servir de cobayes pour des expériences *in vivo* d'armes chimiques ou de participer à des opérations secrètes avant de disparaître sans laisser de trace, et que le travail est tellement dur que les détenus y survivent à peine quelques années. Voilà les rumeurs qui circulent. Il a déjà vu plusieurs détenus entraînés de force là-bas.

Wonho s'arrête tout à coup de pleurer. Il sent quelque chose se détacher de son corps comme un animal qui mue. Ne dit-on pas que celui qui a tout perdu n'a pas grand-peine à renoncer à la vie ? On lui a tout pris, il n'a plus que son enveloppe à présent ; alors il se sent léger comme une plume. Tout à coup, il se met à rire aux éclats et ne parvient à s'arrêter que quand ses côtes lui font mal. Il se moque de lui-même qui a aimé sa femme pendant tout ce temps avec tant de sincérité et de profondeur et qui éprouvait en plus de la culpabilité à son égard pour l'avoir entraînée dans cet enfer. Combien l'amour humain est hypocrite et traître, Wonho s'en rend compte avec amertume et ricane de sa naïveté ; il s'arrache les cheveux et grince des dents, puis il se lève comme s'il avait rebondi sur un ressort et il accable d'injures le bowiwon et sa femme. C'est la première fois qu'il crache des invectives aussi grossières pendant aussi longtemps. Il avance d'un pas chancelant en ruminant son chagrin et sa colère.

LA TERREUR DE LA MORT

1

Depuis quelque temps, son mari est devenu un autre homme. Ses yeux luisent d'un éclat froid et sa bouche reste fermée comme s'il était muet. Il lui est de plus en plus étranger. Alors qu'il se chargeait habituellement de toutes les tâches ménagères pour qu'elle puisse se reposer, il ne rentre désormais que pour manger et dormir. Quand sa mère lui adresse la parole, il ne lui répond que par oui ou par non. Il ne se couche plus à côté de Su-ryeon mais laisse toujours sa mère entre eux. Si par hasard la main de Su-ryeon le touche, il la repousse violemment comme pour chasser une bestiole dégoûtante. Les nuits où elle rentre tard, il est furieux qu'elle le réveille et il l'abreuve d'injures grossières en balançant son oreiller dans la cuisine. Elle sent chez son mari une rage dangereuse qu'il réprime de toutes ses forces, mais qui semble prête à exploser à la première perte de contrôle, un peu comme un ressort qu'on relâche.

Su-ryeon devine ce qui pousse son mari à une telle violence. Il est au courant de sa relation avec le capitaine Chae, aucun doute. La mince couche de glace sur laquelle elle marchait jusque-là a fini par se briser. Elle ne voit pas d'autre raison à une telle transformation. Elle ignore comment et jusqu'où il sait, mais le cœur de son mari est indubitablement étreint par la colère. Effrayée par cette supposition, elle n'ose même pas lui demander ce qui se passe. Elle supporte silencieusement et sans protester toutes ses manifestations de mépris et d'agressivité, s'efforçant de retenir son souffle et d'exister le plus discrètement possible. Mais sa belle-mère, ignorante de la situation, s'inquiète.

Un soir, parvenue au seuil de la maison, Su-ryeon se fige en entendant une conversation entre sa belle-mère et son mari :

— Je te trouve vraiment bizarre, ces derniers temps. Pourquoi es-tu si méchant avec Su-ryeon ?

Son mari ne répond pas et sa belle-mère reprend en soupirant :

— Je sais que c'est dur pour toi aussi mais tu es le chef de famille. Aujourd'hui Su-ryeon porte un enfant dans son ventre. Pourquoi mène-t-elle une vie si dure, à ton avis ? C'est parce qu'elle nous a suivis jusqu'ici, et tu n'éprouves même pas de pitié pour elle ?

Wonho ne réagit toujours pas.

— Su-ryeon porte ton enfant, je te dis.

— Je ne veux pas de cet enfant ! crie soudain Wonho d'une voix hargneuse.

— Comment ça, tu n'en veux pas ? L'enfant est déjà formé et toi tu es son père !

— Je ne suis pas son père, et de toute façon ça m'est égal !

Le rugissement furieux de son mari franchit la porte. Su-ryeon s'éloigne aussitôt et se réfugie dans l'obscurité. Accroupie sur le terrain vague derrière la cabane, elle tremble de tous ses membres, saisie de terreur. Son mari a l'air de penser que l'enfant qu'elle porte n'est pas le sien. Elle est sûre à présent qu'il est au courant de sa liaison avec Chae, mais elle n'imaginait pas qu'il irait jusqu'à mettre en doute sa paternité. A bien y réfléchir, elle comprend tout à fait son raisonnement. Elle aimerait lui expliquer la situation, hélas elle se sent incapable de prendre les devants ; elle préférerait qu'il l'interroge mais il ne lui adresse même pas la parole. Elle aurait dû refuser les avances de Chae malgré le risque d'être punie ou chassée du poste de comptable, elle le regrette amèrement. Maintenant que son mari est au courant, elle ne peut plus faire marche arrière, l'eau est déjà renversée.

Elle jette un regard circulaire dans le noir. Le désespoir et la solitude l'enveloppent autant que l'épaisse obscurité. Elle a envie de s'enfuir, n'importe où. Mais il n'y a nulle part où se cacher. Elle est condamnée à vivre et mourir dans cette cabane.

Elle s'affale sur le sol mais, constatant qu'il est humide, elle se relève aussitôt en soutenant son ventre de ses deux mains. L'idée qu'une nouvelle vie grandit en elle lui donne le vertige. Oui, j'ai au moins cet enfant. Tant qu'il est là, je ne me sens pas seule. Elle hoche la tête en ravalant les larmes qui montent. Une fois que l'enfant sera là, elle prouvera qu'il est de son mari, elle s'en croit capable. Il y aura sûrement une ressemblance entre eux. Même si son mari l'abandonne, le fait d'être la mère de cet enfant lui donnera la force de survivre. Si seulement elle pouvait faire sortir l'enfant de cette vallée, elle saisirait n'importe quelle main tendue, non seulement celle de Chae, mais même celle du diable. Elle se lève d'un bond et marche d'un pas déterminé vers sa cabane où vacille la faible lumière de la lampe à huile. Mère, voilà ce qu'elle est désormais.

Lorsqu'elle regagne la chambre, sa belle-mère et son mari sont déjà couchés. Pour supporter la vie du camp, il faut dormir le plus possible en dehors des heures de travail. A son entrée dans la pièce, sa belle-mère lève la tête avant de la laisser retomber sans force.

— Il y a de la bouillie dans la marmite, dit-elle. Tu dois avoir faim.

Allongée le dos tourné vers son fils, elle pousse un long et profond soupir qui secoue le lourd silence de la chambre. Su-ryeon reste debout un moment, désemparée, puis entre dans la cuisine et ouvre doucement le couvercle de la marmite pour se servir un bol de bouillie. Elle doit s'efforcer d'en manger, ne serait-ce qu'une cuillérée, pour l'enfant. Elle avale tant bien que mal le liquide pâteux mêlé des larmes intarissables qui coulent sur ses joues.

2

Désormais, Su-ryeon tâche de ne pas se laisser affecter par le comportement de son mari. Une fois cette résolution prise, elle a moins peur. Sa belle-mère aussi s'adresse à son fils le moins possible. Que ce soit à l'extérieur ou à la maison, chacun d'eux ne s'occupe que de ce qu'il a à faire sans piper mot. Avant, en rentrant du boulot le soir, ils se racontaient leur journée en se consolant mutuellement. Mais aujourd'hui, cette ambiance réconfortante a disparu. Au contraire, une atmosphère sinistre et glaciale rend l'air de la cabane irrespirable.

Su-ryeon prépare son accouchement seule et dans le calme. Chaque fois qu'elle en a le temps, elle taille dans ses vêtements pour en faire de la layette et des couches. Min-kyu lui a déjà offert un peu de miyeok et du riz. Sa belle-mère, dans sa grande naïveté, est fière de sa bru qui se débrouille toute seule pour la naissance.

Dans le courant de l'automne, comme promis, Chae transfère son mari au sein de l'équipe de préparation du malt dans l'usine d'alimentation. Ce dernier accepte l'offre sans rien dire alors qu'il sait pertinemment ce que cette faveur a coûté. Il affiche constamment une attitude intransigeante et hostile, et bien que Su-ryeon se dise parfois qu'elle préfère le voir ainsi, elle en a le cœur meurtri. On dirait que tout le corps de son mari est recouvert d'indifférence et de mépris, comme par de la cire. Elle se sent étouffer à la pensée qu'elle ne pourra peut-être jamais se réconcilier avec lui. Elle attend donc impatiemment la naissance de son enfant car c'est son dernier espoir et l'unique cordon qui la relie à son mari.

3

La cloche sonne subitement, déchirant l'air de l'aube, suivie par les braillements du haut-parleur ordonnant à tout le monde de se rassembler sur le terrain vague à côté de l'aire de battage. Pourtant ce n'est pas encore l'heure de travailler. Wonho, qui se préparait à partir au travail, se dirige sans comprendre vers le lieu de rassemblement désigné. Sa femme et sa mère lui emboîtent le pas. Depuis quelque temps, les trois membres de la famille ne s'adressent plus la parole mais communiquent uniquement par gestes.

Plusieurs centaines d'individus en guenilles y sont déjà. La famille de Wonho se mêle en silence à cette foule. Un piquet en forme de croix est planté devant eux. Des gardes armés de fusils entourent les détenus très agités.

— Vos gueules, canailles !

A ce hurlement perçant de l'un des gardes, tous les habitants du camp baissent aussitôt la tête. Certains, transis de peur, échangent des regards discrets, ils semblent deviner de quoi il retourne.

Bien plus tard, un camion fait son apparition dans un nuage de poussière. Deux bowiwon en descendent en époussetant leurs vêtements. Il s'agit des capitaines Chae et Jo. Depuis l'arrière du véhicule, trois soldats font tomber à terre un long paquet solidement attaché à plusieurs endroits. Il s'agit en fait d'un corps humain. Descendant du camion à leur tour, les soldats le traînent par terre, immobile comme un cadavre, et le redressent de force contre le piquet avant de l'y ligoter au moyen d'une corde. C'est seulement alors que Wonho comprend qu'on va la fusiller. A quelques pas de lui, sa femme tremble en agrippant son ventre arrondi de ses deux mains. Wonho voit sa mère la soutenir par la main mais il se détourne d'elles aussitôt.

La tête du condamné à mort s'agite un moment avant de s'incliner. Elle est tellement couverte de poussière et de sang qu'elle est méconnaissable. Le prisonnier est si mal en point qu'on ne lui a pas bandé les yeux ni bâillonné la bouche. Wonho, croyant reconnaître ses joues creuses et l'air coriace que lui donne son menton carré, s'approche de quelques pas et le dévisage attentivement. En effet il le connaît. Saisi d'horreur, il claque des dents. Il s'agit bel et bien de l'homme taciturne, son coéquipier du premier jour où il a coupé des arbres dans le camp, celui qui lui a tendu de la résine pour sa blessure. Wonho n'a aucun doute sur son identité. Après ces quelques jours de travail, ils n'ont plus jamais été partenaires mais ils se sont croisés de temps en temps et se sont aperçus à distance ; ces fois-là, l'homme posait sur Wonho un regard doux à peine perceptible, et ce dernier, content de le voir, levait brièvement la main. Wonho ferme les yeux.

Un moment plus tard, le capitaine Chae s'avance en ouvrant un dossier et s'adresse à la foule :

— Ce type devant vous est un pur réactionnaire qui en veut à notre République. Quand il était dehors, il n'a pas cessé d'écouter la radio de Corée du Sud. Même entré dans cette zone de rééducation révolutionnaire, il ne s'est pas ressaisi, il a volé de la nourriture, en a caché sous terre et a toujours guetté les occasions de s'enfuir. Vous aurez beau tenter de vous évader, vous n'irez jamais loin. Aujourd'hui vous allez voir de vos yeux comment finit un fugitif, ne commettez surtout pas la même erreur, compris ?

A ce moment-là, le condamné, resté jusque-là inerte, la tête penchée, ouvre brusquement la bouche. Sa voix est enrouée et des gouttes de sang s'échappent de ses lèvres :

— Camarades, évadez-vous ! C'est le seul moyen de survivre !

Cela s'est passé en un clin d'œil.

— Alors, qu'est-ce que vous attendez ? hurle Chae.

Secoué par ce cri, l'un des soldats restés abasourdis s'avance et abat sa crosse de fusil sur la tête de l'homme. Du sang en gicle aussitôt, accompagné de gémissements. Le soldat recule d'un pas et vocifère : « Fils de pute ! » en grinçant des dents avant de lui balancer un nouveau coup de crosse. Le supplicié demeure immobile. Alors le capitaine Jo, bondissant de fureur, beugle à l'adresse des détenus :

— Qu'est-ce que vous regardez comme ça, bande de crapules ? Je vais briser la tête de tous ceux qui ont entendu ce qu'a dit ce cinglé. Toi, tu l'as entendu, vermine ?

Jo, brandissant son revolver, vise un des hommes de la première rangée. Celui-ci, tremblant de peur, le teint cadavérique, se contente de secouer la tête en sanglotant. Il n'arrive pas à formuler une phrase.

— Espèce de salaud, je t'ai demandé si tu l'as entendu ou pas ?

Victime d'un coup de pied violent de Jo, l'homme dégringole en poussant un cri ; aussitôt son voisin, sans cesser de s'incliner, dit d'un ton suppliant :

— Je ne l'ai pas entendu, non je ne l'ai pas entendu.

Alors Chae hurle à son tour :

— Vous tous, vous n'avez pas entendu ?

— Non !

La réponse morne résonne en chœur. L'exécution commence alors que le prisonnier est déjà mort. Trois soldats se postent devant le condamné en le visant de leurs fusils.

— Allez, tirez sur ce réactionnaire, notre ennemi de classe !

L'instant suivant, de terribles détonations résonnent dans l'ambiance orageuse de l'aube. On croyait le supplicié déjà exsangue mais les coups de fusil font de nouveau gicler son sang. Un corps humain doit vraiment en contenir beaucoup, se dit Wonho. Les détenus, extrêmement choqués par l'aspect horrible du condamné, tressaillent et ferment les yeux à chaque détonation.

Les choses ne s'arrêtent pas là. On ordonne à chaque détenu de cracher sur le cadavre avant de rentrer chez lui. On menace de considérer les désobéissants comme des réactionnaires et de les fusiller immédiatement. Wonho, qui assiste pour la première fois de sa vie à une scène aussi cruelle, vomit brusquement de la bile. Tout devient flou autour de lui. Il aperçoit vaguement sa mère et sa femme qui restent debout avec peine en se soutenant mutuellement au milieu de la foule agitée.

Les habitants du camp frémissent d'horreur mais ils n'ont pas le choix, ils vont cracher sur le condamné avant de se hâter vers leurs maisons. Wonho fait de même avant de s'esquiver comme un fuyard. Il revoit clairement l'image de l'homme qui souriait de contentement en caressant comme un trésor le paquet de cigarettes Haedanghwa qu'il lui avait donné.

Pendant longtemps, Wonho a du mal à se débarrasser de l'odeur du sang qui semble sans cesse envahir ses narines. Il a beau se laver et renifler d'autres effluves, même celui de la bouillie de maïs moisi, tout se transforme aussitôt en odeur de sang. Cette puanteur enracine encore davantage dans son corps la terreur et l'asservissement. Pour garder la vie sauve, il ne doit absolument pas révéler qu'il est au courant de ce qui se passe entre sa femme et Chae. Il lui faut préserver à tout prix sa place dans l'usine d'alimentation et celle de sa femme au poste de comptable. Plus il subit de pression pour sa survie, plus il en veut à Su-ryeon.

4

Depuis qu'elle a assisté à la scène, Su-ryeon parvient difficilement à surmonter son traumatisme. Elle a non seulement été ébranlée par l'exécution, mais elle a surtout découvert avec stupéfaction le comportement de Chae ce jour-là : il était un autre homme. Elle n'a pas manqué de voir le mépris et la haine impitoyable que son visage trahissait ; il n'a pas cillé alors qu'un homme était tué de façon sanguinaire. Son expression glaciale à ce moment-là lui donne encore des frissons.

Lorsqu'elle s'est avancée à pas chancelants pour cracher comme les autres sur le supplicié, Chae lui a discrètement fait un signe de tête avant de se mettre devant elle, afin de lui épargner la vue du cadavre. Déjà à deux doigts de s'effondrer, elle a fait mine de cracher n'importe où et elle est partie précipitamment. Au lieu d'éprouver de la reconnaissance pour Chae qui a pensé à la protéger même dans une situation pareille, elle a trouvé son geste plutôt bizarre.

Jusque-là, du moins quand elle était seule avec lui, elle oubliait souvent la grande différence de statut social entre eux. Face à Su-ryeon, Chae est gentil et affectueux. Elle se disait donc qu'il avait beau être un bowiwon, c'était un être humain comme les autres.

Mais l'horrible cruauté qu'il a montrée sur le lieu d'exécution lui donne la chair de poule. L'idée que deux aspects si opposés coexistent en un seul homme la désespère. Pour les bowiwon, les détenus ne sont pas des êtres humains mais des ennemis de classe qu'ils peuvent mépriser et persécuter à leur guise. Elle aussi n'est rien d'autre qu'une prisonnière politique et elle se sent ridicule d'avoir négligé ce fait indéniable.

Su-ryeon croit comprendre à présent pourquoi les habitants du camp tiennent autant à la vie, même s'ils sont traités comme des bêtes. Ce n'est pas seulement par peur de la mort ou par instinct de conservation ; c'est aussi parce qu'ils trouvent trop injuste et révoltant de mourir si absurdement ; il s'agit là d'une forme de résistance admirable contre un pouvoir qui attente à la vie à tort et à travers. Les gens du camp frôlent la mort à tout moment, et pourtant ils font tout pour survivre. Ils n'hésitent pas à manger des serpents et des rats qui les faisaient frissonner de dégoût dans leur vie d'avant. Ils déploient toutes sortes de stratégies au travail pour éviter les coups de fouet du chef d'équipe et consacrent toute leur énergie à essayer de s'en tirer ; pour cela, peu leur importe de porter un masque et de se comporter de façon hypocrite et lâche.

LE FOYER BRISÉ

1

A l'époque où la forêt se couvre progressivement de vert clair, Su-ryeon commence à avoir des contractions. Celles-ci surviennent à la date prévue, ce qui augmente la probabilité que l'enfant soit de son mari, et elle en est soulagée. Ce dernier va bientôt reconnaître que le bébé est de la famille Han.

Sa belle-mère, qui a obtenu un jour de congé, aide Su-ryeon à accoucher. Contrairement aux autres jours, son mari obéit à sa mère qui lui demande d'aller puiser de l'eau et de faire du feu. Heureusement, l'accouchement se déroule sans problèmes. C'est un garçon. Il pousse un vagissement retentissant. La belle-mère, tenant son petit-fils dans ses bras, pleure longuement d'émotion.

Quant à son mari, il n'accorde pas un regard au nourrisson, même lorsqu'il crie. Su-ryeon a hâte de trouver chez lui des traits de ressemblance avec son père pour lui prouver que c'est son enfant. Hélas, elle a beau scruter attentivement le bébé, elle ne voit rien. Le visage rouge du nouveau-né est couvert de rides ; ses yeux, son nez, sa bouche ne lui sont pas familiers. Du coup, elle éclate en sanglots.

— Ne t'inquiète pas, tu as mis au monde un garçon en pleine santé et, à partir de maintenant, tout va bien se passer.

Et la belle-mère, tendant la tête dehors, appelle son fils d'une voix solennelle.

— Wonho, dépêche-toi d'entrer et de regarder ton fils.

Aucune réponse. Seuls se répercutent ses appels successifs. Elle couche l'enfant à côté de Su-ryeon puis se redresse promptement. Su-ryeon lui adresse un regard signifiant de ne pas aller le chercher mais sa belle-mère hoche la tête pour la rassurer. Su-ryeon se sent désolée vis-à-vis de la vieille dame qui, ignorant tout, ne fait de reproches qu'à son fils. Bien plus tard, elle revient en titubant. Elle a l'air profondément abattue.

— Ma chère fille, j'ai l'impression que Wonho est devenu un peu bizarre, peut-être à cause de la vie trop dure d'ici, il n'est pas dans son état normal… Sinon comment… ?

Sur ce, la vieille dame s'effondre sans force sur le sol de la chambre. Puis, tout en caressant ses genoux de la paume de ses mains, elle murmure d'une voix enrouée :

— Je suis sûre qu'il n'est pas dans son état normal, il a dû attraper une maladie… Essayons de le comprendre. Quand cet enfant fera ses premiers pas et l'appellera « Père », il ne pourra pas continuer à se montrer aussi insensible, il est humain, de chair et de sang, tout de même…

— Je suis désolée, Mère.

— Aïgo, tu es si gentille, pourquoi te sens-tu désolée ?

La vieille dame la regarde avec pitié et caresse ses cheveux trempés de sueur. Le bébé remue les lèvres avant d'éclater en sanglots, sa bouche rouge grande ouverte.

— Donne-lui le sein, il veut dire qu'il a faim.

Elle approche le bébé de la poitrine de Su-ryeon. Comme celle-ci rougit de pudeur, la vieille dame s'essuie les yeux et lui tourne le dos. Le nourrisson frotte son visage contre le sein de sa mère, à la recherche du téton, avant de le happer entre ses lèvres tendres. Su-ryeon ressent la chaleur du corps de son enfant et un frisson de joie la traverse tout entière. Elle agrippe la couverture enveloppant le nouveau-né occupé à téter de toutes ses forces et lui chuchote : « Oui, je suis ta maman. Je ferai tout pour te protéger. »

2

Depuis son accouchement, son mari passe souvent la nuit dans la salle de repos de l'usine d'alimentation. Il revient hâtivement prendre son petit-déjeuner le matin et s'en va aussitôt comme un voleur. Il n'accorde toujours aucune attention à l'enfant.

Le petit garçon s'appelle Seon-pung. C'est la grand-mère qui l'a baptisé ainsi en espérant qu'il quitte le camp tel le tourbillon de vent que signifie son prénom. Su-ryeon demande à Wonho ce qu'il en pense mais il se détourne d'elle aussitôt. Par un hochement de tête, la vieille dame fait signe à la jeune femme qu'elles doivent considérer cela comme un consentement.

Après l'accouchement, Su-ryeon prend quelques jours de repos grâce à Min-kyu qui lui en a donné l'autorisation malgré le risque que cela représente pour lui. A la fin du congé, elle revient travailler avec le visage encore enflé. Quant à la vieille dame, elle est dispensée de travail pour qu'elle puisse s'occuper du bébé. Avec la naissance de l'enfant, Su-ryeon et sa belle-mère, déjà très occupées, doivent assumer davantage de charges, ce qui rend leur vie encore plus difficile. Chaque fois qu'elle a un moment, Su-ryeon se précipite à la maison pour allaiter son enfant. Plusieurs fois par nuit, réveillée par ses pleurs, elle se lève pour lui donner le sein et changer sa couche. Aussi son corps lui paraît-il le matin aussi lourd qu'une tonne de coton trempé d'eau. Sa belle-mère lui donne un coup de main mais malgré cela sa part de travail ne diminue pas.

Son mari fait comme s'il était sourd et aveugle. Le soir, dès qu'il a fini de dîner, il va se coucher dans un coin de la chambre, et le matin, il ne se lève qu'une fois le repas prêt. Non seulement il ne l'aide pas, mais il tient de temps en temps des propos aussi blessants que des épines fichées dans la peau ; il ignore complètement l'existence de l'enfant ou il s'énerve quand ce dernier pleure en pleine nuit ; dans ces moments-là, Su-ryeon prend le bébé dans ses bras et fait les cent pas dans la cuisine tout en surveillant l'humeur de Wonho.

Sa belle-mère murmure parfois d'un air désespéré :

— On dit que les gens du même sang se reconnaissent entre eux, comment peut-il se montrer aussi méchant vis-à-vis de son enfant ?

Su-ryeon aussi lui en veut mais elle se console en se disant qu'il ouvrira son cœur au petit garçon quand il sera certain d'en être le père, une fois que Seon-pung sera plus grand.

3

Sa belle-mère, qui vient de changer la couche de l'enfant, pose tout à coup celui-ci dans les bras de Wonho qui s'apprête à se coucher.

— Seon-pung, c'est ton père ! s'exclame-t-elle.

A l'instant même, le visage de Wonho blêmit. Ne sachant quoi faire de l'enfant qu'il a pris malgré lui, il reste un moment indécis avant de le poser brutalement par terre. Le bébé, qui arborait un sourire de contentement, se met à brailler comme s'il venait d'être brûlé. Wonho, le visage grimaçant, lance un regard virulent à Su-ryeon qui n'y est pour rien et il s'élance dehors en coup de vent.

— Mais, père de Seon-pung !

La protestation ahurie de sa belle-mère se heurte contre la porte qui se referme avec fracas. Su-ryeon prend l'enfant dans ses bras et lui donne le sein, les yeux débordant de larmes. Sa belle-mère pousse un profond soupir et se lamente en se frappant la poitrine.

— Wonho doit être vraiment malade. Je suis sûre qu'il a contracté une maladie grave. Sinon comment peut-il… ?

A partir de ce jour, sa belle-mère ne demande plus rien à son fils ni ne lui fait de reproches. Elle se contente de le regarder avec pitié et de soupirer à fendre l'âme. Elle semble carrément renoncer à ce fils qui n'est pas dans son état normal. C'est peut-être la meilleure forme d'amour maternel qu'elle puisse lui témoigner dans ces circonstances. Mais Su-ryeon tient toujours à son mari. Même quand celui-ci la méprise avec la plus grande brutalité, elle se ronge les sangs à l'idée de le perdre. Elle n'a pas d'autre choix que de compter sur l'appui de Chae, mais son cœur ne s'éloigne pas de son mari, au contraire, elle fait même des efforts surhumains pour se rapprocher de lui. Plus l'enfant grandit, plus elle souhaite que son mari change d'avis et lui revienne un jour, et cet espoir reste coincé dans le creux de son ventre.

Le temps passe, Seon-pung avance à quatre pattes, s'assoit, fait ses premiers pas et commence à babiller, mais Wonho ne lui accorde toujours aucune attention. Su-ryeon ne voit pas s'affirmer chez lui de traits particuliers à son père. Tantôt le bébé lui ressemble à elle, tantôt à son mari. Parfois, elle a l'impression qu'il ne tient de personne, ce qui l'angoisse terriblement.

Pour elle, son mari est un peu comme un cerf-volant dont le fil a été coupé. Au moindre coup de vent, il s'éloigne d'elle. Elle désire plus que tout l'attraper avant qu'il ne soit trop loin.

4

Su-ryeon rentre de son travail plus tôt que d'habitude car elle rapporte un poussin qu'elle veut donner à Seon-pung après l'avoir fait longuement bouillir. Mal nourri depuis sa naissance, le petit garçon n'a pas grandi comme il faut, il a le ventre gonflé et les membres chétifs. Elle prépare la viande pour lui dans une marmite et de la bouillie pour les adultes dans l'autre. Ce soir-là, toute la famille va manger ensemble, ce qui arrive rarement.

Depuis quelque temps, Seon-pung et sa belle-mère dînent d'abord, puis Wonho lorsqu'il rentre du travail. Su-ryeon est toujours la dernière arrivée. Les époux veulent ainsi éviter la gêne de se retrouver face à face.

Son mari rentre alors qu'elle est occupée à mettre la table. En la voyant déjà là, il hésite devant la porte mais pénètre finalement dans la chambre et s'assoit à contrecœur. Silencieusement, Su-ryeon dépose les bols contenant la bouillie ou le poussin mijoté sur la table basse avant de l'apporter dans la chambre.

— Seon-pung est mal nourri et son ventre est trop gonflé, murmure la vieille dame pour elle-même en jetant un coup d'œil à Wonho. Voilà que Su-ryeon a rapporté un poussin, ça n'a pas dû être facile.

C'est sa manière de signifier à Wonho que la viande est pour l'enfant et que lui n'y a pas droit. Feignant de n'avoir pas entendu, il plonge la tête dans son bol et se met à manger. Seon-pung, qui s'impatiente pendant que sa grand-mère désosse la viande, se hisse sur la table pour agripper son bol de ses deux mains. Du coup, le bouillon de viande brûlant se renverse et l'enfant hurle à plein gosier.

— Aïgo, quel dommage, une si précieuse nourriture…

La grand-mère s'affaire à recueillir dans un récipient le bouillon de viande répandu sur la table. Le petit garçon, tout en pleurant, s'empare de morceaux de viande et les porte à sa bouche. Le visage de Wonho, en train de manger, se contracte dangereusement. Il jette violemment sa cuillère et lance un regard dur et méprisant à son fils comme il le ferait avec un adulte. Puis il s'empare de la viande que l'enfant tente d'attraper et la balance furieusement vers la cuisine. S'agitant comme un beau diable, le petit garçon braille de plus belle.

— Oh, mais qu'est-ce qui te prend, Wonho ? Pourquoi jettes-tu une viande aussi inestimable ? crie la vieille dame, choquée.

Sans répondre, Wonho se lève d'un bond, repoussant brusquement la table et envoyant valdinguer les bols par terre. Stupéfaite, la grand-mère fixe Wonho de ses yeux écarquillés.

— Est-ce un comportement digne d'un père ? Pourquoi fais-tu ça ? Qu'est-ce que tu as vraiment ?

— En quoi suis-je son père ? hurle-t-il tel un animal agonisant sous le coup d'une lance. Cet enfant n'est pas le mien !

— Je devine un peu ce que tu as en tête mais je suis sûre et certaine que cet enfant est le tien, réplique la vieille dame en haussant la voix, le visage grave.

— De toute façon, je m'en fiche complètement, je vous ai dit qu'il n'est pas de moi, vocifère Wonho en envoyant valser la table d'un coup de pied.

Au moment où il s'apprête à se ruer dehors, Su-ryeon se lève soudain et se poste devant lui pour l'en empêcher. Pendant toutes ces années, elle a vécu en retenant son souffle, en essayant de l'éviter le plus possible. Mais une flamme de rage a jailli dans le fond de son cœur. L'enfant braillant dans ses bras, elle a le visage contracté de colère et les lèvres tremblantes. Elle ne ressent plus de culpabilité vis-à-vis de son mari qui se montre si impitoyable envers un enfant d'à peine cinq ans.

— Tu es aveugle ou quoi ? Tu ne vois pas ton fils qui est là ? Es-tu humain malgré tout ?

Wonho sursaute et recule d'un pas, la fixant d'un regard haineux, puis il lève lentement la main avant de la gifler violemment. Sa main est tellement puissante que Su-ryeon s'effondre à terre et l'enfant avec elle.

— Tu oses me dire que c'est mon enfant ? Putain !

Su-ryeon dépose à côté d'elle l'enfant qui pleure éperdument et se relève d'un bond. Son nez saigne mais elle ne s'en soucie pas. Elle hurle de rage et déverse tout le ressentiment qui brûle en elle :

— Maintenant tu vas jusqu'à porter la main sur moi ? Pourquoi dois-je supporter autant de souffrances ? Et toi, qu'est-ce que tu as fait de si bien ? Si tu nous hais tant, tue-nous plutôt, moi et cet enfant !

Alors, complètement hors de lui, Wonho se saisit des cheveux de Su-ryeon et fait le tour de la pièce en la traînant derrière lui. Su-ryeon, qui a repris son enfant dans ses bras, se laisse emporter par lui. La vieille dame essaie de retenir Wonho en se pendant à ses jambes, et va jusqu'à lui mordre le poignet. Il la repousse sans ménagement et se précipite dans la cuisine avant de balancer par terre la rare vaisselle qui reste. Les bols se brisent dans un fracas à faire trembler la cabane.

Su-ryeon sanglote bruyamment en martelant le sol de ses mains. Avec les larmes, elle se libère également de son attachement à son mari qu'elle avait tenacement entretenu jusque-là. Sa belle-mère rampe à quatre pattes dans un coin de la pièce et s'y recroqueville. Sans plus oser faire quoi que ce soit pour apaiser la situation, elle se contente de fixer Wonho d'un œil terne.

5

Depuis cet épisode, la vieille dame est devenue une enveloppe vide. Son visage est aussi rêche et inexpressif qu'un bois sec. Son regard absent flotte comme une brindille sur l'eau. Elle n'éprouve plus désormais ni pitié ni peine pour son fils. Elle ne s'efforce plus de mouvoir son corps si affaibli qu'il n'obéit plus à sa volonté. Elle ne s'inquiète plus quand son petit-fils tombe et se blesse. Elle ne se préoccupe plus du ménage du foyer comme elle le faisait avant en serrant les dents. Elle n'a pas simplement abandonné sa famille mais la vie elle-même, Su-ryeon le sait. Sa volonté de survivre à tout prix pour pouvoir un jour quitter ce camp a disparu en même temps que s'est brisé le dernier espoir qu'elle mettait en Wonho.

Su-ryeon elle aussi change de plus en plus. Elle n'éprouve plus aucune culpabilité vis-à-vis de son mari et le considère désormais comme un monstre incapable de reconnaître son enfant. Matin et soir, elle reste près de son fils comme une maman oiseau protégeant son oisillon. Elle abandonne son attitude inconditionnellement docile envers son mari et devient froide et dure. Elle n'a plus peur de lui.

LA FIÈVRE

1

Il est arrivé plusieurs fois que Wonho frappe Su-ryeon, mais à présent, il la laisse lui tenir tête. Il est fatigué. Il se désintéresse de plus en plus d'elle et c'est ainsi qu'il arrive à supporter l'ambiance tendue de la cabane. Il fuit la souffrance à travers une solitude totale. L'enfant ne l'irrite pas autant qu'avant. Il prend l'habitude de ne pas faire attention à sa mère non plus. Ils sont tous comme des spectres cohabitant sous le même toit. Il se sent plus à l'aise avec l'attitude de sa mère qui semble renoncer à aimer son fils.

Mais à mesure que l'enfant avance en âge, Wonho est secrètement tourmenté ; il fait malgré lui des efforts pour se trouver des traits communs avec Seon-pung alors que ce n'était pas le cas quand il était encore bébé. Il lui arrive souvent de l'observer à l'insu de sa mère et de Su-ryeon. Cette réaction instinctive le surprend et le déconcerte. Mais rien en Seon-pung ne vient de lui.

Avec son visage rond au teint clair, son petit nez droit et ses yeux en forme de demi-lune quand il sourit, il est quasiment la copie conforme de sa mère. Ce qui irrite Wonho au plus haut point chaque fois qu'il regarde l'enfant, c'est qu'il se rappelle les paroles de Chae s'inquiétant au sujet du bébé. Le fait que Chae s'intéresse à l'enfant est la meilleure preuve qu'il en est le père. Le front bombé de Seon-pung lui fait penser à celui de Chae, brillant comme du verre. Dans ces moments-là, le vague espoir qui germait en lui s'évanouit. Il a beau se triturer les méninges, il n'arrive pas à s'ôter de l'esprit que Seon-pung est l'enfant de Chae.

Chaque fois qu'il se torture ainsi, Wonho sent un feu l'envahir et il sombre dans un profond désespoir. Parfois, il est en proie à une espèce de folie qui le pousse à casser tout ce qui lui tombe sous la main. Cette folie se transforme petit à petit en une haine violente envers Su-ryeon et Seon-pung. Quand il se trouve face au gamin, surtout, sa détestation est telle qu'elle le laisse exténué, comme malade de fièvre.

2

En voyant Su-ryeon venir travailler le visage couvert d'hématomes, Min-kyu sent son corps brûler de colère. Elle garde la tête baissée pour les cacher mais il les voit tout de suite. Cela fait déjà plusieurs fois qu'elle arrive au boulot dans cet état. Ce sont des traces de coups. Au début, il a fait semblant de ne pas les voir pour ne pas l'embarrasser, mais il ne peut plus continuer de faire comme si de rien n'était. L'auteur de ces violences est sûrement son mari. Dans le camp, les bagarres sont fréquentes entre les membres d'une famille à bout de nerfs. Mais le cas de Su-ryeon est différent à ses yeux. Min-kyu devine que sa relation avec Su-ryeon n'a pas échappé à Wonho, et que la mauvaise conduite de ce dernier en découle. Pendant toute la journée, sa conscience le taraude et il est de mauvaise humeur, comme si un type avait tabassé sa propre femme. Il brûle d'envie de courir trouver Wonho et de le rouer de coups. Il va même jusqu'à se dire : « Vais-je carrément l'envoyer à la vallée des spectres ? » Un soir, il fait venir Su-ryeon dans son bureau.

— Qu'est-ce que tu as sur le visage ?

— Je me suis blessée en tombant.

Su-ryeon tourne la tête vers le côté et baisse les yeux. Ses paupières frémissent, à deux doigts des larmes, et elle remue ses lèvres toutes crevassées.

— Si tu as envie de pleurer, pleure, dit Min-kyu comme pour la consoler. Et dis-moi en quoi je peux t'aider.

Il a le cœur meurtri à l'idée que le mélange de chagrin et de colère affiché sur le visage de Su-ryeon lui est destiné. Elle lève soudain la tête et des larmes coulent le long de ses joues.

— Mon mari pense que Seon-pung n'est pas son fils, dit-elle tout à trac.

— Qu'est-ce que tu racontes ?

— Il croit que c'est votre enfant, Seonsaengnim.

Min-kyu s'est déjà inquiété à ce sujet mais il est tout de même surpris.

— Pourquoi me dis-tu ça seulement maintenant ?

— Avant, il se montrait agressif avec moi mais comme il ne l'avait pas exprimé ouvertement, je le supportais tant bien que mal. Aujourd'hui les choses ont changé. Il dit carrément que Seon-pung n'est pas son fils.

— C'est pour ça qu'il t'a frappée ?

Su-ryeon hoche la tête et Min-kyu agrippe brusquement ses épaules.

— Es-tu sûre ? Cet enfant est-il bel et bien le sien ?

Elle écarquille les yeux et repousse violemment les mains de Min-kyu.

— Vous espérez que ce soit l'enfant de qui ? hurle-t-elle en larmes. Combien de fois vous ai-je dit qu'il était de mon mari !

Min-kyu pousse un soupir et se dirige lentement vers une chaise avant de s'y affaler.

— Oui, c'est vrai, la mère sait cela mieux que quiconque. Excuse-moi. Je vais réfléchir à un moyen de t'aider. Allez, rentre chez toi.

D'un air absent, Min-kyu regarde Su-ryeon s'éloigner du bureau en pleurant et il assène à la table un coup de poing chargé de colère.

— Ce lâche, cet imbécile ! Il va jusqu'à mettre la main sur une faible femme ?

Plus il plaint Su-ryeon qui souffre à cause de lui, plus il hait Wonho. Il ne se sent plus coupable à son égard, au contraire, il n'a qu'une envie : le passer à tabac. S'il écoutait son cœur, il le chasserait immédiatement de l'usine d'alimentation et lui ferait subir un véritable calvaire. Mais il se retient à cause de Su-ryeon. Elle accepte ses faveurs uniquement pour le bien de sa famille. D'un autre côté, il lui en veut de continuer à se montrer aussi loyale envers son mari, alors que celui-ci la traite comme une moins-que-rien.

Il a le cœur déchiré dès qu'il pense à elle. Eprouver un sentiment si particulier vis-à-vis d'une prisonnière politique ne lui rend pas la vie facile. Il se sent perpétuellement coupable de ne pouvoir la prendre en charge entièrement et la tirer de cet enfer du camp. Certaines fois, voulant se libérer d'elle, il essaye délibérément de mettre de la distance entre eux. Mais plus il se débat, plus il sombre dans ce marécage affectif, et plus la jeune femme pénètre profondément dans sa vie.

Dans un sens, c'est peut-être lui qui se repose sur elle plus que l'inverse. Les bowiwon du camp n'ont pas une vie moins morne que les prisonniers politiques. Dès qu'ils ouvrent les yeux, ils ne croisent que des détenus et leur mission est de les persécuter. Dans les moments mélancoliques comme dans les moments joyeux, il pense d'abord à elle. Dès qu'il la voit, il se sent serein et réconforté. Même son extrême solitude s'apaise. Chaque fois qu'il la serre dans ses bras, il connaît un bonheur intense qui lui fait chavirer le cœur. Quand il est avec elle, il se sent viril. Grâce à elle, il éprouve un sentiment de pudeur qui ne lui déplaît pas.

Quand Min-kyu lui tend quelque chose, les mains de Su-ryeon sont aussi agiles qu'un chat, ses yeux brillent de mille éclats. Elle est perspicace et très douée pour gérer toute nouvelle situation. Parfois, il laisse exprès sur son bureau des bâtonnets de sucre d'orge ou des biscuits, comme s'il voulait les jeter et il demande à Su-ryeon de l'en débarrasser. Elle comprend aussitôt son intention et elle cache promptement les friandises sous ses vêtements. Dans de tels moments, son visage s'illumine de joie. Les douceurs qu'elle a obtenues ainsi, elle ne les porte jamais à sa bouche, du moins Min-kyu ne l'a-t-il jamais vu faire ainsi. Elle les conserve sous ses vêtements toute la journée comme s'il s'agissait d'un trésor et attend fiévreusement l'arrivée du soir. A l'heure de rentrer, elle hâte le pas, avec la rapidité d'une maman hirondelle. Son dos exprime l'impatience de la mère pressée de donner ces friandises à son petit.

Elle est fragile, pareille à un poisson piégé dans un filet, pourtant Min-kyu a toujours l'impression qu'elle le domine. Malgré ses guenilles elle est pleine de dignité. Devant elle, il se sent humble même s'il ne le montre pas. Elle a un regard clair et intense qu'on voit rarement dans le camp. Min-kyu y perçoit une lueur singulière, sans doute le signe de sa volonté de ne pas renoncer à la vie, le signe de son amour et de son dévouement inépuisable pour sa famille. Elle est la seule personne qui permet à Min-kyu, un des seigneurs de cette vallée lugubre, de réaliser que les prisonniers politiques qu'il piétine sont eux aussi des êtres humains.

3

Alors que Min-kyu, revenant de sa tournée dans ses équipes de travail, longe le torrent, il voit Seon-pung qui a l'air d'hésiter à courir vers lui. Dès que le petit garçon l'a aperçu, son visage s'est illuminé. Min-kyu sait qu'il réagit comme ça parce qu'il est alléché par les friandises, mais même si c'est le cas, ça ne lui déplaît pas. A leur première rencontre, Seon-pung s'est reculé timidement, effrayé, mais à force de le croiser souvent, il a l'air de plus en plus à l'aise. Il a compris rapidement que Min-kyu avait de la sympathie pour lui. Les enfants du camp ont un sens particulièrement bien développé en matière de danger et de sécurité. Ils apprennent très tôt à être aussi agiles que des écureuils dans la forêt, c'est primordial pour préserver leur vie si précaire.

Aussitôt que son regard croise celui de Seon-pung, Min-kyu tâte ses poches par réflexe. Malheureusement il n'y trouve rien. Contrarié, il s'approche tout de même de l'enfant. Le petit garçon, en digne habitant du camp, s'incline aussitôt profondément devant lui. Il est relativement petit et maigre pour son âge, mais sa rapidité de réaction et son regard intelligent font penser à un enfant plus mûr.

Seon-pung passe souvent du temps dans le torrent et le bas de ses pantalons est toujours mouillé. Il veut sans doute attraper ne serait-ce qu'un petit poisson. Il est trop jeune pour pêcher quoi que ce soit mais il a tellement faim qu'il tente sa chance malgré tout. Chaque fois qu'il pense qu'il s'y trouve, Min-kyu met dans sa poche des biscuits ou un morceau de sucre d'orge. Puis il les dépose discrètement sur une pierre au bord du torrent avant de faire demi-tour. Alors Seon-pung s'y précipite et les dévore à la hâte. Min-kyu l'observe, caché à la lisière de la forêt de peupliers.

Il hésite un moment puis ordonne à l'enfant de le suivre car il vient de se rappeler qu'il a mis des morceaux de sucre d'orge dans un tiroir de son bureau. Depuis l'usine d'alimentation, on en apporte tous les jours un échantillon à son bureau. L'enfant lui emboîte le pas sans broncher. Il faut obéir sans conditions à tous les ordres d'un bowiwon, c'est imprimé dans sa tête depuis qu'il est tout petit.

Le bureau brille de propreté grâce à Su-ryeon qui le nettoie chaque matin. La petite porte dans le mur donnant sur la chambre à coucher est entrouverte. Su-ryeon a dû la laisser ainsi par inadvertance après le ménage. Le lit est soigneusement fait et le couvre-lit, lavé souvent, est aussi blanc que neige. Min-kyu se hâte de fermer la porte pour éviter que Seon-pung ne voie la pièce. Il se sent gêné, comme si l'enfant allait se douter de quelque chose s'il voyait le lit sur lequel lui et Su-ryeon s'envoient en l'air. Seon-pung, les deux mains croisées, attend poliment que le bowiwon lui donne une tâche à accomplir. Min-kyu lui lance alors un balai et lui demande de balayer le sol. Il craint les rumeurs s'il lui donne du sucre d'orge sans contrepartie.

Les tendres mains de Seon-pung sont tellement petites qu'elles n'arrivent pas à faire le tour du manche à balai. Il l'agrippe et balaye le bureau en secouant tout son corps. On dirait qu'il s'amuse à faire des allers-retours de gauche à droite plutôt qu'à nettoyer. Avec l'effort, son visage légèrement hâlé devient tout rouge. Attendri, Min-kyu laisse échapper un petit rire. Le garçon semble épuisé mais Min-kyu ne lui dit pas de s'arrêter. Sans savoir pourquoi, il trouve agréable d'être seul avec lui dans la même pièce, il se sent aussi joyeux et à l'aise que quand il est avec Su-ryeon.

Il passe un long moment avec Seon-pung avant de lui tendre enfin des morceaux de sucre d'orge. L'enfant enfourne le plus grand dans sa bouche et le suce avidement tout en laissant couler du jus sur son menton. Il avale si précipitamment que cela fait vibrer sa luette dans sa gorge si maigre. Tout en mangeant, il jette souvent des coups d'œil furtifs à Min-kyu pour guetter son humeur. Il a l'air de craindre qu'on lui reprenne le reste des friandises.

La vue de cet enfant qui, tel un petit animal, ne pense qu'à dévorer, lui fait froid dans le dos. Si ce petit garçon était le sien, ce serait la pire punition qu'il pourrait subir. Il ne peut s'empêcher de se soucier sans arrêt de Seon-pung, presque autant que de Su-ryeon. Celle-ci lui a expliqué clairement que d'après ses calculs c'était l'enfant de son mari, mais c'est seulement une question de jours. Aussi l'inquiétude surgit-elle de temps en temps en lui.

Depuis que l'enfant a commencé à faire ses premiers pas, Min-kyu se tourmente souvent à l'idée que c'est peut-être son fils, et ce doute lui est insupportable. Pendant la journée, lorsque Seon-pung et sa grand-mère restent à la maison seuls, il rôde autour de la cabane en faisant mine de passer là par hasard. Le petit garçon est vraiment la copie de sa mère mais il semble aussi tenir de son père. Puis, quand il le regarde sous certains angles, il a l'impression de reconnaître en lui ses propres traits, ce qui fait bondir son cœur. Parfois le gamin lui semble complètement inconnu. Après l'avoir ainsi observé, il est tellement tracassé qu'il ne trouve pas le sommeil, la nuit. S'il est vraiment le mien… ne devrais-je pas le sortir d'ici et le confier à la famille de mon grand frère ? Et puis une fois qu'il sera grand, je l'emmènerai avec moi… Toutes sortes de fantasmes défilent dans sa tête. Il redoute et hait Seon-pung et malgré tout il pense à lui sans arrêt. Chaque fois qu'il le rencontre, il le dévisage sous toutes les coutures – c'est devenu une habitude – car il craint que l'enfant, en grandissant, ne laisse paraître quelque chose qui lui ressemble. Il en est quasiment obsédé. Il préférerait vraiment croire Su-ryeon lorsqu'elle soutient que c'est l'enfant de son mari.

4

Seon-pung est entré à l'école. Dans le camp, dès sept ans, les enfants sont forcés d'aller à l'école. Ecole est un grand mot, il s'agit plutôt d'un lieu où on les oblige à travailler. Les enfants y apprennent à peine à lire et à calculer, l'éducation s'arrête là. Le reste du temps, ils doivent couper du bois de chauffage et élever un grand nombre de lapins. On dirait carrément une ferme. Une partie des lapins élevés ainsi à l'école est consommée par les bowiwon et le reste est offert en pot-de-vin au Bowibu extérieur dont le camp dépend. La peau de ces rongeurs contribue considérablement à la rentrée de devises étrangères pour le Bowibu. En été, les enfants n'ont presque pas le temps d'étudier à force de couper du foin pour nourrir leurs lapins pendant l'hiver.

A l'arrivée de la pleine saison agricole, même les enfants doivent travailler la terre. Au moment des semailles, tout le camp est mobilisé, y compris ceux qui travaillent au comité administratif et à l'usine d'alimentation. La campagne d'aide aux agriculteurs menée à l'extérieur est mise en œuvre ici aussi. Wonho quitte donc son boulot à l'usine d'alimentation pour venir semer les grains de maïs. Su-ryeon et Seon-pung ne font pas exception. Même la mère de Wonho, bien que malade, a réintégré son équipe des activités auxiliaires dès que Seon-pung a commencé l'école. Les personnes âgées ont pour tâche de trier les semences de soja.

Selon un système forfaitaire, chaque individu valide doit semer un champ d'une superficie de quatre cent soixante-six mètres carrés. C'est une corvée trop lourde pour les habitants du camp. Il faut qu'ils labourent d'abord la terre à l'aide d'une binette puis qu'ils l'humidifient avec de l'eau puisée dans le torrent. Ils ont hâte d'arriver au bout de cette tâche si considérable et si pesante, mais leur corps ne leur obéit plus, ils avancent à quatre pattes. Leurs figures noircies par le soleil ruissellent d'une sueur qui y dessine des taches de poussière. Sur ces visages crevassés et écorchés qui n'ont que la peau sur les os, seuls les yeux bougent à peine.

Les enfants, à bout de forces, se meuvent péniblement dans les champs où vacille la brume printanière, pareils à des petits chiens galeux. Souffrant sans doute de pellagre, ils ont pour la plupart la peau qui pèle autour des yeux, on dirait qu'ils portent des lunettes à monture blanche. Cela ne les empêche pas de se bagarrer et de se donner des coups de poing, contrariés par on ne sait quoi. C'est aussi ce qui se produit ce jour-là. Le surveillant de l'école arrive en courant et brandit son fouet. D'un coup de pied violent, il envoie en l'air un enfant qui retombe en s'enfonçant dans la terre. Incapable de se relever, il se tortille au sol.

A ce moment-là, un cri d'épouvante retentit du côté des groupes d'adultes. Une femme accourt vers l'enfant comme une folle. C'est Su-ryeon. Wonho distingue alors seulement que l'enfant qui vient d'être battu est Seon-pung. Sa femme l'aide à se lever et l'abreuve de reproches. Elle semble le réprimander pour son attitude indocile et sa désobéissance, dont voilà le résultat. Le surveillant lève son fouet mais il hésite en reconnaissant que la mère de l'enfant est la comptable, puis il beugle à pleins poumons au groupe d'enfants de travailler plus vite que ça. Pourchassés par son hurlement, les petits se taisent aussitôt et se hâtent de se remettre à la tâche.

Wonho aperçoit tout à coup le capitaine Chae debout en bordure d'un champ, les mains derrière le dos. Il ne sait pourquoi mais il a l'impression que le visage de Chae est pâle d'effroi. Au même instant, il est envahi par la pulsion de pousser un brusque cri de joie. Les battements de son cœur s'accélèrent tant il se réjouit de voir Chae si troublé, lui qui a fait de son propre fils une bête du camp. Regarde, pauvre crétin, comment tu es en train de persécuter ton propre enfant, tu surveilles ton propre fils avec un fusil, est-ce que tu te rends compte de ça ? Les injures qui ne peuvent pas sortir de sa bouche bouillonnent dans sa tête et lui procurent un plaisir intense.

Ce sentiment euphorique revient le soir lorsqu'il voit le gamin souffrant d'une forte fièvre. Dès que Wonho entre dans la chambre,

Seon-pung, qui était allongé sur sa couche, gémissant de douleur, se recroqueville spontanément et se traîne vers un coin de la pièce. C'est une habitude qu'il a prise depuis qu'il est tout petit.

— Ne crains rien, c'est ton père, dit la grand-mère en déposant une serviette humide sur le front de l'enfant avant de jeter un coup d'œil rapide à Wonho.

Wonho n'a jamais posé la main sur le front de l'enfant, même quand celui-ci était malade, ni ne lui a témoigné le moindre signe d'attention. Au contraire, il le hait de la manière la plus cruelle : en se montrant complètement indifférent à son égard et en le méprisant totalement. Parfois, il lui arrive de se dire que l'enfant n'a rien fait de mal et alors sa haine s'apaise un peu, mais dès qu'il voit Su-ryeon, qui a meilleure mine que les autres femmes du camp, ou le capitaine Chae, sa rancune se reporte sur l'enfant, c'est devenu maladif.

Les habitants du camp travaillent toujours en groupes mais ils sont seuls. Même au sein d'une famille, chacun est seul car chacun ne peut compter que sur lui-même pour survivre. Le travail rigoureux, la faim insoutenable, le froid sévère… il doit supporter ces choses tout seul, il ne peut demander de secours à personne. Il est incapable de compatir à la souffrance des autres, ni même de s'y intéresser. Seule existe la sienne. Même si son voisin se fait tabasser et vomit du sang, tant que ça ne le concerne pas, il s'en fout, et il s'efforce de devenir encore plus égoïste pour ne pas connaître le même sort.

LA RÉVOLTE

1

On rapporte à Min-kyu que Han Wonho a fait brûler une marmite entière de malt. D'après ce qu'on lui a dit, il était fiévreux depuis la veille et a dû s'endormir un moment près de la marmite. Dans le camp, quand on commet une faute, peu importe la raison, il y a obligatoirement sanction. Min-kyu n'a pas l'intention de faire une exception parce que c'est Wonho. Il se dit que c'est plutôt une bonne occasion de le rappeler à l'ordre. Il ordonne alors de le transférer de l'usine d'alimentation à l'équipe de construction pour un mois. Il ajoute une condition : on décidera s'il réintègre ou pas l'usine d'alimentation selon son degré de repentir. Il faut lui donner un petit espoir pour qu'il soit encore plus docile.

Le seul fait d'être affecté à l'équipe de construction devrait abattre Wonho. Celle-ci ne compte que des gens qui ont récolté plus de trois étoiles noires dans leur dossier. Il s'agit en général d'hommes qui ont causé des troubles dans le camp ou qui sont entrés là avec des dossiers déjà bien remplis. Au sein du camp, on classe les détenus en fonction du nombre d'étoiles noires ; plus ils en ont, plus ils sont considérés comme des éléments dangereux.

Ce que les habitants du camp redoutent le plus, c'est d'être affectés à l'équipe de construction, car c'est là qu'on a le plus de chances d'être envoyé dans la vallée des spectres. Au lieu de les y envoyer directement, on les fait travailler dans cette équipe, puis on invente un prétexte plausible afin de les y déporter. C'est une tactique pour dompter les détenus. A chaque déportation, une grande frayeur règne dans tout le camp, et ceux qui restent deviennent encore plus soumis. C'est beaucoup plus efficace que les coups de bâton pour asservir les prisonniers. Dans l'équipe de construction, le travail est plus dur et les règles encore plus strictes que dans l'équipe agricole.

Actuellement, cette équipe est chargée de construire une cimenterie. Dans la vallée des spectres, il y a une carrière de calcaire de bonne qualité. Jusqu'à présent, on transportait ce calcaire vers une cimenterie de la région, mais l'ordre est tombé d'en haut selon lequel il faut construire une cimenterie à l'intérieur du camp et le produire sur place. Si l'installation est achevée et équipée avant la fin de l'année, on pourra produire du ciment à partir de l'année prochaine. Voilà un gain supplémentaire qui met l'eau à la bouche des Bowibu du district et du département. Mais cela rajoute une corvée encore plus pénible pour les habitants du camp.

Il n'y a pas de machine pour bâtir cette cimenterie, tout se fait manuellement. Les détenus passent toute la journée à fabriquer du mortier à l'aide de pelles ou à courir en portant des briques sur le dos. Les types peu coriaces comme Wonho finissent par s'écrouler au bout de quelques jours. Et de fait, Wonho s'évanouit après même pas dix jours passés là-bas. En apprenant la nouvelle, Min-kyu ordonne au chef d'équipe de le forcer impitoyablement à travailler sans tenir compte de son état.

2

A midi, l'heure la plus terrible pour les détenus, Min-kyu se dirige lentement vers le chantier où travaille Wonho. Il est curieux de voir sa réaction lorsqu'ils se retrouveront face à face. Wonho va certainement faire semblant de lui faire des courbettes et de se montrer docile, mais Min-kyu sait pertinemment qu'il lui voue une haine féroce. A chaque rencontre, il ne manque pas de percevoir l'hostilité dans les yeux de Wonho lorsque ce dernier relève brièvement la tête et qu'un étrange sourire moqueur flotte sur ses lèvres serrées. Le plus insupportable pour le bowiwon est cette attitude ironique : elle signifie qu'il connaît le point faible de son adversaire et donc que Min-kyu ne peut pas le punir, à cause de Su-ryeon. Chaque fois que Wonho démontre ainsi sa bassesse éhontée, Min-kyu sent ses poings trembler de colère. Espèce de lâche, tu oses te moquer de moi alors que tu profites de la situation en mettant Su-ryeon en gage !

Le chantier se trouve un peu après le hameau et avant le secteur voisin. On peut l'apercevoir après avoir longé le torrent un certain temps. Alors que Min-kyu quitte l'allée principale pour s'engager dans le sentier, il s'arrête net. Wonho, tenant dans chaque main un seau rempli d'eau qu'il a puisée dans le torrent, arrive en face de lui d'un pas chancelant. Cela doit être sa tâche du jour. Min-kyu, à l'écart dans l'ombre des arbres, le regarde avancer péniblement. Le pantalon de Wonho, trempé jusqu'aux genoux, s'enroule constamment autour de ses jambes. En à peine quinze jours, il est devenu méconnaissable. Son visage aux pommettes saillantes, noirci par le soleil, transpire aussi abondamment que si on l'avait aspergé. Son regard opaque sous les paupières à moitié closes est vide, comme dépourvu d'âme. Il bouge ses membres machinalement.

Lorsque Min-kyu se plante devant lui, les mains derrière le dos, Wonho se contente de le dévisager pendant un bon moment de ce regard vide. Le bowiwon attend patiemment que celui-ci se ressaisisse et s'incline devant lui selon les règles. S'il s'était agi de quelqu'un d'autre, il lui aurait déjà assené coups et insultes. Mais Wonho, les seaux toujours à la main, reste immobile. A-t-il vraiment perdu la tête ou est-ce volontaire ?

— Est-ce que tu veux que je te casse les côtes pour que tu comprennes ? finit par crier Min-kyu.

— Ah, c'est vrai, j'ai oublié, il faut saluer.

Sur ce Wonho dépose lentement les seaux en esquissant un petit sourire ironique. Puis il s'incline lentement comme au théâtre. Empli de colère, Min-kyu perd son sang-froid et lui donne un violent coup de pied au tibia. Il tombe aussi facilement qu'une tige d'herbe sèche sous un coup de faucille.

— J'ai été patient mais tu veux vraiment mourir ou quoi ?

— Je suis déjà en train de mourir, vous ne voyez pas ? réplique Wonho toujours à terre.

— Tu oses me répondre ?

Wonho lève la tête et fixe le bowiwon.

— Pourquoi vous me traitez comme ça ? Est-ce que je vous gêne ou vous êtes-vous déjà lassé de cette garce ?

— Quoi ? Crève, vermine ! hurle Min-kyu fou de rage, en lui flanquant des coups de pied.

— Parce que vous, vous êtes humain ? D'accord, tuez-moi. Mais vous croyez que je vais me laisser mourir docilement ?

Tout en se tordant péniblement comme un ver de terre écrasé sous un pied, Wonho ne cesse de rétorquer.

— Fils de pute, prépare-toi à partir pour la vallée des spectres !

— Pfft, ça veut dire que vous allez devoir envoyer Su-ryeon là-bas aussi.

— La ferme, ordure !

En les entendant, le chef d'équipe et un garde qui surveille le chantier accourent vers le bowiwon.

— Mets ce type en prison, ordonne brièvement Min-kyu au garde et il crache un coup avant de tourner les talons.

Tout son corps tremble de rage.

3

Min-kyu regagne précipitamment son bureau et se hâte de rédiger un rapport au sujet de Han Wonho. Il est décidé, il va l'envoyer dans la vallée des spectres pour de bon. Oui, c'est toi qui l'as voulu. Tu as osé m'affronter ? Sale vermine ! Tout en l'insultant ainsi intérieurement, il achève son rapport puis enfourche son vélo pour aller voir le directeur du camp.

Le bureau spacieux et agréable du directeur cadre mal avec l'environnement du camp. Un canapé à l'allure haut de gamme – Min-kyu ignore quand on l'a installé là – occupe une large place dans un coin de la pièce. Il adresse un salut militaire au directeur et dit d'un ton ferme en déposant son rapport sur le bureau :

— Camarade Directeur, parmi les détenus sous ma responsabilité, il y a un type à sanctionner sévèrement une bonne fois pour toutes, il mérite d'être envoyé dans la vallée des spectres. Il a brûlé une pleine marmite de malt et malgré cela il ne se ressaisit pas et continue à paresser.

Le directeur pousse le rapport de côté sans même y jeter un coup d'œil et bâille :

— C'est sous ta responsabilité, fais comme bon te semble, de toute manière ces types vont mourir d'une façon ou d'une autre.

— Dans ce cas, je vais l'envoyer là-bas pendant plusieurs mois.

— Les types qui causent des problèmes, tu les envoies là-bas et tu t'arranges pour qu'ils n'en ressortent plus. Ce genre de détenus, il ne faut pas les traiter comme des êtres humains. Je te le répète chaque fois.

— D'accord, c'est clair. Très bien, je vais me débrouiller au sujet de ce type.

Le destin de Wonho dépend de quelques mots entre ces deux hommes. L'approbation du directeur n'est qu'une formalité. Min-kyu ricane tout en pédalant vers son bureau. Pauvre minable, on va voir si tu continueras de me tenir tête, une fois dans la vallée des spectres.

Il éprouve le plus grand mépris pour Wonho. La raison pour laquelle il le déteste le plus, c'est que Su-ryeon a été entraînée de force dans cette vallée à cause de lui. C'est par la faute de son ordure de mari qu'elle mène une vie aussi malheureuse et se fait traiter comme une moins-que-rien, ce qu'elle ne mérite absolument pas. Min-kyu a du mal à digérer cela. Sans compter le fait qu'il frappe sa femme. Min-kyu brûlait d'envie de le punir depuis un moment déjà. Il s'était retenu uniquement parce qu'il craignait d'affliger ainsi Su-ryeon.

Arrivé dans son bureau, il allume une cigarette, encore suffoqué de colère. Une fois qu'il s'est un peu calmé, l'amertume l'envahit. Il a l'impression d'avoir gagné un combat contre un adversaire attaché et sans arme. Il n'a pas du tout le cœur léger.

•

LA VALLÉE DES SPECTRES

1

Dès le lendemain à l'aube, alors qu'il fait encore noir, deux gardes entrent dans la cellule et ligotent Wonho avant de le jeter à l'arrière d'un camion. Il leur demande où ils l'emmènent mais reçoit aussitôt un coup de poing pour réponse. « Prépare-toi à devenir un spectre dans la vallée des spectres », ironise l'un des gardes. Anéanti, Wonho regarde précipitamment autour de lui. Le jour n'est pas tout à fait levé et un épais brouillard l'empêche de voir quoi que ce soit, comme s'il était abandonné seul dans une mer de nuages. Vu que la cloche n'a pas sonné, ce n'est pas encore l'heure du travail. D'habitude, quand on emmène un détenu dans la vallée des spectres, on rassemble tous les habitants du camp et les bowiwon font tout un déploiement de forces pour les intimider, avant de l'emmener. Mais en ce qui le concerne, on a agi secrètement et très tôt. L'emmène-t-on quelque part pour le tuer ? A cette idée, Wonho sent ses poils se hérisser.

Il a cru que Chae lui avait dit ça juste pour le menacer, il n'a jamais imaginé qu'il s'exécuterait pour de bon. S'il a tenu tête au capitaine sur le chantier de construction, ce n'était pas par cran et encore moins par amour-propre. Sa haine contre le bowiwon a beau être profonde, il sait pertinemment qu'il ne peut l'exprimer, sinon à l'instant même il se briserait en mille morceaux tel un œuf écrasé contre un rocher. Cela fait plusieurs années qu'il feint d'ignorer la relation entre Chae et sa femme et profite du confort qui en résulte. Pour lui qui a suffisamment démontré son mépris pour lui-même auprès de sa femme et de Seon-pung, il est hors de question de parler d'orgueil. L'idée même en est ridicule. Lui qui se considère comme un rebut lâche et abject, pourquoi s'est-il révolté ? Tout simplement parce qu'il voulait quitter l'équipe de construction le plus vite possible. C'était une sorte de petite ruse de sa part pour réintégrer l'usine d'alimentation : il croyait qu'à cause de Su-ryeon, Chae ne pourrait pas le maltraiter davantage ; aussi a-t-il voulu faire savoir au bowiwon que son existence était un danger pour lui.

Wonho se mord les lèvres jusqu'au sang. Loin de résoudre le problème, il n'a fait que l'aggraver. Il aurait mieux valu qu'il le supplie à genoux. Secoué à l'arrière du camion, tout son corps tremble d'horreur. Ce n'est pas la mort qui lui fait peur mais la conscience que là-bas il va subir des souffrances encore plus accablantes que la mort.

Toujours allongé, Wonho roule vers l'avant du camion. Après s'être débattu un certain temps, il réussit enfin à s'asseoir et à frapper du pied sur la paroi de la cabine. Le véhicule freine brusquement et s'arrête net. Un garde monte à l'arrière et lui assène de violents coups de pied dans le dos.

— Qu'est-ce qui te prend, tu es cinglé ou quoi ?

— J'ai quelque chose à dire à Seonsaengnim Chae, crie Wonho toujours criblé de coups. C'est très important, je vous en supplie, laissez-moi le rencontrer.

— Fils de pute, si tu as quelque chose à lui dire, essaie de lui écrire une lettre une fois que tu seras en enfer.

Le garde continue de le tabasser jusqu'à ce que Wonho n'arrive plus à parler. En proie au désespoir, il se laisse aller sans force. Le camion, parti à l'aube, ne s'arrête que lorsque le soleil est au zénith. Ils ont dû rouler pendant plusieurs heures.

— Descends !

Le garde monte à l'arrière du véhicule, abaisse une des parois et pousse violemment Wonho à coups de pied. Celui-ci, toujours attaché, dégringole par terre. Un bowiwon qui les attendait s'approche de lui et le tape du pied.

— Raclure, n'exagère pas et dépêche-toi de te lever et de t'incliner devant moi avant que je te roue de coups ! tempête-t-il.

Un homme à côté du bowiwon le libère de ses liens. A voir son allure, c'est un prisonnier politique, ce doit être un chef d'équipe. Wonho se lève péniblement et se courbe en chancelant devant le bowiwon. Cette fois, il ne ressent aucune colère contre cet homme, contrairement à ce qu'il éprouvait face à Chae.

— Vu sa sale mine, je sens qu'il ne va même pas tenir un mois et nous allons avoir la corvée de dégager un cadavre, grommelle le bowiwon en ouvrant la marche.

L'homme qui a dénoué les cordes de Wonho lui saisit le bras lorsqu'il trébuche. Dans cette vallée des spectres, l'atmosphère est très différente. Contrairement au camp précédent où les détenus vivent en famille, même si c'est dans des cabanes misérables, Wonho ne voit là que trois grands bâtiments délabrés sur un spacieux terrain vague près d'un torrent. Des hommes amaigris aux cheveux en broussaille y entrent et en sortent, ils doivent y loger collectivement. La rumeur était fondée : dans cette vallée des spectres, les femmes regroupées entre elles cultivent de l'opium au fin fond de la montagne tandis que les hommes s'acharnent à extraire du calcaire de la mine.

Les hommes sortent en masse d'un petit baraquement adjacent à un des grands bâtiments et s'alignent sur deux rangs. Vu que tous se lèchent les babines, le petit bâtiment doit servir de cantine. Ils ont le teint pâle et jauni de revenants qui viennent de sortir de la tombe. C'est sûrement parce qu'ils voient rarement les rayons du soleil, à force de passer tout leur temps dans les galeries de la mine. Le groupe se dirige il ne sait où à un pas cadencé, mené par les ordres féroces de son chef d'équipe.

Dès que Wonho met les pieds à la cantine, une puanteur aigre pareille à celle du fumier envahit ses narines. Sur la table grossièrement fabriquée avec un tronc d'arbre coupé verticalement en deux se trouve un seul bol contenant une bouillie de maïs garnie de quelques feuilles de siraeki. C'est le petit-déjeuner de Wonho. Lorsqu'il s'assoit, une nuée de mouches qui noircissaient le plat, occupées à déguster la nourriture, s'envolent frénétiquement. Certaines, plus téméraires, incapables de renoncer à leur festin, restent agrippées au bol, immobiles. L'odeur de la bouillie donne la nausée à Wonho, qui n'a rien mangé depuis la veille au soir. Il ne sait pas ce qu'on a mis dedans mais c'est tellement amer que c'est presque impossible à manger. Il l'avale de force, comme un médicament. Il doit se mettre quelque chose dans le ventre s'il veut travailler.

2

On annonce à Wonho que sa tâche sera de charger du calcaire dans des wagons. Dans la mine, chaque chef d'équipe a un assistant. Celui qui a désentravé Wonho est en fait un assistant. Après le repas, Wonho gravit la montagne derrière lui et, au bout d'un moment, il aperçoit la gueule noire grande ouverte de la galerie de la mine d'où sortent quatre rails qui arrivent près du convoyeur surplombant une colline de cailloux stériles. Quand les wagons y amènent des blocs de calcaire, les détenus les hissent à l'aide de pelles dans le convoyeur qui tourne bruyamment avant de déverser son contenu dans le camion. Les hommes, les wagons, les plantes autour, tout est d'un gris jaunâtre. Sur les deux rails de droite sortent les wagons remplis tandis que ceux de gauche servent à renvoyer les wagons vides dans la galerie. Voilà ce que lui explique l'assistant.

L'homme conduit Wonho dans la pièce à côté de l'entrée de la galerie. Elle est envahie d'une odeur de carbure. La pièce est compartimentée en deux par une planche avec une ouverture carrée au milieu pour faire communiquer les deux parties. De l'autre côté, un homme au visage gris lui aussi tend à Wonho à travers le carré une lampe à carbure et un morceau de carbure. Wonho, qui ne sait qu'en faire, se tourne vers l'assistant d'un air perplexe. Ce dernier, sans explications, met le morceau de carbure dans la lampe de Wonho, y verse de l'eau avant d'y mettre le feu. Aussitôt, une flamme bleue s'échappe des petits trous de la lampe. L'assistant la lui tend silencieusement et lui ordonne de le suivre.

Peu après s'être engagé dans la galerie obscure, Wonho, épouvanté, pousse un cri : une masse noire file comme une flèche depuis le fond de la galerie dans un grand vacarme. Le fracas résonne contre les parois et assourdit Wonho.

— Je vois que tu n'as jamais vu une galerie de mine, dit l'assistant. Ce sont les wagons, ils ne roulent que sur les rails, alors les personnes sur les accotements sont en sécurité, n'aie pas peur.

Vu son comportement, l'homme semble calme et bienveillant. Mais l'instant suivant, il fait brusquement demi-tour et se précipite dehors car le wagon qui vient de quitter la galerie a déraillé et fait un bond avant de terminer sa course sur la colline. Des nuages de poussière jaillissent dans un bruit tonitruant, suivis d'un hurlement de douleur aigu. L'ouvrier suspendu à l'arrière du wagon en dégringole. Tout cela s'est passé en un clin d'œil. Le sang gicle partout et l'homme ne bouge plus, on ne sait s'il est mort ou vivant. L'assistant qui est allé promptement voir la victime revient aussitôt et murmure :

— Il n'est pas de mon équipe.

Sur ce, il perd tout intérêt pour l'affaire. S'il s'est hâté ainsi, c'était juste pour vérifier si l'homme était un des siens ou pas. Même ceux qui travaillent aux alentours ne s'étonnent pas de l'accident ni ne s'en affolent. L'air indifférent, ils dégagent l'homme inerte et remettent le wagon sur les rails.

Wonho qui était resté figé, frappé de stupeur, reprend sa marche, presque tiré de force par l'assistant. La terreur le rend fiévreux. Tous ses membres frissonnent à l'idée que lui aussi doit effectuer ce genre de travail. Ils marchent sur l'accotement plat pendant une heure et parviennent à un espace assez étendu ; on y voit de nouveau cinq ouvertures pareilles à des fourmilières. De chacun de ces trous sort un ouvrier avec un wagon chargé qu'il pousse vers les rails selon l'ordre d'arrivée. Wonho emboîte le pas de l'assistant pour pénétrer dans la deuxième brèche.

Après avoir marché à peine cent mètres, il entend un bruit de machine à vous déchirer les tympans. Il s'avance vers le vacarme, et là il voit un homme percer la paroi avec un instrument au milieu d'une poussière opaque et d'une odeur âcre de poudre à canon. La machine s'appelle une tarière de mine. La galerie est éclairée par des lampes à carbure suspendues çà et là. Deux autres hommes s'affairent à charger un wagon avec des pierres qu'on a fait sauter à l'aide de dynamite. Wonho suppose que ces trois hommes, l'assistant et lui forment une équipe.

Le bruit de la machine est tellement assourdissant que c'est par des gestes que l'assistant ordonne à Wonho de mettre des pierres dans une bassine en fer avec une pelle avant de les verser dans le wagon. Wonho obéit mais la bassine remplie de pierres est tellement lourde qu'il perd l'équilibre et trébuche au moment de la vider. Avant même d'avoir chargé un wagon complet, il sent une douleur dans le dos comme si ses côtes étaient brisées, et les larmes lui dégoulinent sur le visage comme la pluie. Pour ramasser tous ces blocs de calcaire gisant au sol, il faudrait plus de dix allers et retours avec le wagon. Le seul point positif, c'est que ses coéquipiers se contentent de l'observer en silence sans le persécuter alors qu'il est vraiment maladroit. Ça doit être une sorte de fraternité entre ceux qui travaillent sous terre.

3

Après ce premier jour éprouvant dans la mine, Wonho s'écroule sur son lit de planches dès qu'il a fini de dîner. Dans le grand baraquement, on a aménagé deux longues rangées de lits superposés à droite et à gauche en laissant un couloir au milieu. La place de Wonho se trouve le plus près de l'entrée de la pièce. Tout le baraquement empeste la poudre à canon et la poussière, presque autant que dans la galerie de la mine. Les dizaines d'hommes qui logent là, avec leurs corps imprégnés de l'odeur de la mine, aggravent encore la puanteur des lieux. La planche servant de lit est extrêmement rugueuse car elle n'a même pas été rabotée. Un chef d'équipe lui jette une vieille couverture toute trouée.

L'eau pleine de calcaire est opaque ; quand on se lave le visage avec, la peau devient tellement rêche qu'on a l'impression de porter un masque ; elle rend la bouillie de maïs difficile à digérer et provoque souvent des diarrhées. Pour boire, les détenus utilisent l'eau du torrent polluée par celle provenant de la mine. Il paraît que les bowiwon se servent de l'eau d'une fontaine creusée à part dans la montagne.

Au bout de quelques jours, Wonho aussi commence à avoir de la diarrhée. Il n'a même pas la force de bouger un doigt mais il ne peut se reposer. Il est obligé de charger sans répit du calcaire dans le wagon, quitte à s'effondrer et y laisser sa peau. Il pense souvent à la cabane où il vivait avec sa famille dans le camp et elle lui manque terriblement. Il a aussi la nostalgie de la bouillie de maïs que sa mère préparait pour lui. Il ne se sent pas capable de supporter longtemps la vie dans cette vallée. L'idée qu'il s'est comporté aussi bassement pour survivre et que finalement il va périr ici d'une façon aussi vaine le fait grincer des dents. Il aurait dû dénoncer Chae et le détruire avant de mourir dignement à son tour. Plus son corps s'affaiblit, plus sa haine contre lui s'aiguise.

4

Lorsque l'un de ses pieds se trouve écrasé sous le wagon, Wonho se dit que tout est désormais fini. Dans la mine, la seule mesure d'urgence pour les victimes d'accident est de stopper l'hémorragie, puis les blessés sont amenés dans une baraque délabrée à l'écart. C'est un lieu où on isole les moribonds des autres détenus et où on les laisse jusqu'à ce qu'ils rendent leur dernier souffle. Les hommes aux membres cassés, aux yeux crevés ou au cerveau endommagé sont des machines inutiles. On enferme tous les invalides et les malades dans cette petite cahute sans leur délivrer aucun soin, il n'y a pas d'enfer plus horrible que ça. Les blessures, sans traitement antibiotique, s'infectent et les gens meurent de septicémie.

L'intérieur du taudis est submergé de relents mélangés de pus, de sang et de cadavres en décomposition, si bien qu'on a du mal à respirer.

Cris de douleur et injures résonnent jour et nuit. Personne ne vient jeter un œil dans cette cabane abandonnée au fin fond de la forêt, elle est hors de contrôle. De toute façon, les malades ne peuvent se déplacer par eux-mêmes, inutile de les surveiller. Une fois par jour, à l'heure du déjeuner, deux détenus viennent y déposer une bassine remplie de bouillie, en quantité suffisante pour que tous ceux qui viennent en manger puissent se rassasier. C'est une nourriture infâme et puante, mais il est tout de même rare de voir dans un camp ce genre de faveur permettant aux détenus de se remplir la panse. Hélas, soit trop fiévreux, soit immobilisés, les malades sont incapables d'en manger. Le jour suivant, la nourriture est complètement avariée et couverte de mouches et elle est jetée par ceux qui viennent apporter une nouvelle cuve. Dans un tel contexte, mourir plus vite est presque un luxe.

La première nuit où Wonho est jeté dans ce taudis isolé, il s'enfuit à l'extérieur à quatre pattes. Il a beau coucher sur des feuilles mortes humides, être assailli de moustiques et trempé de rosée nocturne, il préfère ça à l'intérieur de la baraque. De toute façon, il ne trouve le sommeil ni dehors ni dedans. La douleur aux orteils est pareille à des coups de couteau dans la tête. Agrippant son pied martyrisé, Wonho passe une nuit blanche. Le lendemain midi, les détenus qui ont apporté la nourriture sortent du taudis en transportant un cadavre. Avec une grimace écœurée, ils l'emmènent dans la forêt tout en crachant de dégoût. C'est sûrement pour l'enterrer. A la pensée qu'il va connaître le même sort, Wonho se sent tellement indigné qu'il n'a même plus de larmes. Sa plaie commence déjà à suppurer et à plusieurs reprises la douleur écrasante lui fait presque perdre connaissance.

L'ÉTINCELLE ENFOUIE DANS LE TAS DE CENDRES

1

Ce n'est que quelque temps plus tard que Su-ryeon apprend le sort de son mari : il a été envoyé dans la vallée des spectres. Déjà, lorsqu'il avait été transféré dans l'équipe de construction après l'incident à l'usine d'alimentation, c'était le comité administratif qui l'avait mise au courant. Elle ne communique pas du tout avec lui et ne se préoccupe plus vraiment de lui, en vérité. Aussi n'était-elle pas très affectée de voir son mari rentrer exténué par son travail écrasant sur le chantier. Mais sa déportation dans la vallée des spectres est autre chose. Il s'agit là d'un lieu où l'on est voué à mourir, et ce de la manière la plus pénible. Elle a beau le détester et lui en vouloir énormément, elle se dit que ça va quand même trop loin, elle ne peut rester sans rien faire. C'est sûrement une décision du capitaine Chae. Elle mesure enfin la gravité de la situation. Il a vraisemblablement dû se passer quelque chose qu'elle ignore entre son mari et le bowiwon. Alarmée, elle pense à interroger Chae à ce sujet, mais elle se rend compte que cela fait plusieurs jours qu'elle ne l'a pas vu, en fait depuis la disparition de son mari. Elle en ignore la raison, le chef du comité administratif lui a simplement dit qu'elle n'avait pas besoin de nettoyer le bureau du bowiwon Chae pendant quelque temps.

Su-ryeon attend impatiemment le retour de Chae. Lui seul peut résoudre ce problème. Il faut qu'elle fasse sortir son mari de la vallée des spectres, quitte à supplier Chae en pleurant. Une dizaine de jours passent mais le capitaine ne réapparaît toujours pas. Aurait-il été transféré dans un autre camp ? Son cœur se glace à cette pensée. Elle réalise à quel point elle se repose sur Chae depuis qu'elle a mis les pieds dans le camp. A présent, rien qu'imaginer vivre ici sans lui la terrifie. Heureusement, aucun nouveau bowiwon n'est arrivé pour le remplacer. Seul le bowiwon responsable de l'équipe de construction vient de temps en temps dans le bureau de Chae faire le boulot à sa place. Cela veut sûrement dire que Chae n'a pas quitté le camp pour de bon.

2

Chae revient au bout de deux semaines. Il passe rapidement dans le bureau du comité administratif sans adresser la parole à Su-ryeon. Il ordonne seulement quelque chose au chef du comité. Peu après, ce dernier demande à Su-ryeon d'aller faire le ménage dans le bureau du capitaine. N'attendant que ça, elle laisse à peine le temps au chef du comité de terminer sa phrase avant de se précipiter dehors. Alors qu'elle s'apprête à frapper à la porte, elle entend la voix de Chae qui parle au téléphone :

— Comment ? Il s'est blessé trois orteils ? Vous l'avez soigné ? Non, je l'ai juste envoyé là-bas temporairement pour lui donner une leçon, donc le mieux est de le ramener ici pour qu'il reçoive des soins. Je n'ai pas envie de vous encombrer avec ce fardeau, camarade Pak. D'accord, je vais aussi faire un rapport au directeur de mon camp. Bon, je vous envoie un véhicule.

Su-ryeon ne comprend pas la totalité de la conversation mais elle a l'intuition que cela concerne son mari. Lorsque, après avoir frappé à la porte, elle fait son entrée dans la pièce, Chae prend un air embarrassé. Su-ryeon le salue en s'inclinant profondément et le regarde droit dans les yeux.

— Seonsaengnim, dites-moi où est le père de Seon-pung en ce moment ?

— Comment oses-tu me poser cette question alors que tu n'es qu'une détenue ? s'emporte brusquement Chae.

Le cœur de Su-ryeon bondit et elle baisse aussitôt la tête en murmurant :

— Cela fait déjà un mois que je ne l'ai pas vu, je ne sais pas où il est…

— Ecoute-moi bien, on est ici dans un camp. Le mari que tu cherches a commis une nouvelle faute dans l'équipe de construction et en ce moment il est en train de participer à l'effort révolutionnaire dans la vallée des spectres, comme le règlement l'exige.

Chae est très en colère et Su-ryeon ne sait pas pourquoi. Elle s'agenouille devant lui et joint les mains.

— Seonsaengnim, je vous en supplie, épargnez-le.

— Relève-toi tout de suite, tu as perdu la boule ou quoi ! Tu as encore le cœur de t'agenouiller et de verser des larmes pour ce type ?

— Il est quand même le père de mon enfant !

— Le père ? Un homme qui ne reconnaît pas son fils est-il un père ? Merde !

Le capitaine jette violemment le cahier qu'il tenait à la main sur son bureau. C'est la première fois que Su-ryeon le voit aussi furieux. Effrayée par cette rage incontrôlable, elle pleure en retenant son souffle. Après un long moment, Min-kyu pousse un profond soupir et lui dit d'une voix radoucie :

— Arrête de pleurer. Cet imbécile a eu un accident et s'est blessé au pied. J'avais bien envie de le laisser pourrir dans cette vallée des spectres mais je vais lui donner encore une chance et le faire renvoyer ici.

Su-ryeon fait plusieurs courbettes en guise de remerciement, avant de quitter le bureau.

3

Deux jours après avoir été transporté dans le taudis des blessés, deux détenus viennent chercher Wonho. Désormais il ne se soucie pas de savoir où on l'emmène. Il souhaite qu'on le tue rapidement, mais à sa surprise, ils le déposent à l'arrière d'un camion. Le véhicule quitte aussitôt l'endroit et se met à rouler dans une direction inconnue. C'est le même garde qui l'a traîné dans la vallée des spectres et il lâche grossièrement : « Ce mec a vraiment de la chance. » Une fois rassuré sur le fait qu'on l'emmène loin de cette vallée horrible, Wonho se détend enfin. Allongé à l'arrière du camion, il regarde la vallée des spectres s'éloigner et il en frissonne d'horreur.

Wonho arrive dans le secteur du comité administratif avant d'être transféré aussitôt au dispensaire. Le médecin militaire lui annonce qu'il faut couper les orteils écrasés s'il veut survivre. Dans cette salle qui n'est en rien équipée pour une opération, il l'anesthésie plus ou moins avec de l'opium et se met à scier les orteils abîmés. Wonho hurle comme un fou sous la douleur à couper le souffle, jusqu'à ce qu'on lui recouse la peau. Le médecin l'abreuve d'injures. Il achève enfin péniblement son intervention lorsque Wonho, complètement épuisé, perd connaissance. A son réveil, il a l'impression qu'on lui donne des coups de poinçon partout sur la tête. C'est tellement douloureux qu'il passe plusieurs nuits blanches ; à force de grincer des dents, elles sont tout abîmées, il ne peut même pas boire. Il a la tête qui tourne, l'impression d'être dans un demi-sommeil et de patauger dans une mare.

4

Quelques jours plus tard, Wonho retourne à sa cabane en s'aidant péniblement d'une canne. Sa mère éclate en sanglots en prenant son pied blessé. Elle sort aussitôt de la cabane, un carré de tissu attaché devant elle comme un tablier. Elle lui annonce qu'elle va cueillir des feuilles de mûrier et des écorces d'angélique du Japon. Puisqu'il n'y a pas d'antibiotiques dans le camp, on utilise des plantes pour en faire des cataplasmes ou des décoctions.

Peu après, de retour du travail, Su-ryeon ouvre la porte de la cabane. Elle tient à la main une bouteille contenant un liquide noir. Ce doit être un médicament. Wonho, assis le dos appuyé contre un mur, est saisi brusquement d'une colère incontrôlable et il lui jette son oreiller. L'objet frappe Su-ryeon à l'épaule avant de tomber sur le sol de la cuisine. Wonho grimace, suffoquant de fureur. Tous deux se fixent avec hostilité, en silence. C'est la première fois depuis longtemps que leurs regards se croisent ainsi. Les yeux de Su-ryeon aussi s'enflamment de haine. Elle dépose sa bouteille de médicament à côté de la marmite, fait sèchement demi-tour et ressort.

Après plusieurs heures, sa mère revient, le corps couvert de brindilles et les longs cheveux blancs en broussaille. Son tablier est rempli de plantes et d'écorces. En la voyant, Wonho a les larmes aux yeux. Sa mère, qui vient de découvrir la bouteille de médicament dans la cuisine, pousse un cri de joie :

— La mère de Seon-pung t'a apporté un remède précieux, c'est une décoction d'opium. Elle est très efficace pour cicatriser les plaies. On peut les en enduire, et quand on a vraiment mal, on peut en boire, ça calme la douleur.

La vieille dame se hâte de porter une cuillerée de décoction à la bouche de Wonho. Celui-ci l'accepte docilement. Aussitôt il sent tout son corps ramollir et le sommeil le gagner.

5

Est-ce grâce au remède que Su-ryeon a apporté ou aux plantes cueillies par sa mère ? Toujours est-il que la blessure de Wonho cicatrise sans autres complications. Sa mère lui reproche de garder une attitude trop hostile envers tout le monde et lui conseille de se calmer et de se détendre un peu. Seon-pung n'entre jamais dans la chambre avant que Wonho soit endormi. Quant à Su-ryeon, elle apporte de la nourriture à la famille mais ne vient pas dormir à la maison. D'après sa mère, elle passe ses nuits dans le local du gardien du comité administratif. Elle fait ça pour ne pas provoquer Wonho devenu très irritable, voilà ce que la vieille dame essaye d'expliquer. Lui aussi trouve préférable de ne pas la voir, car dès qu'il l'aperçoit, il ne peut s'empêcher de s'emporter et a du mal à retenir sa violence à l'idée que tout est la faute de sa femme.

Lorsqu'il a à peu près récupéré, Wonho reçoit l'ordre de retourner travailler à l'usine d'alimentation. Il suppose que c'est une faveur de Chae. On dirait que ce dernier tient le feu dans une main et l'eau dans l'autre. Sa blessure est cicatrisée mais quand il marche, son pied le fait tellement souffrir qu'il boite pour essayer de ne pas s'appuyer dessus. Il nourrit envers Chae une haine qui menace de s'embraser à tout moment, comme l'étincelle couvant sous un tas de cendres. Son désir de vengeance le torture au point qu'il s'imagine sans cesse en train de tuer Chae. Chaque fois qu'il aiguise sa faux ou sa hache, il se voit planter son arme dans le front luisant du bowiwon. Dès qu'il se poste devant la grande marmite où bouillonne le malt, il se voit en train d'y jeter Chae. Ces images horribles lui viennent souvent en rêve.

Sa mère lui dit qu'il a de la chance d'avoir survécu. Emue, elle a versé des larmes lorsqu'elle a appris que son fils allait retravailler à l'usine d'alimentation.

— Je t'en supplie, fais attention à toi. Il faut à tout prix sauver au moins sa vie. C'est seulement ainsi que…

Elle ne termine pas sa phrase mais Wonho sait ce qu'elle veut dire : il faut survivre pour s'échapper un jour de cette vallée. Est-ce possible ? En tout cas, cela fait longtemps que l'idée de quitter cet endroit lui est sortie de la tête.

MON FILS

1

Les enfants devinent rapidement si on les aime ou pas. Bébé, Seon-pung braillait à s'en rompre le gosier dès qu'il voyait Wonho. Tout petit déjà, il était sensible à la froideur et au mépris de son père. Quand il a commencé à faire ses premiers pas, à la vue de Wonho il se réfugiait aussitôt dans un coin et tremblait de peur, les yeux fermés. Sa grand-mère avait beau lui dire qu'il était son père, le gamin ne faisait que pleurer en secouant la tête.

Su-ryeon aime son fils plus que tout, elle ne peut pour autant lui épargner l'atmosphère sinistre provoquée par le conflit entre son mari et elle. Qui plus est, ni elle ni sa belle-mère n'ont vraiment le temps de s'occuper de lui. Su-ryeon part travailler à l'aube et ne rentre que tard le soir. Aussi voit-elle très peu son fils. Sa belle-mère, chargée de toutes les corvées de la maison, ne peut pas se consacrer entièrement à son petit-fils. En plus, elle n'est pas en bonne santé.

Depuis ses premiers pas, Seon-pung a toujours joué tout seul. Il grandit sauvagement comme un poulain abandonné à lui-même. Dans cette cabane remplie de haine et aussi glaciale que le givre hivernal, l'enfant ne cesse de surveiller l'humeur des autres et d'en tenir compte. Il a un visage inexpressif et un regard d'aigle, on dirait qu'il est devenu adulte trop vite. Il crache souvent et n'hésite pas à proférer des grossièretés. Cet environnement carcéral où la persécution fait partie du quotidien sème dans son esprit la graine de la méfiance, pareille à une plante toxique. L'enfant, en manque d'affection, devient de plus en plus dur et insolent, davantage même qu'un adulte. Rusé, il ne pense qu'à son intérêt.

Dès l'âge de cinq ans, Seon-pung fouille le torrent, mange des œufs de grenouilles crus, attrape des sauterelles et les fait griller avant de les gober, tout cela seul dans son coin. Il ne lui vient pas à l'idée d'apporter ne serait-ce qu'une sauterelle grillée à sa grand-mère. Au contraire, il lui vole souvent sa part de bouillie de maïs du déjeuner et l'engloutit à l'abri des regards. Même à table, il dévore en hâte sa ration de nourriture et regarde fixement le bol de bouillie de sa mère, qui se sent obligée de le partager avec lui. Pour Seon-pung, Wonho est un être terrifiant tandis que sa mère et sa grand-mère sont des êtres faciles à manipuler à qui il peut réclamer sans gêne leur part du repas. Rien de plus.

Su-ryeon a le cœur meurtri de voir Seon-pung de plus en plus perverti. La froide indifférence que son mari témoigne à son égard aggrave encore son comportement. Que son mari la persécute et la méprise, elle peut à peu près le supporter, mais elle lui en veut terriblement de se montrer aussi cruel avec son fils. La situation exige qu'elle lui prouve le plus tôt possible que Seon-pung est bien son fils à lui.

— Mère, avez-vous vu sur le corps de Seon-pung une marque que l'on trouverait aussi chez son père ? demande un jour Su-ryeon de but en blanc.

— Une marque ? Pourquoi ça ?

— Comme son père ne lui témoigne aucune affection, j'aimerais lui montrer au moins un trait qui lui ressemble.

— A mon avis, il sait pertinemment que Seon-pung est son fils, ce n'est pas pour ça qu'il se conduit ainsi. Qu'est-ce que tu veux faire ? Essayons plutôt de le considérer comme malade.

Su-ryeon, qui ne peut pas avouer à sa belle-mère son histoire avec Chae, la supplie avec insistance. Celle-ci examine en soupirant le corps de Seon-pung endormi.

— A mes yeux, Seon-pung ressemble à son père enfant comme deux gouttes d'eau. Regarde son front bombé, ses lèvres obstinément serrées quand il dort, et même l'implantation de ses cheveux sur le front, tout ça vient de son père, tu vois bien ?

Puis la vieille dame découvre deux grains de beauté à l'intérieur d'une cuisse de l'enfant.

— Regarde ça, on dit que le sang ne ment pas, c'est tout à fait vrai.

— Lui aussi a ces grains de beauté ?

— Tu es sa femme, tu ne le sais pas ? la blâme sa belle-mère.

Su-ryeon, rougissante, caresse les deux grains de beauté bien distincts sur la cuisse de Seon-pung. Lorsqu'elle était encore une jeune mariée timide, elle n'osait pas regarder le corps de Wonho, et une fois entré dans le camp, elle n'a eu que quelques rapports avec lui avant la naissance de Seon-pung. Cela fait maintenant des années qu'elle et son mari n'échangent même pas un regard. Il est donc normal qu'elle ne soit pas au courant. Mais comment expliquer cette ressemblance à Wonho alors qu'elle a presque oublié le son de sa voix !

2

Wonho est absorbé par son travail de faire mijoter l'orge lorsqu'il voit surgir Chae. Aussitôt, son cœur se met à battre la chamade et la tête lui tourne. Il revoit la scène qu'il imagine régulièrement. Les dents serrées, il s'incline devant le bowiwon. La haine qu'il ne peut exprimer et le mépris qu'il ressent pour lui-même bouillonnent en lui et remontent jusqu'à sa gorge.

— Bonjour Seonsaengnim.

La voix tremblante de Wonho, émise avec peine, résonne faiblement dans l'espace du vaste atelier. Chae, sans répondre, se contente de lui tourner lentement autour alors qu'il demeure incliné. Il faut l'approbation du bowiwon pour qu'un détenu puisse se redresser. Plus cela durera longtemps, plus Wonho se sentira humilié, et plus Chae sera content. Dès que Chae hoche la tête avec un « hum » après l'avoir ainsi mortifié, Wonho s'empare précipitamment de la grande spatule en bois et s'affaire à remuer le contenu de la marmite. Il craint que le fond d'orge n'ait brûlé pendant ce temps. C'est à cause de ça qu'il a été transféré à l'équipe de construction la dernière fois, avant d'échouer finalement dans la vallée des spectres. Il ne faut donc surtout pas donner au bowiwon de mobile lui permettant de l'accuser.

Chae s'écarte un peu et regarde Wonho s'affairer ainsi avant de l'interpeller d'un « Hé ! » Wonho se voit contraint de baisser à nouveau la tête en joignant les mains jusqu'à ce que Chae lui tende soudain une feuille et lance :

— Lis ça ! Et puis réfléchis un peu à quel point tu es un imbécile.

Wonho prend la feuille et commence à la lire en écarquillant de plus en plus les yeux. Il s'agit là des résultats d'un test de paternité qui affirme que Han Wonho et Han Seon-pung sont père et fils avec une probabilité de 99,9 %. Wonho, bouche bée, regarde tour à tour Chae et la feuille. Il n'a jamais imaginé que Chae irait jusqu'à demander ce test de paternité, et sortirait du camp exprès pour ça. C'est une démarche très risquée pour lui. Chae arrache la feuille de ses mains et la jette dans le foyer où rougeoient des braises.

— Et maintenant, occupe-toi bien de ton enfant ! Ne te comporte plus comme une bête et si tu veux sortir d'ici vivant, fais preuve d'un peu de sagesse, compris ?

La menace de Chae ressemble carrément à un compromis : il lui demande d'être raisonnable et, en échange, il lui laisse le petit confort dont il bénéficie actuellement. Le résultat du test de paternité est un moyen de le coincer : inutile désormais de dénoncer la liaison entre Chae et sa femme. C'est bien une stratégie digne du bowiwon. Wonho est aussi étourdi que s'il avait reçu un coup de massue sur la tête. Chae lui ordonne de faire gaffe à ce que le secret ne s'ébruite pas et disparaît en coup de vent.

Wonho reste figé sur place longtemps après le départ de Chae. Lui vient enfin l'idée que le bowiwon aussi a dû se tourmenter pendant tout ce temps, en proie au même doute au sujet de Seon-pung. Il se peut qu'il ait fait ce test de paternité d'abord pour lui-même, pour en avoir le cœur net.

Si c'était juste pour le tenir à sa merci, il n'avait pas besoin d'aller jusque-là. Bref, quel que soit son motif, le résultat essentiel est ceci : Seon-pung est son fils. Avant qu'il soit déporté dans la vallée des spectres, un médecin militaire est venu dans sa cellule pour lui faire une prise de sang. Cela avait intrigué Wonho mais il l'a vite oublié, traumatisé par son transfert. Maintenant qu'il y repense, c'est évident que cette prise de sang a été effectuée pour le test de paternité. Seon-pung est vraiment mon fils ? L'enfant que j'ai tant haï est le mien ? Je suis son père biologique ? Tout à coup il éclate de rire sans pouvoir s'arrêter. Il trouve le monde des hommes vraiment dégoûtant et ridicule. Tous les actes cruels et mauvais qu'il a commis contre cet enfant, depuis qu'il était dans le ventre de Su-ryeon jusqu'à aujourd'hui, défilent devant ses yeux. Il s'effondre par terre et hurle de rage :

— Même si c'est la vérité, je m'en fous complètement !

En effet rien ne va changer. Demain matin tôt, il devra venir travailler ici et il sera obligé de se plier aux contraintes quotidiennes du camp et de vivre avec Seon-pung sous le même toit, comme avant. Ce dernier sera toujours l'enfant du camp, il n'en sera jamais autrement. Même si Wonho parvient à l'aimer, il ne peut rien faire pour lui. Alors il préfère encore ne pas connaître cette vérité, préfère le considérer comme l'enfant de

Chae et continuer ainsi à ne rien ressentir à son égard. Avant, au moins, il avait la conscience plus tranquille.

3

Dès la fin de sa journée de boulot, Wonho court à perdre haleine jusque chez lui. Heureusement, Su-ryeon n'est pas encore rentrée, et sa mère est en train de préparer le dîner en se déplaçant tant bien que mal. A son arrivée, Wonho lui agrippe précipitamment les bras et l'interroge :

— Mère, est-ce que Seon-pung est vraiment de moi ? Vous me l'avez toujours dit, non ?

— Mais bien sûr, quelle question ! De qui d'autre veux-tu qu'il soit ? réplique-t-elle avec étonnement tandis qu'elle s'efforce de le fixer de ses yeux flous.

— Mère, au lieu de me dire ça, donnez-moi des preuves qu'il est bien mon fils.

— Qu'est-ce que tu as aujourd'hui ? Regarde d'abord les deux grains de beauté sur sa cuisse, parfaitement identiques aux tiens. Et puis il a les mêmes sourcils que toi et vous avez exactement la même implantation de cheveux sur le front et la nuque. Mais pourquoi cette question tout à coup ?

Puis elle se désintéresse subitement de lui, habituée qu'elle est depuis plusieurs années au comportement étrange de son fils, et continue de s'affairer.

Cette nuit-là, dès que Seon-pung est endormi, Wonho lui saute dessus et lui ôte frénétiquement son pantalon. Il attendait avec tellement d'impatience que ce moment arrive. Sa mère a raison, il découvre bel et bien deux gros grains de beauté sur une cuisse de l'enfant, curieusement semblables aux siens. Lorsqu'il était petit, sa mère disait souvent en plaisantant que c'étaient des grains de beauté qui portaient chance. En examinant de près les sourcils fournis du petit garçon, il constate qu'ils ressemblent aussi aux siens. Incrédule, il ne cesse de le scruter, encore et encore.

Pourquoi n'a-t-il pas remarqué plus tôt ces traits de ressemblance chez l'enfant ? Son cœur fermé a-t-il rendu ses yeux aveugles ? Personne ne lui a caché la vérité ni ne l'a altérée, c'est simplement lui qui a tout fait pour l'éviter. Il revoit Su-ryeon le défiant farouchement en déclarant que Seon-pung était bien son fils.

Wonho sent brusquement toutes ses forces le quitter. Les moments où il a éprouvé haine et mépris pour le petit garçon et le souvenir du plaisir sadique qu'il a ressenti en voyant celui-ci maltraité sous les coups de fouet du surveillant de l'école lui reviennent vivement à l'esprit. Son visage lui cuit et son cœur palpite de manière incontrôlable.

Une boule brûlante lui remonte à la gorge et une violente crise de larmes le gagne. Craignant de réveiller sa mère et sa femme allongées à côté de l'enfant, il plaque sa main sur sa bouche et se précipite dehors. Dans le ciel noir grouillent des étoiles à l'éclat si vif qu'elles semblent prêtes à se déverser sur Terre d'un moment à l'autre. Les astres sont particulièrement nombreux cette nuit-là. Il s'affale sur une étendue d'herbe à quelques pas de sa cabane et éclate en sanglots comme un enfant. Ce sont des pleurs d'angoisse, car il vient de comprendre qu'à présent il ne peut plus reculer face à la vérité qui s'est imposée si brutalement, mais une étrange joie y est aussi mêlée.

4

Pendant un temps, Wonho n'ose pas regarder Seon-pung en face et ne fait que lui jeter des coups d'œil furtifs. L'enfant se montre mal à l'aise face à l'attitude soudain différente de son père et aux petites attentions que celui-ci lui témoigne. Sa réaction est au fond bien normale puisque dès sa naissance, il s'est habitué à considérer celui qui avait le nom de « Père » comme quelqu'un de froid et de méchant. Agé d'à peine huit ans, le petit garçon a encore bien besoin qu'on s'occupe de lui ; il faut l'aider à se laver et rapiécer ses vêtements. Wonho, qui rentre toujours plus tôt que sa femme, se met à prendre soin de l'enfant en refusant de laisser faire les autres.

La première fois, Seon-pung repousse Wonho et s'enfuit. Celui-ci l'attrape et le met non sans mal dans un baquet rempli d'eau en lui adressant des mots réconfortants. Mais l'enfant se roule en boule tel un hérisson méfiant. Ce sont surtout sa mère et sa femme qui sont surprises par ce changement brusque chez Wonho. Lorsqu'il donne le bain à l'enfant, sa mère, assise à ses côtés, lui tapote le dos avant de marmonner en larmes :

— Te voilà enfin qui reprends tes esprits, mon fils. Je n'en doutais pas. Pendant tout ce temps, tu étais sous l'emprise d'une horrible maladie, c'est pour ça que tu t'es comporté comme ça. Mais maintenant tout va bien, tu es revenu à toi.

Wonho est désemparé, il ne sait pas comment racheter le calvaire qu'il a fait subir à l'enfant. Confus, il se contente de caresser doucement le corps squelettique de son petit garçon à la peau tendre. Il passe souvent ses doigts sur les grains de beauté de sa cuisse. Dans ces moments, la tête lui tourne et son cœur est chaviré par l'émotion. Il oublie même qu'il se trouve dans un camp. Un double de lui ! Il a du mal à le croire. A l'idée que l'enfant est de son sang, il est envahi par une vague d'émotions irrépressibles.

Avec le temps, Seon-pung finit par confier docilement son corps à son père qui veut lui donner le bain. Il a dû sentir que les gestes de celui-ci étaient doux et chaleureux, contrairement à autrefois. Parfois il se risque à échanger un regard avec lui. Et quand ses yeux, inexpressifs jusque-là, brillent de vivacité, Wonho a envie de pousser des cris de joie. Il est prêt à faire n'importe quoi pour se racheter. Sensible à la plus petite réaction de Seon-pung, il cherche désespérément à obtenir des signes d'affection de sa part.

Seon-pung ne l'a jamais appelé « Père ». Comme il n'attendait rien de lui, il n'a jamais cherché de secours de sa part. Il semble donc aujourd'hui avoir du mal à prononcer le mot de « Père » ; ce n'est pas qu'il nie que Wonho soit son père mais plutôt qu'il n'est pas habitué à l'appeler ainsi. Parfois le mot de « Maman » sort de sa bouche lorsqu'il veut s'adresser à Wonho.

5

Un soir en rentrant à la maison, Wonho découvre Seon-pung qui gémit de douleur, recroquevillé sur le sol froid de la chambre. Il se hâte de soulever l'enfant. Son petit visage grimaçant est couvert de poussière et de larmes. Wonho, tremblant d'émotion, lui demande où il a mal. Après un silence, Seon-pung lui répond d'une voix à peine audible :

— Je suis tombé dans la montagne et j'ai mal à un pied.

Seon-pung utilise le même ton courtois que pour s'adresser à un Seonsaengnim. De fait, sa cheville est rouge et enflée. Ses petites mains pareilles à de jeunes pousses de fougère sont teintées de vert à force de cueillir des plantes comestibles ; l'école envoie tous les jours les enfants à la montagne pour ce genre de corvée.

Wonho dépose son fils, étend sur lui une couverture et se précipite dans la cuisine pour faire du feu. Il va puiser de l'eau au torrent dans le noir et met des grains de maïs concassés dans une marmite. Une fois que l'eau est chaude, il en verse dans une cuvette qu'il emporte dans la chambre. L'enfant exténué pousse de faibles gémissements, les yeux fermés. Wonho pose sur ses genoux la cheville blessée de Seon-pung, aussi frêle qu'une patte d'oiseau, la nettoie à l'aide d'un tissu trempé dans l'eau chaude puis la couvre d'une serviette humide et chaude. Il essuie également avec soin le visage sale de l'enfant. Celui-ci ouvre les yeux et regarde brièvement Wonho avant de les refermer. La mère de Wonho laisse délibérément son fils s'occuper de Seon-pung et termine de préparer la bouillie dans la cuisine. Le petit garçon, sa douleur sans doute un peu soulagée par les applications renouvelées de la compresse humide, s'endort paisiblement.

Une fois la chambre chauffée, l'enfant transpire abondamment. A le voir ainsi allongé sans forces tel un oisillon aux ailes brisées, Wonho a tout à coup les yeux qui le picotent. Mû par une impulsion soudaine, il le prend dans ses bras. Ce geste brusque et incontrôlé réveille Seon-pung qui ouvre les yeux et qui, surpris par le visage si proche de Wonho, le repousse des mains. Wonho, gêné, le lâche, s'assoit un peu à l'écart et lui demande d'un ton maladroit s'il se sent mieux. Seon-pung le fixe sans répondre puis regarde subitement autour de lui, les narines frémissantes. Il vient de sentir l'odeur de la bouillie.

La mère de Wonho entre dans la chambre avec une table sur laquelle sont posés trois bols de bouillie. Su-ryeon rentre tard tous les soirs et mange toute seule dans la cuisine. Wonho tire rapidement un bol vers lui et propose une cuillerée de bouillie à Seon-pung, lequel le contemple, les yeux arrondis de surprise. En effet, Wonho n'a jamais fait manger une seule fois l'enfant. Le petit garçon se tourne vers sa grand-mère et hésite. Celle-ci hoche la tête et seulement alors il ouvre la bouche et accepte la cuillerée proposée par Wonho. Ce dernier se rapproche davantage et continue à lui tendre avec application des cuillerées de bouillie en soufflant dessus. Il pose le bol vide à côté de lui et s'assoit face à l'enfant.

— Seon-pung, j'aimerais que tu m'appelles « Père », est-ce que tu veux bien ? dit-il d'une voix très émue. Je suis vraiment désolé !

Seon-pung, incrédule, se contente de le dévisager. Il plisse les yeux en tâchant de comprendre ce qui se passe. Puis il fait une moue avant de fondre en larmes. Ses sanglots, qu'il interrompt de temps en temps dans un effort de retenue, serrent la gorge de Wonho. L'enfant pleure longtemps, plein de chagrin. Les yeux de Wonho s'embuent aussi. Il tend timidement ses mains qu'il frottait un instant auparavant. Seon-pung s'avance vers lui sur les genoux en prononçant « Père » d'une toute petite voix puis esquisse un sourire. Wonho sent son cœur tressaillir.

Sa mère explique la situation à Su-ryeon qui vient de faire son entrée dans la cuisine. Celle-ci se précipite aussitôt dans la chambre et serre Seon-pung dans ses bras, ses yeux débordant de larmes. Elle jette un regard rapide à Wonho et chuchote comme pour elle-même : « Merci. »

Wonho lui tourne le dos sans un mot. Ce n'est pas parce qu'il reconnaît Seon-pung comme son fils et prend soin de lui qu'il va se réconcilier avec sa femme. Il pense toujours que Su-ryeon est à l'origine de toute la souffrance qu'il a éprouvée et de sa haine pour son fils, cela reste inchangé. Comment pourrait-il lui pardonner alors qu'elle est toujours la protégée de Chae ? Il croit qu'il l'a effacée de son cœur, pourtant, lorsqu'au petit matin elle rentre et se couche recroquevillée à côté de l'enfant, son corps mouillé de rosée matinale encore imprégné de la cigarette et l'odeur d'un autre homme, il a brusquement envie de se lever et de l'étrangler. Il se sent infiniment lâche et humilié de n'avoir d'autre choix que de manger la nourriture qu'elle leur apporte régulièrement, et cela lui est insupportable.

Si seulement Chae ne continuait pas d'entretenir une liaison avec sa femme, Wonho pourrait peut-être fermer les yeux : il s'efforcerait de se dire que ce n'est pas totalement la faute de sa femme si elle a accepté les avances de Chae et qu'elle n'avait pas d'autre choix. Ce qui le torture le plus, c'est la honte qu'il éprouve d'avoir profité de la relation de Su-ryeon avec Chae tout en la martyrisant à cause de ça. Cette culpabilité lui lacère le corps à coups de couteau et il sent un vent glacial s'engouffrer dans ses plaies.

SEON-PUNG

1

La méfiance de l'enfant envers Wonho se dissipe peu à peu. Parfois, il l'appelle « Père ». Dans ces moments, le cœur de Wonho bondit de joie et il nage dans le bonheur. Il est ému par un simple regard, même indifférent, que l'enfant pose sur lui et quand celui-ci affiche quelquefois un sourire, Wonho est sur un nuage. L'amour paternel authentique pénètre dans son cœur asséché avant de l'embraser tout entier.

Quant à Seon-pung, il profite de cet amour à sa manière ; il se préoccupe surtout d'obtenir une cuillerée de bouillie supplémentaire de la part de Wonho, tel un oisillon guettant les moments opportuns pour picorer. Comme il le faisait avec sa mère à chaque repas, il vide rapidement son bol et fixe Wonho. Ce dernier est alors obligé de partager un peu de sa nourriture avec lui. L'enfant a bien compris comment survivre au sein du camp : peu importe si on l'a volée ou obtenue par ruse, tout ce qui compte c'est de se mettre de la nourriture sous la dent. N'ayant connu que la souffrance depuis sa naissance, Seon-pung se débrouille très bien pour survivre. Depuis qu'il s'intéresse à son fils, Wonho ne cesse d'être choqué. Le petit garçon, qui l'évitait auparavant et ne prononçait pas un mot devant lui, ne se gêne plus à présent pour agir et parler à sa guise. A voir son comportement, on ne dirait pas que c'est un enfant : il déverse des injures grossières en piétinant les puces qui traînent sur le sol de la chambre ; quand il parle de ses camarades d'école, il ajoute systématiquement « fils de pute » pour les garçons et « garce » pour les filles.

Le camp est le lieu de convergence de toutes sortes de mots violents, grossiers, infâmes du vocabulaire. Certains avaient beau être des individus raffinés, élégants, distingués quand ils étaient dehors, ils s'habituent rapidement à ce langage brutal une fois arrivés dans la vallée et s'en servent quotidiennement. C'est encore plus le cas des enfants nés ici, ces mots se gravent directement dans leur cerveau vierge et tout frais. Le vocabulaire de Seon-pung est très limité.

Il sait s'incliner à quatre-vingt-dix degrés devant un bowiwon ou un Seonsaengnim et leur faire un sourire complaisant. Il leur répond aussi d'une voix haute et claire. Mais aux gens dont il n'a pas peur, comme sa mère et sa grand-mère, il désobéit en leur riant au nez et n'en fait qu'à sa tête. La barbarie, la lâcheté et l'effronterie qui ont rongé sa jeune âme deviennent peu à peu sa vraie nature. Certes l'environnement du camp y a contribué mais Wonho se sent coupable et se tourmente à l'idée qu'il en est en grande partie responsable.

Seon-pung, qui ne connaît que la vie du camp, croit que le monde fonctionne partout comme dans cette vallée. Pour lui, la hiérarchie stricte qui existe entre les bowiwon et les prisonniers politiques est tout à fait normale et l'idée de la contester ne l'effleure pas. Quand il reçoit des coups de fouet à l'école, il se reproche de n'avoir su tromper le surveillant qui l'a frappé plutôt que de blâmer celui-ci. Il ne hait que le camarade qui l'a dénoncé. Il pense que le surveillant a parfaitement le droit de le frapper tandis que lui doit déployer toute sa ruse pour l'éviter.

Au fur et à mesure que Wonho découvre son enfant, il souffre en silence sans savoir comment s'y prendre avec lui. Il se sent incapable de lui expliquer que ce camp n'est pas un univers où les gens vivent normalement mais un enfer terrifiant, de lui apprendre comment est le monde extérieur et combien sont variées les nourritures qu'on y trouve. Cet enfant lui paraît aussi étranger qu'un extraterrestre qui ne parlerait pas sa langue. En proie au désespoir, Wonho a soudain peur.

2

En rentrant à la maison, Wonho découvre le visage et tout le corps de Seon-pung couverts d'hématomes, on dirait la peau d'un serpent. Seon-pung dit qu'il a été frappé par le surveillant de l'école mais il n'explique pas la raison de cette correction. Il ne s'en plaint pas auprès de son père ni ne souhaite que ce dernier prenne parti pour lui. Il sait que, vu son statut, son père n'est pas en mesure de le défendre contre qui que ce soit. Il est bien conscient qu'il doit assumer seul les coups de fouet et la douleur. En fait, Seon-pung est très réaliste. Que peut faire Wonho ? A part mettre une compresse d'eau froide sur les bleus, il n'est même pas capable de lui adresser des mots réconfortants. Que pourrait-il lui dire ? Qu'il doit supporter la situation avec plus de courage ? Ou qu'il doit mieux tromper le surveillant pour éviter de recevoir des coups ? Impuissant, Wonho n'a qu'une envie : pleurer.

Après avoir réfléchi pendant tout le dîner, Seon-pung demande tout à coup à son père :

— Père, comment on peut devenir chef d'équipe ?

C'est une question étonnante venant d'un jeune enfant. Wonho ignore l'intention qui se cache derrière mais il répond franchement :

— Les Seonsaengnim sont nommés par l'Etat et ce sont eux qui désignent les surveillants de l'école et les chefs d'équipe.

— L'Etat ? Qu'est-ce que c'est, l'Etat ?

— L'Etat… c'est un monde beaucoup plus grand que ce camp.

L'enfant, intrigué, incline la tête de droite à gauche mais très vite ne se concentre que sur ce qui l'intéresse.

— Si je suis bien vu par le Seonsaengnim, est-ce que j'aurai la chance de devenir chef d'équipe ?

C'est seulement alors que Wonho comprend le sens de sa question initiale. Du coup, il hésite à lui répondre. Pour avoir ce poste, il faut être bien apprécié par le bowiwon, et pour cela il faut être plus abject que les autres et avoir un tempérament à la fois cruel, brutal et obséquieux. Wonho ne peut pas lui expliquer une situation aussi complexe et il ne le doit d'ailleurs pas. Seon-pung attend impatiemment sa réponse. Wonho esquive alors vaguement :

— Oui, on peut dire ça.

A ce moment, les yeux de l'enfant brillent d'un vif éclat.

— Moi aussi, je vais le devenir.

Wonho ne saisit pas tout de suite ce qu'il veut dire par là. Seon-pung serre les lèvres, les yeux braqués sur son père :

— Moi aussi, je vais frapper.

— Frapper ? Qui ?

— Je vais devenir chef d'équipe et je vais frapper et je ne vais pas me faire tabasser. Et je vais tout faire pour être apprécié par le Seonsaengnim bowiwon.

A ce ton déterminé de Seon-pung, qui n'est pas celui d'un enfant, Wonho frissonne et recule involontairement.

— Le Seonsaengnim bowiwon ne me déteste pas, je le sais.

Dans les yeux du petit garçon s'allume une lueur féroce de jeune fauve apprenant à survivre dans la jungle.

3

Le tintamarre de la cloche éclate à en briser les tympans alors qu'il n'est pas encore l'heure du travail. Puis la voix du chef du comité administratif, résonnant dans le haut-parleur, secoue toutes les cabanes : elle ordonne de se rassembler sur le terrain vague. Tout le monde doit obéir à cet ordre, y compris les enfants et les vieillards. Quand la cloche sonne de façon aussi frénétique et que le haut-parleur hurle comme ça, c'est en général pour une exécution publique ou une déportation dans la vallée des spectres, ou bien pour sanctionner quelqu'un qui a commis un vol.

Wonho, saisissant la main de Seon-pung, se hâte vers le terrain vague. En un rien de temps, un grand nombre de prisonniers se sont déjà réunis. Wonho et Seon-pung prennent place en plein milieu de la foule. Sa femme, soutenant sa belle-mère, reste un peu en arrière. Ces derniers temps, les deux femmes s'effacent quand Wonho et Seon-pung se trouvent ensemble.

Longtemps après, un camion Sungri-58, fonctionnant au gaz de bois, fait son entrée et le capitaine Chae descend du siège conducteur. Puis un soldat armé d'un fusil, installé à l'arrière du camion, fait basculer l'une de ses parois du côté où se trouve le public. En un clin d'œil, l'arrière du véhicule ressemble à une petite scène. Il y a là une femme d'une quarantaine d'années, un garçon qui semble avoir treize ou quatorze ans et une fillette de l'âge de Seon-pung. Il doit s'agir d'une même famille. Wonho frissonne en les regardant de près. C'est sa voisine, la femme qui leur a apporté un mortier à leurs débuts dans le camp et qui a prié en dessinant une croix sur sa poitrine. Lui et sa famille ne la fréquentent pas vraiment, mais ils la croisent de temps en temps. Chaque fois, la femme s'incline profondément comme elle le ferait avec un bowiwon tandis que Wonho toussote avant de détourner la tête. Comme il l'avait craint, sa religion a dû être découverte. Assis ligotés tous les trois, ils se pressent les uns contre les autres ; les enfants sanglotent en tremblant de tout leur corps ; la femme murmure quelque chose, la tête levée vers le ciel et les yeux fermés. Le capitaine Chae se tourne vers elle et fulmine en trépignant :

— Regarde-toi, espèce de folle, tu pries encore ton Dieu ? Pfft, tu crois que ton Dieu va te sauver ?

A ce moment, la femme ouvre les yeux. Son regard est toujours aussi beau et limpide. Ses yeux qui fixent Chae sont emplis de compassion.

— Tu veux vraiment mourir, c'est ça, la cinglée ? Hé, qu'est-ce que tu attends ?

A ce hurlement de Chae, le soldat décoche un violent coup de pied pile sur la poitrine de la femme. Celle-ci tombe sur le côté et les enfants se mettent à hurler.

— Cette garce est une déséquilibrée qui continue à pratiquer sa religion alors même qu'elle est dans cette zone d'éducation révolutionnaire. La religion est une drogue et le fait même d'y croire est un crime contre le régime. Cette tarée va aller dans la vallée des spectres et par sa faute elle va y entraîner ses enfants. Regardez bien ce qui attend ceux qui désobéissent aux règles du camp ! Compris ?

Un grand « Oui ! » se répercute lugubrement dans la vallée. Des frissons de terreur agitent la foule nerveuse. L'existence de la vallée des spectres, une zone proche de l'enfer, les angoisse et les terrifie mais leur permet aussi de se consoler en se disant que leur situation actuelle est relativement meilleure. Le capitaine Chae, les mains derrière le dos, bombe le torse et esquisse un étrange sourire.

— Très bien, cette garce est une réactionnaire de la pire espèce, incapable de rentrer dans le droit chemin, mais vous, vous avez encore la possibilité de devenir des révolutionnaires. Alors il est normal pour vous de la haïr. Allez, qui va jeter la pierre à cette cinglée ? Le premier qui le fait, je le considérerai comme prêt à tout pour se repentir de ses erreurs passées.

L'air froid de l'aube se glace et un silence total, étourdissant, s'abat sur la foule. A l'unisson, elle retient son souffle tandis qu'une nuée d'oiseaux passe bruyamment au-dessus d'elle. Tous évitent le regard de Chae et hésitent en s'observant mutuellement. Après cette déclaration, le bowiwon ne reculera pas, il faut qu'un détenu fasse au moins semblant de lui obéir. Or personne n'ose jeter de pierre à cette pauvre femme.

— Vous éprouvez de la pitié pour cette chienne ? Vous vous croyez aussi mauvais réactionnaires que cette folle, c'est ça, hein ?

A l'instant même, quelqu'un s'avance devant la foule comme une flèche. C'est un gamin. Les gens s'agitent. L'enfant s'approche prestement du véhicule, ramasse un petit caillou par terre et le lance vers la femme sans hésiter. La pierre frôle la femme avant de heurter un pan du camion. Alors il s'empare d'un autre caillou et cette fois il vise bien avant de le jeter, la frappant avec précision au front. Elle pousse un cri de douleur et du sang coule sur son visage. Les bras attachés, elle est incapable de l'empêcher de couler et ne parvient qu'à se tortiller un peu. Ses enfants hurlent de plus belle. Les détenus s'agitent, choqués, tandis que Chae s'esclaffe, la tête rejetée en arrière. Voilà son pari réussi.

— Très bien, très bien, viens ici ! Hé, je t'ai dit de venir !

L'enfant s'avance avec assurance ; il n'a pas du tout l'air d'avoir peur de ce bowiwon qui effraye tout le monde. C'est vraiment un drôle de gamin ! Le capitaine Chae rit à gorge déployée puis s'arrête net à l'approche du petit garçon ; visiblement stupéfait, il recule même d'un pas, les yeux braqués sur lui. Il hésite longuement puis, sans autre choix, il le tourne vers le public en lui tapotant les épaules avec ses mains aussi fuselées que des langues de vipère.

Wonho n'en croit pas ses yeux. A plusieurs reprises, il se les frotte et scrute le gamin. Il ne s'est pas trompé, c'est bel et bien Seon-pung. Alors seulement il se rend compte que la place à côté de lui est vide. Il est vrai que la distance entre le véhicule et lui est assez grande et qu'il est difficile de reconnaître un enfant parmi les autres, tous habillés de guenilles qu'ils sont, mais surtout, il n'a pas imaginé une seconde que ça pouvait être Seon-pung. La vue de Wonho se brouille et il cligne des yeux embués. Il devine pourquoi son fils s'est comporté de cette manière. Ce n'était donc pas par simple curiosité que Seon-pung lui a demandé l'autre soir comment on peut devenir chef d'équipe.

Seon-pung est debout, la poitrine bombée fièrement et les yeux luisant d'un éclat froid. Ce n'est pas le regard d'un enfant mais celui d'un rapace. On dirait vraiment un animal sauvage qui se réjouit d'avoir attrapé sa proie. Cela pousse même Wonho à se demander s'il n'est pas le fils de Chae, tout compte fait. Ce dernier, serrant les épaules de Seon-pung, dit encore quelque chose mais Wonho n'entend pas un traître mot. Son corps se vide subitement de ses forces et il n'a qu'une envie : s'écrouler sur place.

4

Les gens se dispersent dans un brouhaha mais Wonho reste figé là, l'air désorienté. Il voit Seon-pung s'approcher et lui sourire fièrement. Le visage rayonnant de l'enfant lui paraît étranger. Il le prend en horreur et s'écarte d'un pas.

— Tu ne connais pas ces enfants ?

— Si, je les connais, ils viennent de la maison voisine. Mais ce sont des méchants réactionnaires.

Seon-pung a l'air de se demander pourquoi son père pose une question aussi évidente. Wonho l'a vu jouer de temps en temps avec la fillette.

Elle a de grands yeux clairs comme sa mère. Malgré ses haillons et son corps crasseux, elle arborait toujours un sourire candide. Contrairement à elle, Seon-pung était plutôt hostile, on aurait dit qu'il ne jouait pas vraiment avec elle mais s'amusait à l'embêter et à la traiter comme un jouet. Quand il se montrait méchant, la petite fille éclatait en sanglots puis elle s'arrêtait aussitôt et le suivait en souriant. Un soir, les deux enfants jouaient devant la maison de Wonho, Seon-pung a probablement encore dû donner un coup de poing sur la tête de la fillette et elle s'est mise à crier. Alors la voisine est sortie en courant de chez elle, a consolé sa fille, puis, la main posée sur sa tête, elle a murmuré ce qui ressemblait à une prière. Ensuite elle a regagné sa maison avant de ressortir avec quelque chose et d'en donner une part à Seon-pung et une autre à sa fille. Wonho a reconnu des gâteaux faits à partir de feuilles de synurus deltoïdes. Cette plante qui pousse abondamment dans le camp est d'un grand secours pour ses habitants. Le dense duvet blanc qui couvre les deux côtés de ses feuilles ayant un composant glutineux, il suffit de les mélanger avec un peu de farine de maïs pour en faire des gâteaux. Ces friandises sont le meilleur des goûters pour les enfants du camp.

Malgré la gentillesse qu'elle lui a témoignée, Seon-pung n'a pas hésité à jeter des pierres à cette femme. Que se passe-t-il vraiment dans sa tête alors qu'il est encore si jeune ? Wonho sent l'angoisse monter.

Entraîné par la main de Seon-pung, il se dirige vers leur cabane d'un pas chancelant. Le petit garçon, l'air triomphant d'avoir été complimenté par Chae, marche vite. Même une fois à la maison, Wonho n'arrive pas à lui adresser un mot. Il se sent désormais encore moins capable de lui donner une bonne éducation ou de corriger son comportement. Il a le cœur broyé par la tristesse et le regret.

Il se rappelle une anecdote racontée par un collègue de l'usine d'alimentation : un enfant du camp avait poignardé ses parents endormis ; il les considérait réellement comme des méchants et des ennemis qui lui rendaient la vie dure, ainsi qu'il l'avait appris à l'école. Il trouvait son acte criminel justifié. De même Seon-pung apprend petit à petit que la haine, l'asservissement et la traîtrise sont des choses normales.

Wonho, ne sachant que faire, s'accroche à tout prix à son amour aveugle pour son fils ; il fait tout pour subtiliser un peu de croûte de malt et l'apporter à Seon-pung ; à table, il lui donne plus de bouillie ; dès qu'il a le temps, il tue des rats et parfois il va avec Seon-pung attraper des grenouilles dans le torrent. Il fait tout ça pour nourrir son fils, espérant ainsi que l'enfant se détache ne fût-ce qu'un peu de son obsession pour la nourriture. Mais Seon-pung devient encore plus infâme. Il commence à trouver tout à fait normal de manger davantage que son père. Sinon il boude en faisant la moue.

Wonho tente parfois de lui expliquer les principes moraux que les humains doivent appliquer : se comporter avec respect vis-à-vis des adultes, ne pas parler grossièrement comme il le fait actuellement, et ne pas nuire à ceux qui ne lui ont rien fait de mal. Mais il s'interrompt très vite, découragé et amer. L'idée qu'il est responsable de tout ça lui lacère le cœur. Quand il voit Seon-pung, il est vraiment désespéré de ne pouvoir rien faire pour lui, et ce désespoir grandit de jour en jour, à mesure que l'existence de son fils pénètre profondément dans son cœur. Seon-pung a beau penser et se comporter comme un animal, Wonho l'aime plus que tout. Il savoure le simple petit bonheur de se dévouer à lui. A présent, il se découvre en tant que père, et pour la première fois de son séjour dans le camp, il se sent vivant.

L'INCENDIE

1

On est en automne et il fait particulièrement aride. Les céréales se dessèchent avant même de porter des grains. Le sol crevassé fait voler de la poussière blanche comme pour se plaindre. Le vent sec souffle entre les arbres dont les feuilles pendent sans force et tourbillonne méchamment en soulevant les feuilles mortes. Cela provoque souvent des incendies dans la montagne. De jour comme de nuit, les habitants du camp ne quittent pas leur seau à eau, que ce soit pour arroser les champs de choux ou éteindre les feux de montagne.

Wonho, épuisé et profondément endormi, est brusquement réveillé par le tintamarre alarmant de la cloche. Le haut-parleur répète que le bureau du Seonsaengnim bowiwon est en feu et que tous doivent venir avec leurs seaux à eau. Wonho s'habille à la va-vite et se hâte de réveiller Seon-pung. Dans des moments pareils, personne n'a le droit de s'absenter, même les enfants et les vieillards.

Su-ryeon, soutenant sa belle-mère qui voit mal la nuit, se précipite aussi vite que possible vers le bâtiment du comité administratif. En cas d'incendie, ceux qui y travaillent font tout pour protéger leur bâtiment du feu. Seon-pung se laisse entraîner par son père, la tête dodelinant encore de sommeil.

Les gens du camp sortent dans l'obscurité en courant et en jurant. Ils ont déjà été mobilisés toute la journée pour maîtriser des feux de montagne et voilà qu'on les convoque à nouveau en pleine nuit, leur colère est compréhensible. Que le feu de la montagne se soit propagé jusque-là avec le vent ou qu'il s'agisse d'un acte volontaire, l'incendie s'est déclenché dans le bureau de Chae bien après minuit.

Même de loin, on voit le feu jaillir ; il a déjà dévoré le toit et maintenant il lèche les murs de ses langues rouges. Il semble avoir d'abord pris sur le toit. Une colonne de fumée noire s'agite au vent tel un drapeau. Les flammes qui se déchaînent chassent complètement la torpeur de Wonho et enfièvrent son cœur. Leurs crépitements résonnent à ses oreilles comme une chanson rythmée. Une joie incontrôlable l'envahit, si bien qu'il tremble de tout son corps et en perd le souffle. Tout en réprimant son envie de pousser un cri de joie, il s'élance dans l'obscurité. Le plaisir qui bouillonne en lui allège son corps comme s'il était drogué. Sale fils de pute ! Pourvu que le feu brûle jusqu'à ce salaud de Chae. Allez, brûle tout !

Mais Chae, loin d'être en train de brûler, s'agite sur le lieu de l'incendie comme une puce colérique en déversant des injures. Brandissant son fouet, un chef d'équipe fait pression sur les détenus qui traînent là pour qu'ils se dépêchent d'aller chercher de l'eau. Ils transportent des seaux et les versent sur le feu mais rien n'y fait, les flammes continuent de prendre de l'ampleur. Même les enfants courent à toutes jambes jusqu'au torrent. Se précipitant avec des seaux remplis d'eau, les gens se heurtent entre eux dans le noir, tombent et s'engueulent à s'entre-tuer. Ils ont beau déployer tout leur zèle, l'incendie ne s'apaise pas. Chae hurle soudain à tue-tête :

— Qui veut entrer dans ce bâtiment pour aller chercher un portrait ? Celui qui me l'apporte, je ferai de lui un chef d'équipe. Allez, que le candidat s'avance ! C'est l'occasion ou jamais !

Le silence s'installe tout à coup, comme si tout s'était arrêté. Seuls les crépitements résonnent encore plus bruyamment. Tous fixent d'un regard effrayé Chae qui trépigne d'impatience. Personne n'ose ; ils se contentent de s'observer mutuellement. Wonho, qui revient du torrent avec ses deux seaux, se fond discrètement dans l'obscurité. Mieux vaut ne pas être repéré par le bowiwon. Franchement, qui irait se jeter dans ces flammes déchaînées, à moins d'être fou ? Les détenus espèrent de tout cœur que l'un d'eux se porte volontaire et ils tremblent de peur d'être désignés.

— Bande de lâches, je vous ai dit que j'allais accorder le titre de chef d'équipe, vous m'entendez, chef d'équipe !

A ce moment-là, quelqu'un s'asperge de l'eau du seau qu'il tenait et s'élance dans les flammes comme en coup de vent. Des cris de stupeur fusent dans la foule. Puis, comme s'ils s'étaient donné le mot, tous se ruent vers la sortie probable de celui qui vient de s'engouffrer dans le brasier et commencent à y jeter de l'eau.

— Il convoite le titre de chef d'équipe au point de l'échanger contre sa vie ? C'est incroyable.

— Il va mourir d'une façon ou d'une autre, alors pourquoi pas tenter sa chance ?

— J'espère qu'il ne va pas être réduit en brochette de viande au barbecue avant de devenir chef d'équipe… tss tss.

Le brouhaha de la foule parvient jusqu'aux oreilles de Wonho. Les détenus se démènent de toutes leurs forces pour aller chercher de l'eau et la verser sur le feu, et ce sans même qu'on leur demande, car ils souhaitent que celui qui a porté la croix à leur place en sorte vivant. Certes ils sont poussés à bout mais il leur reste quand même un minimum d'humanité, qui se manifeste dans un cas comme celui-ci.

Wonho est retourné au torrent et, tout en remplissant ses seaux, il adresse intérieurement des injures à celui qui s'est jeté dans les flammes. Espèce de fou stupide ! Pourquoi risquer sa vie au lieu de laisser brûler ce foutu portrait ? Comme ça, ce salaud de Chae serait chassé du Bowibu, alors pourquoi cette andouille s'est-elle jetée dans le feu ?

Lorsque Wonho revient sur le lieu de l'incendie, il voit les gens visiblement très agités. D'après eux, celui qui s'est lancé dans les flammes est ressorti avec le portrait et vient d'être emmené au dispensaire. Le chef d'équipe qui brandissait son fouet est en train d'envelopper dans un carré de tissu le tableau aux coins à présent noircis, sous la surveillance de Chae. Tout ce qu'ils disent est donc vrai.

2

Le feu n'est maîtrisé qu'une fois le bâtiment presque entièrement consumé. Seule reste la charpente du toit, qui se balance au moindre coup de vent, à deux doigts de s'effondrer. Presque tous les meubles du bureau sont irrécupérables et bons à jeter. Chae, arborant une grimace d'amertume, surveille les détenus en train de déblayer les lieux. Puis il se dirige vers le comité administratif, à la suite de ceux qui transportent les quelques affaires sauvées du bureau, en les insultant sans raison.

Bientôt, on dénombre les membres de chaque équipe. Toute personne absente risque une sanction sévère, chacun a donc intérêt à être là. C'est seulement à ce moment-là que Wonho pense à Seon-pung. Il le cherche partout mais il a beau l'appeler, il ne le voit pas alors que les autres enfants tiennent tous la main de leurs parents. Il se dit que son fils, épuisé, a dû s'endormir dans un coin. Il explique au chef d'équipe qu'il est bel et bien venu avec son fils, mais qu'il ne sait pas où il est, et il se remet à le chercher. Seon-pung n'est pas non plus chez eux. Il crie son nom dans les moindres recoins de la zone des habitations mais ne reçoit aucune réponse.

Une idée le frappe tout à coup et son cœur s'arrête. Il retourne au bâtiment brûlé et en inspecte à nouveau les alentours. Il fait plusieurs fois le tour des lieux, d'où monte encore une fumée blanche et chaude, en vain. Il se dirige vers le torrent tout en l'appelant, toujours rien. Il se précipite dans l'eau et se met à en tâter le fond. Un frisson d'angoisse le saisit. Le courant est rapide et en plus il fait noir, au moindre faux pas, l'enfant a pu être emporté. Justement, l'année dernière à la même saison, un enfant qui était allé puiser de l'eau dans ce torrent s'est noyé. Un mauvais pressentiment l'envahit. Sa voix tremble en appelant son fils. En proie à la panique, il s'agite frénétiquement dans l'eau.

Il fouille de fond en comble le bois de peupliers au bord du torrent et tous les autres coins du côté de la montagne susceptibles de servir de cachette à Seon-pung, mais aucune trace de lui. Wonho, incapable de regagner sa maison, s'affale sur le sol. Ses jambes lui font défaut, il ne peut plus bouger d'un pouce. Tout à coup, la voix de sa femme résonne au loin :

— Seon-pung !

Par réflexe, Wonho se relève à la hâte et répond :

— Je suis ici !

Le bruit des pas pressés de sa femme retentit dans l'obscurité et bientôt elle apparaît, regardant autour d'elle.

— Pourquoi es-tu ici et où est Seon-pung ? Comme vous n'êtes pas rentrés à la maison, je suis ressortie vous chercher.

Wonho hésite, ne sachant comment lui expliquer la situation.

— Où est-il ? répète sa femme en jetant de nouveau un regard circulaire autour d'elle.

— Je suis allé avec lui éteindre l'incendie et une fois le feu maîtrisé, je me suis rendu compte qu'il avait disparu.

A ces mots, sa femme s'écrie :

— Qu'est-ce que tu racontes, comment ça, il a disparu ?

— J'ai cherché partout où il aurait pu aller mais je ne l'ai vu nulle part.

Su-ryeon pousse un lourd soupir avant de s'éloigner en courant dans l'obscurité.

— Seon-pung, Seon-pung !

Chacun de leur côté, ils font tout le tour du camp en criant son nom jusqu'à l'aube, mais ils ne trouvent aucune trace de Seon-pung.

3

Au lever du jour, la cloche sonne pour signaler le début de la journée de travail. Wonho se précipite dans l'usine d'alimentation et le chef de son équipe lui dit, comme s'il l'avait attendu :

— Le Seonsaengnim bowiwon m'a ordonné de t'emmener à lui dès ton arrivée.

— Moi ? Pourquoi ?

— Ça, je l'ignore.

Le chef d'équipe passe devant et se dirige non vers le bureau du capitaine Chae mais vers le dispensaire. Chae doit être là-bas. Le dispensaire est une petite pièce adjacente au bâtiment du comité administratif. Il est vraiment trop peu équipé pour mériter le nom de dispensaire : un bureau pour le médecin militaire, deux chaises et une armoire à pharmacie accrochée à un mur en constituent l'unique mobilier, et cette armoire ne contient que des bouteilles de désinfectant, des seringues et quelques boîtes de médicaments. Dans un espace séparé par un rideau blanc, correspondant à un tiers de la pièce, il y a un lit rudimentaire pour les patients. Ce dispensaire n'est pas vraiment destiné à soigner les malades mais plutôt à diagnostiquer s'ils peuvent continuer de travailler ou pas. Il faut que les habitants du camp aient l'autorisation du médecin pour être dispensés de travail et se reposer à la maison. Mais s'ils bénéficient de ce fameux diagnostic, c'est qu'ils sont presque à l'article de la mort.

Dès que Wonho met les pieds dans le dispensaire, ses narines sont envahies par une odeur pestilentielle de brûlé. Chae est assis sur la chaise du médecin. Un faible gémissement de douleur provient de l'autre côté du rideau d'où émerge le médecin militaire.

— L'adulte n'a qu'une légère blessure et quelques jours de soins et de repos lui suffiront pour se rétablir, dit le médecin, qui jette un coup d'œil rapide à Wonho avant de poursuivre : mais l'état de l'enfant est grave. Son dos est brûlé au troisième degré, il est très jeune et de santé fragile, si jamais il contracte une méchante infection due aux brûlures, ce sera difficile de le sauver.

Il parle sûrement de l'homme qui s'est jeté dans les flammes hier. Mais l'enfant ? De quel enfant s'agit-il ? Une idée terrible le frappe tout à coup, lui donnant la chair de poule.

— Toi, entre derrière le rideau et identifie l'enfant qui est allongé sur le lit.

Sur ces mots de Chae, Wonho, perplexe, se redresse et le fixe. Il ne comprend pas ce que vient de dire le bowiwon.

— Hier soir, cet homme est allé chercher le portrait et en sortant, il est tombé sur un enfant qui s'était élancé dans les flammes et il l'a sauvé, fulmine Chae. Il paraît que ton fils a disparu ? Mais qu'est-ce que tu attends, dépêche-toi d'aller le voir !

Poussé par la voix rageuse du bowiwon, Wonho soulève le rideau et passe de l'autre côté. Un homme assis sur le lit, dos au mur, est sous perfusion. Il a un bras bandé, ses favoris noirs lui donnent l'air patibulaire. Un garçon est allongé à côté de lui. Il est tourné vers le mur et ne donne aucun signe de vie. Il semble inconscient. Son dos étroit est entièrement enveloppé de bandages et à son chevet pend une poche de perfusion accrochée à son support.

Quand le regard de Wonho se pose sur l'implantation des cheveux en partie brûlés sur la nuque de l'enfant, il écarquille les yeux. C'est l'un des signes prouvant leur lien de parenté ; sa mère a fortement insisté sur le fait que Seon-pung tenait ce trait de son père. Soudain il a froid dans le dos comme s'il venait de recevoir un seau d'eau glacée. Un tremblement incontrôlable envahit son corps. L'homme aux favoris, qui était resté jusque-là les yeux fermés, s'énerve tout à coup :

— Putain, à cause de cet enfant j'ai failli moi aussi y laisser la peau ! Je ne sais pas quel esprit l'habitait mais il s'est jeté dans les flammes comme un fou.

— Qu'est-ce que vous racontez, pourquoi se serait-il lancé dans les flammes ?

— Comment voulez-vous que je le sache ? Il devait avoir perdu la boule, j'imagine.

— Perdu la boule ? Donnez-moi plus de détails.

— Merde, on dit que qui retire un chien d'un puits porte la marque de ses dents, c'est exactement mon cas, peste l'homme, irrité.

— S'il vous plaît, racontez-m'en un peu plus.

— Il n'y a rien à dire d'autre. Comme je sortais avec le portrait, ce gamin a foncé dans les flammes. Quel mal de gueux j'ai eu pour me tirer de là avec un fardeau en plus !

— Pas possible ! Pourquoi ? Pourquoi s'est-il jeté dans les flammes ? murmure Wonho.

L'odeur de la pièce lui est tout à coup insupportable et la nausée le gagne. N'osant plus regarder l'enfant, il ferme les yeux. Le prenant en pitié, l'homme aux favoris tourne légèrement le visage du petit garçon vers lui. C'est bien Seon-pung.

— C'est votre fils ? demande l'homme.

Wonho hoche la tête et s'effondre. Il voudrait remercier celui qui a sauvé son enfant mais ses mâchoires tremblent tellement qu'il n'arrive pas à émettre le moindre son. Seon-pung, à présent allongé sur le dos, a le visage noir et les bouts de ses cheveux calcinés ont frisé, on dirait un enfant africain. L'odeur de brûlé empeste l'air. Wonho humecte ses lèvres et appelle prudemment : « Seon-pung ! » Qu'est-ce qui lui a pris de s'élancer dans ce feu ? Il meurt d'envie de lui poser cette question tout de suite. Finalement il soulève le rideau, retourne de l'autre côté et s'agenouille devant Chae en le suppliant :

— S'il vous plaît, sauvez mon enfant, je vous en supplie !

Le capitaine Chae le fixe un moment puis s'adresse brièvement au médecin militaire :

— Commande tout de suite tous les médicaments nécessaires et utilise-les sans te soucier de les économiser. Fais le maximum pour sauver l'enfant.

Il se lève de la chaise et dit au médecin, en montrant du doigt Wonho, de lui donner un certificat médical autorisant quelques jours de congé pour lui permettre d'être aux côtés de son fils. Le toubib, surpris par cette sollicitude excessivement généreuse de la part du bowiwon, écarquille les yeux en fixant tour à tour les deux hommes. Chae, visiblement contrarié, sort comme une bourrasque tandis que Wonho éclate en sanglots et se laisse glisser à terre en regardant désespérément autour de lui, l'air de chercher de l'aide. Une angoisse terrible lui serre la gorge : que va-t-il devenir si son fils ne survit pas ? Il a envie de se ruer dehors et de se cacher quelque part. Il a l'impression que tout cela ne serait plus qu'un mauvais rêve s'il s'en allait et ne le voyait plus. Le médecin lui donne quelques consignes avant de quitter le dispensaire, mais Wonho, qui n'a pas entendu un traître mot, se contente de fixer son dos qui s'éloigne.

4

La perfusion de l'homme aux favoris est terminée et il sort de derrière le rideau. Il est un peu brûlé et marche d'un pas incertain mais il se déplace tout seul, il semble donc s'en être bien sorti. Pourquoi alors l'état de Seon-pung est-il si grave ? Wonho voudrait lui poser plein de questions, mais c'est au-dessus de ses forces. L'homme râle de ne pas avoir un lit pour lui tout seul et préfère aller coucher dans sa cabane. Avant de partir, il demande à Wonho de tout faire pour sauver l'enfant. C'est alors seulement que Wonho le remercie en s'inclinant profondément. Puis il s'approche du lit d'où Seon-pung le regarde fixement.

— Seon-pung, te voilà, tu es réveillé !

Réprimant avec peine les larmes qui jaillissent, Wonho saisit doucement les mains de son fils. Ce dernier fait une grimace de douleur mais un éclat luit dans ses yeux.

— Tu sais qui je suis ?

Seon-pung hoche la tête et prononce faiblement « Père ».

— Oui, je suis ton père, dit Wonho en ravalant ses sanglots.

Son cœur est douloureux comme s'il avait été brutalement tordu. Il se mord la langue en se souvenant de son hostilité envers son fils. Sa femme fait irruption, les cheveux en broussaille. Elle qui errait partout à la recherche de Seon-pung n'a sûrement appris la nouvelle que maintenant. Arrivée devant Seon-pung, elle s'écroule. Les yeux emplis de larmes, elle caresse le visage partiellement bandé de son fils.

— Seon-pung, est-ce que ça va ?

— Maman ! prononce-t-il avant d'esquisser un grand sourire, manifestement fier de lui.

Su-ryeon, qui réprime ses larmes en se frappant la poitrine, lui demande d'un ton de reproche :

— Comment t'es-tu trouvé dans les flammes ? Etais-tu endormi ou t'es-tu trompé de chemin ?

Seon-pung lui décoche un regard condescendant, l'air de se demander pourquoi elle s'interroge sur une telle évidence.

— Tu ne le sais vraiment pas, maman ? répond-il avec un sourire heureux. Moi aussi maintenant je vais devenir chef d'équipe.

— De quoi parles-tu ? réplique Su-ryeon, les yeux ronds, avant de se tourner vers Wonho.

Celui-ci, qui vient d'entendre l'explication de Seon-pung, sent ses oreilles bourdonner comme s'il venait de recevoir une claque. Résonne alors clairement dans sa tête la voix déterminée du petit garçon déclarant : « Quand je serai grand, je vais devenir chef d'équipe. »

— Qu'est-ce qu'il raconte ? demande Su-ryeon.

Mais Wonho est incapable de lui répondre. Un marteau chauffé à blanc semble remonter en lui et lui brûler la gorge. Il a l'impression que s'il ouvrait la bouche, il vomirait jusqu'à ses intestins. Du coup, il serre les dents à les briser et se tord les lèvres avec ses mains jusqu'à se faire mal.

Le médecin militaire revient avec plusieurs médicaments et remplace la perfusion de Seon-pung. Le cœur de Wonho bat d'un espoir éperdu. Il a envie de se prosterner devant lui. Il a l'impression qu'une fois tous ces médicaments absorbés, Seon-pung se lèvera comme si de rien n'était.

Sa femme, qui est retournée à la maison, revient avec un bol de bouillie de riz blanc. C'est sûrement Chae qui lui a donné ce riz mais peu importe si cela peut sauver Seon-pung.

— Rentre déjeuner à la maison, Mère t'attend. Je l'ai rassurée en lui disant que Seon-pung s'était légèrement blessé en voulant éteindre l'incendie.

Wonho, tout à coup pris de vertige, s'aperçoit qu'en effet il a sauté le petit-déjeuner. C'est la première fois de sa vie dans le camp qu'il a oublié de manger. Et cela fait vraiment longtemps que lui et Su-ryeon n'ont pas dialogué ainsi.

— Je veux d'abord m'assurer que Seon-pung mange, s'entête-t-il.

Su-ryeon n'insiste pas et donne des cuillerées de bouillie à son fils. Celui-ci a les yeux qui brillent à la vue de la bouillie et il en accepte docilement quelques cuillerées, puis secoue la tête en se plaignant que c'est amer. Lui, d'habitude obsédé par la nourriture, n'arrive pas à manger ce plat délicieux ? Wonho n'en revient pas.

Seon-pung, intrigué de voir l'aiguille enfoncée dans son bras et la poche de perfusion suspendue à son chevet, demande de quoi il s'agit. Sa curiosité est tout à fait normale puisqu'il n'a jamais pris aucun médicament ni eu aucune piqûre, même quand il était très malade. Il se plaint à nouveau d'avoir mal. Wonho pose la main sur son front, il est brûlant. Le médecin dit que si ça continue, c'est peut-être une septicémie. Il s'inquiète de voir que la fièvre ne tombe pas rapidement et fait une piqûre à l'enfant pour calmer la douleur. Aussitôt Seon-pung s'endort, la respiration plus rapide qu'avant.

— Comme je lui ai injecté des médicaments de qualité, son état s'est amélioré momentanément mais je crains qu'il n'ait pas suffisamment de forces pour surmonter cette période très critique, explique le toubib. En général, quelqu'un dans un état aussi grave, on doit le transférer dans un grand hôpital pour l'opérer, mais là on lui donne juste des soins d'urgence, et avec ça les chances sont minimes.

Le médecin militaire secoue la tête. Un enfant du camp ne peut aller dans un hôpital à l'extérieur, ce qui veut dire qu'il n'a plus qu'à attendre la mort, c'est tout ce qu'il peut faire. Su-ryeon s'agrippe à ses jambes et supplie :

— Je vous en prie, sauvez notre enfant ! Je n'oublierai jamais le bienfait que vous nous accordez, s'il vous plaît, faites qu'il vive !

— Moi aussi, je veux le sauver. Mais dans cet endroit rudimentaire qui ressemble plus à un entrepôt qu'à un dispensaire, que voulez-vous que je fasse ?

Sur ce, il se libère de ses mains et se précipite dehors. Su-ryeon trébuche et tombe. Wonho s'approche pour la soutenir mais elle le repousse sèchement avant de lui lancer un regard farouche.

— Qu'as-tu fait ? Tu n'es même pas capable de t'occuper de ton fils ? Tout ça est de ta faute !

A cet instant-là, Wonho est reconnaissant envers sa femme de le blâmer ainsi. Il voudrait même être roué de coups.

5

Le soir est tombé et Seon-pung délire. Parfois il pleure tristement en appelant « Maman ». Comme le médecin le craignait, on a beau lui injecter des médicaments, la fièvre ne retombe pas. Sa vie fragile se maintient avec peine et au bout de la troisième nuit, elle finit par s'éteindre. Su-ryeon s'évanouit. Le médecin l'allonge à côté de l'enfant mort et lui administre une piqûre. Le lendemain matin, pendant que sa femme dort sous l'effet du sédatif, Wonho prend Seon-pung sur son dos et se dirige vers la montagne. Il n'a pas l'intention de prévenir sa mère.

Il marche à pas chancelants, soutenant l'enfant par les fesses avec une pelle empruntée au médecin. Il s'arrête plusieurs fois en frissonnant, avec l'impression de sentir la chaleur de son fils. Son corps lui paraît anormalement lourd. A chaque pas, des feuilles mortes craquent sous ses pieds en poussant des cris de douleur. Il grimpe ainsi la pente pendant un long moment, puis, à bout de forces, il s'écroule, Seon-pung toujours sur son dos. Submergé par le chagrin, il martèle le sol et se lacère la poitrine de ses mains.

Il allonge Seon-pung sur le dos et regarde alentour. Par chance, l'endroit est ensoleillé. Un bout de terrain assez plat. Il se dit que Seon-pung désirait reposer là, c'est pour ça qu'il l'a fait tomber à cet endroit. Il se met à creuser le sol avec la pelle. Heureusement les cailloux sont rares et il y parvient facilement. Il descend ainsi jusqu'à environ un mètre, aplanit le fond et allonge son fils sur le dos. Avec son visage bandé et ses yeux fermés, l'enfant a l'air aussi grave qu'un adulte. Entre ses lèvres à demi ouvertes, on aperçoit la brèche causée par les incisives qu'il a perdues. Il suffirait de la toucher légèrement pour qu'un crachat en jaillisse, suivi d'un flot de gros mots. Soudain, une bruine se met à tomber alors que le soleil brillait l'instant d'avant. C'est la première pluie de l'automne.

— Oh zut ! Seon-pung, tu vas être mouillé, dit Wonho comme si son fils était encore en vie.

Il enlève précipitamment sa veste et en couvre l'enfant. A l'instant où il remonte le vêtement jusqu'à la tête, ses mains se crispent. Puis de profonds sanglots secouent tout son corps. Il se laisse tomber en se tordant de douleur.

C'est grâce à son amour pour Seon-pung qu'il a enfin pu se libérer un peu de sa solitude sépulcrale. Chaque fois qu'il rentrait de son travail avec une poignée de croûtes de malt cachées sous sa veste, il imaginait son fils en train de les déguster avec appétit et son cœur battait de joie. Seon-pung le réconfortait de sa vie si humiliante et il était devenu sa raison de vivre. L'amour ardent qu'il portait à son fils était comme le sang qui remplissait peu à peu l'enveloppe vide de son corps. Cette soif de vivre va être enterrée à jamais avec l'enfant.

— Je suis désolé, Seon-pung. C'est moi qui t'ai tué. C'est ton père qui t'a mis dans cet état. Mon pauvre Seon-pung !

Les pleurs de Wonho, pareils au bruit de poteries qui se brisent, se déversent sur le corps de Seon-pung et se répercutent dans la montagne. Le ciel lui aussi pleure des gouttes de plus en plus grosses.

LE COUCOU

1

Les deux jambes étendues devant elle, Su-ryeon est assise par terre près de la tombe de Seon-pung et ne cesse de la caresser de la paume de ses mains. La pâle lueur des étoiles effleure doucement ses cheveux et ses épaules. C'est déjà le troisième jour. Chaque nuit, elle vient sur la tombe de son fils. Celle-ci forme à peine une éminence car il est interdit de marquer les lieux d'enterrement, même pour des adultes. Il est donc difficile de la repérer du premier coup d'œil. Lors de sa deuxième visite, Su-ryeon est revenue avec une faux, a écorcé une partie du tronc de l'arbre à proximité et a gravé dessus *La maison de Seon-pung*, pour ne plus risquer de la rater. Elle n'a recouvré ses esprits que le soir de la mort de son fils et elle s'est disputée violemment avec Wonho, l'accusant de l'avoir enterré en son absence. Un vent glacial pénètre jusqu'à ses os.

— Mon pauvre Seon-pung, tu vas avoir froid. N'aie pas peur, ta maman est là près de toi, mon pauvre petit.

Ses murmures se transforment en sanglots.

— Pardonne-moi, Seon-pung, je suis désolée.

Tout à coup, elle entend un coucou chanter. Il semble tournoyer tout près d'elle. Elle s'arrête de pleurer et tend l'oreille à son chant, lequel lui paraît très singulier. Elle regarde hâtivement autour d'elle dans le noir.

— Seon-pung, tu es devenu cet oiseau ? C'est toi qui réponds à ta maman ? C'est bien ça ?

Le coucou, qui s'était arrêté de chanter, reprend de plus belle. Elle l'entend tout près, comme s'il était perché sur son épaule. Un vague sourire flotte sur son visage. Elle ferme les yeux, incline légèrement la tête :

— C'est vrai alors, tu t'es transformé en oiseau. Maintenant que tu es devenu un oiseau, tu peux voler librement et t'évader du camp !

La voix de Su-ryeon communiquant ainsi avec l'oiseau s'affirme de plus en plus distinctement et secoue le silence sous le ciel nocturne.

— Su-ryeon !

A ce brusque appel, elle sursaute et ouvre les yeux. C'est le capitaine Chae. Elle ne sait pas depuis quand il est là mais, accroupi près d'elle, il lui tend les mains.

— Su-ryeon, ressaisis-toi ! Ne te laisse pas abattre !

Il agrippe les épaules de Su-ryeon et les secoue ; sa bouche dégage une légère odeur d'alcool. Se laissant tomber dans ses bras, elle lui chuchote :

— Mon Seon-pung est devenu un oiseau, il continue d'appeler sa maman. Ecoutez ça, vous entendez « Maman, Maman », n'est-ce pas ?

— Su-ryeon, ne te montre pas si fragile, il faut être forte pour survivre ! dit Chae d'une voix tremblante.

Su-ryeon fixe le bowiwon pendant un long moment avant d'enfouir son visage contre sa poitrine et d'éclater en sanglots.

— A quoi bon vivre alors que Seon-pung n'est plus là ? Il n'y a plus de Seon-pung…

— Je suis désolé, je suis vraiment désolé, murmure Chae en la serrant fort. C'est ma faute, tu dois m'accuser, Su-ryeon.

— Aucune importance maintenant !

Elle le repousse violemment et descend la colline en chancelant. Il la suit un pas en arrière.

2

Su-ryeon ouvre la porte de leur cabane mais s'effondre sans force sur le seuil. Ses dents claquent de froid. Etourdie, elle a envie de s'allonger et de dormir sur place. Puis subitement elle se ressaisit. Elle entend des ronflements sonores provenant de la chambre plongée dans l'obscurité. Son mari et sa belle-mère ronflent tour à tour, ignorant son arrivée. Alors elle se lève d'un bond, poussée par une force jaillie d'elle ne sait où.

— Seon-pung tremble de froid dehors alors que toi qui es son père, tu arrives à dormir ?

Sa voix stridente, féroce, fait trembler la cabane. Son mari et sa belle-mère se réveillent d'un seul coup. Wonho allume la lampe à huile.

— Aïgo, mère de Seon-pung ! s'exclame la vieille dame en agitant les bras sans parvenir à se lever. Te voilà, tu rentres enfin ! Il est tard, où étais-tu passée ?

Le visage de son mari encore ensommeillé se plisse de mécontentement.

— Ça va aller, Mère, rendormez-vous.

Et il s'apprête à se recoucher en ignorant Suryeon. Mais celle-ci se précipite dans la chambre et lui lance d'un ton amer :

— Remarque, vu que tu ne le considérais pas comme ton enfant, c'est normal que tu arrives à dormir !

Une lueur s'allume dans les yeux de Wonho.

— Tu cherches la dispute à cette heure si tardive ? Tu es folle ou quoi ?

— Tu crois que je peux être saine d'esprit alors que mon petit vient d'être mis en terre ? Toi, tu ne te sens même pas désolé vis-à-vis de Seon-pung et tu arrives à dormir ?

— Allez, essaie de la comprendre, intervient la vieille dame en agrippant un pan du pantalon de son fils.

Hélas, ça ne sert à rien. Le regard de Wonho dégage déjà une agressivité féroce.

— Je vois que tu es vraiment folle. Tout ça est arrivé par ta faute et maintenant tu accuses qui ?

— Quoi ? Ma faute ? Pfft, as-tu oublié toutes les méchancetés que tu as fait endurer à Seon-pung ? Si tu ne l'avais pas haï autant, il n'aurait pas eu une détermination aussi implacable à son âge. Tu penses vraiment que ce n'est pas toi qui l'as rendu si dur pour un enfant si jeune ?

Un torrent de reproches s'écoule de la bouche de Su-ryeon.

— Et à ton avis, pourquoi est-ce que je ne considérais pas Seon-pung comme mon enfant ? proteste Wonho d'une voix enrouée. C'est à cause de qui ? Tu te rends compte au moins combien de larmes j'ai versées secrètement pendant tout ce temps ?

— Si tu as versé des larmes à l'abri des regards, moi j'ai pleuré des larmes de sang.

— Ferme-la ! Si seulement ce salaud de Chae n'avait pas proposé de nommer chef d'équipe celui qui irait chercher le portrait dans les flammes, ce malheur ne serait jamais arrivé.

— Aïgo, mes enfants, cessez de vous disputer comme ça alors qu'on vient d'enterrer notre petit. C'est ma faute, tout ça, se lamente la vieille dame assise entre les deux époux, en agitant les mains. C'est moi la cause principale. C'est moi qui aurais dû mourir, oui, c'est moi… C'est parce que je suis encore vivante que notre innocent Seon-pung nous a quittés.

— Non, Mère, tout ça c'est la faute de cette scélérate.

Son mari continue d'attiser la rage de Su-ryeon, comme s'il versait de l'huile sur le feu.

— Quoi ? Une scélérate ? Et qui m'a mise dans ces sales draps ? Quel crime ai-je commis pour être entraînée de force dans cette horrible vallée ? Et toi, tu savais tout et pourtant tu n'as rien fait, tu t'es seulement servi de moi. C'est toi le plus lâche et le plus abject, non ?

Tout en hurlant ainsi, Su-ryeon s'approche tout près de son mari. Face à cette attitude aussi virulente qu'un serpent venimeux en plein été, Wonho recule d'un pas en frissonnant.

— Tu veux bien la fermer ? Tu tiens vraiment à mourir ?

— Oui, je veux mourir, j'ai envie de mourir !

— Dégage, putain !

Effrayé, Wonho recule encore et balance son oreiller sur Su-ryeon, qui le lui renvoie. Elle n'a peur de rien désormais. Ce qu'elle a réprimé jusque-là bouillonne en elle comme la lave sur le point de jaillir du volcan. La vieille dame secoue fortement la tête et martèle le sol de la chambre de ses mains.

— Je vous en supplie, cessez de vous battre, tout ça c'est ma faute, c'est ma faute.

Les deux conjoints, à bout de nerfs, n'entendent pas sa voix pareille à un faible sifflement. Alors qu'il battait en retraite, Wonho agrippe soudain les cheveux de sa femme. La violence de son mari fait du bien à Su-ryeon, peu importe la douleur physique. La mort de leur enfant a achevé de rompre le faible lien qui les unissait encore. Il n'y a plus aucun attachement entre eux. Seules restent la haine et la rancœur, qui les séparent tel le courant violent et infranchissable d'une rivière. Su-ryeon s'élance dehors et disparaît dans l'obscurité sans jeter un regard derrière elle.

3

— Père ! Père !

A cet appel, un rire secoue la poitrine de Wonho.

— Père ? Oui, c'est moi, c'est ton père, je suis ici.

Sa réponse ne résonne que dans sa tête. Wonho s'impatiente. Il a l'impression que s'il ne lui répond pas rapidement, Seon-pung ne l'appellera plus jamais « Père ». Or il a beau essayer de parler, sa langue ne lui obéit pas, elle semble paralysée. Il a l'impression qu'un gros caillou dans sa bouche lui écrase les mâchoires. Tout à coup, il voit un pétale de fleur flotter devant ses yeux. En le regardant de près, il se rend compte qu'il s'agit de la main de Seon-pung. L'enfant la tend pour lui caresser le visage. Souriant de bonheur, Wonho avance la tête vers elle. Son visage est à deux doigts de la main de l'enfant. Il se tortille pour s'approcher davantage. Pile à ce moment-là résonne le tintamarre de la cloche du matin, assené comme un violent coup sur la tête. Il ouvre péniblement ses paupières lourdes et regarde autour de lui, à la recherche de Seon-pung qu'il vient de voir. Il lui faut un certain temps pour réaliser qu'il a fait un rêve. Il reste un moment allongé, l'air absent, puis se ressaisit brusquement. Chaque soir en se couchant, il jure de se lever plus tôt que sa mère, avant la sonnerie de la cloche, mais il n'y parvient pas. Cela fait déjà plusieurs jours que sa femme ne rentre plus à la maison, et du coup c'est sa mère qui prépare le petit-déjeuner.

Ce matin aussi, Wonho voit que sa couverture est déjà soigneusement pliée, mais il n'entend aucun bruit depuis la cuisine. Il se lève précipitamment, ouvre la porte de la cabane et scrute les alentours encore plongés dans le noir. Il se demande si elle n'est pas allée puiser de l'eau. Depuis quelque temps, sa mère est si affaiblie qu'elle ne peut plus porter un seau plein. Il jette un coup d'œil dans la cuisine et aperçoit le seau à eau rempli à sa place, tel qu'il l'a posé la veille.

Intrigué, il s'élance hors de la cabane et crie dans l'obscurité :

— Mère, où êtes-vous ?

La montagne en face répercute sa voix. Les cabanes s'allument les unes après les autres et les gens s'affairent à préparer leur petit-déjeuner. Wonho fait le tour de la maison et va même voir jusqu'au torrent mais en vain. Il ne la trouve pas non plus du côté de la colline ni dans le périmètre des habitations. Intrigué, il reste debout un moment à réfléchir. Un mauvais pressentiment l'envahit. Il se rappelle soudain les paroles de sa mère qui s'accusait d'être la responsable de tous leurs malheurs, lorsqu'il s'est disputé avec Su-ryeon quelques jours plus tôt. Wonho secoue la tête vigoureusement. Il tente de se persuader que sa mère n'ira pas jusqu'à commettre un acte irréparable. Son cerveau continue de raisonner ainsi, mais ses pas se hâtent déjà vers la colline où est enterré Seon-pung. Peut-être se trouve-t-elle là-bas.

4

Le jour n'est pas encore tout à fait levé, le pied de la montagne est sombre et lugubre. Des oiseaux nocturnes poussent des cris menaçants pour repousser l'intrus. Des écureuils surpris par le bruit de ses pas détalent devant lui. Le chemin escarpé est glissant à cause de la rosée de l'aube. On est au début de l'automne mais il fait déjà très froid, le matin, dans la forêt ; l'air glacial pénètre à travers ses vêtements et le fait frissonner. Le ciel au-dessus des montagnes vertes s'éclaircit peu à peu, et Wonho commence à distinguer les environs.

Lorsqu'il aperçoit la tombe de Seon-pung, à quelque distance encore, il s'arrête net. Il y a là un petit tas ressemblant tantôt à un rocher tantôt à un amas de feuilles, et à côté gît un semblant de corps humain grisâtre. Il pressent que c'est sa mère et ses jambes se mettent à flageoler. Au bout de quelques pas, il tombe et continue à quatre pattes.

Le lieu où est enterré Seon-pung est couvert des vêtements de sa mère, fixés çà et là par des pierres pour éviter qu'ils ne s'envolent à cause du vent. La vieille dame, en habit léger sans doublure, est couchée à plat ventre, embrassant la tombe de ses bras.

— Mère !

Son corps refroidi est déjà en train de se raidir. Wonho enlève sa veste en tremblant de tous ses membres. Comme il a du mal à la déboutonner, il finit carrément par l'arracher. Il en enveloppe le buste de sa mère et approche l'oreille de sa poitrine, mais il n'entend aucun battement de cœur. D'ailleurs le sien bat avec un bruit tellement assourdissant qu'il l'empêche de juger si elle est encore vivante ou pas. Il la porte sur son dos et se hâte de descendre la montagne. Sa mère est aussi légère qu'une botte de paille sèche. Son corps semble se disperser et se rassembler comme un tas de feuilles mortes sous un coup de vent. Elle n'est pas lourde, pourtant Wonho n'arrête pas de trébucher. Sa tête est vide et ses membres bougent machinalement. A un moment donné, il sent un mouvement dans son dos. Aussitôt il dépose sa mère et la secoue doucement.

— Mère, ressaisissez-vous.

La vieille dame entrouvre les yeux.

— Mère, vous voilà, vous êtes revenue ! Soyez patiente, je vous ramènerai vite à la maison.

Comme il s'apprête à la remettre sur son dos, sa mère agite imperceptiblement la tête et remue les lèvres. Wonho approche son oreille de sa bouche.

— Su… ryeon…

Les yeux vagues de sa mère se ferment doucement en laissant perler une larme pareille à de la résine. Puis son corps ne réagit plus. Le silence total.

— Mère, ne partez pas comme ça, revenez à vous !

Wonho, en larmes, hurle comme un dément sans cesser de frotter ses joues contre celles de sa mère. Ses sanglots se répercutent dans le vide sous le ciel de l'aube, on dirait les cris d'un animal à l'agonie.

5

La cloche sonne l'appel au travail mais Wonho reste immobile, la tête de sa mère sur les genoux. A présent, on pourrait le tuer sur place, ça n'a plus aucune importance. Les rares cheveux blancs de sa mère flottent au vent. Il a l'impression qu'elle respire de nouveau et, le cœur battant, il porte l'oreille à sa poitrine. Puis il scrute son visage, ce qui ne lui est pas arrivé depuis longtemps. Celui-ci, ridé, rêche et amaigri, est aussi petit qu'une paume de main. Il revoit clairement la femme si raffinée et si belle qu'elle était à Pyongyang. En remarquant ses mains abandonnées n'importe comment sur l'herbe, il les prend précipitamment et en ôte des feuilles séchées. Quand elle était jeune, elle soignait particulièrement ses mains car c'étaient elles qui maniaient l'instrument de musique. Mais elles sont depuis longtemps parsemées de durillons et de taches de vieillesse. A présent refroidies, elles sont aussi raides que des bûches, ce qui lui fait prendre conscience que sa mère est réellement morte.

Le tout jeune Wonho, entraîné par la main de sa mère, se rendait souvent dans la loge des artistes du théâtre où elle jouait. Vêtue d'une robe noire et le visage soigneusement maquillé, elle lui recommandait de l'attendre là sans bouger en lui offrant un sachet de friandises. Il hochait la tête mais dès sa sortie, il déguerpissait et traversait le couloir avant de se cacher dans le rideau derrière la scène. A force de la suivre, il connaissait par cœur le chemin menant jusqu'à la scène. Et là, éperdu, il regardait sa mère jouer du violoncelle sous la lumière des projecteurs. Il adorait l'écouter. La musique qu'elle jouait était douce et profonde.

Quand il était écolier, sa mère le faisait asseoir à la meilleure place du théâtre pour qu'il puisse assister au concert. Une fois étudiant, elle lui obtenait parfois des billets pour ses amis et ils venaient ensemble au théâtre, tout excités. Il était rare qu'elle hausse le ton avec lui ou le réprimande.

C'était un soir du début du printemps, après leur premier hiver dans le camp, une période où la paix de sa famille n'était pas encore brisée. Sa mère a poussé son bol de bouillie vers lui en prétendant qu'elle digérait mal. Elle a dit aussi qu'elle avait déjà mangé beaucoup de maïs grillés pendant sa journée de travail, au sein de l'équipe des activités auxiliaires. Wonho, qui ne connaissait pas encore bien les conditions de travail de sa mère, n'a pas deviné qu'elle mentait pour donner davantage de nourriture à son fils. Il a imaginé que l'équipe des activités auxiliaires n'était pas traitée comme toutes les autres. En fils immature habitué à recevoir l'amour de sa mère, il a mollement refusé son offre au début avant de finir par l'accepter. Cette nuit-là, le ventre plein, il a eu du mal à rester indifférent à sa femme allongée tout près de lui. Il a d'abord vérifié que sa mère était bien endormie avant de prendre Su-ryeon dans ses bras. Celle-ci, surprise, a jeté un regard à la vieille dame mais Wonho ne pouvait plus se contrôler.

Certes, l'exiguïté des lieux et la proximité de la vieille dame ne rendaient pas les ébats faciles, sans parler de la dureté de la vie quotidienne qui émoussait le désir. Mais des soirs comme celui-là où il était de bonne humeur, il caressait son ventre, rassasié au détriment de sa mère, et prenait sa femme. Sa mère, qui avait compris la situation, passait de temps en temps la nuit sur son lieu de travail. Elle disait que la salle était spacieuse et confortable. Les nuits où elle s'absentait ainsi, Wonho pouvait librement s'unir à Su-ryeon.

Quelque temps plus tard, il a eu l'occasion de se rendre dans l'atelier de l'équipe des activités auxiliaires où sa mère travaillait. Atelier est un bien grand mot, il s'agissait en réalité d'un bâtiment rudimentaire aux murs troués et au sol en terre battue. Sa mère devait dormir en se couvrant de sacs de paille dans cet espace désert où le vent glacial soulevait la poussière. A cette pensée, Wonho s'est senti tellement navré et bouleversé qu'il a éclaté en sanglots. Il s'est frappé la poitrine en se lamentant : « Quel fils ingrat je suis ! » Quand il se repentait de cette façon, il était encore humain.

Sa mère l'avait perdu comme fils dès la première année de leur vie dans le camp. Elle était désespérée de le voir tombé dans un tel avilissement. Chaque nuit, en se couchant, elle soupirait à rendre l'âme et marmonnait comme un refrain : « Tout ça, c'est à cause de moi. » Elle pensait être responsable de ce pétrin où était engluée sa famille et elle se sentait désolée vis-à-vis d'eux. Elle a répété la même chose quelques jours auparavant. Le cœur de Wonho est broyé par le regret de ne pas lui avoir répondu : « Non, Mère, ce n'est pas votre faute. »

Enfant, Wonho se plaignait souvent de l'absence de son père. Parfois, il en voulait à sa mère qui n'y pouvait rien. Quand il lui posait des questions à propos de son père, elle répondait qu'il était parti accomplir une mission importante pour la patrie. De temps en temps, son père passait dormir à la maison mais il repartait tôt le lendemain matin, avant même que Wonho se lève. Puis, alors que le jeune Wonho avait presque oublié son visage, il réapparaissait brièvement. Sa mère, qui avait souffert ainsi pendant tellement d'années de l'absence de son mari, avait finalement atterri dans ce camp à cause de lui. Malgré tout, elle n'a jamais exprimé le moindre reproche à son égard.

Wonho remet sa mère sur son dos et retourne péniblement vers la tombe de Seon-pung. Il se dit qu'elle avait envie d'être près de son petit-fils après sa mort. Il va donc creuser sa tombe à ses côtés.

LE TORRENT

1

Cela fait déjà plusieurs jours que Su-ryeon passe la nuit dans un petit entrepôt près du bâtiment du comité administratif. Le chef du comité lui a préparé une couche. La pièce est conçue pour être chauffée par le sol, il suffit de faire un petit feu dans le foyer pour que le froid ne soit pas trop mordant. Mais elle ne pourra pas rester là longtemps. Dans le camp, le divorce n'existe pas ; que les époux se tabassent ou s'entre-tuent, on n'attribue qu'une cabane par famille. Or Su-ryeon ne peut plus vivre dans sa cabane alors que Seonpung n'est plus là, elle étouffe. Elle préfère encore mourir plutôt que de retourner là-bas. Elle pressent que la vie infernale qu'elle mène arrive à présent à son terme.

— Camarade comptable, votre belle-mère est décédée, annonce le chef du comité administratif avec un claquement de langue quand elle arrive au bureau ce matin-là. Il paraît que la vieille dame est restée allongée toute la nuit en habits légers à côté de la tombe de son petit-fils qu'elle avait couverte avec tous ses vêtements, comme c'est triste !

Su-ryeon n'a pas besoin d'autre explication, elle sait que c'était un acte délibéré de la part de sa belle-mère. Elle la revoit murmurer, le soir de la bagarre conjugale, que c'était elle qui était responsable de tout cela et qui aurait dû mourir. Su-ryeon éprouve une douleur fulgurante, comme si un couteau s'enfonçait entre ses côtes. L'acte fatal de sa belle-mère ne la surprend pas pour autant. Seon-pung était celui qui leur permettait, à toutes les deux, de s'accrocher à cette vie si éprouvante. Il est donc compréhensible qu'elle ait suivi son petit-fils. Su-ryeon se dit que maintenant son tour est venu, c'est dans l'ordre des choses. Seon-pung était l'unique raison pour laquelle elle supportait cette vie qui consumait son corps et son âme. Elle aurait été prête à tout pour faire sortir son fils de cette vallée. Au début, elle était attachée à son mari et à sa belle-mère et s'était battue de toutes ses forces pour préserver l'affection qui les liait. Mais aujourd'hui il a disparu cet amour, ce sentiment qui lui était si cher, qui représentait tout pour elle. Elle n'a plus personne à qui témoigner son amour.

Su-ryeon, pour éviter de croiser son mari, se met en route vers la tombe de sa belle-mère seulement après le coucher du soleil. On lui a dit qu'elle avait été enterrée à côté de Seon-pung, alors elle connaît le chemin par cœur et peut s'y rendre même les yeux fermés. De fait, elle voit quelques pas en avant un amas de terre qui, bien que peu élevé, est plus large et plus bombé que celui de la sépulture de Seon-pung. Quelque chose flotte au-dessus de la sépulture de l'enfant. Il s'agit des vêtements de la vieille dame. Su-ryeon ramasse des pierres grosses comme le poing et les place soigneusement dessus pour les empêcher de s'envoler. Elle s'agenouille et pose le front contre ces vêtements. Ses pleurs silencieux lui secouent les épaules pendant un long moment.

2

A minuit passé, Su-ryeon arrive au comité administratif. Elle s'approche de l'entrepôt en chancelant et s'apprête à mettre la clé dans la serrure quand elle entend dire à voix basse :

— Ne bouge pas.

C'est son mari. Su-ryeon se retourne lentement. La silhouette noire en face d'elle tient un gros bâton.

— J'imagine que tu savais que cela arriverait. Allez maintenant, toi et moi, finissons-en une bonne fois pour toutes. Même dans ses derniers instants, ma mère a pensé à toi en prononçant ton nom, mais je ne peux pas faire autrement. Je vais t'achever d'abord, puis ce salaud de Chae, et ensuite je partirai moi aussi.

La froideur de son ton ne la surprend pas ni ne l'effraye.

— C'est vraiment curieux, dit-elle en laissant échapper un petit rire.

— Comment ça ?

— Les membres de notre famille finissent par s'entre-tuer, à ce que je vois.

— Tout ça c'est de ta faute.

— Ma faute ? Dans ce cas, je mérite la mort.

— Moi non plus je n'ai rien fait de bon, c'est pourquoi je vais mourir aussi. De toute façon, quand j'aurai fait la peau à Chae, je serai fusillé ou tabassé à mort.

— Inutile de t'expliquer davantage, de toute façon je ne voulais plus vivre. Allez, frappe-moi.

Et elle tend docilement la tête, les yeux fermés. Un cri de douleur retentit. Surprise, elle rouvre les yeux et voit l'ombre noire s'écrouler, recroquevillée sur elle-même. A côté se dresse une autre ombre qui respire bruyamment.

— Est-ce que ça va ?

C'est le capitaine Chae. Il arrache le bâton de la main de Wonho et le jette au loin.

— Fils de pute ! crache péniblement Wonho dans un gémissement de douleur. Je voulais te tuer avant de mettre fin à mes jours, mais jusqu'au bout tu rôdes autour d'elle. Tu vas voir, je vais te le faire payer.

Chae lui assène un violent coup de pied et Wonho se tait aussitôt. Su-ryeon avance d'un pas, la main dressée.

— Ne t'inquiète pas, je vais tout arranger.

Le capitaine Chae traîne son mari jusqu'à la cellule près du comité administratif.

3

Min-kyu fait asseoir Wonho sur une chaise et l'attache soigneusement à l'aide d'une corde. Wonho, toujours inconscient, dodeline de la tête. Le bowiwon prend une calebasse, puise de l'eau dans un seau et la verse sur le prisonnier. Celui-ci frissonne avant de se figer complètement. Il regarde autour de lui et écarquille les yeux, l'air d'avoir compris la situation. Les mains dans le dos, Min-kyu s'approche lentement de lui.

— Tu tiens vraiment à mourir, hein ?

— Tu crois que je vais me laisser faire ? Je vais balancer tous tes sales petits secrets et je te détruirai.

— Pfft, tu n'es qu'un pauvre type, qui va te croire ? crache Min-kyu en saisissant le menton de Wonho. Espèce de crapule, tu auras beau faire, tu n'es qu'une ignoble bête.

— Fils de pute, monstre !

— T'as raison, ricane Min-kyu. En ce moment, ta vie est entre les mains d'un monstre. Dès demain matin, tu retourneras dans la vallée des spectres. Et cette fois ce sera pour toujours. Tu travailleras dans le fond de la mine et tu ne tiendras même pas quelques mois. Ça t'étonne vraiment ?

Wonho essaie de bouger en mobilisant ses forces mais il n'arrive pas à remuer d'un pouce.

— Sale monstre, tu mérites d'être puni par le Ciel ! Quel crime ai-je commis ?

A ce hurlement d'indignation de Wonho, Min-kyu s'approche de lui et le dévisage.

— Comment ça ? Tu te sens victime d'une injustice ?

De grosses larmes coulent sur les joues de Wonho. Ce sont les dernières larmes d'un faible poussé au bord du précipice.

— T'as raison, pour être franc, tu n'as pas vraiment commis de crime, à part celui d'avoir un esprit borné. C'est pourquoi je vais te donner une dernière chance pour sauver ta peau. En fin de compte, ça ne vaut même pas la peine de te tuer. Alors soit tu retournes dans la vallée des spectres, soit tu fais ce que je te dis, c'est toi qui décides.

Wonho, qui s'attendait au pire, lève les yeux et le scrute, perplexe. Puis il hoche légèrement la tête en guise de réponse ; aussitôt un sourire moqueur se dessine sur le visage de Min-kyu.

— En effet, tu restes digne de toi ! Très bien, si tu jures de te conduire docilement dans ce camp, je t'enverrai dans la colline des chênes, là où on fabrique du charbon. C'est un poste assez populaire, tu sais. Mais si tu veux continuer à t'en prendre à moi, je te renverrai dans la vallée des spectres, c'est toi qui l'auras voulu. Je te donne jusqu'à demain matin pour réfléchir, à toi de choisir.

Min-kyu esquisse un sourire d'autosatisfaction en quittant et verrouillant la cellule, car il sait déjà ce que va choisir cet opportuniste de Wonho.

Le lendemain matin, il entre dans la cellule et voit que les yeux de Wonho sont injectés de sang.

— Tu as décidé ?

— Je dois vivre pour me venger de toi, alors je vais t'obéir.

Aussitôt Min-kyu lui donne une violente claque et crache, l'air vraiment furieux :

— Connard, tu te prends pour qui pour oser me tutoyer ? Allez, baisse immédiatement la tête et appelle-moi Seonsaengnim !

Wonho est bien forcé d'obtempérer en se mordant violemment la lèvre inférieure. De grosses larmes débordent sur ses joues et se mêlent au sang de ses lèvres pour dessiner des lignes sur son menton.

— C'est ta dernière chance, grave-toi bien ça dans la tête ! hurle encore Min-kyu avant de faire volte-face. Gardien, libère ce type !

4

Que va devenir son mari, emmené de force par le capitaine Chae ? Su-ryeon y réfléchit un long moment puis elle s'en désintéresse. Que ce soit lui ou elle, ils sont prêts à mourir, alors à quoi bon s'en préoccuper ? Son seul souhait en ce moment est de se libérer de cette vie. Il n'y a que la mort qui puisse l'apaiser. Inutile de ruminer davantage. Une fois qu'elle a décidé de mourir, son cœur devient aussi léger que les nuages. Le chemin de la mort, dont elle avait si peur jusque-là, lui paraît à présent aussi facile et accessible que celui menant chez une voisine. Il suffit d'être déterminé et ça change tout. Si elle avait su qu'il était aussi simple de renoncer à la vie, elle ne se serait pas donné tant de mal pour survivre.

Elle réfléchit à la manière de mettre fin à ses jours. Elle souhaite une mort propre et calme. Celle de sa belle-mère lui plaît beaucoup. Elle aussi voudrait mourir en enlaçant la tombe de Seon-pung. Mais son corps encore jeune ne la lâchera pas si facilement. Dans le camp, il n'existe aucun pesticide chimique qui serait fatal. On utilise du fumier en guise d'engrais et on arrache les mauvaises herbes à la main. Elle songe à monter au sommet de la montagne et à se jeter dans le vide, mais l'idée de son corps fracassé lui déplaît. A ce moment, le torrent qui coule au milieu de la vallée lui revient à l'esprit. Ce cours d'eau est assez large et son courant est violent. Quelle idée merveilleuse ! Une fois son corps immergé, elle se sentira mourir paisiblement. Le torrent se jette dans une grande rivière, elle pourra donc peut-être s'évader du camp, même si c'est après sa mort. A cette pensée, la joie jaillit en elle. C'est vrai, mon fils Seon-pung métamorphosé en oiseau a pu se libérer de cette vallée, et moi je sortirai d'ici en devenant un poisson. Seon-pung, nous pourrons nous retrouver ! Su-ryeon est tellement contente qu'elle bat des mains comme un enfant. Elle est impatiente de se jeter dans le torrent et ne veut pas tarder une minute de plus à se transformer en poisson pour quitter cette vallée. Elle n'attend plus que l'arrivée de la nuit.

Après le départ de ses camarades, elle ferme à clef la porte du comité administratif puis elle hésite un moment. Elle pensait aller directement au torrent mais sa tenue misérable la gêne. Puisqu'elle va bientôt retrouver Seon-pung, elle a envie de porter ses habits les plus propres et les plus beaux.

Elle retourne à l'entrepôt, ouvre précipitamment son paquet de vêtements et fouille dans ses guenilles. Son regard s'arrête sur un balluchon rose clair. Il contient le hanbok qu'elle portait quand elle jouait du gayakeum sur scène. Tous ses habits de qualité, elle les a découpés pour faire des vêtements à son fils, mais elle n'a pas touché à celui-ci. Elle redoutait que le mince filet d'espoir auquel elle s'accrochait disparaisse pour de bon si elle en venait à détruire ce costume traditionnel. Voilà pourquoi elle l'a préservé.

Son hanbok est encore propre, comme neuf. Elle n'a jamais imaginé qu'elle aurait l'occasion de le porter un jour dans ce camp. Quel dommage qu'elle n'ait pas de miroir ! Su-ryeon baisse les yeux pour regarder sa tenue à la lumière de la lampe à huile. Seon-pung ne l'a jamais vue dans ce beau costume, il ne l'a toujours connue que vêtue d'un pantalon déformé aux genoux et d'une blouse de travail. Si seulement elle pouvait se faire un beau chignon, comme avant ! Aujourd'hui ses cheveux sont coupés court au carré, mais elle les peigne tout de même soigneusement après les avoir mouillés. Elle éteint la lampe et ouvre la porte de l'entrepôt en soulevant légèrement un pan de sa jupe, comme si elle entrait en scène. Au même instant elle sursaute et trébuche.

— Su-ryeon !

C'est la voix chuchotante de Chae.

— Pourquoi es-tu si surprise et pourquoi es-tu dans cette tenue ? Il te restait encore ce genre de vêtement ?

Le capitaine Chae, visiblement abasourdi, regarde Su-ryeon en hanbok sous la lueur de la lune. Celle-ci a peur que son doux rêve ne soit découvert.

— C'est juste que je voulais l'essayer… balbutie-t-elle.

— Ah bon ? Tu es vraiment belle dans cette tenue. Ça me rappelle autrefois quand tu jouais sur scène.

Chae l'admire pendant un long moment puis lui dit :

— Je t'ai apporté ça, ce sont des raviolis farcis à la viande de lapin. C'est ma mère qui les a confectionnés. Moi j'ai déjà mangé. Allez, dépêche-toi de rentrer et goûte-les.

Il pose le petit paquet dans les mains de Su-ryeon et disparaît en silence. Su-ryeon voudrait lui dire merci mais elle a raté l'occasion. C'est un homme à qui elle doit beaucoup. Il ne l'a pas vraiment violée et il l'a toujours chérie, elle le sait bien. Malgré tout, elle ne lui a jamais adressé de remerciement sincère. Si elle a tenu jusque-là, c'est peut-être grâce à lui. Elle s'incline profondément dans sa direction dans l'obscurité.

5

Après avoir regagné l'entrepôt, elle rallume la lampe à huile pour regarder la nourriture que Chae lui a offerte et l'enterrer sous le sol de la cuisine. Elle ne tient pas à ce que sa mort cause le moindre problème à Chae. Pour autant, comme elle vit ses derniers instants sur terre, elle n'a pas envie d'en manger. En plus, elle a honte vis-à-vis de Seon-pung. D'ailleurs tout ce qu'elle a fait jusque-là la fait rougir.

Elle va dans la cuisine, creuse le sol à l'aide d'une branche d'arbre et ouvre le paquet. Dedans, les raviolis façonnés soigneusement sont appétissants. Tout à coup, elle a la nausée et vomit, incapable de se contrôler. Comme elle n'a rien mangé ce soir, elle ne rend que du liquide. Des larmes et de la morve coulent sur son visage. Elle respire un grand coup et se demande ce qui lui arrive. Au moment où elle saisit le paquet pour enterrer les raviolis, elle est de nouveau en proie à une violente nausée. Une fois qu'elle a rendu jusqu'à la bile, son haut-le-cœur se calme.

Elle se hâte d'enterrer la nourriture et s'affale sur le sol. Elle se souvient de la période où elle était enceinte de Seon-pung et son cœur se met à palpiter. Ces derniers temps, elle a vécu des événements si bouleversants qu'elle n'a pas eu l'esprit de se soucier de sa menstruation. Elle réfléchit et calcule puis, catastrophée, elle pousse un cri de stupeur et enfouit son visage dans ses mains. Déjà deux mois qu'elle n'a pas eu ses règles. Cela veut dire qu'elle est bel et bien enceinte. Ce qui la saisit encore plus, c'est que cette fois elle porte l'enfant de Chae. Elle ne couche plus avec son mari depuis plusieurs années déjà mais elle se souvient d'avoir fait l'amour avec Chae il y a deux mois. La conception date sûrement de ce moment-là.

— Oh non ! s'exclame-t-elle, terrorisée, avant d'éclater en sanglots.

Elle trouve le destin trop cruel de lui apprendre une nouvelle aussi absurde à un moment pareil, alors qu'elle est pleine d'exaltation à l'idée de retrouver bientôt son fils. Elle aurait préféré l'ignorer, comme ça, elle aurait au moins pu mourir le cœur tranquille. Maintenant elle a peur de mettre fin à ses jours avec une vie qui pousse dans son ventre, qui plus est l'enfant de Chae. Pour ce dernier qui n'en a pas, ce sera terrible d'apprendre sa mort et celle de sa progéniture avec elle. Mais elle est une prisonnière politique et elle n'a pas le droit de mettre au monde l'enfant d'un bowiwon.

A force de se triturer ainsi les méninges, elle se sent toute molle et fatiguée. Lorsque le sommeil la gagne, elle se lève précipitamment, elle n'a pas envie de retarder davantage sa mort. Le dos bien droit, elle sort de l'entrepôt et se dirige vers le torrent.

En sentant l'odeur de l'eau emportée par le vent frais, elle a le cœur serein. Le torrent gronde particulièrement fort. Sans hésitation, elle y trempe les pieds. Un frisson parcourt tout son corps, mais bientôt la fraîcheur du courant lui fait du bien. Sa longue jupe trempée d'eau s'enroule doucement autour de ses chevilles, ses jambes, puis sa taille. Elle a l'impression que quelqu'un dans l'eau l'appelle. Les yeux fermés, elle avance, les oreilles aux aguets, en se demandant qui la cherche. Quelque chose agrippe sa taille, ce doit être celui ou celle qui l'attendait. Peu importe qui c'est, elle est plutôt soulagée de se savoir accueillie. Elle confie son corps à l'eau et lâche prise complètement.

6

Le matin, le chef du comité administratif rapporte à Min-kyu que la comptable a disparu et qu'elle n'est ni dans l'entrepôt ni dans la cabane familiale. Min-kyu lui ordonne de la chercher dans tous les endroits où elle est susceptible de se trouver. L'homme obéit, va fouiller longuement partout et revient avec les chaussures et la veste de hanbok encore dégoulinante d'eau. La mine assombrie, il les dépose devant le bowiwon.

— Je suis sûr que ces chaussures lui appartiennent. Je les ai trouvées au bord du torrent. Quant à cette veste, elle était accrochée sur un petit rocher au milieu du cours d'eau et je l'ai repêchée. Je n'ai jamais vu la comptable vêtue de cette veste mais j'ai l'impression que c'est à elle.

Min-kyu fixe un moment les objets sans broncher et lance un regard perçant au chef du comité administratif.

— Qu'est-ce que tu veux dire par là ?

— Il me semble qu'elle s'est jetée dans le torrent.

L'homme, qui a travaillé pendant plusieurs années avec Su-ryeon, retient ses larmes avec peine. Il balbutie que depuis la mort de son fils et de sa belle-mère, la comptable se comportait bizarrement, un peu comme quelqu'un qui a perdu le goût de vivre. Puis il finit par craquer, en disant que c'était vraiment une femme gentille pour qui il éprouvait de la compassion.

— Voulez-vous que je mobilise les gens pour trouver ne serait-ce que son corps ?

— Laisse tomber ! s'énerve brusquement Min-kyu.

L'homme, intrigué, regarde Min-kyu puis s'incline en disant « D'accord ». Min-kyu, le visage de marbre, lui tend une feuille blanche et lui demande de rédiger tout ce qu'il a vu et fait concernant cette affaire.

On est lundi, le jour où se tient la réunion matinale des bowiwon avec le directeur du camp. Min-kyu rapporte à ce dernier le suicide de Su-ryeon. La mort d'un prisonnier politique faisant partie du quotidien du camp, le directeur se contente de hocher la tête et ordonne de classer rapidement l'affaire. Min-kyu sort le dossier de Su-ryeon du coffret à documents, écrit dessus

Décès, puis apporte le dossier et son rapport au directeur. Ce dernier ne jette même pas un regard à la feuille rédigée par Min-kyu et y appose simplement son sceau, décrétant l'affaire close. Ainsi disparaît comme la rosée matinale la vie de la dénommée Ri Su-ryeon.

7

Alors que Min-kyu quitte le bureau du directeur et marche lentement vers son bâtiment, le capitaine Jo le rattrape et lui saisit le bras.

— Quel dommage ! C'est vrai qu'elle était une prisonnière politique mais c'était vraiment une belle femme.

Et il esquisse un petit sourire flatteur en observant son humeur. Min-kyu, n'ayant aucune envie de lui répondre, repousse brutalement sa main. Depuis que Min-kyu a découvert qu'il le faisait suivre, Jo fait mine de se montrer encore plus complaisant et docile à son égard. Mais il est juste à l'affût de ses points faibles, Min-kyu le sait pertinemment. Cette fois encore, ayant appris le suicide de la comptable, il s'approche sûrement de lui afin de soutirer une quelconque information qui serait utile pour sa prochaine ruse. La froideur de son camarade ne le gêne pas et il continue :

— Cette femme était vraiment mystérieuse. Non seulement elle était belle mais elle dégageait aussi quelque chose d'élégant et de noble. Je dirais qu'elle cachait sous ses vêtements en lambeaux une belle humanité.

— Tu ne serais pas en train d'éprouver de la pitié pour une détenue, là ?

— Eh bien, soyons honnêtes, j'ai remarqué que tu la regardais toujours avec une profonde sympathie. Tes yeux ne parviennent pas à cacher tes sentiments, c'est à la fois un défaut et une qualité. Mais tu sais, avec moi tu n'as pas besoin de dissimuler ta peine.

C'est carrément une menace. Jo lui fait savoir qu'il a deviné sa relation particulière avec Su-ryeon, même s'il n'en a pas de preuve, et il le presse de tout avouer. Quelle effronterie !

— Est-ce que par hasard tu avais des sentiments pour cette femme ? ironise Min-kyu sans se laisser démonter comme l'espérait Jo.

Mais ce dernier se rapproche de lui et demande, d'un air amusé :

— Pourquoi s'est-elle suicidée ? T'as une idée ? Comptable du comité administratif, c'est un poste plutôt confortable.

— Dans ce cas, pourquoi Ok-byeol s'est-elle suicidée ? demande Min-kyu en attaquant impitoyablement le point sensible de Jo. Elle aussi était comptable, je te signale.

— Ne sois pas aussi dur avec moi. Tout ce que je veux, c'est que nous tissions une relation amicale fondée sur la franchise.

— Si tu continues d'être aussi déraisonnable, cette amitié pourrait se transformer en un lacet qui t'étrangle, ne l'oublie pas.

— Pfft, tu veux dire que tu as détruit toutes les preuves, c'est ça ?

Puis il devance Min-kyu et s'éloigne rapidement en se déhanchant comme une fille. Min-kyu lui décoche un regard hostile en soupirant.

RETROUVAILLES AVEC KANG

1

Wonho est très surpris quand, au milieu de la cour du bâtiment du comité administratif, il retrouve le coéquipier avec qui il va travailler dans l'atelier de fabrication du charbon. Cet étonnement est partagé par l'autre.

— Est-ce que par hasard vous ne seriez pas grand frère Kang ?

— Tu es le camarade Wonho ?

Ils se saluent ainsi rapidement à voix basse avec un clin d'œil en faisant semblant de ne pas se connaître. Cela vaut mieux car la direction du camp ne veut surtout pas qu'une relation amicale ou solidaire se crée entre les détenus. Elle fait tout pour l'empêcher et c'est pour ça qu'elle change tout le temps les équipes. Si un détenu n'arrive pas à remplir la tâche imposée, on punit l'ensemble de l'équipe pour que ses membres se détestent mutuellement. Le fait qu'on donne le pouvoir aux chefs d'équipe de persécuter leurs semblables est aussi un moyen de provoquer la méfiance entre les prisonniers. Dès lors, si un détenu s'entend bien avec un autre, il ne doit jamais le faire savoir.

Wonho, debout à côté de Kang, est censé écouter le chef du comité administratif qui leur explique les consignes du travail, mais à vrai dire il n'entend rien. Sa tête est complètement ailleurs. Kang respire bruyamment, visiblement aussi très ému par leurs retrouvailles. Ce n'est qu'une fois engagés dans un chemin montagneux au-delà de la zone des habitations qu'ils s'enlacent vigoureusement. Tous deux ont les larmes aux yeux.

— Grand frère, quand êtes-vous arrivé ici ?

— Il y a un mois.

— Pourquoi ?

— C'est une longue histoire. Pour la résumer en quelques mots, quand je faisais du commerce en Chine, j'ai conclu des transactions avec un Sud-Coréen et cela a été découvert. J'avais un mauvais pressentiment et j'avais déjà exfiltré ma famille en Chine mais c'était trop tard pour moi.

Kang raconte cette histoire grave avec désinvolture comme si ça ne le concernait pas.

— Comme ça faisait un moment que je ne te voyais pas, je me suis renseigné et on m'a dit que tu avais été exilé en province. Mais en fait tu étais ici ! Pour quelle raison ?

— Contrairement à vous, moi j'ignore pourquoi je suis ici. D'après ma mère, c'est à cause de mon père mais je n'en sais pas plus…

— En somme, tu es victime d'une punition collective, c'est totalement absurde. Je me souviens très bien quand tu étais venu m'interviewer pour cet article dans ton journal. A cette époque, tu étais un jeune journaliste ambitieux et plein d'énergie. Le destin est vraiment mystérieux.

— Vous l'avez dit, c'est comme ça qu'on s'est connus, et par la suite vous m'avez beaucoup aidé, même à l'époque de mon mariage.

— Je n'ai pas fait grand-chose. Tu as publié un bon article sur moi qui a bien contribué à la réussite de mon affaire, alors on est quittes, n'est-ce pas ? Ha ha ha !

— Je vois que vous n'avez rien perdu de votre aplomb, vous parvenez à rire dans cette situation !

— Si je ne ris pas, il faut pleurer ? Et ta famille ?

Wonho pousse un long soupir.

— Je vous raconterai tranquillement ça plus tard.

2

L'atelier où on fabrique le charbon de bois se trouve au nord du camp, proche du sommet de la montagne. Dans ce secteur, il y a beaucoup de chênes, si bien qu'on l'appelle « la colline des chênes ». Ces arbres sont une matière première idéale pour le charbon de bois. En général, c'est en été qu'on envoie là les détenus pour en fabriquer. Il paraît que ce charbon de bois de bonne qualité est utilisé pour les barbecues de viande dans les restaurants chics de Pyongyang. Kang, arrivé au camp depuis à peine un mois, sait déjà beaucoup de choses.

Cet endroit est bien rudimentaire pour être appelé atelier. Il n'y a que deux fourneaux délabrés et une cabane sur le point de s'effondrer. Il leur faudra réparer la cabane pour pouvoir y dormir et combler les trous des fourneaux avec de l'argile. Devant la baraque, il y a une petite source, elle est certes couverte de feuilles mortes et de mousse mais elle est assez abondante pour leur usage et son eau est propre.

— Ce paysage est trop beau pour le camp, on dirait carrément un lieu de vacances, dit jovialement Kang comme s'il était réellement en villégiature. On est en automne, on peut se nourrir de fruits sauvages pour avoir moins faim, et surtout on n'aura pas à entendre cette satanée cloche du matin. Rien que pour ça, je me sens revivre.

Des larmes montent brusquement aux yeux de Wonho et il détourne la tête. Kang est apparu comme par miracle à un moment où il n'avait qu'une envie : mourir. Il lui est aussi reconnaissant que s'il était son sauveur.

Le premier jour, ils commencent par restaurer la cabane où ils devront dormir la nuit : ils nettoient le sol couvert d'herbes, de feuilles sèches et de poussière et le tapissent d'écorces de bouleau. Heureusement la pièce est conçue pour être chauffée par le sol, même sommairement, ils pourront donc faire du feu dans le foyer. Il y a aussi un petit conduit de cheminée fait dans un tronc d'arbre dont l'intérieur est pourri et creux. Quant aux trous dans le toit, ils s'en occuperont plus tard.

Ils se mettent à faire du feu, la fumée sort de partout, mais bientôt le sol se réchauffe. Ils nettoient l'unique petite marmite à leur disposition et y déposent du maïs concassé lavé et de l'eau pour en faire de la bouillie. Puis Kang disparaît un moment et revient avec une poignée de pleurotes.

— Faisons-les griller et mangeons-les accompagnés de sel. Il y a aussi beaucoup de glands. On peut cueillir des racines de maranta, il y en a pas mal, et les faire bouillir puis les écraser avant de les mélanger à la bouillie de maïs. Avec ça, nos estomacs seront bien remplis. Rien qu'en mangeant ce que la nature nous offre de comestible, on peut vivre longtemps en pleine forme.

Et il regarde ses champignons d'un air fier avant de se mettre à rire.

3

Ils ont mangé leur bol de bouillie pour dîner et s'allongent sur le sol chauffé de la baraque. Aussitôt ils sentent leurs corps se détendre. Les étoiles à l'éclat bleu semblent prêtes à tomber à travers les trous du toit. Le chant des oiseaux de nuit est délicieux.

— Quand j'ai mis les pieds pour la première fois dans ce camp, je me suis dit que ma vie était finie, je n'aurais jamais imaginé me retrouver là à bavarder avec toi en admirant tranquillement les étoiles, allongé ainsi au fin fond de la montagne.

— A quoi bon admirer les étoiles ou la lune lorsqu'on est en enfer ?

— Un dicton dit que même enfermé dans la tanière d'un tigre, il faut garder le courage de vivre, dit Kang en donnant gaiement une petite tape sur l'épaule de Wonho. Nous devons trouver un moyen de nous sortir d'ici. Maintenant que je t'ai avec moi, j'ai l'impression d'être à la tête d'une puissante armée.

— Moi encore plus. Vous n'avez pas idée à quel point je me sens soutenu de vous avoir à mes côtés.

— Oui c'est vrai, nous avons de la chance. Actuellement, à l'extérieur du camp, le monde est aussi devenu un enfer.

— Qu'est-ce que vous racontez ?

— Tu sais, aujourd'hui on est dans la période de la « marche ardue ».

— La marche ardue ? Celle qu'on apprend dans l'histoire de Kim Il-sung ?

— Mon pauvre, je vois que tu n'es au courant de rien. Remarque, c'est normal après tout, puisqu'aucune information ne filtre jusqu'ici. La « marche ardue » soi-disant vécue par Kim Il-sung est un mensonge. Aujourd'hui notre pays souffre réellement de la famine. Beaucoup de gens meurent de faim. Mais l'Etat baptise cela de ce nom pompeux. Quelle infamie !

Wonho se lève d'un bond.

— Les gens meurent de faim ? A l'extérieur du camp ? Grand frère, donnez-moi plus d'explications.

Toute la nuit, Kang lui raconte beaucoup de choses ahurissantes sur ce qui se passe dans le monde extérieur. Il dit que la vie n'y est pas meilleure que dans le camp. Les rues sont pleines de cadavres de gens morts de faim et d'enfants livrés à eux-mêmes. Cela fait près de deux ans que l'Etat ne distribue plus de rations au peuple. En apprenant que Kim Il-sung est mort, Wonho réplique, très surpris :

— Comment est-il possible que Kim Il-sung soit mort ?

— Comment est-il possible ? Eh bien, Kim Il-sung est un être humain comme les autres, c'est normal qu'il meure.

Wonho rougit de honte.

— Comment quelqu'un d'aussi naïf que toi a-t-il pu devenir un prisonnier politique ? s'exclame Kang, sidéré, en faisant claquer sa langue.

Wonho est étonné d'apprendre que l'économie de marché se développe partout dans le pays et que les gens survivent à grand-peine grâce à leur commerce. Il a du mal à croire tout ce que raconte Kang. C'était une situation inimaginable quand il était encore à Pyongyang. Mais d'après ce que dit Kang, le monde d'aujourd'hui n'a rien à voir avec celui qu'il a connu.

— Le système mis en place par le socialisme d'avant est anéanti. Les organes du maintien de l'ordre sont complètement paralysés. Les voleurs et les bandits grouillent partout. Toutes les usines sont à l'arrêt. Les carburants et les matières premières sont épuisés, ce qui fait que les ouvriers se sont dispersés à la recherche de quelque chose à se mettre sous la dent. Pour ne pas mourir de faim, les gens quittent leurs maisons et errent comme des fourmis échappées de leur fourmilière en feu.

Kang a l'air plutôt excité par tous ces événements.

— Petit frère, si ça continue comme ça, notre société va s'effondrer. Aujourd'hui, on vit dans un Etat complètement anarchique. Même les soldats meurent en nombre d'inanition. Les fonctionnaires du Parti et les bowiwon se démènent comme des damnés pour sauver leur peau. Il n'y a que dans ce maudit camp que rien n'a changé.

Maintenant qu'il écoute Kang, Wonho croit comprendre la raison pour laquelle le volume de nourriture que le camp distribue aux détenus s'est radicalement réduit depuis deux ans. Les bowiwon doivent faire sortir une grande part des rations réservées aux détenus pour compléter celles de leurs confrères dehors.

Il reste sans voix quand il apprend que beaucoup de gens traversent les fleuves Amnok et Duman pour fuir vers la Chine. Le nombre de ceux qui franchissent la frontière parce qu'ils risquent la mort dans leur pays augmente chaque année, ce qui était inconcevable auparavant. La famille de Kang a justement profité de cette situation chaotique et a passé la frontière saine et sauve.

Plus Wonho écoute Kang, plus il se sent bouleversé, désorienté, au point que la tête lui tourne. L'idée que la société dans laquelle il vit puisse changer ne lui a jamais traversé l'esprit. Même après son arrivée dans le camp, il a continué de croire que le socialisme était un système meilleur que les autres et qu'il n'était qu'un rouage défectueux écarté de la machine. Il enviait infiniment ses camarades de fac qui avaient sûrement déjà beaucoup progressé dans la hiérarchie mais il n'éprouvait aucune rancune envers le régime. Même les camps, il les estimait nécessaires pour le maintien de la dictature prolétarienne, il avait seulement eu la malchance d'atterrir dans l'un d'eux. Pour ce qui était de sa haine de Chae, il l'envisageait sur le plan purement personnel et ne considérait pas Chae comme un chien du régime. En somme, Wonho ne se plaignait jamais que de son sort. Et dire que cette société qu'il croyait parfaite se trouve en plein chaos ! Il a l'impression que Kang lui flanque des coups de marteau sur la tête. Certes son récit l'effraie, mais au fur et à mesure qu'il l'écoute, une intense sensation de joie fait vibrer son âme. Kang sort de sa poche un petit sachet d'où il retire une chose dure qui ressemble à un bâtonnet.

— C'est de la viande de rat séchée.

— Vous mangez déjà du rat ?

— Comment ça, déjà ? Il faut tout faire pour rester en vie !

Il parle comme quelqu'un qui est depuis longtemps dans le camp. En voyant Wonho dubitatif, Kang dit en laissant échapper un petit rire :

— Petit frère, tu sais, l'avenir d'un homme se lit d'abord sur son visage. Alors, même si tu dois mourir demain, commence par te défaire de ces trois fameuses rides entre les sourcils. C'est quand on reste optimiste que les choses se passent bien, tu ne crois pas ? Hein ?

Devant son attitude pleine d'assurance, Wonho se sent réconforté. Kang est un brave homme à l'esprit très ouvert, il l'avait déjà senti quand il était à l'extérieur du camp. Il aime plaisanter.

Voyant un rat se faufiler entre les feuilles mortes, il s'adresse à lui :

— Ecoutez, Maître Rat, vous êtes comme nous un prisonnier politique dans ce camp, alors essayons de vivre en nous entraidant. Allons, venez par ici.

Tout en chuchotant ainsi, il dépose quelques grains de maïs sur la paume de sa main tendue. A la surprise de Wonho, le rongeur tourne la tête vers eux et hésite. A ce moment, Kang saute lestement pour l'attraper.

— Veuillez m'excuser, je n'oublierai pas votre bienfait.

Sur ce, il affiche un sourire béat en agrippant le rat ; son visage est aussi paisible et insouciant que celui d'un promeneur. Jusque-là, Wonho était resté passivement à se laisser mener par les événements tandis que Kang a pris sa vie en main dès le début et continue de s'y adapter de façon active.

4

Deux semaines plus tard, Kang descend chercher de la nourriture au comité administratif et en revient la mine sombre, scrutant l'humeur de Wonho, lequel n'a aucune idée de ce qui le préoccupe. Le soir enfin, après le dîner, Kang lui saisit doucement les mains et dit :

— Petit frère, sois fort. Ta femme n'est plus de ce monde. On m'a dit qu'elle s'était noyée le lendemain de notre ascension dans la montagne et que c'était un suicide.

Wonho fixe Kang, l'air perdu. La fois où, armé d'un bâton pour la tuer, il est allé la voir et l'a trouvée devant l'entrepôt du comité administratif, c'était en fait sa dernière rencontre avec elle. Elle a tendu la tête docilement, prête à recevoir ses coups, en disant qu'elle ne voulait plus vivre. C'est la dernière image qu'il a d'elle. Lui n'est pas parvenu à mettre fin à ses jours et il s'est finalement soumis à Chae en rejoignant cet atelier de fabrication de charbon de bois mais Su-ryeon, elle, est allée jusqu'au bout de sa décision.

Un chagrin pareil à une fumée âcre remonte petit à petit du fond de son cœur. Ce n'est pas de la tristesse ni de la culpabilité vis-à-vis de la mort de sa femme, mais une sorte de regret infini qu'il ne parvient pas à identifier. Il s'est produit une grave défaillance dont il ignore l'origine. En fin de compte, lui et sa femme ont mené cette vie infernale sans avoir commis aucun crime. Wonho, le visage enfoui dans l'épaule de Kang, sanglote doucement.

— Grand frère, elle est entrée dans le camp à cause de moi, murmure-t-il en reniflant. Je n'éprouve plus pour elle qu'une grande pitié.

Grand frère, pourquoi le monde est-il aussi cruel avec moi ? Quelle horrible faute ai-je commise ?

Pendant que Wonho se lamente ainsi, Kang le serre fort et lui tapote le dos en guise d'encouragement. Lorsque Kang est endormi, Wonho se lève discrètement et s'assoit dans l'herbe devant la cabane. Il n'arrive pas à trouver le sommeil. Sa tête est vide mais ses yeux brillent. Il n'a pas le cœur déchiré comme à la mort de Seon-pung et de sa mère. Il a juste l'impression qu'une bougie fond à l'intérieur de lui, il ressent des picotements dans la poitrine et une douleur sourde aux articulations.

Tout à coup il se souvient du jour de son mariage avec Su-ryeon. Il avait bu avec ses amis jusqu'à tituber d'ivresse. Et il avait péroré au sujet de son grand amour non partagé, du temps où il était étudiant. Il avait raconté cela d'une voix pâteuse sans la moindre gêne alors que la nouvelle mariée l'attendait dans la chambre nuptiale en face. Enfin, bien après minuit, il l'avait rejointe, empestant l'alcool. Puis, sans même penser à enlever la belle coiffe et le magnifique hanbok de la mariée assise là à l'attendre, il s'était laissé tomber de tout son long sur le lit. En se réveillant le lendemain matin, il avait constaté qu'il était confortablement installé sous la couverture tandis que son épouse dormait recroquevillée à son chevet. Mais même alors, il n'avait pas eu l'idée de défaire les nœuds des rubans de sa veste de hanbok ni de la prendre dans ses bras. Il s'était contenté de se gratter la nuque d'un air penaud. Voilà comment il avait laissé filer aussi fadement cette nuit de noce qu'ils n'auraient qu'une fois dans leur vie.

Que pensait sa femme de lui qui ne parvenait pas à oublier son premier amour ? Jusque-là il ne s'est jamais posé cette question et il ne sait pas pourquoi il y songe maintenant. Il se rappelle distinctement tous ces jours où il l'a si profondément détestée. A qui la faute, il ne saurait le dire. Tout est sens dessus dessous et il se sent complètement désemparé. C'est vrai, il la haïssait, mais il doit au moins admettre que c'était toujours elle qui cédait et qu'il avait toujours trouvé son dévouement normal. Cette pensée le culpabilise. Je te déteste, je ne peux pas te pardonner. Wonho s'allonge à plat ventre sur l'herbe et se met à pleurer comme un enfant, les épaules secouées par les sanglots.

5

Kang, qui travaille d'un air pensif, prend tout à coup les mains de Wonho et déclare d'un ton ferme :

— Petit frère, veux-tu qu'on tente une aventure quitte à risquer notre vie ?

— Quelle aventure ?

— Je parle d'une évasion.

Wonho regarde précipitamment autour de lui.

— Ne crains rien, il n'y a que nous ici. La liberté n'appartient qu'aux courageux. De toute façon, nous n'avons rien à perdre, n'est-ce pas ? Réfléchis bien.

— Oui mais ce camp est encerclé par un réseau de barbelés électrifiés et il y a des tours de guet munies de mitraillettes à intervalles réguliers. Sans parler des gardes qui patrouillent sans cesse.

— Si on est capturés, on sera fusillés immédiatement, c'est certain. Mais tu sais, moi j'ai envie de courir le risque. Mourir en s'évadant est cent fois mieux que vivre comme une bête. Petit frère, veux-tu venir avec moi ?

Kang parle très sérieusement. Wonho, effrayé, se crispe. Durant les nombreuses années de sa vie dans le camp, il n'a jamais pensé ne serait-ce qu'une seule fois à s'évader. Il revoit la scène de la fusillade de son premier coéquipier avec qui il avait coupé du bois. Cet homme aussi avait crié qu'il fallait s'évader de là pour survivre. Wonho a la bouche sèche et son cœur bat à coups redoublés. La proposition de Kang lui fait peur, mais il se sent déjà embarqué. Alors il hoche la tête en tremblant de tout son corps. Kang le serre brusquement dans ses bras et conclut avec détermination :

— Tel est notre destin !

Une fois la décision prise, Wonho se sent infiniment soulagé. Les deux compères se mettent d'accord pour tenter l'évasion avant qu'il ne fasse trop froid et tant que leur santé le leur permet. Ils se lancent en secret dans les préparatifs de leur plan. Tout d'abord, ils vont travailler dur et produire du charbon de bois de qualité afin de gagner la confiance de ceux qui surveillent leur labeur. En parallèle, ils vont griller des grains de maïs et les stocker en cachette pour avoir des réserves de nourriture. Leur balluchon de vêtements, qui représente leur unique fortune, est avec eux. Ils établissent avec soin l'itinéraire de leur fuite. Par chance, le lieu où ils se trouvent se situe à l'extrême nord du camp. S'ils marchent plusieurs heures en direction du nord-est en suivant la ligne de crête, ils rejoindront la chaîne des monts Rangrim qui forme comme une colonne vertébrale s'étirant du nord au sud. Après ils n'auront plus qu'à continuer vers le nord pour parvenir à la frontière chinoise.

Wonho a l'habitude de parcourir la montagne aux alentours du camp, pour récolter du bois de chauffage l'hiver et pour ramasser des glands à l'automne, et il connaît donc la topographie des lieux mieux que Kang. Il sait aussi où se trouve le réseau de barbelés. Celui-ci est électrifié à haute tension et ses abords sont dégagés, les arbres ont été coupés sur un périmètre de dix mètres. Si on est découvert par un garde à l'intérieur de ce périmètre, on est immédiatement fusillé.

Wonho et Kang discutent maintes fois du meilleur moment et en viennent à la conclusion que la nuit est plus dangereuse que la journée. Les projecteurs des tours de guet installées tous les deux cents mètres éclairent comme en plein jour et les patrouilleurs font des rondes plus souvent. Dans la journée, la surveillance est moins sévère et ils pourront mieux observer les alentours et anticiper les événements, voilà pourquoi c'est plus avantageux pour eux.

L'ÉVASION

1

Vers la saison où le feuillage des arbres change de couleur, ils décident de mettre leur plan à exécution. Ils mettent leurs vêtements les plus propres et leur vieille blouse par-dessus. Une tenue décente est nécessaire pour qu'on ne les repère pas comme des détenus une fois qu'ils seront dehors.

En fouillant dans son balluchon, Wonho est stupéfait de trouver son costume de mariage encore intact. Su-ryeon, qui a utilisé tous leurs beaux vêtements pour y couper des habits destinés à Seon-pung, l'a préservé en l'enveloppant soigneusement dans un carré de tissu ; cela témoigne de l'attachement fidèle et tenace de son épouse à son égard.

Les deux compagnons cachent leurs provisions dans les poches intérieures de leurs vêtements et s'équipent aussi chacun d'une faux bien aiguisée. Au cas où, ils les utiliseront pour tuer les gardes et sauver leur peau. Comme ils sont prêts à mourir, plus rien ne leur fait peur.

Les arbres autour du camp ont pris des teintes multicolores. Leurs blouses crasseuses et rapiécées de partout les aident à se fondre dans la nature par mimétisme et les protègent. Ils accélèrent le pas et atteignent bientôt le sommet de la montagne, d'où ils peuvent apercevoir les barbelés. Jusqu'ici, rien que les voir faisait frissonner Wonho de terreur et il s'éloignait en toute hâte ; c'était impensable pour lui de s'évader. Il redoutait qu'on croie à une tentative d'évasion si jamais il s'en approchait. Le monde de l'autre côté de cette clôture était celui d'un passé lointain et lui était devenu inconnu. Rien qu'à le regarder, son cœur battait fort et ses larmes jaillissaient car ce monde lui manquait cruellement, mais le vent venant de là-bas l'intimidait. Ce fameux réseau de barbelés était vraiment un étrange objet de crainte qui le faisait trembler de tous ses membres.

Or le voilà maintenant qui s'avance, les dents serrées, vers ces terrifiants barbelés pour les franchir. Vu la position du soleil, il doit être environ dix heures du matin. Les deux amis ont convenu de profiter de l'heure du déjeuner pour passer de l'autre côté. Au bout de quelques pas, ils tombent par chance sur un fossé susceptible de les abriter. Ils ramassent des branches d'arbres, en couvrent le trou où ils se dissimulent, et de là ils surveillent les abords de l'enceinte.

En deux heures à rester couchés dans cette cachette, il y a seulement eu une tournée de surveillance. L'air nonchalant, un jeune garde marche en balançant son corps au rythme de ses sifflotements. Il semble s'ennuyer, lassé par un quotidien répétitif. Ils en déduisent que les rondes ont lieu toutes les deux heures. Une fois le patrouilleur hors de leur champ de vision, Wonho et Kang se regardent et sortent de leur abri. Ils choisissent, comme point de passage, le milieu de l'intervalle le plus large entre deux miradors. L'endroit qu'ils ont sélectionné est par chance abondamment couvert d'herbes, ce qui les aidera à rester invisibles.

Ils se mettent à ramper, leur faux et leur sac à la main. La vingtaine de mètres jusqu'au réseau de barbelés leur paraît interminable. Wonho a la bouche toute sèche. Si jamais on les voit depuis les tours de guet, on va aussitôt leur tirer dessus. Heureusement, les plantes les dissimulent à peu près.

Lorsqu'ils arrivent tout près de la clôture, le cœur de Wonho bat à se rompre. Les fils de fer sont densément hérissés de pointes tranchantes. L'espace entre deux fils est d'à peine trente centimètres. Quant à la hauteur des barbelés, elle dépasse de beaucoup la taille d'un homme. Se glisser entre deux fils électrifiés, alors qu'ils sont si peu espacés qu'il serait difficile de passer même la tête, semblerait une folie aux yeux de n'importe qui.

Kang, toujours allongé, scrute les alentours puis couvre d'un geste calme le fil le plus proche du sol avec les deux sacs en toile de jute ; ensuite, pour élargir l'espace, il soulève le fil du dessus à l'aide de deux bâtons en forme de Y qu'il a pris à l'avance dans la forêt, dont il fixe la base au sol. Afin d'éviter l'électrocution, il met des gants et enveloppe son écharpe autour de sa tête. Le voilà prêt.

A ce moment, un rat pose une patte sur un fil et jette un œil autour de lui avant de décamper. Les deux hommes échangent un regard interloqué. Ils réalisent que le courant électrique ne passe peut-être pas. Vu qu'on ne fournit presque plus d'électricité au camp ces derniers temps, ce n'est pas impossible. Ça leur donne du courage. L'air grave, Kang fixe un moment les barbelés avant d'ordonner comme un général d'armée :

— Je passe d'abord et tu me suis.

Il introduit ses bras en premier, les pose sur le sol de l'autre côté, puis tend la tête avant de faire passer ses pieds. Ah ! Le voilà sain et sauf dans l'autre monde. Le cœur chaviré, Wonho est encore plus impatient.

— Garde ton sang-froid et dépêche-toi ! conseille Kang d'une voix à la fois basse et ferme.

Wonho l'imite fidèlement. A sa grande surprise, lui aussi franchit sain et sauf la clôture. Incrédule, il contemple l'endroit où il se trouvait l'instant d'avant. C'est trop facile. Dire qu'il a quitté aussi aisément cet enfer dont il pensait ne jamais se libérer, il n'en revient pas ! La distance entre le paradis et l'enfer lui paraissait infranchissable, pourtant elle ne fait que quelques pas et cela lui paraît vraiment absurde. Il est pétrifié à l'idée qu'il a vécu comme une bête pendant une dizaine d'années sans jamais oser s'enfuir alors que c'était si simple.

— Qu'est-ce que tu fais, dépêchons-nous ! presse Kang en donnant une tape à Wonho, figé tel un épouvantail.

Ils retirent les sacs et les bâtons pour effacer les traces de leur fuite et ainsi éviter d'être découverts et poursuivis trop rapidement. Kang prend le bras de Wonho qui s'attarde encore sous l'effet de l'émotion et se précipite vers la forêt. Ils s'y enfoncent promptement et courent à perdre haleine vers le nord. Un détenu vient chercher du charbon de bois tous les trois jours. Comme il est passé la veille, leur évasion ne sera pas découverte avant deux jours. Ensuite, la chasse à l'homme commencera. C'est Kang qui a fait cette estimation.

2

Kang court devant et Wonho le suit. Ils ne prennent même pas le temps d'échanger un mot. Kang connaît bien la topographie des environs car avant son arrivée dans le camp, il était déjà venu dans les parages pour cueillir des champignons. Après avoir galopé pendant une bonne heure, ils enlèvent leurs vêtements en lambeaux et les enterrent sous des feuilles mortes. Libérés de leurs guenilles, tous deux se métamorphosent en hommes élégants. Wonho est en costume tandis que Kang porte un blouson marron foncé, comme celui que mettent souvent les cadres du Parti à Pyongyang.

Leurs habits ne trahissent pas leur identité de détenus d'un camp mais leurs chaussures les inquiètent. Ce sont des souliers de travail tellement rapiécés que leur forme est méconnaissable. Ils ne tiennent que grâce à plusieurs tours de tiges de maranta. Les deux compères n'ont pas d'autre choix que de marcher avec jusqu'à ce qu'ils trouvent un village. Leurs chaussures ont beau être affreuses à voir, sans elles ils ne peuvent continuer à avancer sur ce rude chemin de montagne.

Ils ont enfin l'occasion de se serrer dans les bras. Après plus de dix ans passés dans le camp, Wonho trouve que l'air, les arbres, les rochers, tout dans le monde extérieur est différent. Même Kang qui n'a vécu que six mois enfermé dit que tout lui paraît inconnu.

Ayant repris leur souffle après avoir ôté leurs guenilles, ils se mettent de nouveau à hâter le pas. Il faut qu'ils s'éloignent le plus possible du camp tant qu'il leur reste encore des forces. Ils n'ont aucune idée de ce qui va se passer, alors mieux vaut être vigilant. En guise de dîner, ils mangent des graines de maïs grillées tout en marchant.

Par chance, ils ne s'égarent pas et au bout de trois ou quatre heures de marche, ils atteignent la chaîne des monts Rangrim. Ils ont traversé deux vallées et n'ont pas vraiment souffert de la soif. Dès qu'ils avaient le gosier sec, ils ne manquaient pas de trouver un torrent ou une source sous un rocher. Kang n'a pas cessé de s'exclamer que les montagnes coréennes sont magnifiques et généreuses. Une fois la nuit tombée, ils s'arrêtent enfin, s'écroulent à terre et se reposent un moment. Ils ont l'intention de suivre la chaîne de montagnes jusqu'à l'aube. Le jour suivant aussi, ils avancent sans être inquiétés. Ils se détendent un peu.

Il leur reste assez de nourriture pour tenir encore deux jours. Ils doivent s'en procurer avant qu'elle ne soit épuisée. Le plus urgent est de trouver des chaussures. A force de parcourir les éprouvants chemins de montagne, ils ont été obligés de changer plusieurs fois les tiges de maranta mais les semelles sont en lambeaux. S'ils continuent de faire souffrir leurs pieds comme ça, ils n'iront pas loin. Vu qu'ils ont marché deux jours pleins, ils estiment être hors de la zone du camp. Ils décident donc d'aborder prudemment un village proche. Ils pourront ainsi savoir où ils se trouvent. En ce moment, le camp doit être sens dessus dessous ; il se peut que les Bowibu et les postes de police aux environs, alertés, surveillent la région pour mettre la main sur eux car l'évasion de prisonniers politiques est un événement extrêmement grave.

3

Ils attendent que la nuit tombe et descendent silencieusement la montagne. Au loin, des lumières pareilles à des lucioles sont réunies par petits groupes. Ce doit être un village. Ils le prennent comme objectif. Ils parviennent au pied de la montagne où s'étendent des champs en modestes parcelles. Compte tenu des éteules sous leurs pieds, il doit s'agir de champs de maïs. Ils mettent un certain temps à les traverser puis atteignent enfin la route bitumée, si étroite qu'une voiture peut à peine y passer. Ils se baissent au maximum et scrutent longtemps les alentours obscurs. Il n'y a pas âme qui vive, seules résonnent les stridulations des insectes. A pas feutrés, ils traversent la route et d'autres champs pour s'approcher du village, probablement affecté à l'exploitation agricole.

Alors qu'ils avancent en retenant leur souffle, ils entendent soudain deux personnes parler et ils se couchent aussitôt entre les sillons. Ils guettent longuement dans le noir et distinguent enfin à quelques pas devant eux un homme et une femme en train d'attacher des cannes de maïs avec des cordes. Apparemment, il s'agit d'un couple.

— Chérie, on va transporter toutes ces tiges cette nuit, même si c'est dur, dit l'homme. Sinon demain tout sera volé, il n'en restera rien.

Ils sont sans doute là pour s'approprier le maïs avant les autres.

— C'est sûr, aujourd'hui ce qu'il y a dans les champs appartient à la première personne qui les vole.

— Il y a même une chanson qui dit : « Les champs de la ferme sont à moi », ha ha ha !

— Aïgo, tu arrives à plaisanter dans cette situation ?

Le couple glousse. Ils ont l'accent de la province de Pyongan. Wonho, anxieux, regarde Kang. Ils croyaient s'être dirigés vers le nord, sont-ils en fait descendus vers le sud ? Ce serait vraiment catastrophique. Kang chuchote à l'oreille de Wonho :

— Ne t'inquiète pas, la chaîne des monts Rangrim rejoint la montagne Soma dans la province de Pyongan du Sud. Nous avançons vers le nord, j'en suis sûr.

Wonho se rappelle alors la géographie apprise à l'école. Si c'est bien ça, il n'est pas impossible en effet qu'ils tombent sur un des villages de la province de Pyongan au cours de leur trajet. Ils échangent des hochements de tête et prêtent l'oreille à la conversation du couple.

— Avec les rations qu'on nous distribue, on aura du mal à passer l'hiver, il faut qu'on trouve une solution, sinon nous aussi on va mourir de faim.

— Arrête d'imaginer le pire, idiote ! Pourquoi tu parles de mourir de faim ? Ça va nous attirer la poisse. Il faut tout faire pour survivre.

— Tu crois que les gens sont morts de faim parce qu'ils étaient stupides ? Regarde la famille de Sun-cheol dans le village voisin, ils ont eu beau faire, ils sont tous morts. Et la semaine dernière, deux maisons ont été retrouvées vides, les familles ont dû les quitter pour aller chercher de la nourriture.

— Putain ! Mourir de faim à la saison des récoltes, c'est insensé, tu ne trouves pas ?

— Ce sont les gens de la campagne qui succombent le plus. Dans les villes, on peut au moins faire un peu de commerce pour survivre, tandis que dans les villages, il n'y a que l'agriculture. Et cette année la récolte est tellement mauvaise, que peut-on faire ?

Kang avait donc raison. Même dans le monde extérieur, la situation est catastrophique. L'homme et la femme portant les fagots de cannes de maïs sur leur dos disparaissent en direction du village. Wonho et Kang attendent leur départ pour se lever. A ce stade, il serait imprudent de se montrer devant les gens. Il faut qu'ils observent davantage ce qui se passe.

Ils marchent quelque temps à travers les champs et arrivent aux environs du village. De loin, ils croyaient voir les faibles lumières de quelques groupes de masures mais, de près, ils constatent que les maisons sont nombreuses et réparties en plusieurs rangées, elles doivent former au moins une unité de travail. Les chiens du village, qui ont dû sentir leur présence, aboient les uns après les autres.

Les deux compères s'accroupissent au bord d'un champ non loin du village et réfléchissent un moment à leur plan d'action. Ils ont réussi à trouver une zone d'habitation mais ils se doutent qu'obtenir de la nourriture et des chaussures ne sera pas une mince affaire. Tout le monde est dans la misère et eux n'ont rien à offrir en échange. Ils ne peuvent pas débarquer chez quelqu'un au hasard pour demander de l'aide, c'est trop risqué. Cependant, il leur faut à tout prix résoudre ces deux problèmes capitaux. Leur sort en dépend : soit ils arrivent à se débarrasser rapidement de leurs poursuivants, soit ils seront rattrapés. En fin de compte, ils n'ont pas d'autre choix que de commettre un vol, mais pour ça aussi, il faut une certaine expérience. Les deux amis soupirent en chœur.

A ce moment, ils entendent les reniflements d'un animal, et bientôt une petite silhouette blanche s'approche. C'est un chiot de quelques mois. Sans aboyer, l'animal frotte sa truffe contre la veste de Wonho et gémit comme s'il voulait un câlin. Wonho met du temps à comprendre que le chiot est venu là attiré par l'odeur des grains de maïs dans la poche de sa veste. Tout le monde sait que les chiens ont un très bon flair, mais à ce point-là c'est surprenant. Preuve que même les chiens souffrent de la faim.

Wonho ne peut pas lui donner la seule nourriture qui lui reste, il doit la garder pour le lendemain. Il s'apprête donc à chasser l'animal trop bruyant, quand une idée lui vient comme un éclair. Alors il prend le chiot dans ses bras et lui tend quelques grains de maïs dans la paume de sa main. Ce dernier les croque bruyamment et lèche les doigts de Wonho en couinant pour en réclamer d'autres. Wonho, le chiot toujours dans les bras, se redresse doucement et lui donne d'autres grains. Puis il se met à marcher en faisant un signe de tête à Kang qui, devinant enfin son intention, lui emboîte le pas.

Ils reviennent sur la route et se dirigent vers le nord. C'est dangereux de passer par là mais ils s'accordent tacitement à emprunter cette route plutôt que la montagne. S'ils marchent toute la nuit, ils vont forcément tomber sur un autre village et alors ils échangeront ce chiot contre la nourriture et les chaussures dont ils ont tant besoin. Voilà l'idée ingénieuse dont Wonho se félicite. Il se sent désolé pour le propriétaire de l'animal, mais cette bête est leur planche de salut.

4

Au lever du jour, ils arrivent dans un village où ils croisent une femme d'une cinquantaine d'années. Wonho lui tend le chiot et lui propose de leur donner en échange quelques kilos de grains de maïs et deux paires de chaussures pour hommes, même usagées. La femme ne cache pas sa méfiance. N'importe qui les trouverait bizarres, avec leurs vêtements relativement élégants mais leurs chaussures en piteux état. Kang improvise rapidement qu'ils se sont fait voler leurs chaussures dans un hôtel et ont ramassé celles-là dans la rue, faute d'autre solution. La femme n'a pas l'air de le croire mais elle semble s'intéresser au chiot. A la lumière du jour, celui-ci apparaît en effet assez beau et vigoureux.

— Madame, nous venons de Pyongyang à la poursuite d'un escroc. Avez-vous vu les avis de recherche affichés par la police ? Nous lui avons demandé d'en placarder et je voudrais savoir si elle a fait correctement son boulot. Kang fait preuve d'une improvisation inspirée pour savoir jusqu'où sont tendues les mailles du filet des Bowibu.

— Aïgo, en ce moment les affaires d'escroquerie sont le cadet des soucis de la police. Cambrioleurs, voleurs et escrocs ne manquent pas. Des tas de gens meurent de faim, comment voulez-vous qu'elle se soucie d'un escroc ? Même les fonctionnaires et les policiers se démènent pour sauver leur peau. D'ailleurs, maintenant on peut aller partout sans autorisation de déplacement, alors pour les malfaiteurs c'est le contexte idéal pour se cacher.

Tout en agitant les mains en signe de réprobation, la femme va jusqu'à leur conseiller de renoncer à leur mission et de ne pas se donner de mal inutilement. Cette information est très intéressante. Elle leur donne deux paires de tennis usées mais encore mettables et deux calebasses de grains de maïs grillés. Ayant compris qu'ils avaient besoin de nourriture pour leur voyage, elle leur a cédé du maïs grillé qu'elle avait préparé pour ses enfants au lieu de grains crus.

A mesure qu'ils avancent, ils constatent avec soulagement que les contrôles sont moins sévères qu'ils ne l'avaient redouté. Dorénavant, ils cessent de passer par la montagne, dont la traversée est rude et plus longue, et ils osent continuer sur la route. D'après la femme, à environ vingt kilomètres de là en direction du nord, il y a le district de M, d'où ils pourront prendre un véhicule appelé *servicha*[1] jusqu'à la ville de H.

---

1. Le mot *servicha* est apparu au milieu des années 1990 en Corée du Nord. Combinaison du mot anglais « service » et de « cha » qui signifie « véhicule » en coréen, c'est un produit de l'économie de marché qui s'est développée après l'effondrement du système de distribution alimentaire par le gouvernement. Les nouveaux riches du pays achètent des véhicules et les enregistrent sous une fausse identité comme appartenant aux entreprises de l'Etat ou à l'armée – car dans cette société communiste un individu n'est pas autorisé à se livrer à ce genre d'activité – et ils y transportent des gens et/ou marchandises en se faisant payer.

Sur le chemin vers le district de M, ils réfléchissent à la suite des événements. Emprunter le *servicha* leur fera gagner du temps et diminuera les risques, mais le problème, c'est l'argent pour payer le transport. S'ils continuent à pied comme ça, qui sait combien de temps il leur faudra pour atteindre la frontière, et en plus ils courent le danger de tomber dans un filet policier de plus en plus resserré. Hélas, ils ont beau se creuser les méninges, ils ne voient pas comment obtenir de l'argent.

Kang propose de manger des grains de maïs grillés tout en cheminant. Wonho n'a aucun appétit. L'intérieur de sa bouche est tellement rêche qu'il a du mal à avaler sa salive. Il n'a qu'une envie : se laisser tomber et dormir profondément. Ils marchent depuis deux jours sans dormir. Kang aussi doit être exténué, mais il ne le montre pas et il encourage Wonho à avancer ne serait-ce que quelques pas de plus avant de se reposer.

Alors qu'il extrait des grains de sa poche, Kang pousse tout à coup un petit cri. Le bout d'un de ses doigts est perlé de sang. Intrigué, il ouvre son blouson et fouille dans sa poche intérieure. Avec une exclamation de surprise, il en retire un petit objet carré. C'est un insigne orné du drapeau du Parti, sur le fond rouge duquel est imprimé le visage de Kim Jong-il.

— C'est curieux, comment se fait-il que cet objet se trouve encore là ? Lorsque je suis entré dans le camp, on m'a pourtant bien fouillé. Par chance, il n'a pas été découvert et est resté caché dans ce vêtement.

Kang examine la décoration sous toutes les coutures, les yeux écarquillés. Wonho aussi le regarde, curieux.

— C'est un insigne réservé aux hauts fonctionnaires du Parti central, mais nous, les travailleurs du commerce international, y avons droit aussi.

— Si vous le portez, peut-être attirerons-nous moins les soupçons ?

— Est-ce qu'un insigne pareil va vraiment nous protéger ? dit Kang d'un air sceptique, puis ses yeux se mettent à briller tout à coup. Attends un peu, si on le vendait ?

— Le vendre ? Mais qui va l'acheter ?

— Je vois que tu n'y connais rien, petit frère. Cet insigne avec le portrait de Kim Jong-il était l'objet de transactions clandestines parmi les adolescents. De nombreux jeunes vantards adoraient porter ce titre honorifique, c'est devenu à la mode pendant un temps.

— Est-ce que ce sera encore le cas aujourd'hui en ces temps difficiles ?

— Eh bien, allons d'abord voir au marché et regardons ce qui se vend. Ce serait tellement bien si cela pouvait nous rapporter de l'argent !

A cette idée, les pieds de Wonho s'envolent. Son envie de s'allonger pour dormir a complètement disparu.

5

Vers midi, ils arrivent dans un bourg beaucoup plus grand et animé que le précédent. Il y a plusieurs immeubles de trois ou quatre étages ainsi que des boutiques, un cinéma, une enseigne de coiffeur pour hommes. Wonho, qui n'a pas vu de rues aussi animées depuis dix ans, ne cesse de regarder autour de lui, éberlué. Elles grouillent de gens qui tendent des objets pour les vendre. Les passants, tous en tenue de travail, hâtent le pas vers on ne sait où, comme s'ils étaient pourchassés. Aucune femme ne porte de jupe. Hommes, femmes, vieillards, enfants, tous ont un sac à dos, on dirait des réfugiés de guerre. Il paraît évident que l'ordre public s'est écroulé et que les gens sont obnubilés par leur survie.

Nulle part dans la ville il n'y a d'avis de recherche les concernant, ni leurs photos ni de message menaçant de traiter comme antirévolutionnaires ceux qui les auraient vus sans les dénoncer, contrairement à ce qu'ils avaient craint. Il est clair que les instances de contrôle se sont fortement relâchées, et cela leur redonne de l'espoir et de l'énergie ; leur démarche se fait plus assurée.

Le marché du bourg est vraiment intéressant à observer. Wonho n'a jamais vu de marché pendant les vingt-neuf ans de sa vie à Pyongyang. Il avait entendu dire que dans un des faubourgs de la capitale il y avait un marché où de vieux paysans venaient vendre des légumes, mais il n'a jamais eu besoin ou envie d'y aller. Pour lui, c'était un stigmate du capitalisme, un concept antisocialiste, le rebut inacceptable d'une société arriérée. Il a du mal à croire qu'un marché aussi animé puisse exister dans ce petit bourg. On y trouve de tout, des animaux de compagnie aussi bien que les premières nécessités de la vie quotidienne comme le riz, les légumes, les médicaments, les vêtements ou les chaussures. Ahuri, Wonho ne cesse de s'exclamer en faisant le tour des étals. Tout ce que Kang lui avait dit dans le camp est donc vrai.

Kang comprend rapidement le fonctionnement des choses et s'approche de quelques jeunes hommes debout dans un coin qui jettent des coups d'œil furtifs autour d'eux. Il demande à l'oreille de l'un d'eux combien vaudrait un insigne gravé du portrait de Kim Jong-il. Le jeune homme répond distraitement tout en mâchouillant un chewing-gum :

— Ça coûte trois mille wons mais on n'en trouve pas.

Cela veut dire qu'il y a des acheteurs mais pas d'offre, et ça tombe bien. Kang s'approche davantage du jeune homme et propose :

— J'en ai un, combien vous me donneriez en échange ?

Les yeux du jeune homme s'écarquillent et il toise Kang de haut en bas.

— Vous avez vraiment ce fameux insigne ?

Kang jette un regard circulaire autour d'eux et hoche légèrement la tête. L'homme lui fait signe de le suivre. Kang et Wonho lui emboîtent le pas en laissant une petite distance entre lui et eux. Le jeune homme s'engage dans un quartier sombre à côté du marché et, après une longue marche, s'arrête dans une obscure ruelle isolée et demande à voir la marchandise. Kang lui montre l'insigne. Son visage s'éclaire, il examine l'insigne sous toutes les coutures et constate qu'il est tout neuf. Kang lui demande deux mille cinq cents wons mais le jeune homme en propose deux mille en disant que même s'il fixe la somme de départ à trois mille wons, l'acheteur négociera et n'en déboursera que deux mille cinq cents. Wonho donne un coup de coude dans les côtes de Kang pour lui signifier d'accepter le marché. Celui-ci n'essaie plus de négocier, il passe l'insigne au jeune homme en affectant une mine dépitée et empoche les deux mille wons.

C'est vraiment une aubaine inattendue. Kang et Wonho échangent un regard en poussant intérieurement des cris de joie. Un kilo de riz coûte cent wons, alors l'argent qu'ils viennent de recevoir est une somme extraordinaire. Avec ça, ils ont désormais de quoi payer leur voyage jusqu'à la frontière chinoise. Kang, convaincu que le ciel les aide, déclare d'un ton blagueur, tout en caressant les billets comme s'il s'agissait d'un trésor :

— Petit frère, il vaut mieux que ce soit toi qui gardes cet argent au fond de la poche intérieure de ta veste. Toi tu es le comptable et moi le patron.

Puis il tend les billets à Wonho. Maintenant qu'il a de l'argent dans sa poche, Wonho se sent rassuré et revigoré comme s'il avait conquis le monde entier. En tapotant joyeusement sa poche de veste, il éclate de rire avec Kang. C'est la première fois depuis qu'il a franchi le réseau de barbelés qu'il rit aussi franchement.

Au centre du bourg, ils montent dans un *servicha* en payant deux cents wons chacun. Il s'agit d'un camion qui fait office de bus, moyennant paiement. Les transports en commun gérés par l'Etat étant paralysés, des particuliers utilisent des véhicules immatriculés au nom d'entreprises ou de casernes de l'armée et gagnent ainsi de l'argent clandestinement grâce à ce service, voilà de quelle formidable autonomie le socialisme est capable ! Il faut presque deux heures pour parcourir vingt kilomètres à cause du mauvais état de la route. Wonho et Kang se rongent les sangs pendant tout le trajet à l'idée d'être contrôlés, mais heureusement il n'y a pas le moindre poste de contrôle en vue.

6

La ville de H est encore plus bruyante que le bourg de M. Les rues sont bondées, on dirait que tous les habitants sont de sortie. Leurs tenues ne sont pas en meilleur état que celles des habitants du bourg qu'ils viennent de quitter. Tous, des bagages sur la tête ou sur le dos, se précipitent vers on ne sait où. Chaque ruelle entre les immeubles est encombrée de gens occupés à vendre et à acheter. Ces enfants livrés à eux-mêmes qu'on appelle kotjebi, habillés aussi piteusement que ceux du camp, se faufilent en petits groupes parmi eux. Ils ne sont pas les seuls, il y a aussi pas mal d'adultes qui ne sont pas mieux vêtus que les détenus. On les appelle les kotjebi adultes. Kang avait donc raison de dire que les situations à l'intérieur et à l'extérieur du camp n'étaient pas très différentes.

Dans cette ville aussi, Wonho et Kang guettent d'abord les avis de recherche, les photos ou les appels à la dénonciation. Ils ont beau examiner les lieux minutieusement, ils n'en trouvent aucun. Comment peut-il n'y avoir aucune réaction de la part de la police alors que deux prisonniers politiques se sont évadés d'un camp ? Cette incompréhension les angoisse terriblement. Ils vont jusqu'à soupçonner un piège. Ils ne relâchent donc pas leur vigilance et se cachent dès qu'ils aperçoivent des agents de sécurité en uniforme. En revanche, en matière de déplacement, ils sont plus audacieux qu'avant. Puisqu'il leur reste encore de l'argent, ils songent à prendre le train, un moyen de transport plus risqué mais plus économique. Ils aimeraient continuer leur voyage en *servicha* mais l'argent qu'ils ont ne suffit pas, alors ils décident d'aller voir à la gare. C'est Kang qui planifie tout cela, Wonho ne fait que le suivre.

Sur la place devant la gare, ils assistent à une scène encore plus étonnante. Ce vaste espace est plein à craquer. Les gens s'y sont installés, debout ou assis, sans doute dans l'attente d'un train. Kang lui avait dit que les gens se déplaçaient beaucoup mais c'est la première fois que Wonho voit autant de monde camper carrément par terre en attendant de monter dans le train. Les gens ont étalé des feuilles de plastique sur le sol et restent assis ou allongés dessus en serrant dans les bras leurs sacs à dos ou leurs balluchons. Il paraît qu'ils y passent des nuits entières, jusqu'à ce qu'ils arrivent à se hisser dans un wagon. Ce spectacle fait vraiment penser aux réfugiés de guerre.

Deux hommes avec un brassard de sécurité transportent quelque chose enveloppé dans un sac de paille. Lorsqu'ils passent devant eux, Wonho détourne la tête, horrifié. Emergeant d'un trou du sac, une main noire de crasse et toute gonflée se balance. Il a souvent vu des morts dans le camp, mais voir ce cadavre dans le monde extérieur lui donne encore plus la chair de poule. Il a l'impression de n'avoir toujours pas quitté l'enfer. Il doute même d'être libre pour de vrai. Une seconde équipe sort de la gare en transportant un corps enveloppé de la même manière, cela signifie que quelqu'un d'autre est mort à l'intérieur de la gare. La cruauté de cette réalité pénètre jusque dans les os de Wonho et renforce encore son désir de fuir ce pays le plus vite possible.

Wonho et Kang se rendent au marché près de la gare, achètent deux paires de tennis solides ainsi que deux vestes en coton ouatées qu'ils enfilent sur place, car il fait de plus en plus froid. Il ne leur reste plus que mille wons. Il faut qu'ils franchissent la frontière avant d'avoir dépensé tout l'argent. Une fois de l'autre côté, Kang a des amis chinois qu'il a connus dans le cadre de ses activités dans le commerce international et qui pourront les aider à s'en sortir. Tel est son plan. Avec lui à ses côtés, Wonho se sent rassuré.

Tout à coup, la foule se précipite vers l'accès aux quais. Wonho et Kang, qui cherchaient à se renseigner sur les horaires de train, courent eux aussi dans la même direction. D'après ce qu'ils ont compris au milieu du brouhaha, un convoi à destination de Chongjin va bientôt entrer en gare. Ça tombe à pic. S'ils arrivent à monter à bord, ils pourront aller jusqu'à Kilju. De là, ils pourront marcher pour atteindre la frontière. Kang prend la main de Wonho et hoche la tête.

C'est le signe qu'ils doivent prendre ce train. Ils sont plus habitués à communiquer par des gestes que par des mots.

Au début, les contrôleurs de train vérifient les billets mais comme un grand nombre de gens force le passage en se bousculant, ils renoncent et laissent la porte d'accès au quai grande ouverte. Les deux compères rejoignent ce raz-de-marée et atteignent le quai sains et saufs. N'ayant pour tout bagage qu'un petit sac à dos contenant leur nourriture, ils se sont faufilés plus facilement que les autres.

Sur le quai bondé, les gens n'arrêtent pas de crier. Un employé des chemins de fer donne un coup de sifflet pour rétablir l'ordre. Peu après, un train entre lentement en gare en sifflant. Wonho n'en croit pas ses yeux. Le train qui approche lui fait penser à ceux du temps de la guerre, chargés de réfugiés, comme s'il était sorti tout droit d'un écran de cinéma. Toutes ses vitres sont brisées et dans chaque wagon les passagers sont serrés comme des sardines. Même le toit, les attelages entre les wagons et jusqu'aux marchepieds des portes grouillent de monde. Il semble n'y avoir plus aucune place pour de nouveaux passagers mais, malgré cela, les gens risquent tout pour se suspendre au train. Ils se disputent et en viennent aux mains pour y monter. Kang, tenant toujours la main de Wonho, va et vient le long du train avant de s'approcher d'une fenêtre par laquelle un jeune homme et une jeune femme, assis face à face, regardent dehors. Kang demande à Wonho de lui donner un billet de cent wons, il le tend à ces jeunes gens et les supplie de les aider à grimper. Les deux jeunes se regardent un instant puis hochent la tête. Kang, sans doute grâce à ses expériences dans le commerce, comprend vite les choses. Agrippant les bras tendus de l'homme et la femme, ils réussissent, non sans mal, à se hisser par la fenêtre.

AU BORD DU FLEUVE AMNOK

1

Les wagons sont encore plus bourrés qu'ils ne le croyaient depuis l'extérieur. Le couloir est tellement encombré qu'il est difficile de bouger même d'un pouce. A la montée de Wonho et de son compagnon, les passagers hurlent et se plaignent qu'il n'y a plus de place. S'estimant chanceux rien que d'être là, les deux hommes font semblant de ne pas les entendre et s'efforcent de se faire une petite place près de leurs sauveurs. Les gens installés sur les banquettes prennent des airs supérieurs.

Le train s'ébranle. Wonho pousse un soupir de soulagement. La cohue joue plutôt en leur faveur. Ils n'ont plus qu'un désir, que le train roule sans s'arrêter. Mais à leur grande impatience, il ne cesse de faire halte n'importe où. Ils comprennent que c'est à cause des pannes d'électricité. Une fois immobile, il ne bouge en général pas pendant cinq à six heures. D'après ce que disent les gens, ça va prendre deux jours jusqu'à Kilju alors que normalement, il faut à peine dix heures. On dirait une charrette et non un train !

Dans leur sac à dos, ils ont de la nourriture – ils s'en sont procuré dans la ville de H – pour deux ou trois jours. S'il n'y a pas de contrôles d'identité, tout se passera sans encombres. Wonho demande discrètement aux passagers si les contrôleurs passent, ils lui répondent qu'ils en ont vu une seule fois sur tout le trajet, avant la ville de H. Normalement il ne devrait plus y avoir de contrôles jusqu'à leur destination. D'ailleurs, les passagers se sont tellement entassés, voire superposés, qu'il est même presque impossible d'aller aux toilettes ; comment, dans ces conditions, pourrait-il y avoir un nouveau contrôle ? Les deux compères échangent un sourire de satisfaction. Le visage de Wonho se détend, ce qui ne lui était pas arrivé depuis longtemps.

Le train s'ébranle et au bout d'un moment, grâce aux voisins installés sur les banquettes qui leur font un peu de place, Wonho et Kang peuvent enfin s'asseoir par terre, recroquevillés entre les deux banquettes. Serrés l'un en face de l'autre, ils se mettent à somnoler, tête baissée. La fatigue accumulée les submerge soudain, maintenant que la tension s'est relâchée. Epaule contre épaule, ils dorment profondément et longuement. Même dans cette position ramassée, ils plongent dans un sommeil délicieux qu'ils n'avaient plus connu depuis des lustres.

Ils se réveillent en sentant les pieds de gens marchant sur eux, c'est déjà le lendemain matin. Une quinzaine d'heures se sont écoulées mais ils arrivent seulement à Simpo. Ils se ressaisissent et mangent du pain qu'ils sortent de leur sac en guise de petit-déjeuner.

Le train repart et, à ce moment-là, une situation imprévue se produit. Deux soldats portant un brassard rouge et un agent de sécurité des chemins de fer surgissent de chaque côté du wagon. Wonho, affolé, serre fort la main de Kang. Comme ils se trouvent au milieu du wagon, ils ont une petite marge de temps pour observer ce qui se passe. Très vite, ils sursautent d'effroi. L'agent de sécurité contrôle les cartes d'identité tandis que les soldats confrontent le visage de chaque passager avec des photos qu'ils tiennent à la main. Wonho sent ses poils se hérisser et il est tellement transi de peur qu'il a du mal à respirer. Kang fixe les contrôleurs d'un regard perçant. Wonho ne peut s'empêcher de penser que ce sont eux qu'ils recherchent.

Le train continue de rouler et les hommes se rapprochent de plus en plus d'eux. Tout à coup Kang regarde par la fenêtre. Par chance, le train ralentit en entrant dans une petite gare. Kang fait un signe de tête à Wonho pour lui dire de sauter par la fenêtre. Ce dernier hoche la tête mais ses jambes tremblent tellement qu'il est incapable de bouger. Il se dit pourtant qu'il vaut mieux essayer de s'enfuir que d'être arrêté et fusillé.

Finalement, le train ne s'arrête pas à la petite gare. Il longe lentement le quai avant de reprendre de la vitesse. Le moment fatal arrive, ils ne peuvent plus tergiverser. Kang s'approche de la fenêtre et fait plusieurs signes de tête à Wonho avant de sauter. Le wagon retentit des cris de stupeur des passagers et certains se lèvent pour regarder dehors. Ayant compris ce qui vient de se passer, les soldats se frayent un passage au milieu des gens agglutinés et se précipitent vers Wonho. Celui-ci ferme les yeux et s'écroule. Il vient de rater l'occasion de faire preuve de courage et de sauter.

2

Le train commence à ralentir. Lorsque Wonho rouvre les yeux, il ne comprend plus rien. Les soldats qui avançaient dans sa direction se hâtent vers les portes. Les passagers suspendus aux fenêtres poussent des hurlements, visiblement très agités. Ce n'est qu'alors que Wonho se demande ce qui est arrivé à Kang. Il se glisse entre les gens et regarde dehors. Un employé des chemins de fer, tenant à la main un drapeau rouge, donne des coups de sifflet incessants. Plusieurs hommes en uniforme des chemins de fer courent vers la queue du train qui n'a pas complètement dépassé le quai. Une foule est réunie là.

Wonho voudrait sauter par la fenêtre pour retrouver Kang mais c'est impossible tant celle-ci est encombrée de têtes penchées au-dehors. Le temps qu'il se démène pour trouver une issue, le train s'ébranle pour repartir. Les gens sur le quai accourent pour monter à bord, et un échange de paroles parvient aux oreilles de Wonho :

— Il est mort ?

— Bien sûr qu'il est mort, comment veux-tu qu'il en soit autrement ? Il a été carrément traîné par le train.

— Pourquoi a-t-il sauté ?

— Je n'en sais rien.

Wonho s'effondre. Kang est mort ? Il n'en revient pas ! Il tremble tellement qu'il se pisse un peu dessus. L'homme et la femme qui les ont aidés à grimper dans le train lui jettent un regard soupçonneux.

— Celui qui est mort n'est pas votre compagnon, monsieur ?

Wonho secoue son menton tout tremblant et laisse retomber sa tête. Il n'ose pas les regarder en face, de peur qu'ils ne comprennent la vérité.

Dire que Kang est mort, et de façon si absurde ! Il a du mal à le croire. Comment va-t-il s'en sortir sans lui ? Des pensées confuses défilent dans son esprit sous le choc. Si c'était bien eux que cherchaient les soldats avec les photos, ceux-ci ont sans doute découvert qui est Kang. Dans ce cas, ils ne tarderont pas à venir arrêter Wonho dans ce wagon. Il se dit qu'il doit se lever et sauter tout de suite du train, mais il se sent vidé de son sang et de son énergie, incapable de faire le moindre mouvement. Il se contente d'enfoncer la tête entre ses jambes comme un chien qui baisse la queue.

Une grande agitation règne sur le quai et à l'intérieur du train pendant un certain temps, puis un coup de sifflet retentit et le train repart. Wonho, la tête toujours entre les jambes, attend l'instant fatidique mais à sa grande surprise, personne ne vient le chercher. Il se redresse et regarde les portes des deux côtés du wagon. Aucune trace des soldats de tout à l'heure. Intrigué, il s'efforce de réfléchir. Le fait que les contrôleurs ne se montrent pas lui laisse penser que les visages des photos n'étaient peut-être pas les leurs. S'agissait-il alors de soldats déserteurs ? Dans ce cas, la mort de Kang a vraiment été inutile, absurde ! Wonho a l'impression de vivre un cauchemar. Complètement anéanti, il ne cesse de secouer la tête, il n'arrive pas à croire qu'il a perdu Kang de façon aussi insensée.

La salive reflue enfin dans sa bouche que la tension avait asséchée, et des larmes débordent de ses yeux. Il enfouit de nouveau sa tête entre ses jambes, craignant que les gens ne le voient pleurer, et se frotte les poings contre la poitrine à s'en faire mal. C'est moi qui aurais dû mourir, pas toi, grand frère Kang !

Kang avait un caractère entier, c'est ce qui a entraîné sa mort. Il était une des rares personnes qui ne s'étaient pas laissées détruire par la vie du camp. Wonho a rencontré en lui un homme bon et sincère, très singulier, unique même. Il a été son sauveur et son maître.

3

La mort de Kang bouleverse Wonho à tel point qu'il sombre dans un état quasi léthargique dont il n'arrive pas à sortir. Il laisse le train l'emporter comme si son corps était cloué au plancher du wagon. Il n'a aucune idée de ce qu'il va faire, aucune volonté. Il ne craint plus d'être arrêté et ne s'en inquiète pas. Il somnole, entrouvre les yeux, avant de somnoler à nouveau. Pendant qu'il divague ainsi, une journée complète s'écoule, et en pleine nuit le train arrive à la gare de Kilju. Beaucoup de passagers descendent là.

Wonho se mêle à la foule et sort de la gare à pas chancelants, son sac à dos sale et froissé à la main. Une fine pluie d'automne tombe. Le vent froid balaie les rues de cette ville inconnue à l'odeur de poussière et plongée dans le noir. La route bitumée à deux voies est bordée d'immeubles peu élevés. L'ombre lugubre des bâtiments pèse sur Wonho. Sans doute à cause des pannes d'électricité, à part quelques fenêtres faiblement éclairées par la lumière vacillante de lampes à huile, l'ensemble des appartements est avalé par l'obscurité. Wonho doit trouver un endroit où dormir mais il ne sait pas où aller, et il n'y a personne dans la rue pour le renseigner. La ville semble carrément inhabitée.

Il se sent comme abandonné au milieu du désert et l'angoisse monte en lui. Kang lui manque terriblement. C'était lui qui prenait les décisions et Wonho se contentait de le suivre comme un enfant. Désormais il doit se débrouiller seul. Tout en errant sans but dans les rues sombres de Kilju, il sanglote à s'étouffer. Ça l'arrange bien qu'il fasse noir.

Après avoir longtemps erré ainsi, il arrive devant ce qui ressemble à une petite cabane à l'entrée d'un quartier où s'alignent essentiellement des maisons de plain-pied. La baraque en question doit être un poste de garde local car elle semble bien trop petite pour abriter plus d'un adulte. Dans l'intention d'y passer la nuit, Wonho s'approche prudemment de l'entrée, mais malheureusement des sans-logis y sont déjà installés. Il fait demi-tour et se remet à vagabonder, quand une femme surgit de l'obscurité et lui barre le chemin.

— Monsieur, vous ne chercheriez pas par hasard un endroit où dormir ?

Il apprendra plus tard qu'un commerce clandestin de location de chambres est en plein essor à cette époque à Kilju ; les propriétaires de logements hébergent les voyageurs en échange d'argent. La population se déplace beaucoup et Kilju est un lieu de passage particulièrement fréquenté, étant située à la jonction entre les trois provinces de Ryanggang, Hamgyong du Nord et Hamgyong du Sud. C'est pourquoi de nombreuses familles vivent de ce type de location.

Wonho, qui était à deux doigts de s'effondrer, ne sait pas comment remercier cette femme, il a presque envie de se prosterner devant elle. Celle-ci, qui ignore son état d'esprit, tente de le persuader en se vantant de fournir des couvertures propres et de demander seulement quatre-vingts wons par jour contrairement aux autres qui en exigent cent. Wonho hoche la tête et lui emboîte le pas sans faire de commentaire. Il n'a pas la tête à réfléchir à un éventuel danger. Il est tellement à bout de forces que ses membres ne lui obéissent plus.

En chemin, il tâte la poche de sa veste contenant les billets et éclate à nouveau en sanglots. Les mille wons que Kang lui a laissés s'y trouvent intacts. C'est grâce à lui qu'il a cet argent. Wonho a l'impression que son ami avait prévu les événements et que c'est pour le sauver qu'il lui a confié les billets. La femme lui jette un coup d'œil furtif.

— Aïgo, vous avez vous aussi une histoire malheureuse… Remarquez, chaque personne que je reçois chez moi a vécu au moins un drame déchirant. Vous devez être très fatigué, allez, rentrons vite et vous pourrez vous reposer un peu, ça vous fera du bien.

Elle a un accent de la province de Hamgyong à couper au couteau mais Wonho est touché au cœur par sa sollicitude. Arrivé chez la femme, il lui règle le prix de la chambre, lui confie son sac à dos contenant ses provisions de nourriture et, sans même prendre le temps de se déshabiller, il s'écroule par terre. Lorsqu'il rouvre les yeux, c'est le lendemain soir. Ça veut dire qu'il a dormi presque vingt-quatre heures. Il n'a jamais connu un sommeil aussi long et aussi doux de toute sa vie.

— Ah, vous voilà, vous êtes enfin réveillé ! Je vous ai secoué plusieurs fois en croyant que vous étiez mort. J'imagine que vous avez eu la vie dure avant d'échouer ici, sinon vous n'auriez pas dormi comme ça.

Avec des claquements de langue, la dame lui apporte un bol de maïs concassé et cuit et une soupe. Wonho engloutit tout en un rien de temps ; maintenant que son estomac vide est un peu rassasié, il reprend enfin ses esprits. L'inquiétude le gagne alors à nouveau.

— Sur le chemin, j'ai perdu ma carte d'identité, est-ce qu'il y a des contrôles par ici ?

— Eh bien, on vient de temps en temps contrôler les chambres d'hôtes, mais vous n'avez qu'à dire que vous l'avez perdue et donner discrètement un billet de cent wons à l'inspecteur pour que le problème soit résolu, répond la dame avec franchise.

Wonho paye généreusement son repas et demande à la dame de l'aider à aller jusqu'à la province de Ryanggang. Celle-ci sort aussitôt, sûrement pour se renseigner, et revient l'informer qu'un *servicha* part demain à l'aube pour Hyesan, chef-lieu de la province, et que le transport coûte trois cents wons. Wonho passe une nuit de plus chez elle, sur le sol recouvert de linoléum et bien chauffé. Cela faisait dix ans qu'il n'avait pas dormi aussi confortablement.

4

Le lendemain soir, Wonho arrive à la ville frontalière. Là aussi, comme à Kilju, les chambres d'hôtes proches de la gare ne manquent pas. Grâce à son expérience, Wonho n'a aucun mal à trouver une chambre pour passer la nuit. Le lendemain matin, il se dirige vers le fleuve Amnok pour étudier la topographie du cours d'eau.

C'est encore l'automne mais l'air du matin dans cette région du Nord est très froid. Les gens portent déjà des manteaux épais et les femmes s'enveloppent la tête de foulards. Par rapport à Pyongyang et au camp, la saison hivernale semble arriver ici environ un mois plus tôt. Le vent glacial du fleuve lui fouette le visage. Cette rafale coupante n'est pas douloureuse et lui fait même plutôt du bien. Il s'est évadé d'un horrible enfer, a parcouru un long chemin semé d'embûches et est enfin parvenu au bout du pays.

Il scrute les alentours d'un regard vigilant mais heureusement il ne voit personne dont il pense devoir se méfier. Seules des femmes portant de lourds fardeaux sur la tête et le dos vont et viennent à pas pressés le long de la berge. Wonho y fait lentement un tour comme s'il était un promeneur. Il y a des postes frontaliers tous les cinq cents mètres sur la berge. Un soldat portant un brassard rouge et armé d'un fusil se tient debout devant chaque poste. Dès qu'il voit ces hommes en tenue militaire, Wonho se crispe et frissonne malgré lui. Ça lui rappelle les gardes du camp. Il a l'impression que le soldat non loin de lui va accourir et pointer le bout de son fusil sur sa poitrine. Par bonheur, le garde, tout en mâchouillant bruyamment un chewing-gum, est très occupé à flirter avec une jeune fille. Wonho serre les poings, s'efforce d'adopter une attitude nonchalante et tourne les talons.

Sur la berge faite de pierres empilées, à égale distance de deux postes de garde, il s'assoit, jambes pendantes, comme quelqu'un qui serait venu pique-niquer là, et inspecte minutieusement la disposition géographique des environs. Il essaie d'estimer le temps nécessaire pour escalader et descendre les berges des deux côtés, la largeur du fleuve, la vitesse du courant. Les bords du cours d'eau sont déjà légèrement gelés et plusieurs femmes y lavent du linge en soufflant sur leurs mains pour les réchauffer. L'eau semble très froide. Le courant n'a pas l'air trop violent ; en revanche, à voir cette étendue bleu ciel serpenter lentement, le fleuve doit être assez profond. De temps à autre, les gens viennent y puiser de l'eau avec leurs seaux, sinon c'est très calme.

Wonho regarde rêveusement l'autre côté du fleuve. La partie chinoise est rurale tout comme ce côté-ci, mais elle est manifestement très animée et prospère, contrairement à son pays. Vu le nombre important de maisons, il doit s'agir au moins d'un bourg. Au pied d'une colline basse sont installées plusieurs rangées de grandes maisons en brique équipées de larges baies vitrées brillantes et surmontées de toits rouges ou bleus. A côté de cette zone d'habitation s'étendent de vastes champs où se dressent ici et là de hautes tours jaunes d'épis de maïs. Le paysage est vraiment beau à voir. Wonho pense au couple de paysans qui volait des cannes de maïs en pleine nuit. Dans son pays, même les maigres cannes de maïs ne restent pas longtemps dans les champs alors que là-bas on laisse entassés dehors des épis pleins de grains. Wonho n'en revient pas. La haute berge de béton est nette et solide, rien à voir avec celle sur laquelle il est assis, grossièrement bâtie avec des pierres de tailles inégales. Sur la route au-delà de la berge, voitures et motos circulent sans discontinuer.

Wonho doit atteindre l'autre côté du fleuve Amnok, cette terre chinoise inconnue. Là-bas, il n'y a personne pour l'accueillir ni d'existence assurée qui l'attend mais il doit s'y rendre pour survivre, tel est son destin. Dans son pays, il est un fugitif qui n'a nulle part où aller, qui ne sait même pas où se cacher. Une nuée d'oies sauvages volent alignées vers le sud. Brusquement un terrible sentiment de perte l'envahit. Ce doit être sa mère ou Seon-pung et grand frère Kang qui lui manquent. Ou bien il doit s'agir d'une forme d'aspiration ardente à trouver un refuge après son long périple.

A la nuit tombée, Wonho se lance dans le fleuve et nage en se confiant entièrement aux mains du destin. Il n'a pas le choix, il doit traverser ou périr. L'eau glacée le fait claquer des dents mais il a l'esprit serein et le cœur léger. Enfin il s'approche d'un autre monde. Il a une grande confiance en ses capacités de nageur et s'estime même plus doué que la plupart. Il a appris à nager dans le fleuve Daedong quand il était petit. Il n'avait jamais imaginé que cette aptitude lui serait un jour d'un si précieux secours.

SEPT ANS PLUS TARD

1

La veille, Wonho a mis un soin particulier à la préparation de l'exposé qu'il va présenter au séminaire qui se tiendra ce jour-là. Il s'agit d'une importante conférence internationale où se réunissent des activistes des droits de l'homme coréens et étrangers ainsi que des spécialistes réputés de la Corée du Nord. Wonho, témoin vivant d'un camp de prisonniers politiques, en est le principal intervenant.

Il ignorait que son expérience dans le camp allait lui servir aussi avantageusement dans le Sud. Grâce aux horreurs qu'il a vécues, il est devenu célèbre et on l'invite partout. Plusieurs années de carrière en tant que conférencier ont fait de son passé tragique une sorte de série télévisée à succès. Il a fait de gros progrès d'élocution. Au début, peu après son arrivée dans le Sud, il répondait aux interviews de façon décousue, la langue raide et le visage crispé. Mais ce n'est plus le cas à présent. Aujourd'hui, il sait réguler son intonation et ses émotions, et s'adapter aux réactions du public comme un comédien sur scène. Son visage émacié et impénétrable s'est remplumé et affiche une mine rayonnante ; la cravate qui jurait sur lui au début – on aurait dit une corde attachée à une branche – met désormais en valeur son cou dodu.

Pourtant, après chaque conférence, Wonho ne peut s'empêcher de laisser échapper un ricanement ; il se moque de lui-même, lui qui se fait passer pour un héros qui a trouvé la lumière après avoir surmonté des souffrances inhumaines et pour un extraordinaire activiste des droits de l'homme. Cette autodérision découle de l'étrange sentiment de vide qu'il éprouve souvent, ces derniers temps. Il a donné un nombre incalculable de séminaires et d'interviews mais pas une seule fois il n'a parlé sincèrement de ce qu'il avait vécu. Dans les conférences ou les émissions télévisées où le temps est fixé d'avance, il raconte en général ce qui se passait dans le camp : le nombre de gens qui mouraient de faim quotidiennement, la fréquence et le déroulement des exécutions publiques, de quoi se nourrissaient les prisonniers, etc.

Wonho déteste se remémorer cette existence aussi puante et sale que les déchets d'un égout. Il a envie d'extirper de sa mémoire cette partie immonde de sa vie et de l'anéantir. Les blessures intérieures, qu'il parvient mal à expliquer par des mots et qui demeurent invisibles aux yeux des autres, n'ont rien à voir avec la douleur physique causée par le froid, la faim et les coups de fouet, elles sont beaucoup plus intenses et profondes.

Est-il aujourd'hui un homme comme les autres ? Est-il vraiment libéré du camp, comme un malade guéri de sa maladie ? Pour être franc, il ne peut pas dire qu'il soit heureux. En fin de compte, il vit toujours sous l'emprise du camp. Chaque nuit, il y retourne dans ses cauchemars, endurant les coups de fouet et les corvées harassantes. Et la journée, il doit encore s'y plonger pour le raconter ; tout le monde l'appelle « l'homme du camp ». Ce qu'il a vécu dans le camp, devenu la colonne vertébrale de toute son existence, régit sa vie d'avant et celle d'aujourd'hui. Il a l'impression d'être né prisonnier du camp et de devoir l'être jusqu'à sa mort, il ne parvient pas à se libérer de cet enlisement. Malgré tout, il se présente tous les jours dans les salles de conférences où il doit évoquer la question des droits de l'homme pour les habitants du Nord. C'est maintenant presque devenu son métier.

2

Lorsqu'il arrive à la salle de séminaire, il reconnaît la jeune femme en tailleur qui l'attend à la porte d'un air impatient. Elle lui fait signe de se dépêcher parce que tous les invités sont déjà là. En effet, il n'avait pas prévu qu'il y aurait autant d'embouteillages et il est loin d'être en avance. Contrit, il incline la tête et pénètre dans la salle. Sa place est au centre des intervenants sur l'estrade.

Au moment de s'installer sur la chaise derrière le carton portant son nom, il est parcouru de frissons car il vient d'apercevoir un homme d'âge moyen assis dans le public. Il se trouve face à lui quelques rangées plus loin. Yeux baissés, il consulte le programme de la conférence. A l'instant où son regard s'arrête sur lui, Wonho éprouve un sentiment de malaise. L'individu dégage une forte odeur qui n'appartient qu'à cet horrible monde, cette vallée au fin fond de la montagne. De son front lisse et luisant et de sa position assise légèrement de biais émanent une arrogance, un mépris et une froideur absolus qu'aucun homme ordinaire ne pourrait exprimer.

Dès que résonne la voix du modérateur annonçant le début de la conférence, Wonho se reprend et secoue la tête en murmurant : « Non, non, ça ne peut pas être lui. » Un bowiwon de cette vallée, ce monde si loin et si à part, ne peut pas être dans cette salle de séminaire à Séoul. Wonho se dit qu'il souffre d'hallucinations à force de faire tant de cauchemars et il se moque de lui-même. N'empêche, le visage du type qu'il aperçoit entre les bras des auditeurs qui applaudissent ressemble beaucoup à celui de Chae qui hante ses rêves.

Tout à coup, l'homme lève les yeux et regarde dans sa direction. Wonho a le corps tout entier parcouru de frissons. C'est ça, c'est bien son regard perçant, téméraire et insolent. Lorsque leurs yeux se croisent, l'homme prend lui aussi un air décontenancé. Le trouble qui traverse son visage comme un éclair n'échappe pas à Wonho. L'autre baisse aussitôt la tête et remue un peu sur sa chaise ; il l'a reconnu, lui aussi, Wonho en est convaincu. Quelques instants plus tard, l'homme se lève et quitte la salle.

Wonho a failli crier : « Arrête-toi ! » Il se lève d'un bond et sort de la salle pour le suivre. Il ne fait pas attention aux mines étonnées de l'assistance. Dans le hall, il le cherche d'un regard aussi puissant que le faisceau d'un projecteur. Il finit par l'apercevoir derrière les vitres de l'immeuble. Mais le temps qu'il passe par la grande porte à tambour et émerge sur le trottoir, le type s'est déjà fondu dans la foule. Aucune trace de lui. Wonho reste planté là, désemparé, tournant la tête dans tous les sens. Il a l'impression d'être ensorcelé. Il sent son corps se ramollir et a envie de vomir comme quand il s'éveille d'un cauchemar.

— Monsieur Han !

Wonho se ressaisit enfin à cette voix qui l'appelle. La femme en tailleur agite la main depuis le hall, lui signifiant de se hâter de rentrer. Lorsqu'il regagne la salle, le modérateur pousse un soupir de soulagement.

— Maintenant je laisse la parole à Monsieur Han Wonho qui a vécu dans un camp de prisonniers politiques en Corée du Nord.

Wonho commence à lire machinalement le texte qu'il a soigneusement préparé la veille. Le bruit du sang qui bat à ses tempes l'assourdit, sa voix tremble comme s'il se tenait sur le marchepied d'un train en mouvement. Après le séminaire, il salue les gens qui lui demandent, l'air inquiet, s'il est malade. Wonho, la mine défaite, se contente de secouer la tête sans piper mot.

— Monsieur Han, il semble que vous ne soyez pas en forme aujourd'hui, dit la femme en tailleur qui a organisé le séminaire, s'efforçant de dissimuler son mécontentement sous un sourire diplomatique.

— Eh bien… je suis désolé. Au fait, est-ce que vous avez la liste des réfugiés du Nord qui ont assisté à ce séminaire ?

— Oui, j'ai surtout invité des transfuges du Nord qui ont vécu dans des camps de prisonniers politiques comme vous et des responsables d'associations de réfugiés.

Ces derniers, Wonho les connaît tous.

— Ah, au fait, j'ai aussi invité des gens qui ont travaillé dans le secteur concerné.

— Le secteur concerné ?

— Je veux dire, des gens qui ont été gardes et bowiwon dans les camps de prisonniers.

Le mot « bowiwon » lui fait aussi mal que si on lui plantait la pointe d'un couteau dans la poitrine.

— Qu'est-ce que vous avez ? Vous n'avez vraiment pas l'air bien aujourd'hui, monsieur Han.

— Non, ça va... Est-ce que par hasard il y a parmi eux un homme qui porte le nom de Chae ? demande Wonho hâtivement en fronçant les sourcils.

— Je dois regarder la liste pour le savoir. Pourquoi ?

— J'ai l'impression d'avoir vu quelqu'un que je connais, mais il a quitté la salle au milieu de la conférence. Je dois absolument le retrouver...

Wonho a dit ça sans réfléchir.

— En effet, il est fréquent que des gens qui se sont connus dans le Nord, se retrouvent par hasard dans le Sud. En général, ils sont contents de leurs retrouvailles car ici ils sont souvent seuls.

Elle parcourt la liste des invités devant Wonho. Il y a là les noms, prénoms, âges et numéros de téléphone de tous les auditeurs. Elle y repère le nom de Chae Min-kyu, âge : quarante-huit ans, téléphone portable : 010...

— Est-ce lui que vous cherchez ?

— Oui, c'est bien lui. Pourriez-vous me donner les coordonnées de ce type, enfin, de ce monsieur ?

— Ça ne se fait pas en principe, mais puisque vous travaillez avec nous depuis longtemps et que vous êtes connu, je vais vous faire confiance et vous le donner, monsieur Han. Mais débrouillez-vous pour qu'il ne sache pas que ça vient de nous.

Wonho enregistre le numéro dans son téléphone avant de froisser rageusement le bout de papier et de le fourrer dans sa poche, puis il se met à faire les cent pas tel un fauve égaré dans la salle de conférences vide. La flamme allumée au fond de son cœur monte jusqu'à sa tête. Sous le coup d'une impulsion, il appuie sur la touche pour appeler Chae.

— Oui, allô ? répond une voix sonore.

Wonho reconnaît aussitôt Chae. Il en a la bouche sèche. La voix demande plusieurs fois qui est à l'appareil. Alors qu'il serrait les dents jusque-là, Wonho expire longuement et demande en haussant le ton sous l'effet de la colère :

— Vous êtes monsieur Chae... Chae Min-kyu ?

— Oui, c'est moi-même, qui êtes-vous ?

— Vous ne seriez pas le capitaine Chae qui travaillait dans le camp de prisonniers politiques X en Corée du Nord ? demande Wonho de but en blanc.

Le silence règne un moment au milieu du bourdonnement de l'appareil, puis son interlocuteur raccroche.

— C'est bien lui, ce fils de pute !

Le cri fuse en lui tel un feu d'artifice. Il le rappelle en grimaçant. Un répondeur automatique lui annonce poliment que le téléphone de son correspondant est éteint.

3

Si ce type est bien Chae Min-kyu, je veux lui faire payer l'humiliation que j'ai subie. Enfin, j'ai l'occasion de me venger ! Je dois le tuer ! Sa tête résonne de ces pensées fébriles.

Dire que le capitaine Chae, qui se comportait en grand seigneur dans un camp de prisonniers politiques au fin fond d'une vallée, réapparaît en plein milieu de Séoul comme si de rien n'était ! Puisqu'il a filé aussi lestement qu'un lézard dont on a coupé la queue, Wonho n'a pas eu le temps de le reconnaître formellement mais il est convaincu que c'est lui. C'est la haine tapie dans son cœur qui l'a reconnu.

Le conducteur du véhicule derrière lui klaxonne vigoureusement. Wonho se ressaisit et se rend compte qu'il est en train de s'insérer dangereusement entre deux voitures. Il tourne rapidement le volant et respire profondément plusieurs fois de suite. Son cœur bat tellement fort qu'il a l'impression d'être en train de courir plutôt que d'être assis dans sa voiture. Alors qu'il était sur la grande avenue Olympique, il change de direction et se dirige vers le fleuve Han. Il se dit que dans son état émotionnel, il est dangereux de continuer à conduire.

La rive, qui grouille de baigneurs pendant la saison estivale, est calme en cette fin d'automne. Les rayons de soleil sautillent sur l'eau paresseuse en répandant leur lumière alentour. Wonho vient souvent ici en voiture quand il se sent mal ou a l'esprit embrouillé. A force de contempler cette eau paisible et joyeuse, il se sent réconforté, blotti dans les bras de la nature, comme une pierre au fond du fleuve. Il baisse les vitres et un vent froid bienfaisant s'engouffre dans l'habitacle, lui rafraîchissant les idées. Le bavardage du cours d'eau console son cœur en repoussant le vacarme de la ville. Ses émotions bouillonnantes se calment un peu.

Il croyait que le temps écoulé lui avait permis de prendre des distances avec son passé et que des croûtes épaisses s'étaient formées sur ses blessures aussi profondes que des marques au fer rouge. Or ces croûtes, loin de les cicatriser, n'ont fait que les dissimuler temporairement. Les plaies cachées en dessous ont fermenté, tel un alcool vieilli sous terre pendant plusieurs décennies, pour se transformer en une haine encore plus féroce. Dès l'instant où le bowiwon est apparu et a effleuré les croûtes, la haine s'est répandue dans tout son corps comme un alcool fort et a déchaîné en lui un besoin incontrôlable de vengeance.

Tout à coup, une idée le traverse : il préférerait que ce ne soit pas Chae Min-kyu. S'il n'avait pas eu ses coordonnées, il aurait pu se leurrer en prétendant l'avoir confondu avec quelqu'un d'autre. A-t-il encore peur de lui ? Ou peut-être redoute-t-il d'affronter de plein fouet un passé qu'il veut oublier ? C'est aussi sans doute l'angoisse de voir révélée à tous l'abjection de son ancienne vie, qu'il tient à garder cachée.

Les jours qu'il a vécus flottent devant ses yeux comme des poissons morts remontant à la surface. Il espérait que le baume du temps lui ferait oublier ces douleurs. Wonho assène plusieurs coups de poing violents sur son volant en hurlant comme un fou. Les blessures endormies dans tous les recoins de son corps se réveillent sous la forme d'une fureur irrépressible.

Fronçant les sourcils, il pose son pied droit sur le genou opposé et le masse doucement. Ce pied auquel il manque trois orteils s'engourdit après à peine une heure de conduite. Le symptôme se manifeste particulièrement lors des changements de saisons et en cas de froid. Il a perdu ces orteils à cause de Chae, et ça le fait boiter un peu. Il est toujours très soucieux de ne pas attirer l'attention là-dessus quand il est en public. Il le masse longuement et en retrouve enfin la sensation. Mais au même moment, la colère, pareille à une boule de feu, jaillit à nouveau en lui.

Il décide de repousser pendant quelque temps toutes les propositions de participation aux conférences et aux émissions radio et télé. Il a envie de se reposer. Jusque-là, il a été sollicité continuellement et il s'est concentré sur sa tâche sans penser à autre chose.

4

Le lendemain matin, Wonho appelle une nouvelle fois et un message automatique lui annonce que le numéro n'est pas attribué. Wonho est encore plus certain qu'il s'agit du capitaine Chae.

— Espèce de lâche, tu as peur que je me venge, c'est ça ?

Il l'a vu de ses yeux ; s'il ne réagit pas et s'efforce de réprimer son désir de vengeance maintenant qu'ils se trouvent tous deux dans le monde libre, il se sentira plus méprisable qu'une vermine ; cette idée rallume sa rage. Comment va-t-il se venger ? Il est tellement obsédé par cette idée qu'il en tremble. Il veut détruire à petit feu la vie de cet individu et le faire souffrir autant qu'il a souffert. Oui, il le faut !

Wonho prend l'apparition de Chae comme le signe d'un duel annoncé. Il hait vraiment ce type qui a brisé l'équilibre que le temps lui avait donné.

Son esprit de revanche n'émane peut-être pas d'un souhait profond mais ressemble plutôt à un fardeau qu'il tient à endosser à tout prix. C'est un étrange bagage dont il ne peut se défaire car il aurait l'impression qu'avec lui disparaîtrait la raison même de son existence. Plus que tout, l'idée que le bowiwon est devenu un citoyen sud-coréen l'indigne et lui est insupportable. Car jusque-là, jouir d'une nouvelle vie dans un monde libre – existence inimaginable pour les êtres minables comme Chae – était pour lui une consolation et une forme de revanche. Mais voilà que ce pauvre type est passé en Corée du Sud, Wonho n'en revient pas !

UNE ERRANCE SANS FIN

1

C'est une occasion inespérée. Celui qu'il a tant recherché se trouve assis dos à lui, jambes ballantes sur le bord d'une falaise abrupte. Wonho s'approche à pas feutrés en retenant son souffle. En contrebas du promontoire flottent des nuages gris. En dessous, le sol est sûrement jonché de rochers tranchants ou bien c'est un cours d'eau où tourbillonne un courant violent. Quoi qu'il en soit, Chae ne peut survivre à une chute dans ce gouffre vertigineux. Ce qui dérange un peu Wonho, c'est que sa fin soit trop rapide. Il tient à ce qu'il meure en subissant de terribles souffrances. Il est tellement excité que son cœur lui semble à deux doigts de se rompre. Mais étrangement, plus il s'approche de lui, moins ses pieds lui obéissent. Merde, la peur me fait ça ? C'est la vengeance que j'attendais tant ! Allez, je me détends, je n'ai qu'à le pousser légèrement et il tombera dans l'abîme infini. A cet instant, le tonnerre gronde à en faire trembler ciel et terre.

Wonho sursaute et regarde le ciel. Il voit le plafond sombre. Il vient de faire un cauchemar. Le jour n'est pas encore levé. Sur son chevet, le portable n'arrête pas de sonner bruyamment. Sa main tâtonne un instant avant de saisir l'appareil. L'écran affiche un numéro inconnu commençant par 031.

— Quel est l'abruti qui ose appeler à cette heure-ci ?

Tout en grommelant ainsi, toujours couché, Wonho glisse son doigt sur l'écran.

— Vous êtes bien monsieur Han Wonho ? demande une voix avec un accent du Nord.

Un courant électrique lui parcourt le corps et il se lève d'un bond.

— Qui êtes-vous ?

— C'est moi.

— Comment ça, c'est moi ?

— Han Wonho, j'imagine que tu remues ciel et terre pour me retrouver…

L'image du dos de Chae en uniforme militaire qu'il vient de voir dans son rêve lui revient vivement à l'esprit. Wonho humecte ses lèvres sèches avec sa langue.

— Tu es Chae Min-kyu ?

— Oui, c'est moi.

— Salaud, où es-tu ?

Wonho s'aperçoit que sa main a déjà agrippé son oreiller, prête à le lancer.

— Je t'appelle pour te dire de ne pas perdre ton énergie inutilement. Quand le moment sera venu, j'apparaîtrai de mon plein gré devant toi. Il le faut bien car, à cause de notre lien malheureux, nous devrons un jour régler nos comptes.

— N'essaie pas de me jouer un mauvais tour de plus. Tu te prends toujours pour un grand seigneur ? Où es-tu ? Je vais te tuer tout de suite.

— Tu feras de moi ce que tu veux quand nous nous retrouverons. Mais pas maintenant. Avant j'ai quelque chose à accomplir absolument, alors donne-moi un peu de temps.

— Espèce de lâche, arrête tes conneries et dis-moi où tu es !

— Dis donc, tu as beaucoup changé, à ce que j'ai pu voir. Si je me souviens bien, avant tu étais plutôt timide, et très égocentrique en plus, non ?

— La ferme, connard ! Pourquoi tu ne veux pas me voir ? Tu as peur ? Tu crains que je te tue ?

— Pas du tout. Qui va tuer qui, il faudra un duel pour le savoir.

— C'est pourquoi je t'ai demandé de me dire où tu es, crapule !

— Très bien, je me trouve dans un bar de la ville de H dans la province de Gyeonggi. Viens si tu veux.

Après avoir donné l'adresse du bar, il raccroche. Wonho s'habille à la va-vite et se précipite vers sa voiture au parking. Il tape l'adresse donnée par Chae sur son GPS, quitte la résidence et appuie sur l'accélérateur. A l'aube, les rues sont complètement dégagées. L'aiguille sur le compteur de vitesse dépasse le 140. Wonho roule à toute allure depuis un moment lorsqu'il sent sa voiture percuter quelque chose. Paniqué, il freine brusquement. Il descend et va voir à l'arrière. Un petit corps avec des rayures noires sur fond blanc gît sur la chaussée, c'est un chat. Wonho retourne chercher des gants dans sa voiture et les enfile avant de traîner le cadavre vers le bord de la route. L'odeur du sang lui donne la nausée. Un mauvais pressentiment l'envahit et fait violemment battre son cœur. Le téléphone dans la poche de son pantalon braille de nouveau. C'est le numéro de tout à l'heure, ce doit être Chae.

— Je suis désolé, mais plus je réfléchis, plus je me dis que le moment n'est pas venu de nous rencontrer. Actuellement, je suis à la recherche d'une personne et je te recontacterai dès que je l'aurai retrouvée. Cette personne, tu la connais, toi aussi.

— Quelqu'un que je connais ? Qui est-ce ?

— Je ne peux pas te le dire pour l'instant. Donne-moi juste un peu de temps.

— Arrête de dire des conneries et attends-moi !

Wonho hurle comme un forcené dans son téléphone mais la communication est coupée. La pluie se met à tomber. C'est une averse violente, peu fréquente en automne. Le temps qu'il remonte dans sa voiture, il est trempé. Il essuie avec ses mains son visage dégoulinant d'eau et fulmine en grinçant des dents :

— Chae Min-kyu, attends-moi !

2

— Vous êtes ici à l'hôpital. Pendant trois jours vous étiez dans le coma et vous voilà, vous êtes revenu à vous.

L'hôpital ? Coma ? Moi ?

Min-kyu aperçoit une bouteille de perfusion suspendue à son chevet.

— Vous ne vous souvenez pas ? Vous avez été renversé par un chauffard. Vous avez été blessé à la tête mais l'opération s'est bien passée.

Pendant qu'il écoute ainsi l'infirmière, la mémoire lui revient de manière entrecoupée tel un film qui s'interrompt de temps en temps. Il se rappelle clairement un grand choc sur la tête et la sensation humide du sol sur sa joue. Il revoit aussi les lumières clignotant devant ses yeux. Où et comment ? Min-kyu agite la tête, impatient de se souvenir de tout, et le vertige l'envahit. Il a l'impression que son cerveau se démantèle en mille morceaux.

— Voulez-vous que j'appelle la police pour la prévenir que la victime a recouvré ses esprits ? demande l'infirmière au médecin qui s'approche.

— C'est encore trop tôt.

Le docteur en blouse blanche écarte les paupières de Min-kyu à l'aide de ses doigts et examine ses yeux de près.

— Je vois qu'il a repris connaissance. J'ai prescrit davantage de stéroïdes, alors injectez-les-lui.

— Entendu.

Min-kyu plisse les yeux pour tenter de comprendre la situation. Ça lui fait mal, comme si on tirait les deux extrémités de ses nerfs optiques. A l'aide d'une seringue, l'infirmière injecte par deux fois un liquide clair dans la bouteille de perfusion. Dehors, de lointains nuages gris s'avancent.

En pleine nuit, il revient de nouveau à lui. Un faible bruit, ressemblant tantôt à un bourdonnement d'abeilles, tantôt à une chanson, chatouille ses oreilles. Au loin, une lumière carrée change perpétuellement de couleur comme pour s'amuser : une succession d'éclairs d'abord bleus, blancs, jaunes, rouges puis noirs, puis encore les couleurs. Qu'est-ce que c'est ? Un feu follet ? Il lui faut une longue observation pour se rendre compte qu'elle vient de la fenêtre de l'immeuble en face. Il doit s'agir d'un écran télé.

Où suis-je ?

Il promène son regard autour de lui. Une faible lueur traversant la fenêtre danse lentement dans la pièce. L'obscurité règne mais il distingue clairement ce qui l'entoure. Six lits en tout sont alignés en deux rangées. Sur chacun d'eux, un drap bombé frémit doucement. Les malades doivent être en train de dormir.

Il porte ses mains à sa tête. Il a envie de la gratter. Il parvient à bouger ses bras sans problème. Ses doigts effleurent une matière rugueuse. Après l'avoir tâtée un moment, il comprend enfin qu'il s'agit d'un bandage. Il ferme les yeux et s'efforce de réfléchir. Il se rappelle la conversation entre l'infirmière et le médecin dans la journée.

Ah, c'est vrai, je suis à l'hôpital.

Il se souvient aussi de ce qu'a dit l'infirmière : il a été renversé par un chauffard, a été blessé à la tête, et il est revenu à lui au bout de trois jours. Tout à coup, une idée le frappe : peut-être a-t-il entre-temps reçu un appel de Chine ? Il tourne la tête et scrute la table de chevet mais n'y voit pas son portable. Il repousse les draps et essaie de redresser le buste. Il a l'impression que la chambre et son lit se renversent. Il se laisse retomber, victime d'un profond vertige comme s'il chutait dans un précipice. Sa tête lui fait mal, elle lui semble sur le point d'éclater.

Il rouvre péniblement les yeux qu'il avait fermés sous le coup de la douleur. Les objets de la chambre reprennent peu à peu leur place. Il appuie un pied sur le sol et s'efforce de se lever lentement. La nausée le gagne et tout ce que contient la pièce se met à vaciller comme pendant un séisme. La plante de ses pieds est en sueur. Les dents serrées, il tente de faire un pas, avec succès. Une fois sorti de la chambre, il aperçoit une femme en blouse blanche assise au comptoir de l'accueil dans le hall à l'autre bout du couloir.

— Monsieur, comment vous êtes-vous levé ? Est-ce que ça va ?

L'infirmière qui a découvert Min-kyu se précipite vers lui pour le soutenir. Elle dégage un faible parfum.

— Mon… portable…

— Nous conservons toutes vos affaires, dit l'infirmière avec un sourire. Et puis il est trop tôt pour utiliser votre téléphone.

Son sourire lui est familier. Délicat, il donne à ses yeux une jolie forme en croissant de lune. Chez qui ai-je déjà vu ce sourire ? Ah, c'est vrai, c'est *elle*. En se souvenant d'*elle*, Min-kyu secoue la tête. Il a l'impression que son crâne va exploser et il a du mal à respirer. Heureusement, il ne tombe pas.

— J'attends des nouvelles…

Cette fois les mots franchissent un peu plus facilement ses lèvres.

— Vous attendez des nouvelles de quelqu'un ? Mais d'après vos dossiers, vous n'avez pas de famille ici…

Sans lui répondre, Min-kyu fixe un regard suppliant sur l'infirmière en faisant le geste de téléphoner. Celle-ci hésite un moment et esquisse encore une fois ce joli sourire, les yeux en forme de croissant de lune.

— Une minute, s'il vous plaît, dit-elle en prenant la main de Min-kyu, avant de le conduire jusqu'à un canapé installé dans le couloir. Asseyez-vous ici et attendez-moi.

Et elle s'éloigne rapidement en laissant résonner derrière elle le couinement de ses chaussures. Quelques instants plus tard, elle revient avec le portable de Min-kyu. Il l'allume aussitôt. Il a eu plusieurs appels et messages pendant son absence. La plupart d'entre eux sont des publicités. Il n'y a pas celui de Chine qu'il attend. Combien de temps dois-je encore attendre ? Min-kyu pousse un profond soupir. Désœuvré, il fait défiler les numéros de ses contacts et s'arrête net sur le nom « Ennemi juré ». Il s'agit de celui de Wonho. Lorsqu'il a changé de numéro de portable, il l'a enregistré ; il ne s'en est pas encore servi, mais il a l'intention de l'appeler quand ce sera le moment.

Enfin il recouvre toute sa mémoire. Il se rappelle les détails du jour de son accident : il buvait dans un bar à H dans la province de Gyeonggi et il a appelé Wonho sur un coup de tête ; malgré son ivresse, il a pris la précaution d'utiliser le téléphone du bar à la place de son portable, quelle prudence de sa part ! Il laisse échapper un rire narquois pour se moquer de lui-même. Tu n'as quand même pas peur de Han Wonho ? Il se souvient également de la conversation qu'il a eue avec lui ; il lui a demandé de patienter un peu au lieu de se démener pour le retrouver ; il lui a dit aussi qu'il cherchait quelqu'un et que, lorsque cela aboutirait, il viendrait à lui de sa propre initiative. Pas mal, dis donc, j'étais saoul mais j'ai quand même dit des choses assez sensées ! Mais un jour, il faudra bien que lui et moi nous réglions nos comptes une bonne fois pour toutes.

3

Ce jour-là, Min-kyu, invité à la conférence, y est allé tout en sachant que Wonho serait le principal intervenant. Il a envisagé le risque d'un affrontement sérieux au cas où ce dernier le reconnaîtrait. Mais il avait très envie d'y assister. C'était une occasion inouïe de voir Wonho en chair et en os. Il voulait voir son visage et entendre sa voix pour de vrai et non à la télévision ou sur Internet. Qu'est-ce qui lui a pris de faire ça ? C'était vraiment une étrange lubie de sa part, lui-même ne la comprend pas. En plus, quand il a vu Wonho sur l'estrade ce jour-là, il a ressenti une curieuse joie.

Cela fait un bon bout de temps que Min-kyu surfe régulièrement sur Internet pour avoir des nouvelles de Wonho et qu'il le regarde à la télévision. C'est vrai qu'il se moquait de lui : « Dis donc, cet enfoiré, il profite bien de son passé dans le camp ! », mais au fond il ne détestait pas le voir ainsi dans les médias. Lorsqu'il se trouvait face à lui par écran interposé, il avait l'étrange impression que son extrême solitude en était allégée. Peut-être éprouvait-il pour lui une forme de solidarité et de sympathie, comme entre gens qui partagent la même douleur, parce que Wonho était la seule personne au courant de son passé. Voilà pourquoi il attendait parfois impatiemment son apparition à l'écran.

Ce jour-là, en voyant Wonho le reconnaître au premier coup d'œil, Min-kyu a réalisé à quel point la haine que l'ancien détenu lui vouait était profonde. Il a regretté aussitôt d'être venu, c'était une grave erreur. Il s'était promis et juré de ne rien faire avant de *la* retrouver. En fait, à part ça, rien n'a de sens pour lui. Et à cause de sa conduite impulsive, le voilà qui a renoué son lien malheureux avec Wonho.

Tout à coup, il se rappelle que Wonho, fou furieux, lui a crié de l'attendre. Ne serait-ce pas lui qui l'a renversé avant de s'enfuir ? C'est tout à fait probable. Ce matin-là à l'aube, Min-kyu est sorti du bar, a vomi sur le trottoir et est resté longuement accroupi. Une fois son estomac un peu soulagé, il s'est engagé pour traverser la rue. Ce n'était pas une grande route, il n'y avait pas de passage piéton. Toujours est-il que c'est là, non loin du bar, que l'accident a eu lieu. Le chauffard est-il vraiment cet enfoiré de Han Wonho ?

Min-kyu se recouche mais il ne trouve pas le sommeil. D'après l'infirmière, il ne s'est réveillé qu'au bout de plusieurs jours, alors il estime avoir suffisamment dormi. Il est impatient de savoir ce qu'est devenu Wonho. Si c'était vraiment lui qui l'a renversé, a-t-il réussi à se sauver ou a-t-il été arrêté par la police ? Dans le second cas, il sera accusé de tentative de meurtre ou de délit de fuite. Espèce d'idiot, j'espère de tout cœur que tu ne seras pas arrêté. Tu as déjà vécu dans un camp au Nord, ce serait trop cruel si tu te retrouvais encore en prison dans le Sud. Allez, mon vieux, cache-toi bien.

Toute la nuit, Min-kyu réfléchis à ce qu'il va dire à l'inspecteur de police pour tenter d'innocenter Wonho au maximum. Mais qu'est-ce qui lui prend de vouloir protéger son ennemi ? N'est-il pas un peu ridicule ? Il se moque de lui-même.

Le jour suivant non plus, il ne reçoit pas le moindre appel de Chine. Il en a assez de cette perfusion qu'on lui renouvelle sans cesse. Après tout ce temps, il connaît la marge de mensonge de son agent chinois. S'il affirme avoir parcouru dix régions chinoises, il a au moins dû aller dans cinq d'entre elles. Pendant trois ans, l'homme l'a escroqué de pas mal d'argent, Min-kyu ne l'ignore pas, malgré tout, il s'accroche à lui avec ténacité. De toute façon, choisir un autre agent ne changerait rien, ils sont tous pareils. S'il doit se faire extorquer de l'argent d'une façon ou d'une autre, autant que ce soit par le même individu, tel est son raisonnement. Evidemment son désir pressant de *la* retrouver l'a fait aveuglément placer tous ses espoirs en cet homme. Les grosses sommes d'argent qu'il lui envoie ne servent peut-être à rien mais il ne les regrette pas. Pour lui, l'argent n'a de sens que pour *la* retrouver. En dehors de ça, il n'en a nul besoin, si ce n'est pour sa subsistance. Tant qu'il a un toit pour dormir grâce à l'appartement fourni par le gouvernement du Sud, il n'a pas d'autres soucis.

En Chine, il a exercé différents petits boulots journaliers et ici il accepte tous les travaux qu'on lui propose, même ceux, pénibles, sur des chantiers. Dès qu'il gagne un peu d'argent, il en envoie systématiquement à son agent en Chine et chaque envoi entretient son espoir de *la* retrouver. Il s'accroche de toute son âme à ce vague espoir. Au début, l'agent, un homme d'origine coréenne, a usé de tas de subterfuges pour lui soutirer de l'argent, mais aujourd'hui, sans doute par culpabilité et compassion devant le dévouement sans bornes de Min-kyu, il s'est mis à fouiner sérieusement à travers toute la Chine. Il lui dit qu'il essaie de se rendre dans toutes les régions où des femmes nord-coréennes ont été vendues ; en même temps, il se plaint exagérément qu'à cause de ça sa vie est un vrai foutoir. Chaque fois, Min-kyu le supplie au téléphone de ne pas renoncer et lui promet de continuer à lui envoyer des fonds. Cela fait trois ans que ça dure.

4

— Vous êtes monsieur Han Wonho ? C'est la police. Nous avons besoin de vous interroger, veuillez m'accompagner, je vous prie.

— Moi ? s'enquit Wonho en regardant avec étonnement le policier apparu devant sa porte. De quoi s'agit-il ?

— Vous comprendrez une fois que vous serez au poste.

Dès que Wonho met les pieds au poste de police de son quartier, on le conduit directement dans la salle d'interrogatoire.

— Monsieur Han Wonho, connaissez-vous monsieur Chae Min-kyu ?

Les yeux de Wonho s'écarquillent.

— Je vois que vous le connaissez. Vous êtes proches ?

— Euh… On se connaissait un peu quand on était dans le Nord…

— Il me semble que ce n'est pas juste un peu, je me trompe ?

— Où est-il en ce moment ?

— Dites-nous plutôt si vous l'avez déjà rencontré.

— Depuis que je suis dans le Sud, je ne l'ai pas rencontré directement. Je l'ai juste croisé rapidement une fois.

— Il y a trois jours, il vous a appelé dans la nuit d'un bar de la ville de H.

— Oui, en effet.

— Aussitôt après, vous avez pris votre voiture, vous êtes allé dans ce bar et vous avez rencontré monsieur Chae.

— Non, je suis allé jusqu'à ce bar mais je ne l'ai pas vu.

— Ah bon ? Il paraît que vous étiez ennemis jurés dans le Nord, ai-je raison ?

— Comment savez-vous ça ?

— Dans le téléphone portable de monsieur Chae, votre numéro est enregistré sous le nom « Ennemi juré ». C'est pour cette raison que vous avez renversé monsieur Chae, qui était en état d'ivresse, avant de prendre la fuite ?

— De quoi parlez-vous ? réplique Wonho en se calant contre le dossier de sa chaise.

— Vous avez parlé longuement avec monsieur Chae qui utilisait le téléphone du bar et, d'après le patron, vous vous disputiez. Ensuite, vous avez pris votre voiture à une heure très tardive et quitté votre résidence.

Le policier pose sur le bureau une photo du véhicule de Wonho prise par la caméra de surveillance dans le parking et une autre sur laquelle on voit sa voiture s'engageant sur la route.

— Monsieur Chae Min-kyu a été renversé par un véhicule dans une rue proche du bar. Le suspect a choisi un endroit à l'abri des caméras de surveillance pour ne pas laisser de traces.

Wonho éclate tout à coup d'un rire tonitruant qui secoue tout son corps.

— Qu'est-ce qui vous arrive ? s'enquiert le policier, perplexe.

— Ça me fait tellement de bien !

— Qu'est-ce que vous voulez dire par là ?

Après avoir ri un long moment, Wonho reprend un air sérieux et demande :

— Avez-vous une preuve que j'aie renversé Chae Min-kyu ?

Le policier plisse les yeux et fixe Wonho d'un air soupçonneux.

— On a découvert des traces de sang sur votre véhicule. L'enquête scientifique rendra bientôt ses conclusions mais, pour le moment, vous êtes le seul suspect.

Wonho rit de nouveau et dit :

— Ces traces de sang sont celles d'un chat que j'ai percuté sur la route. Cela aussi est contre la loi ?

— Monsieur Han, je ne plaisante pas.

— Vous pensez que je suis en train de plaisanter ? rétorque Wonho d'un ton ironique. Si vous voulez m'arrêter, il vous faut une preuve qui tienne la route. Je vous assure que ce n'est pas moi.

— Vous êtes une personnalité célèbre, monsieur Han Wonho, et je compte donc sur vous pour coopérer pleinement dans cette enquête. C'est tout pour aujourd'hui, vous pouvez rentrer chez vous.

Le policier fait preuve d'une politesse exagérée qui irrite Wonho. Il se sent vexé à l'idée que ce flic a inspecté jusqu'à sa voiture garée dans le parking. Bien sûr, le résultat des analyses scientifiques révélera la vérité mais tout de même…

5

Le lendemain, il est à nouveau convoqué. Le même policier que la veille l'accueille d'un air assez excité.

— On a découvert deux traces de sang sur votre voiture, monsieur Han. L'une provient bel et bien d'un chat, et l'autre appartient à monsieur Chae.

— Non, ce n'est pas possible ! réagit Wonho en se redressant, éberlué. C'est absurde ce que vous dites.

— Comment ça, absurde ?

— Je vous ai dit que ce n'était pas moi.

— Dans ce cas, expliquez-moi pourquoi une trace du sang de monsieur Chae se trouve sur votre véhicule.

Wonho sent que les choses se compliquent. Le policier lui dit qu'il doit rester au poste. Wonho obéit sans protester. Il trouve vraiment aberrant de se retrouver dans ce guêpier alors qu'il n'a même pas encore affronté Chae. S'il a bien compris, Chae est sorti du bar avant son arrivée et s'est fait renverser par une voiture. Mais il ne comprend vraiment pas comment le sang de Chae a pu se retrouver sur les roues de son véhicule. Il s'agrippe la tête des mains et se remémore le détail des événements de ce matin-là. Un moment après, il se lève d'un bond en poussant une exclamation. Le brouillard se dissipe enfin dans son esprit et il voit les choses se dessiner clairement : il arrive au bar et, n'y voyant pas Chae, il fume une cigarette devant l'établissement pour se calmer. Mais sa colère ne s'apaise pas, alors il fait les cent pas pendant un certain temps près de sa voiture, puis reprend le volant. Tandis qu'il s'engage dans une rue non loin du bar, il voit devant lui une ambulance qui charge un blessé avant de repartir, toutes sirènes hurlantes. Il la suit. Si la victime prise en charge par l'ambulance était Chae, il ne serait pas impossible que les roues de son véhicule se soient tachées du sang de ce dernier. Pourquoi s'en souvient-il seulement maintenant ? Il voudrait se frapper tellement il s'en veut. Il n'entame même pas le déjeuner qu'on lui apporte et se contente d'attendre le policier chargé de son affaire.

Dans l'après-midi, ce dernier revient. Il a l'air satisfait.

— Monsieur Han, vous avez beaucoup de chance, annonce-t-il d'un ton détendu. Monsieur Chae a repris connaissance. Je lui ai fait un résumé de la situation, alors il a avoué qu'il s'était jeté délibérément sous votre voiture pour se suicider.

— Comment ? Il voulait se suicider ? Ce n'est pas vrai !

Wonho laisse échapper un rire moqueur tandis que le policier prend un air grave et dit :

— Je vois que vous n'avez pas tout à fait compris la situation. Même si c'est le cas, vous êtes quand même coupable de délit de fuite.

— Pfft, on dirait que vous êtes monsieur je-sais-tout, vous vous débrouillez très bien tout seul, à ce que je vois. Ecoutez, je n'ai ni renversé le capitaine Chae, je veux dire Chae Min-kyu, ni commis de délit de fuite.

— La victime fait preuve de bonne volonté pour arranger les choses, alors soyez un peu coopératif.

— Quoi ? De la bonne volonté ? Quelle bonne volonté ?

Le visage de Wonho devient rouge de fureur avant de retrouver peu à peu sa couleur normale. Il s'efforce de reprendre son souffle et poursuit avec calme :

— Dans la ruelle où a eu lieu l'accident, il n'y a pas de caméra de surveillance, mais il y en a une quand on tourne à gauche un peu plus loin, n'est-ce pas ?

— Comment le savez-vous ?

— Je le sais parce que je l'ai remarquée pendant que je roulais derrière une ambulance que je venais de voir prendre en charge un blessé à l'endroit de l'accident. Il est donc tout à fait possible que les roues de ma voiture aient été tachées par le sang du blessé répandu sur le sol. On peut supposer que l'image de mon véhicule suivant l'ambulance a été enregistrée par cette caméra de surveillance. Avec en prime l'heure où je suis passé.

Le policier se renverse un peu dans son siège, perplexe. Au lieu de répondre, il fixe un moment Wonho, puis il prend son portable pour passer un coup de fil et sort de la pièce.

Bien plus tard, il revient accompagné de l'inspecteur chargé du dossier de réfugié nord-coréen de Wonho ; l'inspecteur s'assoit en face de son protégé et lui fait un clin d'œil pour le rassurer, pendant que l'autre ressort.

— Monsieur Han, maintenant que Chae Min-kyu a reconnu qu'il s'était jeté sous votre véhicule pour se suicider, vous ne risquez pas grand-chose. Vous n'avez qu'à payer une amende pour votre délit de fuite. Fort heureusement, Chae Min-kyu a repris connaissance au bout de quelques jours et sa vie n'est pas en danger. Qui plus est, il affirme que tout est de sa faute.

— Mais j'hallucine ou quoi ? C'est comme si on m'avait maltraité puis passé de la pommade, ricane Wonho.

— Il faut vous estimer chanceux que l'affaire n'aille pas plus loin. Au fait, avez-vous une assurance multirisques pour votre véhicule ?

— Vous aussi, monsieur l'inspecteur, vous pensez que je me suis enfui après avoir percuté Chae Min-kyu ? interroge Wonho avec une moue de dépit.

— Eh bien, pas exactement, mais puisque Chae Min-kyu avoue s'être précipité de son plein gré sous vos roues, il faut que je le croie.

Furieux, Wonho se lève d'un bond en assenant un violent coup de poing sur le bureau.

— Je suis prêt à mariner dix jours ou même un mois ici dans ce poste de police si vous me promettez de faire une enquête sérieuse ! Vous devez chercher des preuves dignes de ce nom !

L'inspecteur regarde Wonho, yeux écarquillés et bouche bée.

— Je comprends votre colère. On croit souvent qu'un fruit est tombé parce qu'un corbeau s'envole alors qu'en réalité il n'y a aucun lien entre les deux. Très bien, ce n'est pas une affaire dont j'ai la charge mais je vais me renseigner à nouveau. Patientez encore un peu.

Il est décidé que Wonho attendra le résultat de l'enquête chez lui. On ne peut pas continuer à le garder au poste sans preuves tangibles, telle est l'opinion de son inspecteur. Celui-ci se comporte un peu comme son avocat, sans doute parce qu'il tient compte de son statut de réfugié, et Wonho lui en est reconnaissant. L'inspecteur dit que la police va reprendre l'enquête et a même mis des affiches pour chercher des témoins. Wonho n'est en tout cas plus considéré comme le principal suspect.

6

Quelques jours plus tard, en début d'après-midi, le portable de Min-kyu sonne. Un appel de Chine. Sa main tremble tellement qu'il raccroche au lieu de décrocher. Alors qu'il s'agite, affolé, le téléphone chante de nouveau comme une cantatrice à qui on réclame un bis. Min-kyu écarquille les yeux et fait glisser son doigt sur l'icône verte qui vibre sur l'écran.

— Allô, vous êtes monsieur Chae Min-kyu ?

— Oui… c'est moi.

— Vous êtes bien Min-kyu ? Allô, allô ?

— Je vous ai dit que c'est moi, bon sang !

— Ah, désolé, essayez de parler un peu plus fort. La femme que je viens de rencontrer n'est pas non plus la Ri Su-ryeon que vous cherchez. En revanche, j'ai identifié un autre endroit où se trouvent beaucoup de jeunes femmes nord-coréennes qui avaient été vendues. On m'a dit que parmi elles, il y en avait deux du nom de Ri. Alors ne soyez pas trop déçu. Je vais me remettre à sa recherche. Au fait, ne vous inquiétez pas pour l'argent, ce que vous m'avez envoyé la dernière fois suffit.

Par mégarde, Min-kyu laisse échapper son téléphone qui atterrit par terre avec fracas. En voulant le ramasser, il glisse et tombe. Le bruit de ses os qui craquent est assourdissant. Il se dit qu'il aurait préféré ne pas se réveiller de son coma. Aussitôt après l'avoir aidée à s'enfuir, il aurait dû la suivre pour prendre soin d'elle ; hélas, il ne l'a pas fait et il le regrette amèrement. Il ne savait pas qu'il en éprouverait un tel chagrin.

Ce soir où Min-kyu a apporté à Su-ryeon les raviolis à la viande de lapin, il a été très surpris de la voir en hanbok. Au début, il s'est dit qu'elle s'était habillée ainsi parce que ses beaux jours sur scène à Pyongyang lui manquaient, mais peu après, une idée glaçante l'a fait tressaillir. Elle n'était pas le genre de femme à mettre un hanbok par simple nostalgie de son passé alors qu'elle venait de perdre successivement son fils et sa belle-mère et avait en outre rompu avec son mari. Frappé par un mauvais pressentiment, il s'est précipité vers l'entrepôt. Comme il le craignait, le lieu était vide. Il a fait le tour du bâtiment du comité administratif et a aperçu une forme blanche qui s'éloignait rapidement vers le torrent. Se rappelant la couleur de sa tenue, il a couru à perdre haleine dans cette direction. Lorsqu'il est parvenu au torrent, l'eau montait déjà jusqu'à la poitrine de Su-ryeon et son hanbok ondulait au rythme du courant.

Quand Min-kyu l'a prise dans ses bras, elle avait déjà perdu connaissance. Il l'a emmenée dans l'entrepôt et a commencé par lui mettre des vêtements secs. Su-ryeon, revenue à elle, martelait de ses poings la poitrine de Min-kyu avec dépit.

— Il ne fallait pas me sauver, il ne fallait pas…

Il lui a donné un médicament contre le rhume et en l'avalant avec un peu d'eau, elle a commencé à vomir. Une fois apaisée, elle lui a dit d'une toute petite voix :

— Je dois vous avouer quelque chose car cela vous concerne aussi. Je suis enceinte. Il me semble que cela date de la nuit où j'ai dormi avec vous, Seonsaengnim, il y a deux mois. Comme cela fait longtemps que je n'ai aucun rapport avec mon mari, si jamais il venait à l'apprendre…

Sans finir sa phrase, elle a laissé tomber la tête comme une coupable. Min-kyu était en pleine confusion. Il avait la tête vide, il ne pensait à rien. Il trouvait aberrant d'éprouver un tel désarroi au lieu d'être ému et de se réjouir d'être père pour la première fois de sa vie. Le fait qu'elle porte son enfant était un événement grave. Il l'a d'abord aidée à s'allonger, puis il est sorti de l'entrepôt ; il s'est creusé les méninges, il devait trouver une solution. Une chose était sûre, il ne voulait absolument pas renoncer à cet enfant, ni à elle non plus d'ailleurs. Il pressentait que l'aventure la plus risquée de toute sa vie était imminente.

Il s'est dit qu'il fallait battre le fer tant qu'il était chaud. Il a laissé la veste de hanbok accrochée à une grosse pierre dans le torrent et les chaussures de Su-ryeon sur le bord. Quant à la jupe du hanbok, il l'a brûlée dans la cheminée de son bureau. Il fallait faire croire que la jeune femme s'était noyée volontairement. C'était tout à fait plausible, vu la largeur du torrent et son courant violent. Et comme on était en pleine famine, l'Etat avait bien d'autres choses à faire que de s'occuper de l'affaire et d'ordonner de retrouver le cadavre dans la rivière où se jetait le torrent.

Mais comment faire sortir Su-ryeon du camp ? A ce moment, une idée soudaine l'a frappé. Il était prévu que du bois de chauffage soit transporté en camion pour le Bowibu du district deux jours plus tard. Si Min-kyu accompagnait le chauffeur, il pourrait la cacher sans problème à l'arrière du véhicule. Avec un bowiwon à côté du conducteur, le poste de garde à la sortie ne contrôlerait pas forcément le chargement. Mais avant, il devait en parler avec son grand frère, qui habitait le même district que lui, pour savoir s'il pouvait faire passer la frontière à Su-ryeon. La famille d'un parent éloigné de sa belle-sœur vivait dans la région frontalière, du côté chinois, cela tombait à pic.

Min-kyu a fait tout le tour du bureau à la recherche d'un endroit où cacher Su-ryeon. Son bureau d'origine ayant brûlé, il utilisait provisoirement une des pièces du comité administratif. Ce n'était pas le lieu le plus propice pour une cachette. Pour le moment, la chambre à coucher qu'on y avait aménagée temporairement était l'endroit le plus sûr, car personne ne pouvait y entrer sans son autorisation. Il a réveillé Su-ryeon endormie et l'y a transportée. Pendant la journée, elle pourrait se cacher sous le lit. Ce lit en bois haut perché serait idéal pour ça.

Min-kyu a exposé à Su-ryeon ce plan élaboré en un rien de temps et lui a ordonné d'obéir sans conditions. Celle-ci, les larmes aux yeux, a hoché la tête. Elle a vite compris le projet de Min-kyu. Ses yeux brillaient de l'espoir de retrouver la liberté. Bien évidemment, tout ça impliquait de mettre leurs vies en jeu. Au moindre faux pas, c'en serait fini non seulement pour la jeune femme mais aussi pour lui, il fallait s'y préparer. De toute façon, il était impossible de revenir en arrière. Et ce n'était pas un plan irréalisable, parce qu'ils étaient dans un camp où la mort d'un prisonnier politique ne comptait pour rien et où son cadavre était enterré anonymement : il suffisait du rapport d'un bowiwon pour classer le dossier.

Min-kyu a informé ses subordonnés qu'il allait accompagner le camion transportant le bois de chauffage le lendemain matin et il a ordonné de charger le véhicule et de le garer devant son bureau le soir même. Cette nuit-là, il a remplacé une partie des fagots par une grande caisse en bois où il a fait asseoir Su-ryeon avant de la camoufler en la recouvrant de bois de chauffage.

Le lendemain matin, armé de son revolver, Min-kyu est monté sur le siège à côté du conducteur. Il était tendu à la sortie du camp mais, comme prévu, les gardes ont laissé passer le véhicule sans le moindre soupçon. Quarante kilomètres environ les séparaient du chef-lieu du district. Lorsque, après avoir traversé la montagne, le camion est arrivé à l'entrée du chef-lieu, Min-kyu a demandé au chauffeur de s'arrêter et d'aller chercher un peu d'eau dans un torrent en contrebas, sous prétexte qu'il avait soif. Il lui faudrait un certain temps avant de revenir. Min-kyu en a profité pour monter à l'arrière du véhicule, libérer Su-ryeon et la confier à son frère qui l'attendait là comme convenu. Deux jours plus tôt, Min-kyu l'avait appelé et ils s'étaient organisés ainsi. Le plan que Min-kyu avait conçu en un éclair était donc un succès.

Quelques jours plus tard, Min-kyu a appris que Su-ryeon avait passé la frontière saine et sauve et était bien arrivée dans la famille lointaine de sa belle-sœur en Chine. Cette nouvelle l'a ému aux larmes. Il pressentait qu'un lien prédestiné et indestructible les unissait, même si pour le moment ils étaient loin l'un de l'autre. Il a convenu avec son frère d'aider dans un premier temps Su-ryeon à accoucher en toute sécurité, avant d'envisager son avenir et celui de son enfant.

Le jour suivant la disparition de Su-ryeon, Min-kyu a ordonné au chef du comité administratif de la chercher partout, afin de donner du crédit à l'hypothèse du suicide. Pour le reste, cela relevait de ses prérogatives, aussi a-t-il pu boucler l'affaire proprement. Il a dû informer Wonho de son décès, il n'avait pas le choix.

Le printemps suivant, il a appris qu'elle avait mis au monde un garçon en bonne santé et qu'elle coulait des jours paisibles, aux bons soins de la famille chinoise. Min-kyu ne faisait alors plus partie du corps des bowiwon. L'évasion de Kang et de Wonho l'automne précédent avait provoqué sa mise à l'écart, pour laquelle le capitaine Jo avait joué un rôle non négligeable. Ce dernier avait présenté aux autorités une requête exigeant de sanctionner Min-kyu pour avoir laissé deux prisonniers politiques s'évader. Sur le moment, Min-kyu, fou de rage, l'avait traîné dans un coin retiré et copieusement roué de coups, mais par la suite il lui en avait été plutôt reconnaissant. A présent que Su-ryeon l'attendait avec son enfant en Chine, il n'avait plus aucune raison de rester dans le Nord. Et puis le chaos dans lequel la famine avait plongé la société le désespérait. Il a quitté la vallée à la fois soulagé et amer, a confié sa mère à son grand frère et, sans hésitation, est passé en Chine pour rejoindre Su-ryeon.

Hélas, elle n'était plus là où elle aurait dû être. Sa famille chinoise lui a dit qu'elle était partie avec son enfant sans prévenir, ce que Min-kyu a eu du mal à avaler. Pourquoi aurait-elle agi ainsi alors qu'elle ne parlait même pas chinois et était en charge d'un nouveau-né ? Cela dépassait l'entendement. Qui plus est, elle était sans-papiers et risquait d'être arrêtée à tout moment. Finalement, après avoir usé de menaces auprès du fils de la famille, Min-kyu est parvenu à savoir qu'ils l'avaient vendue.

Il est parvenu à l'endroit où, d'après les dires du fils, Su-ryeon devait se trouver, au prix de nombreuses péripéties car c'était une région éloignée. Mais elle n'était pas là non plus. Min-kyu est retourné voir la famille et a encore fait pression sur le fils qui lui a finalement avoué ne pas savoir où elle était. Alors il a frappé le jeune homme jusqu'à le laisser presque mort, et à cause de ça il a été obligé de mener une vie de fugitif pendant quelque temps, poursuivi par la police chinoise.

Depuis, il erre à la recherche de Su-ryeon. Retrouver celle qui a mis au monde son enfant est devenu le seul objectif de sa vie. Il a vagabondé ainsi pendant trois ans dans toute la Chine, puis est passé en Corée du Sud il y a deux ans. Mais il n'est pas encore au bout de son errance.

7

Wonho reçoit un coup de fil de l'inspecteur en charge de sa protection, qui lui propose d'aller boire un verre. C'est sûrement pour parler de l'accident. Assis face à lui dans un bar à bières, Wonho affiche un air boudeur. L'inspecteur commande une bière pression couronnée de mousse blanche, il en boit une gorgée et se fend d'un grand sourire en plissant le nez, ce qui le fait ressembler un peu à une vache. Ce sourire étrange désarme son interlocuteur.

— Aujourd'hui j'ai deux bonnes nouvelles à vous annoncer, monsieur Han.

— La vérité sur l'accident de voiture a fini par éclater ?

— Ah, n'allez pas si vite et écoutez-moi. Il s'agit d'abord d'une nouvelle concernant votre père, monsieur Han.

Surpris, Wonho lève la tête.

— Votre père a été infiltré en Corée du Sud avant que vous soyez déporté dans ce camp, mais il est décédé à son arrivée.

— Vous voulez dire qu'il est mort dans le Sud ?

— En effet. J'ai retrouvé l'ami de votre père. Ça a pris beaucoup de temps parce que votre père et son ami avaient tous deux changé de nom, et nous ignorions quand ils avaient été infiltrés.

Wonho remercie l'inspecteur et boit une gorgée de bière. Il sent subitement toutes ses forces le quitter. Au tout début, à son arrivée en Corée du Sud, il ne pensait pas à son père, puis, un jour, se souvenant que ce dernier y avait été envoyé comme espion, il s'est dit qu'il vivait peut-être encore dans ce pays. Il a donc demandé à l'inspecteur de le chercher. A partir de ce jour-là, il a toujours gardé dans un coin de son cœur l'infime espoir de retrouver son père. Il savait que son travail était lié à une opération contre la Corée du Sud et qu'il avait probablement trahi son pays, provoquant la déportation de sa famille, mais malgré cela et le fait qu'il se souvenait à peine de son visage, il souhaitait tout de même qu'il soit en vie. Il voulait retrouver son père vivant, comme une sorte de compensation pour toutes les souffrances que sa famille avait endurées. Il se disait que lui, au moins, devait mener une vie confortable dans ce monde libre, et cela apaisait un peu son sentiment d'injustice.

— Je ne sais pas si je dois vous dire ça... En réalité, celui qui a renoncé à l'idéologie communiste à l'époque n'était pas votre père mais son ami. De toute façon, votre père n'aurait pas pu le faire puisqu'il est mort aussitôt après son arrivée ici.

Wonho fixe l'inspecteur, intrigué.

— Je veux dire par là que les autorités concernées du Nord ont fait une erreur. Elles ont pris votre père pour le transfuge et ont traîné votre famille dans un camp de prisonniers politiques selon le système de punition collective. Elles se sont trompées de personne. Il paraît que la famille de l'ami de votre père mène une vie agréable à Pyongyang. Mais lui est toujours sur des charbons ardents car il a peur que le Nord ne soit informé de sa vie d'ici.

Wonho, ahuri, en reste bouche bée.

— En apprenant le traumatisme de votre expérience dans le camp, l'ami de votre père a dit qu'il était vraiment désolé pour votre famille. Je trouve cette histoire totalement insensée. Vous qui étiez déjà victime d'une injustice, vous voilà avec un malheur de plus, je vous plains, monsieur Han.

Finalement, son père a sacrifié sa vie pour le régime du Nord. Sa famille aurait dû être traitée comme celle d'un héros au lieu d'être déportée dans un camp. Wonho vide bruyamment son verre de bière mais cela ne suffit pas à refroidir ce qui bouillonne en lui. L'inspecteur se contente de boire sans ajouter un mot.

— Souhaiteriez-vous rencontrer l'ami de votre père ? demande-t-il prudemment après un silence.

Wonho baisse la tête pour cacher ses larmes qui jaillissent brusquement. Il sait pertinemment que ce n'est pas la faute de cet ami et qu'il ne doit pas lui en vouloir, mais il n'est pas d'humeur à le rencontrer en ce moment. Il souhaiterait néanmoins le voir un jour et l'écouter parler de son père.

— Quelle est la deuxième bonne nouvelle ? demande-t-il en changeant de sujet.

— Je vais commencer par vous présenter mes excuses en tant que policier. L'inspecteur chargé d'enquêter sur l'accident va venir vous voir demain mais je tiens déjà à m'excuser auprès de vous.

Wonho, qui avait anticipé ces conclusions, ne se montre pas surpris outre mesure.

— On a arrêté le chauffard responsable. Il conduisait ce jour-là en état d'ébriété. Après avoir renversé Chae Min-kyu, il s'est enfui et a ensuite percuté une devanture de supermarché avant de fuir une deuxième fois. La police du quartier où se situe ce magasin a retrouvé sa voiture aujourd'hui et, en analysant la boîte noire de l'automobile, ils ont découvert la scène où il renverse monsieur Chae. C'est vraiment une chance pour vous.

L'inspecteur, sincèrement heureux pour lui, saisit les deux mains de Wonho et les secoue. Ce dernier, ne sachant quoi dire, émet un rire forcé. Les péripéties quasi mélodramatiques de ces derniers jours lui paraissent absurdes. Quelle ironie du sort !

— En tant qu'inspecteur chargé de votre protection, je dois vous exprimer aussi mes regrets. En fait, un article va paraître demain au sujet de cet accident de voiture.

— Qu'est-ce que vous dites ? s'exclame Wonho, déconcerté, en renversant son verre de bière.

— Rassurez-vous, aucune information personnelle ne sera dévoilée. L'article se focalise sur l'accident de voiture dans lequel ont été impliqués, par une drôle de coïncidence, un bowiwon et un prisonnier politique du camp X dans le Nord. Il évoque un malentendu et critique la négligence de la police, quelque chose comme ça. Vous savez, les journalistes sont doués pour dénicher de quoi faire la une. L'histoire étant séduisante, un journaliste futé en a fait son miel. Ça sortira demain sur papier mais cette nuit sur Internet.

Wonho assène un coup de poing furieux sur la table. Les clients du bar, surpris, tournent les yeux vers eux.

— Comment est-ce possible qu'on publie un tel article sans demander l'autorisation des personnes concernées ?

— Vous aussi, monsieur Han, vous étiez journaliste par le passé, non ? Puisqu'il ne s'agissait pas d'une interview de vous et de la victime et que le journaliste n'a pas falsifié les informations mais raconté les faits tels qu'ils étaient, même nous, policiers, n'avons rien pu faire pour l'empêcher. La seule chose en notre pouvoir est d'insister sur la stricte interdiction d'utiliser les véritables noms des réfugiés du Nord, et nous avons réussi à l'en convaincre. Je suis désolé. Vous savez, les privilèges d'une société démocratique ont parfois leurs revers.

L'inspecteur esquisse un sourire tout en guettant l'humeur de Wonho. Face à son attitude bienveillante, ce dernier ne peut que réprimer sa colère, non sans mal. Si cette affaire est rendue publique, sa vengeance contre Chae ne sera plus un secret connu de lui seul.

— Monsieur Han, je me rappelle qu'il y a quelque temps, vous m'avez supplié de traîner monsieur Chae en justice devant les tribunaux de la Corée du Sud. A l'occasion de cette affaire, je comprends mieux aujourd'hui ce qui vous lie tous les deux, et ça me déchire le cœur. Quiconque connaît la relation entre victime et bourreau dans un camp peut imaginer ce que vous ressentez.

Wonho, qui ne voit pas où il veut en venir, attend patiemment mais l'inspecteur change tout à coup de sujet :

— Monsieur Han, avez-vous vu ce film sorti récemment, *Beautiful Child* ?

— Non, je ne l'ai pas vu. C'est quel genre de film ?

— C'est un documentaire de Lee Seong-soo qui aborde le thème du pardon, de la réconciliation et de la renaissance spirituelle des peuples indigènes du continent américain. Disons, une histoire de salut rendu possible par les efforts de missionnaires coréens. C'est un film très émouvant.

— Ah, d'accord. Je vais essayer de le regarder à l'occasion.

Wonho a répondu ainsi par simple politesse mais l'inspecteur prend un air sérieux.

— Etes-vous croyant ?

— Pas encore.

— Monsieur Han, que diriez-vous d'avoir une religion ? Peu importe laquelle. Ça vous apporterait beaucoup de réconfort.

— Et vous, monsieur l'inspecteur, vous êtes croyant ? Etes-vous là en train de m'évangéliser ?

— Parmi les policiers, il y en a beaucoup qui sont croyants. Je n'essaye pas de vous évangéliser mais je me dis juste que pour ceux dont le passé est très douloureux, comme c'est votre cas, la religion peut être d'un grand secours dans la guérison. En fin de compte, la haine, le désir de vengeance, le ressentiment nous détruisent. On dit que celui qui hait souffre encore davantage, n'est-ce pas vrai ?

Wonho se sent fatigué mais s'efforce de ne pas le montrer. L'inspecteur continue avec encore plus d'enthousiasme :

— En ce qui me concerne, je souhaite de tout cœur que les réfugiés du Nord comme vous, monsieur Han, qui ont enduré de grandes souffrances, vivent heureux désormais. Je ne m'attends pas à ce que vous et monsieur Chae aillent jusqu'à vous réconcilier, mais j'aimerais au moins que votre haine réciproque se dilue un peu.

— Diluer… c'est une expression vraiment étrange. Avec quoi faut-il la mélanger pour qu'elle puisse se diluer ?

— Par exemple, essayez de vous dire que vous êtes tous deux victimes du régime, vous comprendrez peut-être mieux monsieur Chae.

— Ne vous inquiétez pas, inspecteur, si un jour je lui mets un couteau sous la gorge, je repenserai à votre conseil.

— Ne faites pas ce genre de plaisanterie horrible…

Un éclair de gravité traverse le visage souriant de l'inspecteur.

SU-RYEON

1

Les rayons du soleil matinal dansent dans la chambre de son fils comme s'ils s'amusaient. Su-ryeon, assise sur le bord du lit, regarde le visage de son enfant encore plongé dans un sommeil paisible. On est dimanche, pas besoin de se presser. Elle va le laisser dormir jusqu'à satiété. Les joues roses du petit garçon se fendent d'un petit sourire. A voir le visage serein de son fils, Su-ryeon a les larmes aux yeux. Pour elle, ce n'est encore qu'un bébé mais dans six mois, au printemps prochain, il entrera déjà à l'école primaire. Elle s'en émeut mais en même temps elle s'inquiète : le premier jour d'école, il n'aura que sa mère pour l'accompagner. N'ayant jamais eu l'occasion d'appeler quelqu'un « Papa », le petit garçon l'interroge de temps en temps à ce sujet : « Maman, où est mon papa ? » Chaque fois qu'il la fixe en l'interrogeant ainsi, Su-ryeon, embarrassée, ne sait pas où poser son regard.

— Ton père travaille dans un pays lointain.

— Quand est-ce qu'il reviendra ?

— Quand il aura fini son travail et quand tu seras grand comme ça, répond Su-ryeon en faisant un geste de la main.

Le petit garçon lève les deux mains jusqu'à la hauteur que sa mère indique et prend un air déçu. Elle pensait que père et fils ne se rencontreraient que si un jour avait lieu la réunification entre les deux Corées. Elle n'a jamais imaginé que cette rencontre arriverait aussi vite. Il était quasi impossible que Min-kyu, travaillant dans un camp de prisonniers du Nord, se retrouve en Corée du Sud comme elle.

La veille, au travail, en feuilletant par hasard un quotidien après le déjeuner, elle a été stupéfaite de tomber sur un article évoquant un malentendu à propos de Chae XX, ex-bowiwon, et de Han XX, ex-prisonnier du camp X, impliqués dans un accident de voiture ; on avait cru à une vengeance de la part du détenu contre le bowiwon, mais en réalité il s'agissait juste de l'acte d'un chauffard ivre. L'auteur de l'article ajoutait que leur passé terrible dans le camp jetait encore une ombre sur leur vie actuelle en Corée du Sud. Il exprimait le souhait que les deux ennemis se réconcilient et adressait une question à la société : la douleur d'une victime ayant perdu sa famille dans un camp pouvait-elle être imputée à un seul bowiwon ? Voilà ce que Su-ryeon avait pu lire. L'article n'était pas long mais elle avait tout de suite deviné qu'il s'agissait de Han Wonho et Chae Min-kyu. Elle l'avait lu et relu plusieurs fois, elle avait du mal à croire que Chae était passé au Sud.

Elle savait déjà que Wonho se trouvait en Corée du Sud. Elle l'avait vu à la télévision. Au début, elle ne l'avait pas reconnu tellement il avait changé : son apparence, les expressions de son visage, son rire, ses gestes et jusqu'à sa voix étaient devenus méconnaissables. Dans cet invité d'une émission télévisée en costume chic et cravate, elle n'avait retrouvé aucune trace de son mari tel qu'il était dans le camp ; il n'avait rien à voir non plus avec l'homme séduisant et débordant de confiance dont elle était tombée amoureuse quand ils vivaient à Pyongyang ; certes il avait recouvré sa beauté et l'élégance de sa jeunesse, mais son regard était imprégné de haine et de méfiance, et son rire était artificiel. Elle a rapidement perçu tout cela, y compris la tristesse qu'il trahissait lors de ce genre de représentations publiques.

Elle collectionne tous les articles au sujet de son mari, écoute sur Internet chacune de ses conférences, connaît son adresse et sait qu'il est toujours célibataire bien qu'il soit dans le Sud depuis sept ans. Elle est au courant de beaucoup de choses le concernant mais elle ne cherche pas à le revoir. Au contraire, elle souhaite rester le plus loin possible de lui et redoute de le rencontrer un jour. Rien qu'en pensant à lui, tout son corps est courbaturé. Elle ne retient de sa vie avec lui que souffrance, humiliation, ressentiment, haine. Elle n'a aucune envie de recroiser son chemin. Elle veut oublier tout ce qu'elle a vécu dans le camp, son mari y compris.

En écoutant les conférences de Wonho, elle sent qu'il a la même approche qu'elle du passé. Il le laisse enfoui au plus profond de lui et évoque seulement la réalité générale de la vie du camp, que n'importe quel détenu pourrait aborder. Il n'y a qu'au sujet de son évasion qu'il fournit des détails. Su-ryeon éprouve une sincère reconnaissance à l'égard de Kang, son compagnon de fuite. Sans lui, son mari n'aurait jamais eu le courage de quitter le camp, elle le sait pertinemment. Et s'il était mort là-bas, elle n'aurait pas pu se défaire de sa culpabilité envers lui et l'aurait portée jusqu'à la tombe.

Après avoir lu l'article, elle est restée préoccupée toute la nuit. Son passé vient frapper violemment à la porte alors qu'elle veut vivre au présent en coupant les ponts avec sa vie d'avant, une vie qui provoque en elle haine et angoisse. Mais tôt ou tard elle devra détruire la carapace qu'elle s'est construite. Elle y sera obligée dans l'intérêt de son fils, pour lequel elle ferait n'importe quoi. Si son père se trouve dans le Sud, elle ne peut pas les laisser séparés. Son fils Chae Sunam est bel et bien l'enfant de Chae Min-kyu.

C'est elle qui lui a donné son prénom mais il est du sang de Chae, et contre cela elle ne peut rien.

Les sentiments qu'elle nourrit pour Chae sont plus nuancés que ceux qu'elle ressent pour son mari. Elle éprouve à la fois gratitude et amertume. Il lui a sauvé la vie et donné un fils, mais il l'a séparée de son mari qu'elle aimait tant. Il est aussi en partie responsable de la mort de Seon-pung. Il l'a aimée mais il l'a salie ; il l'a aidée et l'a fait souffrir. Elle n'a pas envie de le revoir. Mais elle a beau additionner toutes ces raisons, elles ne font pas le poids par rapport au fait qu'il est le père de Sunam. Son fils attend son père. Pour autant, il est hors de question qu'elle se marie avec lui. Elle ne veut plus se soumettre à un homme, quel qu'il soit. Elle a décidé qu'elle vivrait toute sa vie comme mère de son fils. Elle a beau réfléchir, elle ne trouve pas de solution miraculeuse.

2

L'après-midi, Su-ryeon emmène Sunam à son club de taekwondo puis se dirige vers le parc près de sa résidence. Elle a trois heures devant elle avant d'aller chercher son fils. Le dimanche, d'ordinaire, elle va au supermarché ou rentre faire du ménage à la maison, mais aujourd'hui elle se sent si fébrile qu'elle est incapable de rien faire. Alors qu'elle vient de pénétrer dans le parc, le téléphone dans son sac émet une sonnerie joyeuse. C'est un appel de Chine. Elle décroche, un sourire aux lèvres.

— Alors, tu as réussi à avoir des nouvelles de ma mère ?

— Non, je suis encore en train de me renseigner. Dans la ville que tu m'as indiquée, il n'y a personne qui semble correspondre à la description que tu m'as donnée.

— Mais ce n'est pas possible, elle était prof de musique au collège, tout le monde doit la connaître !

— Patiente encore un peu, j'en ai parlé à tout mon entourage. Au fait, il y a quelqu'un qui est venu dans mon quartier poser des questions sur toi.

— Sur moi ?

— Oui, il cherchait une femme appelée Ri Su-ryeon qui avait eu un bébé il y a sept ans. Il a décrit sa taille et son visage, c'était bien de toi qu'il s'agissait.

— Mais qui me recherche ? demande Su-ryeon, horrifiée.

Elle a peur soudain.

— Est-ce que tu connais un certain Chae Min-kyu ? Il paraît que c'est lui.

— Quoi, Chae Min-kyu ? répète Su-ryeon en haussant la voix.

— Donc tu le connais. Ce n'est pas lui qui est venu, mais un Sino-coréen. Il m'a dit que cela faisait trois ans qu'il parcourait toute la Chine pour te retrouver.

— Donne-moi plus de détails.

— D'après cet homme, ce Chae Min-kyu qui était bowiwon dans le Nord a gagné la Chine et a erré dans tout le pays à la recherche d'une certaine Ri Su-ryeon, c'est-à-dire toi. Une fois passé au Sud, il a continué à te chercher, en envoyant régulièrement de l'argent à ce détective sino-coréen. J'ai trouvé ça très émouvant. C'est ton mari ? Hé, tu es là ? Pourquoi tu ne me réponds pas ?

Su-ryeon, d'abord abasourdie, se ressaisit et se hâte de répondre :

— Non, ce n'est pas mon mari. Dis-lui que je vis désormais en Corée du Sud et qu'il ne doit plus me rechercher.

Après avoir raccroché, Su-ryeon reste figée pendant un bon moment. Depuis la veille, c'est la deuxième fois qu'elle reçoit une nouvelle aussi bouleversante qu'un tsunami. Ses jambes chancellent trop pour qu'elle puisse marcher. Elle s'assoit sur un banc tout proche et porte les mains à son cœur qui bat la chamade. Sur un joli étang installé au milieu du parc flottent des nénuphars aux fleurs fanées. Le prénom que sa mère lui a donné, Su-ryeon, signifie justement « nénuphar », car elle voulait que sa fille mène une vie libre et élégante à l'abri du danger, tout comme ces fleurs sur l'eau auxquelles les gens ne peuvent accéder facilement pour les cueillir. Voilà ce qu'elle lui a expliqué plus tard. C'était une idée digne d'une professeur de musique. Cela fait plus de quinze ans que Su-ryeon n'a pas vu sa mère. Depuis sa déportation, elle n'a jamais eu de ses nouvelles. Lorsqu'elle était encore dans la vallée, elle préférait que sa mère ne soit pas au courant de son sort, mais aujourd'hui, comme elle est en Corée du Sud, elle a envie de la retrouver. Voilà pourquoi elle a demandé à cette femme sino-coréenne, qui l'a aidée quand elle était en Chine, de se renseigner. Mais c'est une nouvelle tout à fait inattendue qu'elle reçoit, à la place de celle qu'elle espérait tant.

Elle a tranché le lien avec Min-kyu et tourné la page, mais apparemment pour lui ce n'est pas le cas : il s'est donné un mal de chien pendant toutes ces années pour reconstruire un pont entre eux. Elle en éprouve davantage d'embarras que de reconnaissance ou de peine à son égard. Il fut un temps où elle aussi attendait Min-kyu désespérément. Son désir de le retrouver était alors aussi grand que le sien.

3

La lointaine famille sino-coréenne de Chae a protégé Su-ryeon seulement jusqu'à deux mois après son accouchement. Alors qu'elle s'inquiétait de recevoir leur aide sans pouvoir leur donner de contrepartie, un problème grave a surgi, comme pour se moquer de ses scrupules.

— Voilà la facture pour vous avoir aidée à accoucher et vous avoir logée et nourrie, a lancé le fils de famille en lui tendant une feuille remplie de notes et de chiffres. J'ai compté au minimum puisque vous n'êtes pas une complète étrangère.

Il y avait un couple de sexagénaires mais c'était le fils qui semblait détenir le pouvoir. Sur la feuille avaient été retranscrits les frais de son accouchement, le prix des couches et des vêtements du bébé, ainsi que le coût de leur hébergement et leur nourriture. Il avait ajouté une remarque en dessous comme quoi il n'avait compté ni les collations entre les repas ni l'utilisation de l'eau et l'électricité. La somme totale était de quatre mille yuans. Incapable de s'opposer à ses exigences, Su-ryeon a vu un voile noir descendre devant ses yeux. Elle ne possédait même pas quatre yuans, alors quatre mille ! Qui plus est, elle était en situation irrégulière. N'ayant pas d'autre choix, elle s'est agenouillée devant le jeune homme et l'a supplié d'attendre jusqu'à ce que le père du bébé donne des nouvelles.

— Pensez-vous que des nouvelles venant du Nord vont résoudre le problème comme un coup de baguette magique ? En ce moment, beaucoup de Nord-Coréens affamés fuient leur pays et arrivent en Chine. La famille du père de l'enfant n'est pas riche, alors comment voulez-vous qu'elle m'offre quatre mille yuans ?

Il n'avait pas tort et, en réalité, elle ne croyait pas vraiment que Min-kyu, un bowiwon d'un camp loin de la frontière, allait venir la sauver. C'était juste un prétexte pour gagner du temps. Mais à ce moment-là elle souhaitait vraiment de tout son cœur que Min-kyu vienne la rejoindre.

Le scénario le plus plausible élaboré chez le frère de Min-kyu juste avant qu'elle quitte son pays, était que Min-kyu et son frère lui fabriquent une nouvelle identité, la ramènent dans le Nord après son accouchement et qu'elle se marie avec Min-kyu. Su-ryeon n'avait pas envie de l'épouser mais comme elle portait son enfant, elle avait gardé le silence. A l'époque, elle n'avait pas son mot à dire. Une fois passée en Chine, elle a réalisé à quel point ce projet était invraisemblable. Il était presque impossible de retourner dans le Nord et d'ailleurs elle ne le voulait pas. Vue de l'extérieur, la situation de la Corée du Nord était encore plus horrible, et là-bas, il y avait ce camp infernal. Rien que le souvenir de son pays lui donnait la chair de poule.

Elle éprouvait autant de terreur et de désespoir que si elle avait été abandonnée seule au milieu de l'immense océan. Elle a supplié le jeune homme de lui trouver un travail, cultiver la terre ou d'autres petites corvées, peu importaient lesquelles. Elle allait gagner de l'argent pour le payer. Mais il a répliqué sans cacher son air moqueur :

— Vous êtes vraiment naïve, vous croyez vraiment qu'on va employer une femme avec un bébé ? Enfin bon, il y a quand même un moyen de payer votre dette.

— Comment ?

— Soit vous vous mariez, soit vous vendez votre enfant.

Affolée, Su-ryeon a serré fort l'enfant dans ses bras.

— Vous êtes fou ! Il est hors de question que je vende mon enfant !

— Je savais que vous réagiriez ainsi. Dans ce cas, vous devez vous marier et emmener votre enfant avec vous. Votre valeur sera moins élevée à cause de ce nouveau-né, mais pour vous qui n'avez aucune famille ici, le mariage est la meilleure solution.

Elle n'avait pas le choix. Dès le lendemain, sans même lui demander son autorisation, le jeune homme est revenu avec une entremetteuse. Su-ryeon ignorait pour combien elle avait été vendue et à qui. Le jeune homme lui a juste discrètement glissé cinq cents yuans à l'insu de l'entremetteuse. Il lui a dit qu'il faisait cela parce qu'elle était une lointaine parente et l'a avertie que les entremetteuses confisquaient généralement tout l'argent que possédaient les femmes vendues pour les empêcher de s'enfuir. Su-ryeon a dissimulé cette somme dans les profondeurs de ses sous-vêtements.

Entraînée par l'inconnue, elle a traversé pendant deux jours le continent chinois qu'elle ne connaissait pas du tout, en prenant tour à tour le train et le bus. Au terme de ce périple, les deux femmes sont arrivées chez une autre entremetteuse, dans un village agricole de la province du Shandong. Au moins Su-ryeon n'avait-elle pas de problèmes de communication avec la propriétaire de la maison, qui était sino-coréenne. Celle-ci achetait des femmes nord-coréennes avant de les revendre aux villageois, et elle vivait de ce trafic d'êtres humains. Aussitôt après le départ de la première entremetteuse, la seconde a commencé à contacter ses clients potentiels pour négocier le meilleur prix. Pendant ses quelques jours chez elle, Su-ryeon est parvenue à savoir que ce village se situait non loin de Qingdao, là où beaucoup d'entreprises sud-coréennes sont implantées et où vivent donc de nombreux Coréens du Sud, ce qu'elle avait déjà appris quand elle était dans la famille de Min-kyu.

Elle a alors décidé de s'évader avant d'être revendue. Elle se montrait totalement soumise à l'entremetteuse et faisait semblant d'être une femme naïve et timorée qui n'aurait jamais le courage ni même l'idée de s'enfuir. Elle feignait aussi ne pas connaître un traître mot de chinois. Mais en réalité, pendant son séjour d'environ un an dans la famille de Min-kyu, elle avait étudié la langue chinoise avec application, pensant qu'elle en aurait besoin un jour. Elle était donc à peu près capable de tenir une conversation courante en chinois. L'entremetteuse semblait rassurée par la situation précaire de Su-ryeon : sans le sou, ignorant le chinois et avec un petit bébé à charge, elle n'aurait nulle part où aller si jamais elle envisageait de s'enfuir.

C'était la septième nuit que Su-ryeon passait là lorsque la propriétaire est revenue complètement ivre d'une fête d'anniversaire. Su-ryeon lui a préparé sa couche et lui a même massé les jambes pour l'aider à s'endormir. En pleine nuit, alors que la femme était plongée dans un profond sommeil, elle a quitté la maison, son enfant sur le dos. Les cinq cents yuans que le jeune homme lui avait donnés étaient son seul moyen de survie. Elle a marché toute la nuit en direction de Qingdao en suivant un itinéraire qu'elle avait étudié à l'avance. Ni la route campagnarde déserte et plongée dans le noir ni la sombre forêt environnante ne lui faisaient peur. Sa détermination à protéger son fils à tout prix, à ne plus se laisser humilier par les hommes, surtout devant son enfant, la rendait forte. La respiration paisible et la douce chaleur du corps de son bébé endormi sur son dos la poussaient à continuer de marcher malgré son épuisement.

Le jour levé, à la première gare routière sur son chemin, elle a pu monter dans un autocar à destination de Qingdao. Arrivée dans la ville, elle a rencontré par hasard une Sino-coréenne qui tenait une agence de placement, une femme qui l'a beaucoup aidée par la suite. C'est grâce à elle qu'elle a pu travailler pendant près de six mois dans un restaurant tenu par un Sino-coréen, en cachant son identité, avant de saisir l'opportunité de passer au Sud.

Dans l'avion pour Séoul, en voyant son fils bondir joyeusement d'excitation, elle a ressenti de la peine pour lui ; il s'éloignait de son père, peut-être ne le verrait-il jamais. Cette idée l'a rendue tellement triste qu'elle en a eu les larmes aux yeux. A ce moment-là, elle n'envisageait même pas une éventuelle venue de Min-kyu en Corée du Sud, c'était presque inconcevable, car la probabilité qu'un bowiwon en fonction dans un camp puisse fuir le Nord pour passer au Sud était minime. Elle n'imaginait une possible rencontre entre l'enfant et son père que le jour où les deux pays se réuniraient.

Or aujourd'hui Min-kyu se trouve bel et bien dans le Sud et apparemment, pendant toutes ces années, il a tout fait pour la retrouver. Cette dernière information la bouleverse et l'embarrasse en même temps. La veille, alors qu'elle ignorait encore l'acharnement admirable de Min-kyu, c'était juste en sa qualité de père qu'elle avait l'intention de l'autoriser à voir Sunam, pour qu'il puisse ainsi établir une relation normale avec son fils. Mais les efforts de Min-kyu sont la preuve d'un dévouement surprenant qui dépasse le sens du devoir. Il a beau rechercher la chair de sa chair, ce n'est pas n'importe qui qui remuerait ciel et terre pour ça. Il est vrai que, dans le camp déjà, elle avait senti l'amour sincère qu'il lui portait, mais elle ne pensait pas que c'était à ce point-là. Cela la trouble. Pour autant, elle n'a pas envie de refaire sa vie avec lui juste à cause de l'enfant. Elle ne tient vraiment pas à perturber l'existence sereine dont elle jouit actuellement.

Plus elle réfléchit, plus elle se sent embrouillée, elle a du mal à remettre de l'ordre dans ses idées. Min-kyu doit déjà savoir qu'elle se trouve en Corée du Sud. Elle a demandé à son amie sino-coréenne de ne pas lui donner son numéro de téléphone. Elle n'est pas pressée de le voir, elle a besoin d'un peu de temps pour se préparer psychologiquement.

4

Quelques jours plus tard, Su-ryeon voit s'afficher un numéro de téléphone inconnu sur l'écran de son portable. A l'autre bout du fil, un homme se présente comme l'inspecteur chargé du dossier de Chae Min-kyu et sollicite un rendez-vous avec elle. Su-ryeon devine aussitôt pourquoi cet inspecteur veut la voir. Elle s'attendait à ce que Min-kyu, désormais informé de son entrée en Corée du Sud, agisse mais pas aussi vite. Encore que si un inspecteur s'en mêle, il est facile de la trouver parmi les réfugiés nord-coréens tellement peu nombreux. C'est comme déceler un grain de riz au milieu de quelques petits pois dans la paume d'une main. Finalement elle prend rendez-vous avec l'inspecteur le jour même. Elle ne peut pas éviter cette rencontre, ni ne doit le faire d'ailleurs, car de toute façon, tôt ou tard, elle sera obligée de l'affronter. Il lui propose de venir la rejoindre près de chez elle.

L'homme d'un certain âge, assis face à elle dans un café, se montre aussi réjoui que s'il avait retrouvé sa petite sœur revenue vivante de l'enfer.

— J'imagine que vous êtes très surprise madame Ri, n'est-ce pas ? En ce moment, monsieur Chae est dans tous ses états. Je n'ai jamais vu un homme pleurer autant. J'en ai le cœur déchiré.

Ne sachant comment répondre, Su-ryeon se contente de fixer la mousse du cappuccino posé devant elle. L'inspecteur, conscient du mal que s'est donné Min-kyu pour la rechercher, incline la tête, intrigué par sa réaction indifférente. Ignorant l'histoire compliquée qui les lie, il les considère simplement comme un couple qui a eu un enfant ensemble. Mais devant l'attitude contrainte de Su-ryeon, il se hâte d'expliquer :

— En fait, monsieur Chae a répété plusieurs fois que son sentiment pour vous n'était pas partagé. A vrai dire, c'est à vous de régler les choses entre vous, je n'ai pas à intervenir. Je ne lui ai pas encore donné votre numéro de téléphone, je ne peux pas le faire sans votre autorisation. En fait, si je souhaitais vous voir aujourd'hui, c'est parce que j'ai un service à vous demander.

Alors seulement Su-ryeon regarde l'inspecteur en face.

— Vous aussi, madame Ri, vous avez vu cet article de journal ? Je veux parler de celui concernant l'accident de voiture dans lequel sont impliqués monsieur Han et monsieur Chae. L'affaire a été classée comme sans conséquences mais le problème entre les deux hommes est grave.

Su-ryeon garde le silence.

— Je veux dire par là que le désir de vengeance de monsieur Han envers monsieur Chae est bien réel. Vous savez sûrement mieux que moi à quel point ils se haïssent, toujours est-il qu'ils se préparent à s'affronter. Ils y pensent comme à une fatalité inéluctable, un peu comme s'ils étaient deux adversaires dans un duel à l'épée. Rien qu'à l'imaginer, j'en ai des sueurs froides. Aujourd'hui, ils vivent en Corée du Sud, il faut qu'ils en profitent et ne soient plus malheureux. Nous devons faire quelque chose pour ça, vous ne trouvez pas ?

La gorge sèche, Su-ryeon saisit son verre d'eau et le boit à petites gorgées.

— Ça va être difficile de guérir des blessures aussi profondes par une phrase stéréotypée comme « Tout ce malheur est la faute du régime », mais une chose est sûre, il faut les empêcher de commettre l'irréparable. Qu'en dites-vous, madame Ri ?

Le regard pénétrant de l'inspecteur lui demande instamment son aide.

— Qu'est-ce que je… murmure Su-ryeon, un peu perdue.

— Je ne peux pas passer ma vie à les surveiller, alors si vous me donnez un coup de main, ensemble on trouvera peut-être une solution, non ?

— Laissez-moi un peu de temps pour réfléchir.

5

Après avoir quitté l'inspecteur, Su-ryeon se dirige vers l'école maternelle. Ses pas sont aussi lourds que si elle avait les pieds lestés de plomb. Jusque-là, elle n'était préoccupée que par sa relation avec Min-kyu mais ce qui se passe entre son mari et Min-kyu lui pèse et l'effraye. Elle ne sait pas du tout ce que peut être la vengeance masculine mais elle pressent que la relation entre les deux hommes est arrivée à un stade critique.

Elle se souvient de sa dernière confrontation avec Wonho dans le camp, de son regard furibond, de ses menaces de les tuer, elle et Chae, avant de mettre fin à ses jours. S'il montre autant d'agressivité, lui qui était plutôt d'une nature douce, c'est que sa haine à l'égard du capitaine Chae doit être profonde en effet. Il a été envoyé dans la vallée des spectres, a été amputé de trois orteils, son fils Seon-pung est mort au moment où il commençait à se prendre d'affection pour lui ; Su-ryeon se rappelle tout ça vivement. D'ailleurs c'est elle la principale cause de la violente haine entre les deux hommes.

Ses épaules tressaillent. Elle est horrifiée rien qu'à les imaginer se battre bec et ongles devant son fils innocent. Elle ne peut pas pour autant s'interposer n'importe comment. Il lui faut agir très prudemment car au moindre faux pas, son intervention risque de verser de l'huile sur le feu. Plus elle essaie de rassembler ses idées, plus elle se sent perdue.

Dans la cour de l'école maternelle, les enfants s'amusent à courir dans tous les sens. Ils descendent à la queue leu leu le toboggan en forme de poisson. Enfin Sunam émerge de la bouche grande ouverte du poisson : on dirait que celui-ci prend une énorme inspiration. Son fils pousse un cri victorieux, les bras levés vers le ciel. Elle se précipite vers lui et l'appelle :

— Sunam !

— Maman !

La voix claire et enthousiaste de son fils se répand dans le ciel limpide. Ses joues roses dégagent une énergie pleine de fraîcheur. Ses yeux brillant de joie illuminent son visage. Su-ryeon le contemple, comme ensorcelée. Tous les soucis qui étreignaient son cœur un instant auparavant s'envolent d'un seul coup, et elle se sent envahie d'un bonheur indicible. Elle s'accroupit devant le petit garçon qui s'approche et ouvre grand les bras pour l'étreindre.

— Maman, pourquoi tu pleures ? Tu es malade ? demande Sunam en caressant les joues de sa mère de ses jolies mains aussi douces que des pétales de fleur.

C'est alors seulement que Su-ryeon se rend compte que des larmes débordent de ses yeux.

— Non, ça va, c'est juste que je suis tellement reconnaissante…

— Reconnaissante ?

— Oui, je suis vraiment émue et reconnaissante que tu sois là.

— Hi hi hi…

L'enfant devine vaguement ce que veut dire sa mère. Le cœur de Su-ryeon bat à coups redoublés. Elle serre fort son fils dans ses bras et se lève d'un bond. Puis elle regarde fièrement le ciel bleu.

— Oui, il n'y a rien dans ce monde qui soit plus précieux et plus important que toi et ton avenir !

— Maman, à qui tu parles ?

— Je m'adresse au monde.

— Au monde ?

— Oui, aucune souffrance des adultes, même la plus terrible, n'est aussi importante que ton avenir. Les grandes personnes ont le devoir de se sacrifier pour ton intérêt et ton bonheur.

Sunam dans ses bras, elle marche à grandes enjambées, l'air plus déterminé que jamais.

UN BALLON BLEU

1

Seul dans son appartement, Wonho enfile les verres d'alcool. Il a beau boire, il se sent de plus en plus lucide. Un rire jaune lui secoue la poitrine avant de franchir ses lèvres.

— Quoi, Su-ryeon est vivante ? En plus, elle mène la belle vie avec l'enfant de Chae ? C'est vraiment n'importe quoi !

Lorsqu'il a appris que sa femme était en vie et se trouvait en Corée du Sud, Wonho s'est mis à rire. Le dieu du destin a beau être tout-puissant, il est incapable de faire revenir une morte à la vie. Après avoir longuement ri comme un dément, il s'est dit que le monde entier avait comploté contre lui pour lui cacher la vérité ; une intense sensation de trahison l'a envahi, il avait l'impression d'être l'unique victime d'une mauvaise plaisanterie.

Su-ryeon l'a fait souffrir pendant longtemps. Dès qu'il revoyait le visage de sa femme, il repensait à son propre comportement lâche et sordide, alors il a préféré l'oublier. C'est seulement après avoir appris sa mort qu'il a vaguement réalisé qu'il avait commis un crime irréparable à son égard. A la nouvelle de sa mort, il a pleuré toute la nuit dans la montagne, consolé par le chant des hiboux. Il avait pitié d'elle, c'est vrai, mais il déplorait surtout son destin malheureux à lui. Il se sentait coupable envers elle et simultanément s'empressait de se justifier. Il avait beaucoup de choses à lui reprocher et s'estimait victime de nombreuses injustices. Il éprouvait vis-à-vis d'elle à la fois haine et regrets.

En arrivant en Corée du Sud, il a voulu effacer ce passé pareil à un déchet puant, et sa femme avec. Mais plus il s'efforçait de l'oublier, plus son image devenait présente et l'irritait. Toutes les nuits, elle apparaissait sinistrement dans ses cauchemars, avec son ventre bombé et ses cheveux hirsutes. Chaque fois il se disputait durement avec elle. Puis il a réalisé petit à petit qu'il devait la comprendre de façon plus objective et corriger ses sentiments à son égard, sans quoi il ne trouverait jamais la paix intérieure.

Il lui a fallu longtemps pour prendre la mesure du mal qu'il lui avait fait et souhaiter sincèrement son pardon. Ainsi est-il parvenu à faire la paix avec elle, désormais au ciel, à lui adresser la parole et même à lui réclamer plaintivement un peu de compréhension. Et voilà qu'elle est en vie ! Wonho a l'impression de se retrouver partie prenante d'un jeu dans lequel on fait le mort et devient un fantôme avant de resurgir comme vivant. Il se sent ridiculisé par cette nouvelle, qui rend futiles tous les efforts qu'il a faits pour adoucir ses sentiments envers sa femme. La réalité se moque de lui qui pendant tout ce temps s'est martelé la poitrine en déplorant le sort de Su-ryeon, cette innocente traînée de force dans un camp qui s'est jetée dans l'eau froide d'un torrent. En fait, elle s'est enfuie avec l'aide de Chae, a mis au monde son enfant en Chine, et elle vit actuellement en Corée du Sud. Elle doit le voir souvent à la télé mais elle ne lui a donné aucun signe de vie, alors qu'elle sait qu'il la croit morte.

Wonho se rappelle ce que Chae lui a dit au téléphone, la nuit où il a été renversé par une voiture : il devait absolument retrouver quelqu'un, quelqu'un que Wonho connaissait aussi. A ce moment-là il n'imaginait pas qu'il s'agissait de Su-ryeon. Le sentiment de trahison qui l'envahit à nouveau lui fait grincer des dents. L'animosité qu'il éprouvait dans le camp resurgit vivement. Tout à coup il balance son verre qui va heurter le mur où sourit Seon-pung. C'est un portrait de son fils qu'il a commandé à un peintre quelques années auparavant. Il lui a décrit les traits de Seon-pung et lui a demandé de dessiner le visage du garçon souriant à pleines dents. Le peintre voulait saisir l'expression de l'enfant quand il riait. Wonho a eu beau se creuser les méninges, il n'est pas parvenu à se souvenir de son fils en train de rire. Peut-être n'avait-il jamais eu l'occasion de rire dans le camp. Le peintre s'est donc fié à son imagination pour réaliser un magnifique portrait de Seon-pung. Le jour où Wonho l'avait enterré, il avait vu qu'il lui manquait une dent. C'est la dernière image qu'il a eue de son fils. Dans le portrait, ce vide est exprimé joliment entre ses lèvres ouvertes comme des pétales de fleur. C'est vraiment une œuvre mystérieuse qui donne l'illusion qu'il riait comme ça pour de vrai. Ce tableau représentant Seon-pung est sa seule compagnie et il lui tient lieu de famille et d'amis. En ce moment même, Seon-pung le regarde en riant. Wonho avance à quatre pattes et se prosterne devant lui en tremblant de tout son corps.

— Seon-pung !

— Papa, tu es un homme, ne te montre pas si mesquin. Tu as déjà tout pardonné à Maman et tu l'as comprise, qu'est-ce qui te prend encore ?

— Seon-pung, le fait que ta maman soit en vie est une bonne chose, n'est-ce pas ? Je ne sais pas pourquoi je fais un tel caprice.

— Moi, je ne peux que me réjouir que Maman soit en vie. Tu sais à quel point elle a souffert.

— Oui, je le sais. Mais je me sens également victime d'une très grande injustice !

— D'après moi, tu as commis plus d'erreurs que Maman. Moi j'ai pitié de Maman. Alors c'est toi qui dois lui demander pardon, Papa.

— Je suis conscient que je dois demander pardon à ta maman, mais elle ne me pardonnera pas. J'ai essayé de la tuer, tu le sais ?

— Papa, la vallée où vous étiez c'était l'enfer, il faut oublier tout ce qui s'est passé là-bas et vous réconcilier.

— Seon-pung !

— Papa, tu dois comprendre Maman et tu dois respecter ses choix sans conditions. C'est la seule manière de lui demander sincèrement pardon. Et puis c'est un comportement digne de l'homme que tu voulais être. Tu sais, Papa, tu es complexé de ne pas être un vrai homme, alors profite de cette occasion pour te débarrasser de ce complexe une bonne fois pour toutes.

— Seon-pung, mon fils !

Wonho finit par éclater en violents sanglots.

2

En sortant de l'hôpital, Min-kyu se dirige tout droit vers une église. C'est la première fois de sa vie que ça lui arrive. Les portes du bâtiment sont grandes ouvertes comme pour l'accueillir joyeusement. Dans la nef vide, une nonne arrive dans sa direction, joint les mains face à lui et s'écarte aussitôt pour le laisser passer. Min-kyu marche lentement vers l'autel, en proie à un sentiment de solennité comme s'il célébrait une cérémonie. Parvenu à la première rangée de bancs d'où il voit bien Jésus suspendu sur la croix, il s'agenouille, porte respectueusement ses deux mains jointes à sa poitrine et baisse la tête.

— Seigneur, je Vous remercie vraiment. Je n'oublierai jamais Votre grâce d'avoir laissé la vie sauve à Su-ryeon et mon fils. Désormais, je n'aurai plus aucun regret même si je mourais tout de suite. Je Vous supplie, Seigneur, pardonnez-moi qui ai commis tant de péchés !

Ses paroles finissent noyées dans ses sanglots. Il pleure longtemps, figé dans cette position.

A son retour chez lui, Min-kyu tourne en rond dans sa chambre comme un somnambule. Sa tête est vide, il n'a aucune idée de ce qu'il va faire. D'une main tremblante, il ouvre un tiroir de sa commode et en sort son livret d'épargne. Il lui reste plusieurs millions de wons, la somme qu'il avait envisagé d'envoyer à son agent en Chine. Il pousse un soupir de soulagement, le remet dans le tiroir et vérifie soigneusement que sa carte de crédit est dans son portefeuille. Puis il quitte précipitamment son appartement et monte dans un bus. Entrant dans un grand magasin, il demande à une employée où se trouve le rayon des jouets pour enfants. Au sixième étage, toutes sortes de jouets exposés sur plusieurs rangs attirent son regard. Il en effleure quelques-uns et ses yeux se remplissent de larmes. Des jouets plein les bras, il pénètre ensuite dans une boutique de vêtements pour enfants.

— Quelle est la taille de votre enfant ?

— C'est un petit garçon de six ans. Il doit être grand et costaud, et puis il doit aussi être très beau !

Min-kyu gesticule, tout excité. La vendeuse le regarde d'un air intrigué. Min-kyu achète plusieurs vêtements, qui forment un tas imposant. Ne pouvant pas prendre le bus avec ses deux gros sacs, il monte dans un taxi.

Une fois chez lui, il étale tous ses achats sur le sol de sa chambre, les touche et les soulève les uns après les autres, tout guilleret. Il s'efforce d'imaginer son fils dans ces vêtements qu'il vient d'acheter mais il n'y arrive pas.

— Tu es vraiment avare, est-ce si difficile de m'envoyer ne serait-ce qu'une photo de l'enfant ? soupire-t-il profondément.

Pendant qu'il cherchait Su-ryeon et son enfant, il était convaincu d'avoir des droits sur eux. Mais dès qu'il a eu de leurs nouvelles, il a réalisé qu'en fait il n'en avait aucun. Il a même subitement perdu le courage de se présenter devant eux. Que pense-t-elle de lui ? Lui pardonnera-t-elle ? A vrai dire, il n'en est plus sûr du tout.

— Tout ce que je souhaite, c'est que tu m'autorises au moins à aimer cet enfant qui est à la fois ton fils et le mien, murmure-t-il en couvant ses achats du regard. Je ne te demanderai rien de plus.

Aussitôt, une autre voix en lui crie « Tu mens ! » et il est saisi d'une série de hoquets. Il s'agrippe la poitrine. Une étrange douleur l'envahit et paralyse tout son corps. Une boule brûlante jusqu'à la suffocation remonte lentement en lui.

— Je t'aime ! Je t'aime ! Je t'aime de tout mon cœur !

Min-kyu se tord de douleur, serrant les jouets dans ses bras.

3

C'est le jour de Noël. Lorsque Su-ryeon a choisi cette date pour le rendez-vous, l'inspecteur chargé du dossier de Min-kyu s'y est d'abord opposé. Il voulait que Su-ryeon rencontre les deux hommes le plus tôt possible pour les réconcilier avant qu'ils ne commettent l'irréparable. Mais elle lui a dit avec un sourire confiant :

— Ne vous inquiétez pas. Ce jour-là, le Père Noël nous apporte des cadeaux qui font des miracles, n'est-ce pas ? Eh bien, mon fils va être un de ces miracles. Quand ils le verront, la glace de leurs cœurs va fondre instantanément. J'en mets ma main à couper. Il n'y a rien de plus précieux que le visage innocent et pur d'un enfant.

Min-kyu arrive au rendez-vous avec plus d'une heure d'avance. Partout dans le grand centre commercial, les décorations de Noël resplendissent. Au milieu du hall, là où se dresse un grand sapin orné de neige avec des petites ampoules multicolores scintillantes, Min-kyu fait les cent pas en se frottant les mains comme s'il cherchait quelque chose. Des bambins tenant la main de leurs parents aux ados circulant en bandes, il y a des enfants partout. Le centre commercial est égayé par leur vitalité et leur excitation joyeuse.

Min-kyu, impatient et inquiet de ne pas reconnaître son fils parmi tous ces enfants, n'arrête pas de regarder la photo de Sunam sur l'écran de son portable ; il l'a fait sûrement plusieurs centaines de fois. La veille, Su-ryeon lui a envoyé cette photo en même temps que son numéro de téléphone portable, et il l'a mise aussitôt en fond d'écran. Les grands yeux bien dessinés du petit garçon dans son visage ovale au teint laiteux lui adressent un sourire candide. Il est tout à coup au bord des larmes.

Il tend le cou pour mieux observer autour de lui quand il sent un regard mordant érafler sa joue et il tourne la tête dans cette direction. C'est Han Wonho. A quelques dizaines de mètres de là, Wonho le fixe, le regard mauvais ; même à distance, ses poings serrés semblent aussi durs que du métal. Derrière son dos, un jet d'eau jaillit de la bouche d'un grand poisson dans les bras d'une statue d'enfant, avant de s'éparpiller comme des perles. Le visage de Min-kyu se crispe progressivement. Ils échangent des œillades hostiles pendant un long moment, immobiles, comme pétrifiés. Min-kyu fait un pas, Wonho s'avance lui aussi. Sa démarche semble maladroite à cause du léger boitement de sa jambe. Min-kyu, jetant un regard au pied clopinant de Wonho, frissonne brusquement mais se remet à marcher vers lui. Les talons de leurs chaussures en cuir frappent violemment les dalles en marbre, on dirait un défilé militaire. Parvenus à une proximité dangereuse, leurs respirations deviennent de plus en plus haletantes.

— Je ne te pardonnerai jamais, crache Wonho d'un ton chargé de haine.

Sans répondre, Min-kyu se contente de le fixer d'un air tendu. Wonho avance encore d'un pas, ses poings tremblants sur le point de fuser à tout moment.

— Je vais te tuer, tu le sais ?

— …

— Dès que je t'ordonnerai de me rejoindre, obéis immédiatement, compris ? Je suis venu aujourd'hui juste pour te dire ça.

A ce moment, un léger sourire traverse le visage de Min-kyu, ce qui décontenance Wonho. Alors qu'il vient de tourner les talons, il fait volteface et lance :

— Que veut dire ce sourire ?

— Ne veux-tu pas rester avec nous, au moins aujourd'hui ?

— Pfft, pour quoi faire ? Pourquoi assisterais-je à vos délicieuses retrouvailles ?

Min-kyu s'agenouille lentement à terre. Wonho s'écarte d'un pas en grimaçant. Les passants leur jettent des coups d'œil furtifs. Min-kyu s'en moque éperdument et pose ses deux mains sur ses genoux avant de baisser la tête. On dirait qu'il demande à Wonho de le frapper.

— Qu'est-ce que tu fais là ? Tu espères mon pardon avec ce geste minable ?

— Je n'implore pas ton pardon mais je te demande simplement d'essayer de comprendre pourquoi Su-ryeon nous a fait venir ici tous les deux en même temps. Je t'en supplie, au moins cette fois.

Les yeux que Min-kyu lève vers Wonho débordent de larmes. A ce moment, les portables dans leurs poches reçoivent simultanément un message : *Je suis arrivée*. Cela vient de Su-ryeon. Min-kyu se lève et scrute les environs tandis que Wonho, qui fuyait précipitamment les lieux en remettant son téléphone dans sa poche, s'arrête net. Min-kyu aussi sursaute avant de se figer.

Elle est là, à quelques mètres devant eux. Elle a beaucoup changé par rapport à leurs souvenirs mais ils la reconnaissent au premier coup d'œil. Avec ses longs cheveux raides tombant sur ses épaules, elle dégage encore une beauté fraîche. Sa silhouette svelte dans son manteau rose clair leur fait penser aux temps d'autrefois à Pyongyang quand elle jouait du gayakeum. Son joli visage au teint clair a l'air un peu grave. Su-ryeon vient de les apercevoir et s'arrête à son tour. Le petit garçon qui tient sa main s'immobilise lui aussi. C'est sûrement Sunam. Son beau visage aux traits réguliers émerge d'une doudoune d'un bleu clair si vif que les doigts qui la toucheraient se teinteraient aussitôt de bleu. Il confie sa main gauche à sa mère et tient dans la main droite un gros ballon de la même couleur que son manteau. Il tire sur le bras de sa mère, celle-ci se penche et lui chuchote quelque chose à l'oreille en levant la main pour désigner les deux hommes. Ils ne sauraient dire comment elle les présente.

Sunam hoche la tête et les regarde bien en face. Ils retiennent leur souffle. Le petit garçon lâche la main de sa mère et se dirige vers eux. Su-ryeon le suit lentement. Alors que Min-kyu s'avance, mains tendues, Wonho fait un pas en arrière, gêné. Mais Sunam, l'air de se moquer complètement des sentiments compliqués des adultes, adresse à tous les deux un sourire rayonnant. Il accélère le pas et finit par courir. Son ballon s'agite ostensiblement comme pour s'envoler vers le ciel. Il s'approche de plus en plus.

POSTFACE POUR L'ÉDITION FRANÇAISE

Le roman *Le Camp de l'humiliation* puise sa source dans mes sentiments, dans mes souffrances, dans les souvenirs de mes propres expériences et les témoignages de mon entourage quand j'étais encore en Corée du Nord. Les habitants du Nord sont loin d'imaginer que la violence de l'Etat envers eux est une violation des droits de l'homme, et ils vivent en obéissant docilement au système, en se résignant à leur destin. Il y a quelque temps, j'étais encore l'un d'eux.

Dans le monde libre, on considère la perpétuation par le régime du Nord des camps de prisonniers politiques comme une grave violation des droits de l'homme, mais l'ironie du sort c'est que les Nord-Coréens qui en sont les victimes directes ignorent pour la plupart ce que sont les droits de l'homme. Ils sont habitués à l'oppression et au contrôle absurde de l'appareil communiste, et même le système des camps de prisonniers politiques, ils l'acceptent comme faisant partie de la dictature prolétarienne. Leur seule marge d'action, c'est d'obéir inconditionnellement au régime pour ne pas devenir les victimes de sa violence. Tel est malheureusement l'état d'esprit de la population du Nord, soumise au lavage de cerveau orchestré par le gouvernement, lequel justifie la violence de son régime par celle de la lutte des classes.

J'ai choisi un camp de prisonniers politiques comme toile de fond mais l'existence en général de la population nord-coréenne n'est pas tellement différente de celle des protagonistes du roman. Simplement, dans les camps, la tyrannie et le mensonge s'exercent de manière plus franche et plus intense.

Cela fait déjà longtemps que j'ai fui la Corée du Nord mais je me sens toujours dépaysée et maladroite face à la liberté et à la civilisation. Mon corps est libre mais les douleurs que je n'ai pas été autorisée à ressentir quand j'étais dans le Nord se ravivent et lacèrent mon âme. Dans mes rêves, je continue de vivre là-bas, c'est le cas pour tous les transfuges. Tel est le sort des dissidents nord-coréens engendrés par le régime du Nord. C'est pourquoi plus je jouis de la liberté, plus mon sentiment d'injustice s'intensifie et, avec le temps, la compassion que j'éprouve pour les habitants de mon pays natal me serre toujours davantage le cœur.

L'écriture de chaque roman est difficile mais celui-ci l'a été particulièrement. J'ai eu mal en me remémorant mes souffrances, et peur en me demandant si ces histoires si tragiques et épouvantables pourraient attirer l'attention et l'empathie des gens vivant dans le monde libre et si ceux-ci s'intéresseraient vraiment au calvaire qu'endure le peuple du Nord. En dépit de cette appréhension, j'avais envie de dénoncer la souffrance et l'injustice que subissent mes compatriotes, et ce même si je suis consciente de n'avoir pu en rendre compte que partiellement dans ce modeste livre…

Je remercie les éditions Camelbooks d'avoir accepté de publier mon livre. Peu après, j'ai eu la surprise d'apprendre qu'il allait être publié dans un pays lointain, la France. J'en ai eu les larmes aux yeux. Je me suis dit que le supplice des habitants du Nord, si isolés du monde, ne resterait pas inconnu, et cela m'a réconfortée. Je remercie infiniment les éditions Picquier de donner l'occasion de lire ce roman aux lecteurs français.

KIM Yu-kyeong

Achevé d'imprimer en Espagne par

CPI
BLACK PRINT

Dépôt légal : mars 2021